# 如碆靈祭祀之物

碆霊の如き祀るもの

三津田信三

王華懋──譯

# 目錄

出版緣起

# 駭High，在推理的迷宮中

編輯部

推理小說到底有什麼魅惑之力，能夠讓世界上無數的熱愛者爲之痴狂？是鬥智、解謎的樂趣？是抽絲剝繭，終於揭露眞相時豁然開朗的暢快？是驚嘆於陽光之外人性潛伏的深沉危機與社會百態的詭譎複雜？還是感佩於作家布局的巧思或高超的說故事功力？

好的小說只有一個評斷標準——好不好看（用文言一點的說法是「引人入勝」）。有的小說好看得讓人不忍釋卷，廢寢忘食，非一口氣讀完不可；有的則是讓人捨不得立刻讀完，寧可一個字一個字細細地咀嚼品味。

好的推理小說更是如此。

在台灣，歐美推理和日本推理各擅勝場，各有忠實的讀者群。推理小說是日本大眾文學的兩大顯學之一，也可說是日本大眾文學極致發展最具代表性的成熟類型閱讀，不但各大出版社都闢有「Mystery」系列，培養出眾多匠心獨運、各領風騷，甚或年年高踞納稅排行榜前茅的大師級作者，如松本清張、橫溝正史，赤川次郎、西村京太郎、宮部美幸、東野圭吾、小野不由美等，創作出各種雄奇偉壯、趣味橫生、令人戰慄驚嘆、拍案叫絕、甚或影響深遠的傑作；同時也一代又一代地開發出無數緊緊追隨、不離不棄的忠實讀者。而台灣，在日本知名動漫畫、電視劇及電影的推波助瀾下，也有愈來愈多人愛上日本推理小說的明快節奏與豐富的情報功能，閱讀日本小說的熱潮儼然成形。

二〇〇四年伊始，獨步文化推出「日本推理名家傑作選」系列以饗讀者，不但引介的作家、選入的作品均爲一時精粹，更堅持以超強的譯者及顧問群陣容，給您最精確流暢、最完整的中文譯本與名家導讀，眞正享受閱讀推理小說的無上樂趣。

如果，您是個不折不扣的推理迷，歡迎進入更豐富多元的日本推理迷宮；如果，您還是推理世界的新手讀者，正好奇地窺伺門內的廣袤世界，就讓「日本推理名家傑作選」引領您推開推理迷宮的大門，一探究竟。從一根毛髮、一個手上的繭、一張紙片，去掀開一個角，去探尋、挖掘、對照、破解，進到一個挑逗您神經與腎上腺素的玄奇瑰麗世界！

# 前言

本紀錄整理了流傳於強羅地方犢幽村的三則怪談，及同地閖揚村的一則怪談，但絕非完全依循「英明館」大垣秀繼敘述的內容，一字不易。其中加入了我調查到的各種資料，並刻意重新組織。

基於民俗學的觀點，當然應該原封不動地收錄，只是，做爲這樁離奇的「怪談殺人事件」的參考資料，資訊量實在過於匱乏，故我採取了這樣的權宜措施，敬請見諒。

此外，倘若本紀錄會以任何形式公諸於世，那將是強羅地方這五座村子的村名完全自公家機關的文件上消失，並徹底被人們遺忘之時，特此附記。

昭和某年陰曆二月　東城雅哉（本名刀城言耶）筆

# 第一章　四則怪談

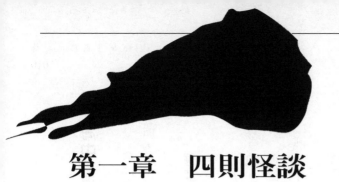

# 海中首級——江戶

伍助划著小船，來到犢幽村被礁岩覆蓋的淺灘海岸。祖父傳給父親、父親再傳給他的小船，早已破爛不堪，但勉強還能浮在海面。

要是能打造一艘新船就好了。

每當出海捕魚，在滾滾撲來的浪濤中顛簸，伍助總是發自心底這麼想。

要是有新的船，在海上就能更穩一些。

每當浪頭稍微攀高，他便不禁害怕海水會一口氣灌進船裡。如果擁有新的船，就不用擔驚受怕。伍助的操船技術還不熟練，船又這般破爛，更讓捕魚成了件苦差事。

遺憾的是，伍助家毫無餘力打造新的小船。一家子只能勉強餬口維生，購置新的小船根本是痴人說夢。

「不過，說是捕魚，也只是抓抓章魚罷了。」

這種時候，伍助往往會如此自我安慰。即使得到堅固的小船，在這塊土地的漁業境況中，也很難有所發揮。

村子面海而建，南側完全臨海，卻被兩座如尖角般凸出的海角圍繞，並且礁岩從海岸延伸到海上，因此村民沒有大型船隻，也無法建造夠大的港口。

如此一來，漁業只能侷限於當地，自然而然，便以在海邊用魚鉤或魚叉捕撈的「磯漁」爲主，其中之一就是捕章魚。尤其入秋時節可捕到的無骨章魚極爲寶貴，每個人都卯足了勁，設法在風強浪大的冬季前增加漁獲量。

古諺「秋天的茄子沒媳婦的份」形容婆婆對媳婦的小心眼，秋天的茄子就是如此美味，捨不得分給媳婦。同義的諺語還有「夏天的章魚沒媳婦的份」，而與夏天的章魚相反的，就是無骨章魚。換句話說，無骨章魚一點都不美味。

當然，章魚本來就沒有骨頭，這樣的稱呼應該是取自它的味道。夏季結束，章魚會來到海岸的淺灘產卵。任何生物皆是如此，產卵後會陷入營養不良的狀態。無骨章魚就是產卵後的章魚，滋味自然不可能好。明白地說，味道很糟。

但對犢幽村的村民而言，無骨章魚仍是非常珍貴的糧食來源，對伍助一家子也不例外。不過，伍助還是個孩子，連捕章魚都令他不堪負荷。光是划小船出海，他都像在拚命。

村中大部分的漁民只能在岸邊捕撈，都有些自卑。每隔幾年，必定會有幾個自不量力的傢伙硬要划出外海，但沒有一個人成功。

被稱爲「大難」的近海一帶，海流極爲複雜，硬是划著小船前往，根本是自尋死路。若能生還算是幸運的，已有好幾個漁民就此失蹤。於是在大難地區，尤其是許多漁民遇難的地點，不知何時有了「寡婦場」的別名。

相較於不知死活地出海捕魚，在當地岸邊捕撈安全多了。但伍助的技術還不純熟，在他看來兩者一樣危險。他心知肚明，不全是小船破爛不穩定的緣故，而是他的技術不到家。

不過，能教他捕魚的祖父和父親都不在了。哥哥們去外地做工，好幾年沒回鄉。如果向村裡的漁民討教，他們雖然會指點，但無法像親人那般傾囊相授，人情世故總令他費盡心思。整座村子都很窮困，每個人都在挨餓。在這種狀況下，要漁民傳授捕章魚的訣竅相當困難。伍助只能有樣學樣，邊看邊學，同時小心別礙著了別人。

當村子陷入饑荒，碆靈大人會派來唐食船。

更小的時候，伍助對這個傳說深信不疑。「唐食船」是傳說中的船，會滿載食物，從大海的另一頭前來。當夏季即將告終，秋季來臨之際，那艘船會在飢寒交迫的冬季前出現。

坦白講，現在伍助對此半信半疑。如果傳說是眞的，唐食船不是應該早就出現了嗎？然而，不管怎麼引頸期盼，都沒看見這樣的船。唐食船沒來，反而是到了這個時期，村裡的女孩就會消失。儘管不是年年如此，但絕不算罕見。即使問祖父，他也只是板起臉，冷冷地說：「是爲了活下去。」女孩們是爲了活下去而不見了嗎？可是，她們到底去了哪裡？怎麼離開的？爲什麼要離開？……疑問陸續浮上伍助的心頭。

此外，如今數量大爲減少，不過這個時期家船會回來，於是村中人口跟著增加。「家船」顧名思義，就是以船爲家，在海上生活的漁民。船就是家，家就是船。他們漂泊在海上過日子，但許多人會在盂蘭盆節或過年等特別的時期回到出生地。在犢幽村，就是暴風雨來臨前的時期。只是，即使回來也食不餬口，這幾年愈來愈少見了。

無論是村民或家船，都只能自食其力。

這是年紀尚小的伍助得到的結論。看著對磯漁駕輕就熟的大人深信唐食船，他覺得可笑極了。

伍助操著槳，停下小船，拿起釣竿。此處相當於兩座海角包圍的牛頭浦外圍，與其他漁民都有段距離。在這裡捕章魚，不會有人說話。

在當地，磯漁也有地盤之分，一般是父子代代相傳，但僅限於父子之間有明確交接漁場的情況。哥哥們不想從事乏味、收穫又少的磯漁，選擇去外地做長工。而伍助在學到捕魚技巧前，就與祖父和父親死別了。

因此，伍助在從事磯漁的村民中，被當成新來的菜鳥。他划著破爛的小船，在虛有其名、無法有多少收穫的漁場，笨手笨腳地捕章魚，等於是三種困境同時加諸其身。但爲了讓家人活下去，他必須捕無骨章魚。

伍助在小船上使用的道具，是竹子做的釣竿。與大海相對的村子山腳，是一片茂密的竹林，不愁找不到製作釣竿的材料。實際上，村中不事漁業的人家裡，大都以製作竹器維生。丈夫們用大量的竹子編製飯籠、鹽籠、魚籠、簸箕、竹籃、茶勺等什物，由妻子們翻越嶮壞山去外地販賣。不過，連擁有店號的「竹屋」師傅，光靠賣竹器的收入也無法維持一家的生計，和其他人家一樣，小孩和老人都得去海邊辛勤地採海帶芽、鹿尾菜等海藻及貝類。

即使漁獲量少得可憐，在「陸上孤島」的犢幽村，沒有土地可耕種的人，最後橫豎都只能依賴海洋餬口。

既然如此，別掙扎了，直接討海維生吧！

年幼的伍助下定決心，直至今日。儘管每回出海，他便後悔萬分，但捕魚的本事一點一滴地有所長進，是最大的鼓勵。

伍助重新握好釣竿，緩緩插入海面。筆直伸出的細竹竿前端附有利鉤，旁邊繫了塊紅布。在茂密的海藻旁慢慢擺動紅布，躲藏在海藻叢中的章魚會誤以爲是甲殼類獵物，現身捕捉，接著再用鉤子鉤住，這便是捕章魚的方法。

看似簡單，實際做起來並不容易。首先，紅布的擺動有竅門，不能只是單調地搖晃，必須讓章魚誤以爲是眞正的獵物。從外表無法想像，其實章魚意外聰明，沒傻到會被菜鳥伍助唬過去。

即使幸運地有章魚從海藻深處現身，要鉤住又是個大工程。由於海水阻力，操縱釣竿困難重重。必須仔細計算時機，迅速鉤住章魚。

使用布與鉤的動作都得學習竅門，更重要的是，操縱釣竿需要臂力。然而，不管是前者或後者，都是伍助欠缺的。

儘管毫無成果，伍助仍埋首於捕章魚，注意到時，小船已隨水漂流，就快從角上岬漂出海灣。爲了避免闖入其他漁民的地盤，加上無意識地避開前往角下岬的方向，伍助過度靠近角上岬。

圍攏村子前方海面的兩座海角，高又長的西邊海角稱爲「角上岬」，矮短的東邊海角則稱爲「角下岬」。從角下岬前端稍微往海岸進來一點的地方，有一塊從海面探出頭的圓形大岩石。定睛細看，岩石表面依稀貼附著繩索的殘骸。那原本是注連繩（註），歷經一整年的風吹雨打、海浪沖刷，幾乎形影不留。插在大岩石兩側，用來繫注連繩的兩根竹竿，早就被沖走了。

這塊乍看宛如人頭的礁岩，村民稱爲「潛靈大人」，並且加以崇拜祭祀，因此這一帶不僅禁止磯漁，連靠近都被視爲禁忌。伍助會忍不住加快划向角上岬，也是身爲村中漁民自然的反應。

諷刺的是，潛靈大人附近是上好的漁場，聽說過去有漁民受不了飢餓，闖入禁區捕魚。然而，付出的代價實在太大。

一名漁夫爲了避人耳目，搶在眾人出海前的黎明時分乘上小船，划到潴靈大人附近，犯禁捕撈，就在這時——

嘎啊啊啊啊！

潴靈大人的礁岩附近突然爆出野獸咆哮般、極度不祥的聲響。

漁夫嚇破了膽，但爲時已晚。既然已觸犯禁忌，他乾脆放手繼續捕撈。

最後，他滿載而歸。儘管志得意滿地回家，然而，除了他以外，所有家人都貝類中毒身亡。爲家人辦完喪事，漁夫發了瘋，被其他漁夫發現頭倒插在村民稱爲「潴靈大人的嘴巴」的岩洞裡，氣絕身亡。

從此以後，再也沒人敢在潴靈大人附近捕魚了。不僅如此，除了一年一度的大祭以外，沒人敢靠近。棘手的是，並無明確標示出禁區的界線，只是模糊地規定「不可驚擾潴靈大人」。

地盤位在潴靈大人附近的漁民十分困擾。他們不想侵犯禁區，但愈靠近潴靈大人，收穫愈多，因此每個人都在最小距離的地點捕魚。這種行爲非常危險，倘若不隨時留意小船的位置，一個疏忽，就會不知不覺侵入潴靈大人的神域。

有個漁夫太專注捕魚，忘了操縱小船。一個回神，從海面抬頭觀望四周，赫然發現已來到潴靈大人的咫尺之處。他急忙想划回原處，卻看見水面漂著一個渾圓的白色物體。

那是什麼……？

---

註：神道教中，用以標示神域的稻草繩。

漁夫直盯著，漸漸覺得那東西目不轉睛地回望著他。明明沒有眼鼻，卻像有顆人頭探出海面。

漁夫一陣毛骨悚然，將小船掉轉，飛快划離。拚命划槳之際，那東西仍直勾勾地瞪著他。漁夫打死都不回頭，直覺一旦對上眼，那東西就會追上來。

後來有其他漁夫在瀆靈大人附近目睹疑似白色首級的東西。村中老一輩的人都說「那一定是亡者」，害怕不已。葬身大海的人未經超度，會試圖把人拖進海裡作伴，這就是亡者。犢幽村的前方是礁岩淺灘，無數船隻在此遇難。其中有些是被瀆靈大人撞破船身，淒慘地進水沉沒，船上的人幾乎不可能倖免於難。

「祭祀瀆靈大人，是爲了平息亡者的怨念。」

祖父說完，壓低了聲音，像說悄悄話似地告訴伍助：

「拯救村子免於飢寒的唐食船，其實被亡者團團包圍，千萬要小心。」

即使問村裡的人，他們也一定會否認，但你無論如何要銘記在心——祖父表情嚇人地叮囑。

「有時候看起來彷彿天大的好事，背後隱藏著陰暗的一面。」

瀆靈大人的礁岩附近是絕佳的漁場，卻是可怕的地方，完全如同祖父所言。

幸好我沒有自己的地盤。

唯獨每次聽到有關瀆靈大人的恐怖傳說時，伍助反倒會放下心來。祖父和父親原有的地盤就在瀆靈大人附近，於是他更是慶幸。即使明白繼承他們家的地盤，可稍微減輕挨餓的擔憂，但可怕的東西就是可怕。

然而，現在伍助的船卻不知不覺漂過角上岬，就快離開海灣。牛頭浦與大難之間的海域稱為「賽場」，如同「賽河原」（註）是現世與冥界的交界，賽場這處空間，等於是平靜的海灣內與危險的大難之間的界線。但待在界線上就是安全的嗎？也不盡然。

只是來到不怎麼寬闊的細長海角另一側，伍助卻彷彿來到汪洋大海，不安極了。這一帶和牛頭浦差不多，水並不深，他卻覺得宛如乘著一葉小舟，漂流在深不見底的汪洋上，無依無靠。最重要的是，矗立在西北方的絕壁景觀，詭異得就像另一個世界。

只要待在角上岬和角下岬環抱的海灣內，不管在哪裡捕魚，都看得到海岸。然而，一旦越過海角，除了大海以外，只能看到斷崖。不允許任何人靠近的黑魆魆陡峻岩壁巍峨聳立，恍若要當頭罩頂而來，而且往東西寬闊延伸。

伍助不安起來，抬頭轉向小船後方，看見角上岬前端的望樓默默俯視著他。如果望樓上有村民，或許會安心一些，實際上連個人影都不見。不過，伍助從沒看過上頭有人就是了。

與其如此，仰望前方峭壁上只露出屋頂的笹女神社，不知道安心多少倍。問題出在陡峭的岩壁底下。宛如好幾塊劈開的厚黑板重疊而成的岩壁，與海面相接的地方，開了個洞口。洞口不大，小船可輕易划進去，但沒人會去查看。

被稱為「絕海洞」的這處洞穴裡，埋葬著遇難船隻的死者屍骸。

村裡不是沒有墓地。儘管有可埋葬的土地，遇難船隻的死者卻一定會葬在絕海洞。並非

---

註：賽の河原，日本信仰中，冥河三途河的岸邊。早夭的孩童之靈會在此將小石頭堆積成塔，為父母祈福，但會受到惡鬼阻撓破壞，永遠無法完成。

因為他們是外地人，而是害怕作祟。這些狀況特殊的死者，不能跟祖先一起祭拜，於是村民選擇絕海洞為新的埋葬地點，同時祭祀起潛靈大人。

祖父生前多次告訴伍助這樣的往事，不過內容不是一成不變。每當伍助長大一歲，祖父說的內容就會難上一分，並且更恐怖一分。

「只要時候到了，即使不願意，你也會認清潛靈大人眞正的可怕之處。」

祖父總是如此喃喃自語作結。這時候祖父的表情，就像在說「能不知道是最好的」，伍助很不喜歡。平常祖父和藹慈祥，是伍助最喜歡的爺爺，但每年講述潛靈大人傳說的祖父，卻令人厭惡極了，甚至把年幼的伍助嚇到哭出來。

祖父曾進去絕海洞，他向伍助提過一次當時的情況。

據說洞內一片漆黑，如果沒有火把，根本伸手不見五指。一般火把是以松樹的皮或根做成，但村裡使用的是竹火把，將製作竹器削下的竹屑牢牢捆成一束，在其中一端點火。竹火把的優點是煤煙比松火把少，而且易於點燃。

以竹火把照亮四周，進入洞穴的右邊，有塊通往深處的岩地。沿著岩地繼續走，會來到遍布小石礫、宛如賽河原的地方。循著蜿蜒蛇行的小石地再往內走，就會碰到沙地。沙地上豎起兩根竹子，拉上注連繩。這片沙地算是一種神域，設有海難死者的供養碑。形同鳥居（註一）的兩根竹子左右堆著大小石頭，旁邊密密麻麻放滿了折斷的的魚叉、釣竿、破網、石花菜耙等等。據說這些是供品，用來祈求豐收。

在細長延伸的賽河原左側，海水如河水般滔滔流過，看起來就像三途河（註二）。或許是此一緣故，沒人跨過這條河。河的對岸似乎也有洞穴，但充斥著僅憑火把看不透的黑暗，似乎是從未有人踏入的領域。洞內極為寬闊，從洞口的大小根本無法想像。

伍助眺望著絕海洞，一艘大帆船忽然駛過海面，頓時吸引了他的全副注意力。

大概有四百石（註三）吧。

他的眼中浮現嚮往之色。迎風飄揚的帆上沒有家徽，想必是某處的商船。

要是能乘上那艘船，不知道該有多棒。

別說在海邊捕魚了，根本沒必要當漁夫。乘船出海，卻不必從事漁業，面對這個令人驚奇的事實，伍助覺得新鮮極了。

不，不必坐船也沒關係。

如果這裡有能輕易容納大船的港灣，做為靠港地繁榮起來，他便心滿意足。這樣一來，就不愁沒工作，村子一定也會有所發展。

伍助天馬行空地夢想著，目送帆船逐漸遠去，以致太晚才發現小船漂到絕海洞附近。

得快點折回去才行……

他赫然驚覺，焦急萬分，正要伸手抓槳，看到了**那東西**。

在海面載浮載沉的白色圓形物體。

那東西浮在張開漆黑大口的洞穴前，彷彿剛從絕海洞裡漂出來。

註一：立於神社參道入口等處的牌坊。
註二：日本佛教信仰中的冥河，分隔幽明兩界。
註三：「石」為日本傳統容積單位，四百石約為一一一．二立方公尺。

難不成……

伍助覺得那很像祖父以前告訴過他的、據說會出現在禁漁區的碆靈大人礁岩旁的亡者。

可是……

那不是只會出現在碆靈大人附近嗎？他的前方是絕海洞，兩者相距太遙遠了。

伍助原本不敢置信，但這兩處都是弔祭船難死者的地點。如果一邊有亡者出沒，另一邊也有並不奇怪。不，事實上眼前那東西就是亡者。

宛如白色人頭的物體。

它探出水面，目不轉睛地注視著伍助。無論怎麼凝神細看，那就只是一團白色的東西，然而不知爲何，伍助知道它面向自己，專心一意地凝望著自己。

手臂頓時爬滿雞皮疙瘩。

得快點離開這裡……

伍助使勁抓槳，卻無法動。伍助並未察覺，由於驚嚇過度，他渾身僵硬。

結果白色的圓球突然動了起來。

一浮一沉、一浮一沉。

它重複著半沉入海面，又探出臉的動作，慢慢往小船靠近。那動作莫名輕快，看起來甚至是歡欣的，但伍助的心情當然並非如此。他只感到萬分驚駭。

這股恐懼驅動了身體，伍助急忙操縱船槳，拚命朝牛頭浦划去。他一面划，一面不停往後看，萬一距離拉近就完蛋了，一定會被拖進海裡。

……打死我也不要！

划槳的手忍不住更用力了。只差一點就能划過角上岬了。雖然不是進入海灣就安全——畢竟碆靈大人在牛頭浦，但眞有什麼萬一，可向村裡的漁民求救，他內心篤定不少。

然而，小船即將來到角上岬尖端的時候，白色的圓球忽然沉入海面。

噗通！

隨著這一聲，它消失在海面。

其實它沒辦法離開絕海洞太遠嗎？還是，不能進入海灣？不管怎樣，總算得救了——伍助鬆一口氣。

回到原來的漁場時，伍助累壞了，什麼事都不想做。不過，今天半點收穫也沒有，實在無法就這樣空手而歸。

伍助大大吁了一口氣，重新打起精神，拿起釣竿，繼續抓章魚。他放棄從海藻裡誘出章魚，改爲瞄準岩石後方。他搖晃著竹竿前端的紅布，一心一意等待無骨章魚上鉤。

紅布在水中輕柔晃動。

伍助盯著在海中夢幻漂動的紅布，眼角餘光忽然注意到有奇怪的東西在蠕動。

他自然地瞥過去，後頸頓時爬滿雞皮疙瘩。目擊那難以置信的一幕，他差點失聲尖叫。

一個宛如白色人影的物體在海底慢慢行走。

而且是筆直朝伍助的小船走來。

對那東西來說，海底的高低起伏似乎完全不成問題。不管前方有多險峻的礁岩阻礙，它都能輕而易舉地翻越前進。

……是剛才的頭！

一察覺那是什麼東西，伍助頭皮發麻。以爲好不容易甩開，沒想到那東西竟從海底一路跟上來，他嚇得雙腿哆嗦。

頭的下面……

看起來身形完整。只有頭顱也很可怕，但外形像人，卻顯然不是人的東西，或許更可怕。

那神祕的怪東西慢慢經過海底，步步進逼。

得趕快逃才行……

這回伍助沒再僵住，非常迅速地行動。他先從海裡拉起釣竿擱到船底，伸手抓住船槳。

接著，他突然不知所措起來。

要逃到哪裡才好？

一般情形下，他一定會沒命地朝海岸划去，盡快把小船拖上岸，飛奔回家。但萬一這麼做會招來更可怕的後果，該怎麼辦？

萬一那東西跟到家裡……

只要上了岸，應該就不會有事。但之前他以爲那東西進不了海灣，它卻跟過來了，難保逃上岸不會又是個錯誤的決定。假如有一絲疑慮，就不該這麼做。無論如何，絕不能把那東西帶回家。

可是，我到底該逃到哪裡……？

若不能回岸上，只能划出牛頭浦。然而，此舉不會是自投羅網嗎？或是，只要離開絕海洞，它就會自行消失？

啊，引誘它進絕海洞呢……？

這個驚人的點子浮現腦海。那東西似乎是從那個洞穴出來，既然如此，讓它回歸原處不就好了嗎？

不過，這樣才是自尋死路吧。就算跑到賽河原，萬一那東西追上來，豈不完蛋？即使乘船沿著三途河逃走，也不知道那條河通往何處，未免太聽天由命了。況且，絕海洞內一片漆黑，他不可能逃得掉。

伍助猶豫不決之際，那東西仍不斷逼近。不，或許已來到小船正下方。

嘩啦！

船尾傳來水聲。伍助覺得是那東西從海面伸出白色的手抓住船舷，慌忙划起小船。他絕望到連一根稻草都想抓，朝四周張望了一下，目光停留在碆靈大人那裡。瞬間，他想起祖父講述的一段往事。

伍助出生以前，有一次祖父去喰壞山採岩鬼菇，不小心採到幽鬼菇。岩鬼菇滋味鮮美，但幽鬼菇有毒，諷刺的是，兩者外觀幾乎一模一樣。平日經常採菇的人能分辨出不同，然而，祖父是漁夫，根本分不出來，於是伍助的母親誤食幽鬼菇中毒。祖父發現自己的過失，煎了蛇顏草給她服下。蛇顏草是一種藥草，單獨一味是毒藥，必須配上其他藥草才能使用。蛇顏草也能當成安眠藥，但劑量不對，會讓人永眠不醒。蛇顏草就是如此危險的藥草，不過祖父讓她單獨服下蛇顏草，最後幽鬼菇的毒性被中和，她保住了一命。

以毒攻毒。

透過祖父說的這件往事，伍助學到了這句成語。一看到碆靈大人，他隨即憶起。

即使如此，伍助仍有幾分遲疑。若有什麼閃失，便是毒上加毒，會害死自己，極可能落得弄巧成拙的下場。

偏偏就在這時，他想起曾在童年和大前年，入秋到初冬強風肆虐的半夜，被碆靈大人那裡傳來的駭人咆哮聲，從夢中嚇醒。

吼噢！咆噢噢！

宛如狂嗥的轟鳴聲震天價響，伍助嚇得全身血液彷彿瞬間凍結，哇哇大哭。

不料，祖父露出難以言喻的難受表情說：

「你哭什麼哭？那是碆靈大人在哭啊。」

祖父想用這話安慰伍助，卻適得其反。伍助實在太害怕，再也無法入眠。

當時的戰慄幾乎要鮮活地重回心頭，伍助急了起來。

嘩啦！啪沙！啪沙！

最後是突然從船尾傳來的水聲促使他行動。就在他磨磨蹭蹭之際，那東西似乎追上來了。

伍助急忙划槳，頭也不回地朝碆靈大人划去。

好一段時間裡，在牛頭浦埋首捕捉無骨章魚的漁民都沒注意到伍助。但他們一個接一個看見伍助莫名驚惶失措的模樣，都訝異地注視著他。

很快地，起疑的人出聲呼喚：

「喂，伍助，你在急什麼？」

「你到底要去哪裡啊！」

不久，關注伍助的人發現小船的目的地，更拉大嗓門叫喊：

「伍助，停下來！叫你停下來！」

「不可以去那裡！停住！」

「怎會有人傻到靠近潞靈大人！」

「混帳，立刻掉頭！」

但伍助的小船繼續前進，沒改變方向，筆直朝著潞靈大人划去。漁民發現異狀，連忙移動自己的船，試圖擋住他的去路。可惜爲時已晚，眼看伍助的小船就要碰上潞靈大人。

下一步呢？

繞著潞靈大人划行嗎？在礁岩前方掉頭，往岸邊划嗎？還是，停靠在潞靈大人旁邊？理所當然，伍助不可能知道哪種方法最管用。

再不做出關鍵決定，船便要撞上礁岩了。就在這一刻——

潞靈大人的礁岩後方冒出一張白臉。

霎時，一陣惡寒竄上伍助的背脊，但他還是用力掉轉小船，朝岸邊划去，一眨眼就遠離潞靈大人了。村中漁民的小船從後頭追趕上來，沒人繼續捕章魚。

抵達岸邊，下了小船，伍助直接癱倒。其他漁民陸續上岸，七嘴八舌地問：「出了什麼事？」村人見狀紛紛圍攏，海邊一下變得鬧烘烘。

然而，當伍助氣若遊絲地說完來龍去脈，周圍頓時靜了下來。不知不覺間，岸邊陷入一片死寂，教人不敢相信先前還那樣吵鬧。人們一個接著一個匆促離去。留到最後的，只有當天出海的漁民。

「不光是潛靈大人那裡，絕海洞也不能靠近。」

「眞是太可怕了。」

「不過，只要乖乖待在礁岩地帶捕魚，就不必操那種心。」

眾人你一言我一語，卻不是在對伍助說話。

最後，村中漁民的統領再次呼籲大家要小心，中止當天的捕魚活動。雖然有人表示不滿，埋怨都是伍助的錯，但沒有任何一個漁民再次乘船出海。每個人都畏懼地望著潛靈大人的礁岩。

隔天起，伍助完全不出海了。儘管他認爲只要別靠近牛頭浦的潛靈大人，及划出海灣就沒關係，卻怎樣都沒辦法坐上小船。即使能上船出海，也不敢窺探海中。

萬一那張白色的臉從海底抬頭看我……

他忍不住如此想像。一旦想像就不行了。即使從家裡走到海邊，站在船旁，也會僵住，無法進行下一步。

然而，不可能永遠不捕魚。一家子完全依靠還是孩子的伍助的漁獲，這樣下去，家人會餓肚子。

一名老漁夫看不過去，勸解道：

「不管任何地方，漁民在海上遇到浮屍，大抵都會視爲吉兆。他們會對浮屍說『雖然現在沒辦法，但捕魚回來一定會把你帶上岸』，希望浮屍保佑他們大豐收。」

「眞的嗎？」

伍助訝然反問，老漁夫嚴肅地點點頭。

「你知道獲備數大人（註）吧？」

「是笹女神社祭祀的神明？」

「沒錯，對我們來說，是招來唐食船的尊貴神明。不過，原本祂是乘坐寶船的七福神之一。」

唐食船也記載於笹女神社的歷史上，據說是滿載糧食、自異國造訪的船隻，而招來唐食船的就是獲備數大人。

「除此之外，漁民在海上發現浮屍，都會尊稱爲『獲備數』，各地都有類似的風俗。」

「因爲浮屍會帶來豐收嗎？」

「對，我是這麼聽說的。捕魚結束回到發現浮屍的海域，浮屍都會在原地等著。」

「……浮屍會等著？」

伍助一時難以置信，但老漁夫的表情正經八百。

「你看到的『亡者』，追根究柢，原本也是獲備數，會帶來豐收。這麼一想，不出海捕魚實在有點可惜。」

由於老漁夫這番話，伍助又有勇氣乘船出海，但一開始他還是害怕看海。

搖晃釣竿前端的紅布，從海藻叢裡誘出的會不會是那張白臉，而不是無骨章魚？伍助提心吊膽，無法專心捕章魚。儘管如此，當天卻非常順利，章魚一隻接著一隻上鉤，痛快極

註：えびす（ebisu），漢字寫成「恵比須」、「恵比壽」等，爲日本七福神之一。此外，亦具有漁業神、海神、漂流神等諸多面貌。

了。甚至不必換地點，在最初停下小船的角上岬附近，轉眼就抓了滿滿一大籠。

沒想到那是獲備數大人……

伍助稍事休息，依然感到半信半疑。但實際上他的確遇上了大豐收。證據就是這滿滿的魚籠。

他笑咪咪地望向魚籠，冷不防和混在無骨章魚當中仰望著他的白臉打了個照面。

幾天後，伍助和哥哥們一樣，去外地做長工。隨著歲月流逝，伍助即使會回來村子，卻不曾再踏進海裡一步。

## 望樓幻影——明治

淨念走出竺磐寺的山門，步下漫長的石階。

身後的北方，是逐漸染上春色的喰壞山，前面的南方，是兩座海角環抱的牛頭浦，再過去則是沐浴在夕陽下燦爛生輝的大海。

與寺院反方向的西側高處，可看到背對竹林的笹女神社。那片竹林的某處，應該有座竹林宮，但他沒去過。

每當望著這副景色，淨念總是覺得這塊土地實在恬靜悠閒。

然而，犢幽村實際給人的印象，卻盡是窮酸破敗。村子裡觸目所及，全是教人心酸的貧困。

犢幽村背對險峻的喰壞山，山頂盤據著深邃的森林，前方是角上岬和角下岬包圍的海灣，由陡急的斜坡與狹窄的海岸構成，幾乎沒有平坦的土地，農田也全是梯田。而且土質貧瘠，無法期待收成。那麼，盛行漁業嗎？卻也不是。海灣內是礁岩遍布的淺灘，無法供大船行駛。加上海灣外的海流詭譎多變，村中漁民的小船無力招架，只能依賴「磯漁」漁法，在沿岸捕撈。

村中唯一的產業是製作竹器。喰壞山可採伐大量的竹子，自古以來，竹子的加工技術便相當進步，甚至有竹器師傅擁有自家店號「竹屋」。可惜，竹器產業並未繁榮到足以供應全村溫飽，即使想發展成繁榮的產業也無能爲力。因爲最重要的商品流通有著重大的阻礙。

村子北邊是險峻深邃的山林，東西則受地勢崎嶇的岩山隔絕，陸路的貨物運輸可謂險阻重重。若是僱用搬運工另當別論，但日薪十分昂貴，村裡實在沒有餘裕出錢。除了陸路以外，只剩下南方的海路，不過僅能供小船行駛，無法大量運輸，完全是山窮水盡的狀態。

因此，村中的營生，自古以來每一種都不上不下。農民在陸地斜坡耕種的梯田、工匠在家中製作的竹器、漁夫在天候不穩的入秋到初冬期間於海邊煮製的鹽巴，皆無法單靠其中一種過活。從這層意義來看，村裡沒有眞正的農民、竹器工匠或漁夫，所有人都身兼兩職以上。若不這麼做，就無法生活。

由於村人的生存是第一要務，村中雖然有寺院，卻沒有墓地。任何適於土葬的地，早就開墾成梯田。祈求死者的安息以前，生者必須先能安居。

那麼，離世的村人都葬在哪裡？

從角下岬往南南東海面前進，有一座無人的奧埋島，別名「墓場島」，顧名思義，竺磐寺的墓地就在這裡。不，與其說是將島的一部分劃爲墓地，不如說整座島都是墓地。

在奧埋島埋葬死者的，不光是犢幽村而已。遭極厚高牆般的岩山隔絕的東邊鹽飽村，及再東邊的石糊村，在這座島上皆有墓地。這三座村子只要有人去世，一定會埋葬在奧埋島，即使是村中有頭有臉的家族亦不例外。僅有石糊村東邊的磯見村在山坡上有墓地，但這是相較之下石糊村戶數更少的緣故。

從最西邊的犢幽村開始，往東依序是鹽飽村、石糊村、磯見村，及閖揚村，這一帶自古以來被稱爲「強羅」。每座村子的東西側都被岩山隔開，海岸線狹窄，而且是布滿礁岩的淺灘，地形相當棘手。其中只有磯見村擁有較佳的海灣，但也是優於其他四村而已。村民戶數多少有些差異，基本上是十分相似的五座聚落一字排開，這就是強羅地方。

從最東邊的閖揚村，越過矗立在北邊的久重山，這裡的內陸地區在進入明治時期以後，開發成爲平皿町。接著，平皿町因紡織業而發展起來，淨念就是當地的商家四男。父親事業失敗，家道中落，於是篤信佛教的父親讓淨念出家，以減少家中浩繁的食指。不過，當時父親用了家喻戶曉的諺語：

一子出家，九族升天。

意即，只要家中有個孩子出家，便功德無量，足以讓高祖到玄孫的一族九代，全部得道升天。眞是非常方便的諺語。

對淨念來說，怎麼解釋都一樣。以出家的理由來說，他實在不認爲後者比前者高尚多少。反倒是減少吃飯人口能更實際地幫助家人，這個理由崇高許多。

然而，關於最重要的時勢，淨念和父親太過無知。他們不曉得明治新政府頒布了「太政官布告」等法令，神佛分離與廢佛毀釋運動正如火如荼地進行（註）。全國眾多寺院遭到廢除，不少僧侶還俗。幸運的是，不同地區的差異相當大。與佛教盛行的其他地區相比，強羅一帶的政令推行較為和緩。但淨念在平皿町寺院的修行提早結束，並刻意將他派到強羅地方最西邊的犢幽村的笠磐寺，應該也是畏懼廢佛毀釋運動帶來的破壞行為。

來到犢幽村之前，坦白說，淨念不安極了。雖然犢幽村遺世獨立，他仍憂心村人對寺院是否抱持著強烈的敵意。

然而，事實證明他根本多慮了。村人對待笠磐寺的態度，與對待笹女神社沒有任何不同，都一視同仁，並且寺院住持與神社宮司普通地往來，交情很好。

是使用奧埋島這個特殊墓地的關係嗎？

原本淨念這麼想，但似乎不是。如果原因是奧埋島，鹽飽村和石糊村的寺院應該也一樣，可是在這兩座村子，寺院的地位顯然低微許多。由於地理的關係，自古以來，強羅地方的各所寺院鮮少往來。但在神佛分離與廢佛毀釋的狂風暴雨席捲全國的當下，每一所寺院都超越宗派，努力團結，於是在強羅地方，寺院也牽起了橫向聯繫，卻只有笠磐寺沒加入團結運動。不是住持有什麼特別的想法或信念，而是完全沒必要。

在強羅地方，犢幽村的地理位置格外偏僻。若說因此比其他村莊更團結，似乎也不是。位處嚴酷的自然環境、村莊生活貧窮，這些狀況在鹽飽村、石糊村和磯見村都一樣。那麼，犢幽村的村民較為排外嗎？感覺也沒有。淨念反倒聽說，人口戶數最少的磯見村有著強烈的

註：明治初年，日本政府為達成天皇集權，將神道教定為國教，與佛教區分開來（往昔兩者是交混融合），遂有一連串彈壓佛教及儒家思想的運動。

排外風習。

什麼是犢幽村獨有，其他三村欠缺的？

還是，應該尋找其他三村擁有，而犢幽村缺乏的特點？

在竺磐寺修行一段日子，淨念不知不覺心生疑問。他明白這是一種邪念，卻克制不了好奇。他認爲如果有埋骨在此的覺悟，就該好好理解這塊土地。

有一次他直截了當地問住持。原本擔心住持會閃爍其詞，說「你想太多了」，或說「這就是本村的優點」，沒想到住持認眞地回答。只不過，住持的回答絲毫無法解決他的疑問。

「時候到了，即使不願意你也會明白，但有可能你還是不明白。所以，耐著性子再等等吧。」

聽起來不是推託之詞，而是住持的眞心話。

「我自己沒辦法參透嗎？」

於是，淨念繼續追問，住持沉默片刻，說：

「如果有點悟性，應該看得出來吧。」

但住持沉默的表情莫名可怕，淨念耿耿於懷。

爲什麼住持露出那麼可怕的表情？

他動輒思考起這個問題。有一天，他忽然從「可怕的表情」聯想到這座村子有許多「可怕的地點」。

俯視村落的險峻的「喰壞山」。

漂浮在村落海上的墓地「奧埋島」。

擁有竹林迷宮的笹女神社的「竹林宮」。

受祭祀的牛頭浦圓形大岩石「瀉靈大人」。

神社所在的絕壁底下張開漆黑大口的「絕海洞」。

光是當下想到的就有這麼多。而且村人都私下畏懼著，說喰壞山有山鬼徘徊、奧埋島有鬼火遊蕩、竹林宮有魔物出沒、瀉靈大人那裡和絕海洞有亡者在海中漫步……

平皿町也有被視爲妖魔出沒地點的「魔所」，但稱不上大的犢幽村竟有著如此多的禁忌之地，不管怎麼想都太奇怪了。

淨念尋思著這個疑點，猛然醒悟。

這就是理由嗎？

正因有太多可怕的東西，村人迫不得已，必須互相合作。犢幽村一直活在這樣的恐懼底下，自然比其他村落更爲團結。其中當然包括笠磐寺，所以神佛分離與廢佛毀釋的外在壓力，完全影響不了這座村子，是嗎？

淨念的不安倏地消失，胸臆間的疙瘩煙消霧散。然而，新的疑問很快又浮現。

從笠磐寺的住持、笹女神社的宮司，及村裡耆老口中聽聞過當地流傳的種種神祕傳說，淨念漸漸注意到一件怪事。

笹女神社的祭神是天宇受賣命與獲備數。而神社祭祀的瀉靈大人，其實就是獲備數。然後，漁民把海上發現的浮屍稱爲「獲備數」。沒有得到超度的獲備數，變成在海上出沒的「亡者」。亡者來到奧埋島，變成夜裡飛舞的鬼火。鬼火飛到陸地，進入竹林，變成魔物。這魔物爬上喰壞山，又會變成山鬼。

聆聽各別的傳說，並無特別奇怪的地方。然而，像這樣整理起來，便可看出其中的特異之處。

難不成，各別的異象全是同一個源頭？

淨念漸漸浮現這樣的懷疑。不過，把神明獲備數與浮屍獲備數視爲一同，是正確的嗎？如果是單純的牽強附會，淨念的懷疑也不過是妄想罷了。

淨念幾經猶豫，請教笹女神社的宮司。沒想到，宮司乾脆地承認：「沒錯。」淨念驚訝極了，宮司詳盡地解釋：

「一般來說，獲備數被視爲七福神之一，雖然看似日本的神明，其實是外來神。此外，在漁民之間，古時獲備數指的是鯨魚。獲備數會具備漂流神的一面，也是這樣的緣故。」

這下淨念就明白，爲何會把海上的浮屍稱爲「獲備數」。同時，他發現自己的推測並沒有錯，不禁害怕起來。

宮司大概察覺他的情緒變化，訝異地問：

「淨念，你不知道田神與山神是同一位神明嗎？」

淨念點點頭，宮司笑著說「你果然是鎮上的人」。

「每到春天，山神就會下山來，成爲田神。到了秋季，田神便會回到山間，變回山神。」

「從插秧到收穫的期間，山神會變成田神，是嗎？」

「沒錯。不過，如果反過來呢？」

淨念答不出來，宮司說：

「到了秋天，田神會進入山中，變成山神。然後，到了春季，就下山變回田神。」

「主體從山神變成了田神。」

「獲備數是七福神之一，同時也是漂流的浮屍，當中並無矛盾。佛教有輪迴思想，所有生命都處在無限的輪迴轉生之中，一點都沒什麼好可怕的啊。」

聽到這番解釋，當時淨念的不安確實淡去了。

然而，回歸寺院每一天的修行，及在村中每一天的生活，過了一段日子後，淨念發現自己依舊在害怕著什麼。

我到底在害怕什麼……？

或許是不明就裡，才會害怕。不，不是害怕，是恐懼嗎？還是畏怯？

淨念已學到教訓，這種時候與其去找住持商量，求教宮司會安心許多。不過，事到如今，也不能改宗。不，如果要從佛教轉入神道教，不光是改宗的問題，是更重大的變化。

諷刺的是，社會上神佛分離與廢佛毀釋運動正雷厲風行，如果他在這時脫離佛門，投身神社，不僅毫無問題，反而會大受讚揚與歡迎。

但淨念不想這麼做。神道勢力在全國各地方興日盛，佛教則日漸衰微，在這樣的局勢中出家，從一開始拜師的平皿町寺院，轉到環境極爲特殊的犢幽村竺磐寺後，接觸到碆靈大人等當地特殊的信仰，他對神佛的信仰本身已大爲動搖。

信仰是不分神道或佛教的。

其實，淨念自幼就有這樣的想法。不過，既然要出家，他想侍奉佛祖。然而，現在比起神道或佛教的問題，他對信仰本身已有所疑慮。雖然還無法確定，但他感覺到心中的疑慮正在萌芽。

「這點煩惱，誠心念佛自然就會解決。」

面對絕大多數的問題，住持的回答總是千篇一律。

「上望樓去打坐冥想如何？」

宮司如此建議。淨念以爲打坐冥想是佛教的專利，雖然說法不同，但看來神道裡也有這種做法。宮司說，只要冠上宗教之名，冥想是必經的修行之一。

位於角上岬的望樓，是在木造高台上，築起屋頂牆壁俱全的小屋。若是在漁業興盛的地區，望樓具有燈塔和海標的功用，但在此地當然不同。這座望樓是在以帆船運輸爲主的時代，爲了防止海難事故而建造。

據說，當時望樓會朝海面伸出又厚又長的瞭望板，前端掛上鐵籠，在裡面點亮火光，做爲指引。換句話說，從功能來看，與燈塔沒兩樣。約莫是藉由火光，告知船隻這片海域的礁岩位置。附帶一提，海標是指在沒有羅盤的時代，讓出海的漁夫在望向陸地時，用來掌握方位的記號。多半是山頂或高台上的樹木，或神社佛閣等建築物。

望樓能一直保留到今天，是笹女神社的宮司加以翻修，以便隨時做爲冥想的場所使用的緣故。另外，宮司會在三個地方進行冥想，分別是望樓和竹林宮，還有一處是祕密。淨念猜想是喰壞山的某處，但不知道是哪裡。宮司會在這三個地方，短的時候冥想十幾秒到十幾分鐘，長的時候則是半天到一天。不過，宮司說時間長短無所謂，重要的是過程中的收穫，但對於現在的淨念，親身嘗試是最重要的。

淨念穿過村子，來到角上岬底下，停住了腳步。只是看著前方的望樓，心裡便一陣遲疑，似乎是眞正看到望樓以後，反而卻步了。他當下想回身就走，卻僵在原地。

海角根部的岩壁下方，搭了一幢簡陋的臨時小屋，淨念發現蓬萊正從屋子的小窗窺望著他——從總是罩住全身的骯髒布袋上唯一的洞孔，露出炯炯大眼……

這個姓名、年齡、出生地都不詳的男子，據說是幾年前從海上漂流到村子。他擅自搭起小屋，住了下來。當時他便用布袋從頭罩住整個身子，從來沒有人看過他的長相，是不是只有一隻眼睛也不清楚。村人意見分歧，有的說「他是用右眼在看」，有的說「不，他是用左眼在看」。

若是一般情形，早就把不速之客趕出村子，但男子是從海上來的，沒人敢苛待他。從此以後，這名隱遁之人被稱爲「蓬萊先生」，依靠村人的接濟過活。

這個蓬萊正從小屋裡，目不轉睛地盯著淨念。

淨念覺得對方看透了他的膽怯，尷尬無比，於是一路走到海角前端。即使是那樣與世隔絕的人，一想到有人在看顧，他的體內湧出一點勇氣，實在不可思議。

然而——

感受著吹在臉頰上的海風，仰望望樓，淨念再次裹足不前。冥想的地點，是在又厚又長的瞭望板前端。板子底下當然是大海。

光是站在海角邊緣，俯瞰海面，他就雙腿發軟。一想到要爬上望樓，坐在木板前端，人還沒上去，就快頭暈眼花了。

如果是住持的提議，淨念可能早就掉頭回去，但考慮到是宮司的建議，他才想積極面對，試著先爬上望樓。

嘰、嘰……

踩上望樓正下方的梯子，在風聲中，淨念聽見細微的擠壓聲。若是平常，他應該會不以爲意，此刻卻覺得這聲音莫名不祥，聽來就像惡鬼的叫聲，他不禁害怕梯子會變得脆弱，一下便踩斷。

村裡只有宮司會來望樓，而且不知道多久會來一次。宮司那麼忙碌，不可能來得多勤快。即使梯子在不知不覺間腐朽，也很合理。

不，那畢竟是宮司。

宮司不可能如此馬虎——淨念搖搖頭。既然宮司會勸他來，最起碼應該事先確認過望樓安全無虞。

淨念努力移動著不時慢下來的雙腳，雖然拖拖拉拉，總算爬上建在高台上的小屋。

小屋內部比想像中更窄，只有東北角擺著一座小櫃子，一片空蕩蕩，十分單調。頭頂上是人字形屋頂平凡無奇的底部。地板中央開了個四四方方的洞，剛才爬上來的梯子往下延伸。北側和東西兩側是木板牆，沒有半扇窗戶，面海的南側牆上開了約一道門大小的長方形空間，一塊長長的板子朝向虛空伸出。如果海面颳來強風驟雨，小屋裡一定會整個被打濕。

冥想的地點是在伸向空中的瞭望板前端，一旦下雨，人絕對會淋濕。

淨念再次萌生折返的念頭，望向角落的櫃子。宮司說，櫃裡放著手巾、換穿的衣物和雨傘，如果淋濕可任意取用。

準備萬全是嗎？

看來，淨念缺少的只有決心。他大大深呼吸，如履薄冰地踩著慎重的步伐，慢慢走上板子。

瞬間，他強烈地感覺到風。雖然不到強風的程度，但肯定比海角上更強。

風的颯颯呼嘯聲。

浪濤嘩嘩拍打聲。

光是這兩種聲音撲上耳畔，整個腦袋便嗡嗡作響。他沒想到應該很安靜的望樓上，竟會如此喧鬧。

瞭望板約莫六尺（註），但費了頗大的工夫才走到一半。儘管幅度算寬，驚險卻絲毫未減。

此刻若一陣強風颳來，他恐怕會倒栽蔥墜入海中。

淨念腦中充滿憂懼。正下方是海，一般來說獲救的機會更大，但在這裡不同。從岸邊到海上都是布滿礁岩的淺灘，從這樣的高度落下，腦袋一定會重重撞上海中的岩石，運氣不好就會一命嗚呼。

我到底是爲了什麼……

要如此拿命開玩笑？不過，該說是幸運嗎？在思緒混亂的情況下，淨念抵達板子前端。

要跪坐下來，又是一段驚心動魄的過程。淨念害怕會失去平衡，一口氣墜落。從站立的姿勢開始，首先蹲下，然後雙膝同時著地，完成跪坐——他實在無法順暢地做出這一連串動作。愈是去想，愈不曉得怎麼移動身體。

---

註：「尺」爲日本傳統長度單位，一尺爲〇·三〇三公分，六尺爲一·八一八公尺。

不要再想了……

他忍不住告訴自己，像每天的修行一樣，自然跪坐下來就行。只是這樣罷了，要順其自然。

儘管耗費難以想像的漫長時間，淨念終於成功跪坐，想必是平日修行的成果。雖然沒有自覺，但從這層意義來看，是住持的指導救了他。

不過，眞正辛苦的是後續。

淨念坐在瞭望板前端，慢慢閉上雙眼，但處在隨時可能落海的恐懼中，實在不可能進行冥想。儘管是理所當然，但與在寺院正殿的佛像前打坐有著天壤之別。

別說冥想了，反倒滿腦子邪念。

淨念忍不住睜開眼，染上夕陽餘暉、散發淡淡光芒的海面突然映入眼簾。他感到一陣天旋地轉，急忙往下看，眼角右方瞥見絕海洞。

淨念用力閉上雙眼，抬起頭。他刻意呼吸，設法平定心神。反覆吸氣、吐氣一段時間後，稍稍恢復了平常心。

原來如此。

如果身在這種狀況下，依然能夠冥想，等於完成一項重大的修煉。宮司一定是想告訴他這件事。

淨念緩緩睜開眼，散發紅銅色光輝的海面無邊無際，彷彿沒有盡頭。明明前一刻才看見相同的景色，心境卻是南轅北轍。他懷著全新的心情眺望著傍晚的汪洋，腦中突然浮現一句話：

補陀落渡海。

這是修行者乘上小木舟，啓程前往大海彼方的捨身修行法。然而，船上沒有任何食物，也沒有帆和槳，根本無法航行。儘管名爲船，但絕不能算是船。只能任憑波濤起伏，一心一意祈求前往極樂世界，超脫成佛。

不過，淨念聽說在某些時代和地方，有些修行者並非自願，而是被迫進行補陀落渡海。

我絕對不想遇到那種事……

好不容易平靜的心再次騷亂起來，於是淨念閉上雙眼，想再次找回安寧。

漸漸地，他忽然莫名在意起右斜下方，離這裡相當遠的地方，似乎有奇妙的動靜。

那個方向有絕海洞。是他剛才匆匆瞥見、在絕壁底下張著大口的陰森洞穴。

怎會介意起那裡……？

只要低頭望向左斜下方，就可看到海灣另一側的磐靈大人的礁岩。淨念只是碰巧望向右邊，完全是不經意地匆匆一瞥，絕海洞爲什麼會令他如此掛意？

這樣下去，實在無法繼續冥想，淨念再次睜眼，低頭望向右斜下方。

只見漆黑洞穴的邊角，海面漂浮著灰色物體。看起來很小，不過是圓形。洞口邊緣有這樣一個神祕的物體。

那是……

看著看著，不知爲何，淨念強烈感受到那東西也仰望著這裡。他漸漸覺得那個不明之物，專心一意地凝視著坐在瞭望板上的自己。

怎麼可能……？

純粹是東西剛好漂到那裡罷了。這麼說來，他向住持報備，希望住持同意他到此冥想時，住持不是愉快地叮嚀過嗎？

「你得小心留意，萬一從望樓摔下去，隨著海流被吸進絕海洞，恐怕會連屍體都找不到喔。」

淨念重拾心神，準備抬頭，卻發現那灰色的圓形物體做出令人難以置信的動作。

它泅泳似地，從洞穴邊緣滑到外面。

一般應該是相反。漂流物會被吸入絕海洞，從海面消失，那東西卻做出截然相反的行動。而且，淨念覺得它一邊移動，仍一邊抬頭仰望著這裡。

太荒謬了……

淨念忍不住定睛細看，幾乎就在同時，那東西突然沉入海面底下。因此，他依然不清楚那究竟是什麼，決定當成單純的漂流物。會從洞裡漂出來，一定是受到這個時間帶的海流影響。淨念不是漁民，外行人憑著聽來的知識——死在這個海域的人，屍體全會漂進絕海洞——去判斷，根本就是錯的。

淨念抬起頭，端正姿勢，慢慢閉上雙眼，但又有什麼來打擾了。剛剛得出的結論，還是無法說服自己嗎？不，不是的。是不是那東西讓人覺得似曾相識？

漂浮在海面的灰色物體……

從絕海洞內出現……

「啊！」

淨念驚呼一聲，驀地瞪大雙眼。

住持告訴他的村子的古老傳說裡，有一則江戶時代的怪談。一個叫伍助的男孩乘坐小船在岸邊捕撈章魚，卻遇上怪事。

在那則怪談裡……

出現的是宛如人頭的白色球狀物體。伍助目擊那東西漂浮在絕海洞前方的海面。

……不是很像嗎？

雖然剛才看到的是灰色的，與怪談中的白色有些不同，但十分相像。淨念急忙望向下方，卻什麼都看不見。那東西似乎已完全沉入海中。

可是……

伍助不是也有相同的遭遇嗎？見怪東西消失在海中，放下心來，其實那東西正從海底步步進逼。

難道……

這一刻，那東西也在海底行走。或許正經過淨念坐著的這塊瞭望板的下方。

爲什麼……？

爲了從外海進入牛頭浦嗎？要前往磐靈大人那裡，還是打算上岸？如果目的地是角上岬……如果目的是爬上這座望樓……

再怎麼說，他未免太多疑了。

一定是幻覺而已。

淨念用力搖頭。宮司事前就給過忠告，冥想期間會湧現各種邪念，並且明白地說，其中不乏來自魔物的誘惑。那類東西會讓人看到幻覺，以假亂眞。

但淨念甚至尚未進入冥想，魔物會在這種狀態下突然出現嗎？只要稍微冷靜一點，就能明白這是不切實際的妄想。

好了，不管再有任何打擾，都絕對不張開眼睛。

淨念下定決心，設法平定心神。他嘗試宮司教導的呼吸法，成功鎮定了不穩的情緒，然而，腦中一隅卻無法克制地湧起某種想像。

那東西在哪裡？

明知不過是幻覺、妄想，卻不由得想像起它的所在。淨念就是無法不去想。

「不管怎樣都甩不掉邪念時，徹底針對它想個夠，也是個法子。」

這時，宮司的忠告掠過腦際，但目前的情況有些不同。光是思考似乎就會深受其害，說什麼盡情想個夠，豈不是萬萬不可？

儘管如此，那念頭就是揮之不去。不知爲何就是會意識到那東西。但也不是占據了整個心思，只是盤踞在腦中一隅。

它早已進入海灣，差不多要靠近潛靈大人了嗎？

還是，正朝著海岸筆直前進？

雖然浮現兩種情景，但一樣都有灰色人影在海中漫步。不過，若是前者，人影或許會消失在礁岩附近，但要是後者，是不是會來到望樓？心中萌生了強烈的不安。

半晌，海中蠕動的灰色人影在淨念的腦袋裡搖擺著。

嘩啦啦……！

不久，浮現它走上岸的影像。

……過來了嗎？

瞬間，淨念害怕了起來，但他再次告訴自己，一切都是自己在胡思亂想。

沙、沙。

那東西踩上沙灘。在看不見灰色人影的村民視野中，會只有腳印憑空出現在沙上嗎？

啪噠、啪噠。

不久，它走到岩地，接下來就是峭壁了。如果是村民，必須繞到海角根部才能上來，那東西會怎麼做？

啪噠、啪噠。

上來之前，蓬萊不會看到嗎？還是，其他人都看不見？

嗒、嗒。

它輕易攀上岩壁。既然能走過海中的礁岩地帶，即使是陡峭的海角側面，攀爬起來應該是易如反掌吧。

沙沙、沙沙。

爬上角上岬，再來就會經過草地。

噠、噠。

穿過草地，很快就會來到泥土路面。只要直走，便會抵達望樓。

嘰……

等等，是不是真的有聲音？而且，是梯子輕微的壓動聲。

嘰……

喏，果然有聲音。不是胡思亂想，也不是幻聽，眞的是梯子的壓動聲。有人或有什麼東西爬上望樓的梯子。

嘰呀、嘰呀、嘰呀……

那東西開始爬梯子。這是現實，必須快點睜開眼睛站起來，逃離此地。

……

不，一切都是邪念，完全是我的想像罷了。我只是想相信自己聽見了那種聲音。

嘰、嘰……

眞的嗎？我眞的不是實際聽到這聲音嗎？雖然隱隱約約，確實有聲音作響。有聲音振動著鼓膜。不僅如此，那聲音是不是愈來愈大？是不是愈來愈近？有什麼東西在爬梯子。絕對沒錯。

咚……

淨念知道，那東西站到望樓小屋的地板上。它終於爬完梯子了。

啪嗒、啪嗒……

它走了起來。穿過小屋，往淨念這邊走來。

啪嗒、啪嗒……

後方傳來濕答答的赤腳踩過木板地的腳步聲。

嗒、嗒……

聲音變了。它走出小屋，來到瞭望板上。

嗒、嗒……

緩慢靠近。走過一半了。

嘎嘎……

木板發出沉悶的壓動聲。這不正好證明了不單是淨念，還有另一人在這上面嗎？

嗒、嗒……

幾乎來到正後方了。

嗒……

它停下來。神祕之物站在淨念身後，目不轉睛地俯視著他，佇立不動。

淨念依然閉著雙眼，面對前方。明明不可能知道那東西的行動，卻能察覺。僅憑背部感受到的陰森氣息，他彷彿一清二楚地看見背後的情況。

後頸爬滿雞皮疙瘩，沿著背脊向下擴散，很快化成一股惡寒。淨念一個哆嗦，覺得體溫一口氣下降。

儘管只是細微的動靜，他卻心生自木板上墜落的恐懼。比這更恐怖的東西，就站在身後。

摔下板子當然可怕，但被莫名其妙的怪物抓住更可怕，完全無法想像會有什麼下場……

吁……

空氣晃動。不是海風，他覺得更近的地方，有什麼東西在移動。

是後面那東西……

淨念反射性地戒備起來。

注視……

突然間，右側感覺到那東西的視線。雖然難以置信，但視線真的來自他的身旁。如果這份感覺是對的，那東西就是浮在半空中。

唰……

那視線驀地移向淨念的正面。這一瞬間，他隱約明白發生了什麼事。

那東西不是浮在半空中。

此刻睜開眼睛，或許會與那東西對上眼——與從他身後伸出長長脖子的那東西對望……

嘶……

感覺那東西的頭突然縮了回去。

拜託，就這樣離開吧！

淨念拚命祈禱，但背後沒有任何變化。那東西依舊一動也不動，直勾勾地俯視著他。

對了，誦經……

遲至這時，淨念才雙手合十誦起經。他正襟危坐，雙手合掌，一心一意地誦經祈禱。

基……

不料，背後微微傳來聲響。

基……

淨念覺得不能去聽那聲音，聚精會神地繼續誦經。

基……應……

但身後的聲音愈來愈大。

淨……

漸漸地，淨念察覺那東西想說什麼，不禁渾身顫抖。

淨……念……！

那東西在喊他的名字。它怎會知道我的名字？它從絕海洞爬到望樓，難道不是巧合？不是從洞穴出來的時候，碰巧被淨念撞見，所以纏上他嗎？它知道淨念在這裡，刻意過來的嗎？可是，爲什麼……？

腦中一片混亂。除了對那東西本身的恐懼以外，它似乎是衝著淨念來的事實，更令他戰慄不已。

啪！

右肩突然被一把抓住，淨念差點失聲尖叫。

啪！

接著左肩也被按住，淨念嚇得魂飛魄散。

淨……念……

而且，那東西還在耳畔呼喚淨念的名字，他終於放聲大叫。

「哇啊啊啊啊啊！」

淨念的身體遭到猛烈搖晃，幾乎要從板子摔下去的瞬間，一股極強的力量按住他。

然而，淨念卻扭動身體，掙扎起來。比起落海的恐懼，被那東西壓住的驚惶更令他無法忍受。

這時，他突然聽見誦經聲。

身體頓時反應，自然停住了動作。很快地，他回過神，倒在瞭望板上。住持按住了他。

「這、這到底是……」
「總算恢復神智啦？」
住持重重嘆了一口氣，鬆開雙手。
「那、那剛才叫我的名字……抓住我肩膀的……」
「是我。」
住持再次嘆氣，嘮叨起來：
「可是，你卻猛烈掙扎，差點連我都要一起摔進海裡，一命嗚呼。」
「對、對不起……」
淨念慌忙道歉，住持扶他站起，踩著慎重的步伐，帶他回小屋內。
太陽似乎早已西沉，不知不覺間，四下落入一片黑暗。若在這時踩空摔落，就前功盡棄了。
平安回到小屋後，兩人放心地吁了一口氣。
「收到你這種徒弟，真是累煞我了。」
住持不停發著牢騷，淨念一個勁賠不是，說出在望樓上難以置信的經歷。
「不過，那果然是我的妄想吧。」
淨念還說，他明白了冥想的困難。當然，他沒有說出自己的分析：妄想的情節，途中與擔心徒弟遲遲不歸，於是前來查看的住持的行動重疊，才會引發這種狀況。畢竟以結果來說，確實是住持救了他一命，他應該由衷感激。
然而，聽完淨念的說明，住持吐出令人不敢相信的話：

「我去村裡辦完事，正要回寺院，蓬萊先生跑來找我。他向來淡定自如，處變不驚，難得看起來驚惶不安。我問他怎麼了，他再三回頭望向海角，說『我看到灰色的怪東西搖搖晃晃地往望樓走去』，我立刻心想大事不妙，才上來找你……」

幾天後，淨念返回平皿町的寺院，終究是還俗了。至於後續，無人知曉。

## 竹林魔物——昭和（戰前）

解毒丸走販多喜露出有些難以置信的表情，茫然盯著貫穿斷崖絕壁的狹窄小徑。

沒想到，蟒蛇路會是這麼糟糕的一條路……

她忍不住放下背上的行囊，當場癱坐。

來到這裡的山路，絕不能說是平坦。但從事這種行當，前往的地點多半是荒鄉僻壤，有時必須翻越險峻的山頭、行經深谷的吊橋、撥開森林裡的草木、穿過崎嶇的岩地，歷經千辛萬苦。約莫是因此鍛鍊出強健的下盤，若只是稍微難走的路徑，絕不會讓她叫苦連天。

可是，眼前這條路……

她滿身大汗，好不容易爬上兩側被蒼鬱的樹林包圍的山徑，眼前豁然開朗，出現一片無垠的大海。在夏季的豔陽照射下，海面波光粼粼，燦爛生輝。「哇！」她雖然一陣感動，雙腿卻哆嗦起來。她正站在斷崖絕壁的邊緣。崖壁彷彿一刀劈開，沒有任何遮蔽。而且眼下沿著絕壁，左右都是岩地。萬一不小心失足墜落，保證會摔得粉身碎骨。

從崖邊望向左側，高不見頂的岩壁直往東方延伸而去。看來，多喜所走的山徑到此就是盡頭。接下來，無法往東也無法往西前進，當然也不能跳下海，確實到了終點。

令人驚奇的是，東側峭立的壁面上居然有條路。正確地說，像是開在絕壁上的洞穴，以英文字母「C」的形狀穿過岩壁，好似蟒蛇鑽過的痕跡。這肯定是古人利用鑿子與鎚子，胼手胝足、耗費數十年開鑿出的通道。面對這項偉業，多喜敬畏不已，卻也心生不滿。

不能開條像樣一點的路嗎……？

多喜心知肚明，這是強人所難。想像先人的辛勞，她知道如此自私的怨言恐怕會遭天譴。但一想到接下來要踏上眼前這條「路」，她不由得要埋怨一下。

絕壁上的洞穴，一開始雖然接近「C」，很快變成像左右翻轉的「D」拿掉直線。換句話說，可擋住不致滑下懸崖的邊緣消失了。從她佇立的懸崖也可看得一清二楚，靠海的一側沒有防止墜落的柵欄，而且洞穴的大小，只能勉強容一名大人屈身穿過。連身無長物都很危險，她卻得背著又大又笨重的行李穿越。

由於能大幅節省時間，多喜才選了這條路，此刻她打心底後悔做出這個決定。不過，一切都後悔莫及了。

每到進入農忙時期的四月到十月，多喜的家人都會行腳各地村莊，販賣解毒丸。說「解毒」是誇張了，可治頭痛、暈眩、牙痛、腹瀉、腹痛、婦人病、便祕、蕁痲疹等症狀，藥效其實很普通。但解毒成分是祖傳，絕不能外流，是名副其實的家傳祕方。

在多喜生長的村子，每到農忙時期，女人都會外出賣藥。當然，不是毫無準備地直接行商，而是先拜老經驗的師傅為師，年輕的時候跟著一起走南闖北，學習必要的知識與竅門。學成就可獨立，但幾乎沒人會獨自行商。一方面，年輕女人隻身旅行很危險，再者投宿客棧時，和別人共住能省一些錢，數人結伴更有利。而且，若是經驗不足，碰上各種狀況能互相扶持，這是最大的優點。

多喜有個夥伴，是同村的青梅竹馬優季子。昨天，兩人最後行商至野津野地方的鯛兩町，分別投宿在不同的民家。當時，優季子幫忙該戶人家做家事，不慎扭傷左踝。師傅向來指導她們，遇到有人好意留宿，一定要主動幫忙做家事，優季子才會如此勤快，不料弄巧成拙。

該戶人家十分同情，告訴優季子強羅地方村子的商機。他們說強羅地方非常偏僻，如果有賣解毒丸的走販拜訪，一定會頗受歡迎，並大爲熱銷。只是，那裡形同陸上孤島，必須行經非常險惡的山路，很花時間。強羅地方有五座村子，但村子之間交通往來也不方便。要前往鄰村，一樣要穿越崎嶇的山路。不過，可花錢搭乘小船，或許不用太擔心。

獲得這項情報，優季子十分心動。雖然她負傷無法行動，但可交給多喜。在販賣解毒丸方面，師傅給予許多重要的指點，但顧客部分另當別論。遺憾的是，師徒間沒有傳承老顧客的習慣，她們必須從頭開拓客源。

聽到優季子的話，多喜也很起勁。這次她得獨自走訪五座村子，但下次來的時候，即使戶數眾多，和優季子分擔就行。兩人商量後，考慮到交通不便，估計一座村子需要花上一天，決定第六天在海龍町會合。第五座村子更東邊的地方有個繁榮的小鎮，就是海龍町。優季子打算在強羅地方的五座村子開拓新客戶。

這時，遇到一個問題，就是從鯛兩町前往第一座村子「犢幽村」的路程。目前仍能通行的山路「九難道」繞了相當遠的路，而且如同其名，途中上有九處難關——實際上更多——

加上整體地形相當陡斜，起伏劇烈，走起來當然很花時間。聽說以女人的腳程得花上整整一天，走慣山路的多喜也不例外。即使天一亮就出發，也無法在當天抵達。

不過，這條山路的途中有一條岔路。順著岔路，便能找到現在幾乎已無人行走的「捷徑」。走被稱爲「蟒蛇路」的捷徑，約莫半天就可抵達。只是，路途險阻難行，必須萬分小心。

這似乎是優季子留宿的人家裡頭，退休的老漁夫私下告訴她的……

這老頭未免太可惡了。

面對宛如圓形斷面切掉一半、洞穴般的岩壁通道，多喜暗自埋怨。老漁夫眞的親自走過這條路徑嗎？他是不是把古早以前聽別人說的話，直接轉述給優季子而已？仔細想想，身爲漁夫，應該沒必要經過這種地方。多喜打心底後悔自己思慮不周。

但也不能折回去。如果折返，等於平白浪費一整天。優季子分了一顆蜜柑給她，說「是這家人給我的」，約定五天後在海龍町會合。爲了優季子，多喜無論如何都得克服難關。

「好！」

多喜吆喝一聲，站了起來，謹慎地打點裝束。她重新纏好手背套和綁腿，接著解開圍裙，重新綁好和服衣帶，再次繫上圍裙，戴妥斗笠，最後背上行囊。

這一連串熟悉的動作，稍微讓多喜平靜了一些。她不再猶豫，直接踏進岩洞。只要穿過洞裡，就能抵達第一座村子犢幽村。她決定想著這個目標，心無旁騖地邁步。然而，她能夠倚仗這樣的決心前進，也只有一開始的十幾步而已。

不可以看右邊。

她暗想著，緊盯前方。但愈是要自己別去看，愈是在意。況且，走在裸露的岩地上，必須時時刻刻留心腳下，自然而然就會低下頭。即使不願意，左邊峭立的絕壁也會映入眼簾，無可避免地看到一路直墜海面的景象。瞬間，駭人的高度令她雙腿發軟，感到一陣天旋地轉。多喜急忙靠向左邊的岩壁，駐足鎮定呼吸。

相同的情形不斷重複，多喜遲遲無法前進，根本沒走上多少距離。

阻撓她前進的，不光是可怕的斷崖絕壁。原本走山路的時候，她只覺得熱到受不了，但此處有海風吹拂。由於涼爽舒適，起初多喜很開心，漸漸地，風吹得她冷到骨子裡，她反倒心生厭惡。此外，不時會有強風襲來，吹得她身子不穩，令她膽戰心驚。風是從海上吹來的，倘若被吹倒，也是身體挨向岩壁而已。可是，別以爲這樣就能放心。岩壁處處滲水，導致地面潮濕。強風一吹，即使倒向岩壁，也可能腳底一滑，墜落崖下。

在這種地方，一點疏忽都會丟掉小命。由於必須時時刻刻留意，神經反倒沒有一刻能放鬆。

多喜承受著橫掃而來的海風，留意著腳下，努力不去看右邊。然後，一步一步，總之挪動雙腳前進。行走期間，她不時瞥向前方。然而，不斷向前延伸的岩洞甬道，看起來卻完全沒有縮短。回望背後，發現應該已前進了不少，但前方仍是似無止境的坎坷行路。這樣的景象不免令她心灰氣餒，能夠勉強撐到最後，全多虧有跟著師傅修行的經驗，及不想辜負優季子好意的心情。

感覺永遠走不完的岩洞甬道，終於來到轉角處，但多喜害怕彎過去。或許前方又是綿綿無盡的相同的路。光是這麼想像，她就陷入深深的絕望。

她提心吊膽地從轉角探頭窺望，約二十四、五尺的前方，就是甬道盡頭。雖然看不出再過去是什麼，但總算可脫離這條通道。

多喜克制住興奮之情，更小心翼翼地跨出步子。她突然想起師傅常掛在嘴邊的俗諺：

「行百里者半九十。」

師傅說，這句俗諺是在教訓人們，欲行百里路的人，來到九十里路的時候，也要當成才剛走完一半，絕不能輕忽大意。聰明的多喜悟出現在面臨的便是這樣的境況。

順利走出岩洞甬道，又來到斷崖上的岩地。幸好經過後，就遇到一片竹林。多喜聽說犢幽村盛行製造竹器，頓時開心起來。眼前這片風景，證明村子不遠了。

然而，不管她再怎麼走，就是無法走出竹林。竹林無邊無際，不斷延伸出去，彷彿沒有盡頭。

怎麼可能……？

多喜認為不可能有這種事，但愈是深入竹林，愈感到不安。她漸漸害怕起來，即使想回頭，也無法分辨來時的方向。

怎麼辦……

正當她走投無路時，總算脫離竹林。她來到一處有著低矮的草叢、宛如原野的地方。

咦……！

然而，多喜又看到了竹林，而且是在原野正中央，不知何故，就像畫了個圓似地緊密生長。彷彿是為了留下圓形的狀態，刻意砍除周圍的竹子，不僅如此，甚至連根刨除、理平地面般，景觀極為奇妙。這座獨立的竹林，不僅高度比周圍來得低，而且十分齊整，顯得有些詭異。

這……是什麼？

多喜保持距離，在這座奇妙的竹林外側繞了一圈，發現一個空空落落的地方，彷彿是出入口，寬度僅容一人通過。只有那一處沒有竹子生長，左右側的竹子上方還拉起注連繩。

……這是受到祭祀的地方。

多喜打量疑似出入口的地方半晌，鄭重起見，繼續繞完外圍。不過，除了剛才的洞口以外，只有順著圓形生長的竹子，沒有任何異狀。

裡面到底有什麼……？

多喜想從竹林縫隙查探，但竹子生得太密，根本看不透。於是，她回到疑似出入口的地方，但一樣黑魆魆的，無法看見中心。

可是，既然有注連繩……

表示祭祀在竹林裡的是神明。換句話說，這不是一般常見的「鎮守之森」，而是「鎮守之竹林」嗎？

從未聽過這種事……

多喜納悶不已，但覺得應該參拜一下。師傅教導她，來到一塊新的土地，不光是神社寺院，路邊的道祖神（註）和地藏像等等也都要虔誠敬拜。

註：祭祀於村落的境界或山頭的神明，據信會防止惡靈入侵，保佑行旅安全。亦被視爲婚姻及生產的神明。

「務必向各地的土地神稟報一聲，說自己要在這裡做生意。」

師傅說，這是基本的禮數，以前有賣解毒丸的走販疏於參拜神明，處處碰壁，做不成生意。

一直以來，多喜和優季子都嚴格遵守師傅的教導，她不想在這裡打破規矩。

儘管如此，她不知爲何感到猶豫，就是不想踏進眼前張開大口的竹林。即使再三仰望注連繩，告訴自己裡面有神明鎮守，也絲毫無法安心。

但視若無睹地經過也教人心虛。不，絕對不行。如同解毒丸販子的其他行規——禁止在旅途中化妝或談情說愛，她不能不把師傅的教導放在眼裡。她不希望破壞規矩。

多喜在注連繩前行了個禮，躊躇再三後，卸下身上的行囊，靠放在呈圓形的竹林邊緣。大行囊恐怕會妨礙她進入看似狹窄的參道。平常她絕不會讓行囊離身，但在這裡應該不用擔心遭竊。而且，圓形的竹林並不大，即使祠堂在中央，來回也花不了多少時間。

多喜再次向注連繩行禮，躡手躡腳地踏進宛如鳥居聳立的兩側竹子之間。

嚓啦……

鋪滿參道的石礫被踩出聲響，視野陡然暗了下來，幾乎什麼都看不見。若是一般情況，應該只是光線暗了些，仍有陽光從枝葉間灑下，然而，多喜卻覺得突然被扔進黑暗當中。

她忍不住抬頭望向天空，愈往上方，左右的竹子愈朝內彎曲，與無數的竹葉一同覆蓋頭頂，因此陽光照射不太進來。多喜從未看過生長得如此密集的竹林。說起來，竹子會長得這般密密麻麻嗎？

剛踏進竹林，多喜一步都沒有前進，定在原地。待眼睛熟悉黑暗，雖然朦朦朧朧，但她漸漸看出周圍的景觀。

意外的是，以爲是參道的路，走沒幾步就往左彎了。難怪從注連繩外窺探時，只看得到一片漆黑。

多喜順著往左彎，前進七、八步，路卻往右彎。她忐忑不安地轉彎，接著走兩、三步再次右轉，走五、六步又左轉。接下來是岔路，她往右拐，居然是死路。她回頭左轉前進，但接下來也是同樣的情況，她不禁感到困惑。

簡直像是迷宮……

不，竹林裡的參道不折不扣就是迷宮。竹林的圓周不怎麼大，以爲很快便能走到中央，但看來完全料錯了，多喜後悔萬分。儘管規模天差地別，但她覺得宛如誤闖傳聞中的富士樹海。如果她踏進樹海，或許會感受到無依無靠、廣漠無邊的恐懼。相較之下，這座竹林帶來的毫無疑問是密集的恐懼。有一種愈往內走，左右側的竹子愈來愈狹窄的不安。隨時都會遭竹林夾扁的戰慄如影隨形。通道本來就僅有勉強容一名大人穿過的寬度，要是變得更窄，必須打斜身子才能前進。按理應該比穿過蟒蛇路容易，她卻完全不這麼認爲，是名副其實的隘路。

若問是否後悔，她爲時已晚地爲踏進竹林後悔萬分。

我要參拜這塊土地的神明……

她想說服自己，卻覺得只是在敷衍自己。這座竹林深處，應該眞的祭祀著當地的神明。不過，理所當然地，她不知道身爲外人能否擅自打擾。

搞不好不是一般的神明……

隨著深入竹林迷宮，這樣的懼怕油然而生。

不自然的圓形竹林、圍住唯一出入口的注連繩、密度過高的竹林、迷宮參道……不管是哪種景像，都極不尋常。

師傅和老前輩講述做這一行的辛苦，其中不少與各地的古怪風俗信仰有關。老前輩們分享這些見聞，不光是稀奇古怪的緣故，更是爲了讓後輩知道，身爲前往打擾的外人，應該要留意什麼。不過，即使是與神佛有關，不知爲何，大多數的經歷都相當可怕。此刻多喜想到的，是某個地方的灶神傳說。

從前從前，該地村子有個農民。他在旅行歸途中遇上大雨，躲進道祖神的森林避雨。這時，有人騎馬經過，說村中有兩名嬰兒出生，邀道祖神一起去命名。道祖神婉拒，表示有客人來避雨，無法脫身，於是騎馬的人獨自去了村子。

一段時間後，騎馬的人返回，說本家生下男孩，分家生下女孩，但女孩有福氣，男孩沒有。幸好，只要兩人結爲夫妻，就可保一輩子平安順遂。

農民聽到這件事，急忙趕回村子。得知自家生了男孩，隔壁分家生了女孩後，他與分家打了商量，說好要讓兩個孩子結爲夫妻。

兩人長大成人，依從父母當初的約定，結爲夫婦。農民家如同在道祖神之森聽到的預言，日益繁盛。但丈夫不願承認一切都是託了妻子的福，漸漸看妻子不順眼。終於有一天，他煮了紅豆飯，綁在褐牛身上，要妻子乘上牛，把她驅逐到遙遠的荒野。

妻子哭哭啼啼，任由牛載著她信步而行，來到山中一戶人家。那一家的主人十分熱心，對她百般照顧。由於無處可去，最後她嫁給了對方。於是，這一家日漸富裕，僱用許多僕傭，成為富貴人家。

與此同時，丈夫的家迅速沒落，甚至得變賣祖傳田產，淪為落魄的竹籃販子。丈夫四處叫賣竹籃，卻生意慘澹。有一回，他前往山中一幢大宅子推銷，對方把剩下的竹籃全買下。由於在其他地方銷路不佳，丈夫幾乎天天造訪該戶人家。

某天，總是惠顧竹籃的太太仔細端詳小販的臉，說：「你怎會落魄成這樣？連以前的老婆都不認得了嗎？」這時，丈夫才發現眼前的女人是他趕走的妻子，嚇得口吐白沫，當場暴斃。

女人同情前夫，將他的遺體埋在灶後的泥土地，以牡丹餅祭拜。見家人帶著僕傭回來，她便說：「今天我在灶後祭祀荒神，做了牡丹餅慶賀，盡量吃吧。」

從此以後，該地的農民家中，都祭祀起灶神。

多喜老家的廚房也祭祀著灶神，因此灶神對她是近在身邊的神明。聽到這個神明原來是暴斃的農民，不禁大為震驚。約莫是死掉的理由一點都不光彩，心生憐憫的前妻只能把他祭祀起來了吧。不過，這與旁人不是完全不相干嗎？反倒是前妻私葬前夫遺體的行為，令人感到害怕。

多喜客氣地說出這番想法，不料，告訴她此事的前輩笑道：

「神明的菅原道眞公（註一）和平將門公（註二）也是，儘管身分不同，但他們都和這個

註一：菅原道眞（八四五—九〇三），平安時期的學者與政治家，因受政敵讒害，遭到左遷，失意而死。

註二：平將門（九〇三—九四〇），平安中期的武將，在關東擴展勢力，自稱新皇，欲使關東獨立，最後遭朝廷征伐。

農民一樣，曾經是人。而且，兩人是死後作祟，為了平息他們的怨氣，才將他們祭祀起來，可是變成灶神的農民並非如此。真要說恐怖，哪一邊比較恐怖呢？」

這麼一提，確實有道理。當時多喜被說服了，但事後想想，她仍覺得不太對勁。

道眞公和將門公不論生前是什麼身分，原本就與普通百姓距離遙遠，但灶神幾乎每戶人家的廚房都會祭祀，是融入庶民生活的神明。如今得知就像傳說故事那樣，祂其實有著可怕的由來，不禁令人頭皮發麻。會產生這種感受，應該是人之常情吧。

但在多喜獨立行商，愈來愈常接觸各地傳說後，她便瞭解灶神的故事絕非特例。只有當地會祭祀的特殊神明裡，意外地不少都擁有類似的可怕來歷。

或許這座竹林裡的神明也……

不，如果是神明倒還好，弄個不好，會不會其實是什麼怪物封印在此？

這麼說來，告訴她灶神故事的前輩還記得相當詭異的傳說。四個總在日本各地移動的魔物姊妹，盤踞在天空、山上、海中和陸地。遇到她們的人，會被拖進烏雲、深山、海裡或地底。

在這裡遇到的，會是山的魔物嗎……？

多喜走在無數竹子形成的迷宮中，忽然一陣哆嗦。儘管覺得不可能隨隨便便就遇到那種東西，身體卻微微抖個不停。

或許是眞的很冷……

雖然幾乎阻絕了所有日光，但身在如此密集的竹林裡，應該會有些悶熱，實際上卻陰陰冷冷。剛穿過竹子鳥居時，空氣還沒這麼冷。愈往參道深處走，氣溫似乎愈低。

往深處走……？

我眞的是往竹林中心前進嗎？多喜突然感到沒把握。說不定她只是在群生的竹林裡不斷繞著圈子。或許她無法再往深處走，也無法離開，永遠兜圈子下去。

沒人知道我走進竹林裡……

想到這裡，一陣寒顫竄過背脊。

她將永遠在竹林迷宮裡徘徊，走不出去，最後活活累死，沒人會發現她的末路。在海龍町等待的優季子會擔心她，找遍強羅地方的村子，卻沒有任何線索。多喜根本沒有進入村子，這也是理所當然。

這樣一來，優季子一定會去蟒蛇路查看。她會在途中發現這裡嗎？

萬一她也走進竹林……

將會步上多喜的後塵。或者，犢幽村的人會告誡她「不可以踏進那座竹林」？

對了，只要有村人過來……

就會有人發現我了！多喜一陣開心，隨即醒悟希望渺茫。她沿著竹林參道走到這裡，途中好幾次伸手拂掉蜘蛛網，觀察腳下的碎石路，也幾乎沒看到有人踩過的痕跡。這是不是證明很久沒人進來？

我的人生就要結束在這種地方嗎……？

多喜淪陷在絕望當中，向左拐進不知第幾個彎道，眼前突然一片開闊。她來到竹林中心了。

咦……

由於先前滿腦子恐怖的畫面，她忍不住笑逐顏開。可惜，她的笑容沒能持續太久。

圓形竹林的中央，是一片同樣是圓形的草地，約莫有十幾張榻榻米大，從竹林的圓周難以想像裡面有這麼開闊的空間。如果有這麼大的空地，參道不是應該更短嗎？或者，由於是迷宮的形態，感覺路途特別漫長？不，就算是這樣也太奇怪了。太離譜了。

圓形草地和外面一樣，生長著低矮的草。看起來不像有人整理，卻未雜草叢生。這片草地的深處，孤伶伶地祭祀著一座小祠堂。人字形屋頂、格子門，除了十分老舊以外，是鄉間隨處可見祠堂。

儘管如此，多喜不知爲何心生害怕。她強烈感覺到，背對緊密生長的竹林、鎮坐在圓形草地另一頭的祠堂，就像詭祕怪物的住處。

提到竹子，祠堂兩側各立著一根比她還高的竹竿，彷佛是代替石獅子。不，竹竿上繫著注連繩，所以，或許就像出入口的兩根竹子，是一種鳥居。竹竿約莫六尺高，根部分別插著附有葉片的竹枝。

形同鳥居的竹子與竹枝雖然古怪，但除此之外，完全就是普通的祠堂。然而，她就是覺得非常不對勁。

不，在那裡的是神明……

多喜試圖轉念，卻躊躇不已。證據就是，她的腳彷佛生了根，在原處動彈不得，一步都無法踏進草地。

掉頭回去吧！

這是不是最聰明的選擇？即使在此行個禮、合個掌，形式上也算拜過了。平常的話，絕不允許馬虎參拜，但在這種情況下勉強算數吧。

儘管多喜暗下決定，卻不知爲何離祠堂愈來愈近。回過神時，她竟正往草地深處走去。無關她的想法，雙腳似乎逕自前進了。

它在呼喚……

雞皮疙瘩「唰」地爬滿手臂。

咕嚕嚕嚕。

而且，肚子突然叫了起來，緊接著她感到強烈的飢餓。那是一種暴烈的飢餓，甚至讓她餓到腹痛。

的確，時間已近晌午。她原本預定抵達犢幽村就先用午飯。儘管如此，突然覺得肚子餓，未免太奇怪了。

這地方……果然不對勁。

肚腹深處升起一股驚懼，飢餓感瞬間消失無蹤。原來，恐懼甚至能凌駕飢餓嗎？然而，肚子很快又叫了起來。她實在餓得受不了，彷彿被餓鬼附身。

飢神（註）。

多喜忽然想起師傅提過，山中有一種附身人類使其餓死的妖怪。一旦遭飢神附身，就會飢餓過度而動彈不得，嚴重的時候，會活活餓死。如果想得救，必須盡快把食物塞進嘴裡，哪怕只有一丁點也好。因此，師傅提醒，吃便當至少要留下一口飯。

---

註：ひだる神，西日本地區流傳的傳說中，會附在人身上，使人飢餓的魔物。

啊，可是……

昨晚在鯛兩町過夜，寄宿的那家太太今早送的便當收在行囊裡，而她在進入竹林前把行囊擱下了。

怎麼辦……

多喜幾乎要哭出來。這時，祠堂突然映入眼簾。

咦……！

不知不覺間，她竟走到草地深處。古老的祠堂鎮坐在眼前。

咚！

下一秒，多喜飢餓過度，一屁股坐倒在地。

好餓……

腦袋裡只剩下這個念頭，根本無法思考其他的事。

我會餓死在這裡嗎？

想到自己的死狀，多喜一陣心驚。我不要這麼死去！她想搖頭，卻連搖頭的力氣都沒有。

只能敬拜祠堂的神明，請神明救我……

多喜合掌俯首。她不知道該怎麼祈禱，正感到為難，但漸漸地，話語自然浮現心中。

我一定會帶供品回來祭拜，請神明救救小女子。

她反覆在心中如此祝禱，飢餓感慢慢消退。雖然還是很餓，但不是先前那種幾乎要人命的飢餓感。

趁現在快走……

多喜四肢跪地，屁股對著祠堂，轉身就跑。雙手按在草地上，傳來陣陣刺痛。但眼下不是管痛的時候，一離開祠堂，飢餓感益發強烈。如果在脫離這塊草地以前，又被那種鋪天蓋地的飢餓感侵襲，她絕對會當場倒地，再也爬不起來。

天旋地轉……

過度的飢餓導致多喜頭昏腦脹，一時之間她勉強撐住了，但這樣下去，遲早會全身癱軟。

在前方張著大嘴的竹林出口，看起來好遙遠。不管再怎麼努力挪動四肢，就是無法靠近。然而，飢餓感愈來愈強烈，力氣逐漸流失，雙手雙腳都使不上力。

砰咚！

終於，多喜癱倒在草地上。渾身虛軟，倦怠到了極點。但貼在臉頰上的草葉冰冰涼涼很舒服，眞想永遠躺下去——即使只有短短一瞬間，但她居然起了這種念頭，她不禁渾身顫抖。

不要，我不想死！

多喜再次擠出力氣，爬過草地。

噗滋、噗滋。

她像要拔起般雙手抓著雜草，慢吞吞地前進。幸好，爬過約一半的圓形草地，飢餓的程度逐漸減輕。等到離那座祠堂夠遠，飢餓感是否就會消失？

只差一點……只差一點……

多喜拚命鼓勵自己，幾乎要絞盡最後的力氣，不斷往前爬。

快到了……

當右手從草地伸向參道的石子路時，全身的倦怠感一掃而空。

得救了！

接下來，她不顧一切地逃離。

然而，身體儘管輕鬆了，卻彷彿有什麼後遺症，下盤使不上力。多喜只得扶著旁邊的竹子，設法站起，踩著踉蹌的步伐，盡快離開這個恐怖的地方。就在這時——

吱呀……

背後傳來極細微的聲響，多喜詫異地停住腳步。

嘰……

這次聲音很清晰，宛如老舊不堪的木門打開……

祠堂的格子門……

多喜的腦中登時浮現不可能的情景。她想回頭確認，身體卻動彈不得。

沙……

然後，她聽見另一道聲音。

沙、沙……

像是有人拖著腳步，在草地上行走。

騙人……

老舊的祠堂格子門打開，某種東西現身，踩過草地走來——多喜彷彿親眼目睹這樣的景象。

不可能……

儘管她覺得絕對不可能，但事實是，一股詭異的氣息從背後慢慢逼近。

沙、沙、沙……

拖著腳步前進的聲音，好似飢餓到雙腳使不上力，她悚然一驚。

多喜雙手扶著竹子，心想非逃不可，但約莫是尚未完全恢復，感到頭重腳輕。

嚓啦、嚓啦……

踩在參道碎石上的雙腳搖搖晃晃，但她仍咬緊牙關，一步步往前，畢竟逼近身後的詭譎氣息實在太駭人。

不要、不要、不要！

多喜在內心猛烈搖頭，陷入半瘋狂似地不停搖頭。

如果被那種東西追上，我一定會瘋掉！

壓倒性的恐懼給予她力量。從草地進入迷宮，往前幾步後，便是直角右轉的彎道。這樣一來，即使回頭也看不到祠堂。對此刻的她而言，比什麼都令人欣慰。

腳步還是一樣不穩，但總算回到參道上。多喜不斷左右扶靠著竹子，盡可能趕路。分秒必爭，得快點離開。她滿腦子只有這個念頭，彎進第三個轉角——

嚓、嚓……

這時，拖拉的腳步聲進入參道。

嚓啦、嚓啦……

嚓、嚓……

好似配合著多喜的腳步聲，那拖拉的腳步聲從身後的竹林傳來。不，正確地說，並不是身後。那東西隔著竹子形成的高牆，與多喜相對峙。眼下，那東西就走在她幾秒前經過的通道上，幾乎就在她的左方。

不可以看……

多喜強烈地警告自己，視線卻不由自主往左飄，想透過密聚叢生的竹林縫隙窺探另一邊的通道。

影影綽綽……

然而，多喜眼中看到的，只有掠過那裡的某種陰影。確實像是人在移動，卻看不出究竟是什麼。從竹子的隙縫之間，只能窺見隱隱約約的動靜，無法看出更多。

但這樣對多喜來說就夠了。有看起來像人、但絕不可能是人的東西在追趕她，光是確認這個事實，她便又嚇得膽裂魂飛。

嚓啦、嚓啦……

多喜踢開石礫，加快腳步。爲了盡可能遠離從後方追上來的東西，她努力快步前進。她不再雙手扶住同一邊的竹子，而是張開臂膀，接連抓住左右兩邊的竹子，折返參道。她手腳並用，只想設法逃離。

死路……！

不知道第幾次轉彎後，前方竟是一片竹牆，是死路。倉皇掉頭的途中，多喜怕得要命，心臟都快嚇停了。那東西會不會在下一秒彎過參道轉角，探頭過來？這樣的懼怕，讓她的魂都快飛了。

多喜急忙回到岔路口，選擇另一條路。前進一段距離後，腦袋冒出一種可怕的想像。如果在她走錯路、進入死巷的期間，那東西搶先經過會怎樣？

多喜是否遲早會在半途追上它？本該是在逃離可怕的東西，卻變成自投羅網……

又是死路！

多喜差點尖叫，只能拚命克制下來。她幾乎瘋狂地衝回走錯路的起點，改往正確的方向前進。

嚓、嚓……

就在她浪費時間之際，拖拉的腳步聲已近在身邊。她無法分辨腳步聲是來自後方，或者其實在前方。除了中間隔著竹子形成的圍牆以外，她什麼都分不清。

多喜忍不住仰頭望天，然而，前端朝內彎曲的竹子與竹葉之間，只看得到一小塊陰沉的天空，毫無助益。多喜完全迷失在竹林迷宮中。

嚓、嚓……

但她並未停步，因爲追趕著她的恐怖腳步聲，一刻也不停歇。

彎過不知道第幾個轉角，又遇到岔路。她必須立刻做出決定，要往右五、六步，還是往左七、八步？

眼前的景象似曾相識。當初穿過竹子鳥居，在參道上前進一小段距離後，她是不是像這樣在長長的通道約一半的地方右轉？左右延伸的通道畫出曲線，但彎曲幅度不大。換句話說，她已靠近圓的外圍。如果沒記錯，她是從左邊進來的。

多喜毫不猶豫地選擇左邊直直走去。這次在盡頭右轉。

咦……！

右彎的路再次往右彎了，但才走三、四步就遇到盡頭。這是一條死路。

怎麼會……？

看樣子，她完全記錯了。說起來，這裡的通道就像迷宮，她不可能正確記得路線。

得快點折回去……

多喜急忙要轉身。

嚓、嚓……

與此同時，她聽出那東西走進剛才的岔路。若現下折返，將會迎面撞上那東西。

多喜頓時嚇得面無血色，感覺隨時會貧血昏過去。

不要過來！

走開！

她拚命祈求。一心一意祈求。打心底祈求。

嚓、嚓……

那東西往前走了。多喜聆聽著那腳步聲，陷入絕望。

它要來了……

多喜懷著一絲希望，觀察眼前和左邊的竹林。但不管怎麼看，都沒有一絲隙縫可鑽過去。一隻手還有辦法，但要把整個身體塞進竹林根本不可能。縱然鑽得進去，顯然也會被卡死在那裡。

嚓、嚓……

這段期間，那東西不斷逼近，差一點就要到達轉角。如果它彎過轉角，進入這條死巷，多喜會有什麼下場？

只是稍加想像，多喜就幾乎要慘叫起來。明明不知道會發生什麼事，她卻要活活嚇瘋了。

嚓、嚓……

那東西到達轉角，然後右轉，再一次右轉……

多喜對著盡頭的竹子牆蹲下。她雙手抱頭，縮成一團，宛如一隻土鱉。

嚓、嚓、嚓……

那東西在她的正後方停步。感覺一道黑影籠罩上來，但她不清楚實際情況。

那東西只是注視著她。目不轉睛地俯視著她。這一點是肯定的。令人厭惡萬分的濃濃氣息散播到她整個背部。極度的惡寒一波又一波席捲全身，一條命彷彿去了一大半。

我會被吃掉！

她唐突地這麼想著，是本能的直覺嗎？

咕哇——！

那東西在多喜背後張開大口。嘴巴張到不能再大，下巴幾乎要掉落。張得極大的嘴巴，甚至能一口吞下多喜的腦袋。

當然，多喜並沒有看到，卻強烈地這麼感覺。她渾身猛打顫，好似瘧疾發作。

咕咯、咕咯、咕咯……

感覺連喉嚨蠕動的聲音都清晰聽見，雞皮疙瘩一陣陣竄過她的全身。

我完了……

人生就要結束在這座莫名其妙的竹林裡。這個事實不僅可怕，也令人悲傷，而且引起她的憤怒。但遠遠壓倒悲傷與憤怒的，仍是恐懼。

不要，我不想死……

死亡已夠可怕，居然要葬身在恐怖的怪物肚腹裡，光是想像，她就幾乎要發瘋，眞的快活活嚇死了。

不要、不要、不要！媽……！

她想起老家的母親。想起母親的氣味。想起母親的體溫。

多喜緊緊抱住自己，像被母親擁抱那般，抱緊自己。她告訴自己，不管發生任何事，母親一定會保護她。

啊……！

就在這時，右手碰到衣物的前襟，摸到一樣東西。她反射性地伸手取出，是蜜柑。

多喜完全忘了。那是今早與優季子道別時，優季子說寄宿的人家送的，並分給多喜的蜜柑。

多喜驚訝得身子一顫，不假思索地將拿著蜜柑的右手伸向背後。

……

突然，背後的動靜停止。

咻嚕……

霎時，右手的蜜柑重量消失。但那一瞬間，指尖傳來濕漉漉的手巾擦過般的噁心觸感，她急忙縮回手。

接下來，出現五、六秒的空檔。

嚓、嚓……

背後總算響起那東西遠離的腳步聲，多喜當場一屁股跌坐在地。

得救了……

等於是一顆蜜柑救了她一命。她眞的對優季子感激不盡。

多喜一直坐在原地，直到拖拉的腳步聲完全消失。她提心吊膽地站起，折回參道的途中，也拉長了耳朵傾聽著。她一路走到竹子鳥居的出入口，幾乎沒花什麼時間。剩餘的路程一次也沒走錯，順利回到出入口，完全無法想像先前怎會暈頭轉向地迷路那麼久。

走出圓形竹林，多喜感到一陣天旋地轉。天空陰沉沉，她卻覺得刺眼極了，像從漆黑的地窖突然步出戶外。

如果能夠，多喜想稍稍休息，卻又希望盡快離開這個鬼地方。

她重新背好行囊，進入原野前方的竹林。老實說，她受夠竹林了，但不經過這裡，似乎就到不了犢幽村。

穿過竹林，來到神社境內。是笹女神社。這座神社果然和竹子有什麼關聯嗎？

多喜不由得遲疑，但不能對當地的神社和寺院視而不見。她認爲應該和平常一樣，招呼一聲才對。

她走出境內，站到鳥居前方，整理一下儀容，平定心神，恭敬行了個禮，再重新踏入境內。在手水舍漱口洗手，靠邊經過參道走到拜殿，拉動懸鈴，靜靜將香油錢投入功德箱，行禮兩次、拍手兩次，請神明允許她在村裡做生意，並希望生意興隆。

參拜完，多喜走到境內旁掛著「籠室」門牌的人家前，請求引介。

出來應門的是宮司。多喜表明是來販賣解毒丸的，宮司承諾會介紹村人給她。她客氣地說想在那之前先用便當，於是宮司爽快地領她到主屋的簷廊。

多喜喝著幫傭婦人泡的茶，用了午餐。這時宮司過來，她自然地聊起路上的經歷。多喜說是從蟒蛇路來的，宮司非常驚訝。

「這村子幾十年沒人走那條路……」

宮司語帶同情。多喜再次對優季子留宿人家的老漁夫氣憤不已。

「不過，妳能平安抵達真是太好了。妳肯定在那條路上吃了不少苦吧？」

宮司慰勞多喜，隨口詢問路上有沒有發生什麼事。

其實——

多喜原本要說出在竹林的遭遇，念頭一轉，收住了口。

既然那裡拉上注連繩，祭祀那座竹林的想必就是笹女神社。向宮司說出那種事，真的不要緊嗎？她是被害者，但因未經許可擅闖竹林受到責備就麻煩了。或許會影響到接下來的生意，不能冒這種險。

「穿過蟒蛇路，便是茂密的竹林，走得很艱辛，幸虧最後通到神社境內，我鬆了一口氣。」

多喜回以無傷大雅的答案，宮司露出安心的笑容，更讓她覺得竹林裡的祠堂另有隱情。

可是，多一事不如少一事。她確實飽受驚嚇，但最好裝成什麼也沒發生，忘掉那段駭人的經歷。

由於有宮司美言，多喜在村裡的生意非常順利。晚上她寄宿神社，隔天早上村裡的漁夫免費送她到隔壁的鹽飽村。在鹽飽村，還有接下來的石糊村、磯見村，生意都順順當當。不過，從磯見村請漁夫送她到閖揚村時，多喜付了船資。

最後的閖揚村戶數最多，也是五座村子裡最繁榮的。因此，不像先前的四村那樣請村中的有力人士幫忙，而是藉由顧客介紹顧客的形式做生意。雖然是村子，但與在城鎮的行商方式相同。

依先前和優季子的約定，第六天兩人在海龍町會合。交代彼此的行商成果後，多喜說出在竹林的遭遇。

「妳居然遇到那麼可怕的事……」

優季子嚇壞了，不願輪替去犢幽村。

「那座竹林比村子郊外的神社更邊緣，不要靠近就沒問題。若是去到附近，別踏進竹子鳥居就行。」

多喜拚命安撫，優季子才總算不那麼害怕。

此後，兩人一樣合作，到各地販賣解毒丸，終於在該年的晚秋回到故鄉的村子。

然而，兩人回家後的隔天早上，多喜失蹤了。當然不是再次出外行商，而且她什麼都沒帶，行囊也留在家裡。奇妙的是，她似乎將冷飯和剩菜裝進便當盒裡帶了出去。

村人四處尋找，卻怎麼也找不到多喜。眾人問優季子知不知道多喜去哪裡，優季子儘管覺得不可能，猶豫再三，還是說出那座竹林的事，於是村中耆老推測：

「多喜說會拿食物回去供奉，所以是前往那裡了吧。」

村人急忙聯絡犢幽村笹女神社的宮司，但對方表示多喜沒過去，村裡也沒人看見她。

後來宮司還是去竹林宮查看了一下。「竹林宮」是那座竹林的名稱。他在祠堂前發現便當盒，但裡面空空如也，乾乾淨淨，連顆飯粒都沒有，像被舔過一樣。

村人只接到這樣的回覆，多喜就此下落不明。

## 蛇道怪物——昭和（戰後）

當時，飯島勝利開車經過從平皿町通往閖揚村的久重山山路，準備回家。起初，這條綠意盎然的通勤路讓他感到趣味橫生，但如今他已完全沒有欣賞風景的閒情逸致。畢竟下班後疲倦極了，還得繃緊神經開兩小時的車。

他通勤往來的未經鋪設的山路，只能容一輛汽車通過。如果對向有來車，其中一輛就得一路倒車，直到會車用的避車彎。雖然一路上設有相當數量的避車彎，還是頗費周折。況且山路左右蜿蜒，半點都疏忽不得，必須不斷操縱方向盤和排檔，就連愛開車的他，有時都忍不住想叫苦。

從飯島住的閖揚村，到上班的平皿町的日昇紡織工廠，除了這條山路以外，還有一條海線的道路。不過，海線經過海龍町與海琳町兩個小鎮，繞了相當遠的路，最起碼得花四小時車程。相較之下，山路只要開兩小時就到了。即使辛苦，所有人應該都會選擇山路。與其如此勞累，爲何不一開始就住在平皿町？事情並非這麼簡單。

戰前，日本紡織業擁有全世界首屈一指的棉布出口量，卻在第二次世界大戰期間急速衰退。不過，戰後歷經五年歲月，再次迎向鼎盛，直至現在。平皿町的「日昇紡織」，是棉紡織業的中流砥柱之一。

由於這家公司，平皿町欣欣向榮。城鎮不斷開發，有許多商業設施，人口日漸成長。不過，物價也隨之上漲。尤其是出租公寓不足，造成租屋價格高居不下。

飯島幸運進入日昇紡織就職後，有段期間暫住鄰町的父親的遠親家，同時往周邊城鎮尋找便宜的租賃處。但看來每個人打的算盤都一樣，即使將範圍擴大到頗遠的地方，還是找不到符合條件的公寓。

就在這時，公司幹部之一的久留米三琅提起閖揚村。一般來說，基層員工不會有機會和幹部交談，但久留米以「喜歡現場」聞名，常在工廠內到處巡視，自然而然與幾名員工親近起來，飯島是其中之一。

「……住在村裡嗎？」

飯島驚訝地詢問，居然是距離平皿町開山路兩小時車程的地方。見飯島滿臉不願，久留米別有深意地笑道：

「不過，只須忍耐一、兩年，你很快就會感謝我。」

「什麼意思？」

飯島好奇地問，於是久留米滔滔不絕地解釋。

昭和二十八年（一九五三年）《町村合併促進法》施行，同年在內閣會議中通過「町村合併促進基本計畫」。此後，全國各地的市町村合併風風火火地推展開來，平皿町亦不例外。實際上，據說也有升格為平皿市的計畫。久留米提到的閖揚村，這幾年人口逐步成長，極有可能與其他四村合併，整合為「強羅町」。

「其他四村大致的人口，犢幽村一千五百人、鹽飽村一千四百人、石糊村一千四百人、磯見村八百人。加上閖揚村的兩千六百人，就是七千七百人。要升格為町，需要八千人口，不過這是有點舊的資料，現在人口想必更多。強羅町的誕生指日可期。」

如此一來，一定會開發連結平皿市與新成立的強羅町的道路，及連接以前的閖揚村與其他四村的道路。此外，應該會規畫新的公車路線。換句話說，在新誕生的強羅町裡，與現在的平皿町距離最近的閖揚村，絕對會發展起來。事實上，已計畫在那裡興建安置日昇紡織員工的公寓——不只是單身員工宿舍，還包括眷舍。

久留米頗為得意地將這消息告訴飯島。

簡而言之，久留米的意思是，與其等閖揚村升格為町，得到開發後再搬過去，趁現在搬過去，才能先下手為強。這番話確實有理，加上不好繼續打擾親戚，飯島決定搬到閖揚村。原本預計購買的車子，也先貸款買下。單身東西少，搬家費不了多少工夫。

不過，飯島認為久留米說的「忍耐一、兩年」算不得準。確實，或許一、兩年後就會進行町村合併，但真正要開路，恐怕得再一、兩年。最短兩年，搞不好要四年以上，他都得繼續開山路通勤。

即使如此，起初他覺得不算什麼大問題，看來他過度樂觀了。從四月下旬搬到閖揚村，經過四個多月，他已筋疲力盡。

現在是夏季，或許還好。在山路上馳騁，宜人的風從車窗外吹入。自塵埃飛揚的街道踏上歸途，山中的清爽空氣短暫洗滌了他的心靈。可惜，在閖揚村的人稱爲「蛇道」的九彎十八拐羊腸山徑上，那樣的爽快很快被拋到九霄雲外。相反地，可能會緊張到直冒冷汗。待冬天降臨，到底會有多慘？據說山上有些地方甚至會積雪。考慮到路面結冰的危險，車胎必須上雪鏈，當然也必須更小心翼翼地駕駛，通勤時間恐怕會超過兩小時。

不光是這樣，去程有早晨的天光，但回程會是一片漆黑。僅靠車頭燈的光線，擔心著打滑的危險，行駛在蜿蜒崎嶇的積雪山路上。光是想像，他就背脊發涼。

說到背脊發涼……

最近山中連續發生可怕的事。每一件都只能說是大自然的惡作劇，卻又極爲詭異，令人不敢一口咬定是自然現象，實在匪夷所思。

比如，車子下坡時，幾公尺前方突然落下一塊巨石。

或是，一早就是晴天，連一滴雨都沒下過，歸途卻有一段路嚴重泥濘，方向盤差點失控。

在爲數不多的直線路段開得快一些，旁邊的森林突然有高大的樹木倒下，險些砸中車子。

疑似樹木果實的東西撒滿路面，輾過後輪胎染成鮮紅，好似濺到鮮血。

一些住在閖揚村的日昇紡織員工，好幾次遇上這類怪事。每個人都是開車通勤，但在公司分屬不同部門，上下班時間也都稍微錯開，因此截至目前，尚未有兩輛車子遭遇相同的現象。

「一開始我以爲是太累了。」

發現不單是自己，其實別人也在山中遇到可怕的怪事之前，他們都以爲是精神狀態出問題。所有的怪事都發生在日暮時分，更令人如此猜疑。直到有附著在輪胎上的泥巴和果實這些具體的事證，他們才開始分享自身的遭遇。

人數雖然不多，但他們都是基於和飯島一樣的理由，早一步搬到閑揚村居住。他們全住在一幢叫「平和莊」的公寓，有人懷疑：「會不會看我們是外人，村人故意惡作劇刁難？」可是搬進村子生活後，沒人有受到排擠的感覺。反倒是村子受惠於平皿町與日昇紡織，發展蒸蒸日上，村人都很開心，對日昇紡織的員工格外禮遇。除了通勤辛苦以外，算是非常宜居的地方。

當然，有少部分村民只因他們是鎮上來的，便心生排斥。不過，幾乎都是些乖僻的怪人，在村裡受到孤立。其中一個例子，就是名叫垣沼亨的五旬男子。垣沼家追本溯源，是村中頭號大地主大垣家的分家，甚爲富裕。更往前追溯，來歷可溯及犢幽村的笹女神社。祖先入贅到大垣家，子孫再分家出來獨立，是這樣的緣由。儘管家族背景如此顯赫，卻在亨那一代，把整個家敗掉了。一切似乎都要怪他的無能與傲慢。聽說亨的妻子帶小孩回娘家，只寄了離婚協議書回來。此後，他一點一滴地變賣家產，在空蕩蕩的大宅子裡一個人生活。

就算是這樣，垣沼亨也沒道理去找飯島等人的麻煩。假設山中異象是人爲，僅憑一、兩個人的力量，絕對辦不到。若是人爲，絕對是結夥下手。但垣沼亨在村裡受到孤立，並且基於自身的意志，過著隱居的生活。以他的情況，會與排斥鎮上員工的少數村民聯手合作，再三做出惡質的騷擾行爲嗎？怎麼想都不可能。

不久後，村民當中有人碰到相同的遭遇，才總算漸漸看出，過去目睹異象的都是日昇紡織的員工，只是因爲除了他們以外，沒什麼人會往返平皿町和閖揚村而已。

山中的異象變換形式持續發生。與飯島交情不錯的久保崎，某天傍晚開車經過陰暗的蛇道，發現有人站在避車彎，附近卻沒看到車子。

是車子墜谷了嗎？

久保崎連忙想停車關心，最後卻踩下油門逃之夭夭。

「那個人全身雪白，呆呆站在那裡，而且身體濕答答。」

看到站在那裡的是這副模樣的人形之物，久保崎忍不住加速逃離現場。

久保崎目擊到這種人形怪物後，很快地有其他人撞見。雖然爲數不多，但目擊者包括村民。奇妙的是，每個人看到的形貌不同。

全身雪白，濕答答。

身體是樹枝和樹葉組成，像一團綠色的東西。

從頭到腳黑漆漆，彷彿是一道影子。

全身紅通通地燃燒著，周圍卻一片黑暗。

飯島幸運地尚未目擊，但思及或許遲早會輪到自己，歸途就更讓人畏懼了。

雖然不清楚與山中這些離奇的怪事——尤其是最新的目擊經驗——究竟是否有關，但從七月中旬開始，村裡小火災頻傳，而且全都原因不明。發生火災的地點也都相當奇怪，像是海邊的漁民小屋、田裡的倉庫、村中公共水井的屋頂等等。倉庫是從田地靠水路的地方燒起來，因此有人主張這些怪火與水有關，但沒人知道背後的原由。

然而禍不單行，八月盂蘭盆祭典中招待賓客的茸菇湯，引發集體食物中毒。幸虧症狀輕微，只有嘔吐和腹瀉，但有十幾人中毒。茸菇湯的材料準備和烹調都是村中的婦女會負責的，她們說沒人採到毒菇。可是，保健所檢查剩下的茸菇湯，從鍋中找到了名爲幽鬼菇的毒菇。據說幽鬼菇的外觀和美味的岩鬼菇一模一樣，應該是誤採。不過，由於與其他食材一起煮，毒性得到中和，並未造成嚴重後果。附帶一提，中毒的人裡，沒有任何日昇紡織的員工。

到了這個階段，先前部分村人私下耳語的傳聞，一下傳遍整座村子。晚了一步，飯島等人也得知內容。

是不是蠅玉作祟……？

當然，他們聽得一頭霧水。不，比起內容，都進入現代社會了，不可能還有什麼「作祟」。

「鄉下人果然迷信。」

和飯島一樣走山路通勤卻尚未遇過明顯怪事的前川笑著說，但沒人附和。

「你很快就沒辦法再說這種風涼話。」

反倒是有人一本正經地忠告前川。

後來，久保崎費盡心思，從平和莊公寓的房東兒子那裡打聽到關於蠅玉的傳聞詳情。至於爲什麼要費盡心思，是顧慮到這種事情傳進外人耳裡，會嚴重損壞村子的印象。大垣家等村中有力人士似乎認爲，往後不單是日昇紡織的員工，還要招攬他們的家眷和相關人士到即將升格爲町的當地定居，現在傳出不好的風聲，可能會妨礙這項計畫。

不過，從房東兒子那裡問出的內容，實在令人不得要領。

所謂「蠅玉」，發音為「HAEDAMA」（註），是位於強羅地方最西邊的犢幽村裡，自古以來受人畏懼的怪物。它會沿著犢幽村背後的喰壞山，來到閖揚村的久重山，推落蛇道的岩石或樹木，引發種種異象。蠅玉不光是厭惡外人侵入強羅這塊土地，對於開發山林的計畫更是怒不可遏，因此甚至現身山中，讓經過的人看到它詭異的形貌。每個目擊者眼中的形貌都不同，證明他們看到的不是人。然而，人類一點都沒學乖，於是蠅玉向村人發出警告。那就是連續失火及食物中毒事件。

「蠅玉到底是什麼啊？」

面對這個關鍵疑問，房東兒子並未給出令人滿意的回答。不過，打聽到這個傳聞的前川認為，那應該是一種「土地神」。

聽完之後，飯島納悶地歪頭說：

「當地自古以來祭祀的神明，對於外人的入侵和土地開發感到憤怒，這一點不難理解，可是真的會發生我們和村人遇到的現象……會發生那麼具體的怪事嗎？」

這天聚集在前川住處的人當中，贊同飯島的意見的只有前川。其他人都低頭不語。

不過，久保崎很快抬起頭，意味深長地說：

「在我小時候，由於要拓寬道路，村民把郊外一座老祠堂遷到別處。那座祠堂非常古老，連老一輩的村民都不知道祭祀的是什麼，遷移後，第二天離那裡最近一戶的老太婆突然

---

註：與「潑靈」（HAEDAMA）同音。

翹辮子。幾天後，離那裡第二近的人家的嬰兒莫名夭折。再過幾天，第三近的人家感冒臥床的太太忽然嚥氣。」

說到這裡，久保崎注視著飯島，問：

「看出來了嗎？」

「從距離祠堂最近的住戶起，陸續有人死掉？」

飯島立刻回答，久保崎點點頭，指出更可怕的一點：

「而且，死掉的都是當時該戶人家裡最脆弱的一個，感覺只是湊巧，但幾乎沒人這麼想。所以，村民急忙把祠堂遷回原地，請宮司重新祭拜。之後從第四近的人家開始，再也沒人過世。」

「意思是，這裡發生相同的情況嗎？」

「我是外地人，不敢斷定。不過，我覺得蠅玉的事，最好不要當成笑話。」

「呃，我完全沒有這個意思……」

飯島連忙否定，但前川依然故我。他似乎頗不以爲然：沒想到不只是村人，連同事都是無可救藥的迷信之徒。

前川會如此強勢，一方面是由於他的個性，但更大的原因，或許是受到同一棟公寓住戶及位廉也的影響。這位有著罕見姓氏的男子，是出過書的異端民俗學家，來到強羅地方是爲了採訪。不過，他似乎沒付房租。根據傳聞，他說服房東「贊助研究」，免費暫住。但公寓算是基地，平時他四處打擾各村莊的神社、寺廟，及有力人士的家。當然，都是免費寄宿。

及位在調查什麼，前川並不清楚，但兩人都嗜酒如命，又意氣投合，經常一起喝酒。因此，同事請前川向及位打聽繩玉的眞面目。他不情不願地去問，回來說：「都是你們害的啦，連我都被及位先生恥笑：『你居然信那種東西？』」不過，當時及位吐出奇妙的話：

「世上不可能有蠅玉這種怪物，但蠅玉眞的很可怕。」

同事問前川，這話是什麼意思？前川生氣地回應：「我哪會知道，老師是專家，一定有他的想法。」

不過，房東兒子說，及位廉也總是極熱心地向村人打聽各種事情，然而，一旦有人問他的看法，他卻立刻閉口不談。或許採訪就是這麼回事，可是，只從對方身上獲取資訊，卻什麼都不回饋，他的態度在其他村子也引發爭議。此外，不知為何他去找垣沼亨，又大大撩撥起閑揚村居民的不安。

飯島的車行駛在日光逐漸陰暗的蕭索蛇道上，回想起這一連串的事實。

撇開及位廉也不談，久保崎等人的憂心，及前川冷眼旁觀的心態，飯島都能理解，因此倍感為難。其實，他本身只遇過一次怪事，就是山路的一段變得泥濘。那天沒下雨，這種情形確實令人發毛，但他推測是地下水之類造成的，所以並未害怕到完全聽信蠅玉的傳聞。

只是，像這樣經由深山的蛇道開車回家，有時候他會忽然陷入不安。好比現下，即將駛過逐漸出現在前方的會車用避車彎——

會不會有什麼非人之物站在那裡……？

他陡然湧出一股懼怕，不必要地繃緊眼皮，避免望向那裡。

開車期間，遇到岩石或樹木阻礙，當然很危險，也很可怕，但還能當成意外事故。可是，出現像人的東西就不同了。那裡顯然有什麼神祕詭異的東西。不只一、兩個人看到，許多人都目擊證實。有個來歷不明的東西、不知爲何佇立在那裡，彷彿在守株待兔……

我才不想遇到那種鬼東西。

飯島再次這麼想，繼續開車。不單是他，前川也還沒遇過。他深切祈禱能平安返家。

飯島謹慎地開過難以習慣的山路。不久後，遇到彎度極大的路段，他放慢車速。不料，下一個避車彎倏地躍入眼簾，那一刹那，他整個人一怔。

有東西在那裡……

蛇道途中的避車彎，不是設在削掘山壁的一側，就是凸出山谷的一側。前者的情況，由於背景是山壁，不管是車子停在那裡，或人站在那裡，都可一眼看出。但後者的情況，由於背後是森林，從行駛的車中匆促一瞥，難以清楚辨別。若是曲折的路段，更是如此。

方才感覺有不明之物佇立的避車彎，也因山路隨即彎曲，只能隔著樹木望去。

飯島自然地放慢車速，拚命定睛細看。

影影綽綽，若隱若現。

隔著樹木，確實看到了什麼，但也像是樹木。可是不管怎麼看，顯然都異於森林裡的樹木。

山路繼續彎曲，不明之物佇立的避車彎終於出現在正面左側。

……是穿著蓑衣嗎？

飯島看出那東西似乎穿著稻草編織的雨具蓑衣。

什麼啊，原來是村人……

飯島才剛鬆了一口氣，立刻發現避車彎沒有車子。那個穿蓑衣的人是怎麼來到這裡的？

站在這種地方，到底有什麼事？

如果是更靠近村子的地方，確實有旱田。村人會開著小卡車去務農。飯島曾與那些小卡車一起開在山路上，或交會而過。

可是，在這樣的深山……

不可能有村子的田地。即使有飯島不知道的飛地，要上來這裡，非開車不可。但避車彎連個車影都不見，而且根本沒下雨。

種種推測掠過飯島的腦際。他再次認識到佇立在前方的絕非尋常之物，同時，總算看到了蓑衣上的頭部。

一團漆黑……

蓑衣上是一團漆黑的圓狀物。不過，並非完全的球狀，感覺更扭曲。這時，他反射性地聯想到一樣東西。

巨大的黑色高麗菜……

是有人類的頭部那麼大的高麗菜。只是，不是摻雜白色的綠色，而是無比漆黑。

那異形的姿態躍入眼簾的瞬間，飯島踩下油門。前方是陡急的彎道，但他不理會，直衝而去。

嘰——！

尖厲的煞車聲響徹山頭。

唰——！

彎道周圍揚起滾滾沙塵，視野一片模糊，飯島仍再次加速。他一心一意只想快點遠離避車彎，拚命往前開。

會出事的！

差點過不了彎，車子幾乎要墜谷之際，他的自制力總算恢復。

接下來，飯島一改前態，慢吞吞地開車前進。

那就是……

其他人遇到的蠅玉嗎？不過，和之前目擊者描述的模樣差太多了吧？想到這裡，飯島記起，根本沒人看到相同的形貌這個詭譎的事實。

因爲是怪物……

所以會隨著看到的人變換形姿？這有什麼意義嗎？如果有的話，目擊到黑頭與蓑衣身體的我，會落得什麼不好的下場？

飯島心煩意亂，慢吞吞地繼續開車，來到下一個避車彎。這次的避車彎在靠山的一側，但眼角餘光一瞥，身體就忍不住一顫。

沒奇怪的東西……

他放下心，稍微加快速度。山中天黑得很快。他想在完全天黑前回到村子。

從眾人的目擊經驗來看，遇到怪物確實很可怕，但沒人提到在接下來的山路又遇到什麼更可怕的東西。碰到那種怪物雖然倒楣透頂，不過現在就別多想，平安開回村子才要緊。

飯島重新打起精神，車速再加快了一些。意外地，下一個靠山谷的避車彎很快出現。飯島沒多留意，就要匆匆經過的時候——

咦……！

與剛才一模一樣的怪物停駐在那裡。這恐怖的一幕毫無預警地躍入眼簾。

怎、怎麼會……！

那怪物不可能從相隔兩個避車彎的地方，搶先飯島的車子來到此處。那怪物根本沒有車子。不，就算有，山路只有一條，不管怎麼想，都不可能在他毫無所覺的情況下，搶先抵達。

莫非穿過森林……？

那怪物是以最短的距離移動過來的嗎？比起繞遠路的蛇道，直接穿過森林，距離或許更短。可是，森林裡有無數的樹木，還有岩石和茂密的灌木，加上地形高低起伏，比起蛇行的山路，搞不好難走好幾倍，不是嗎？

前提是……如果那是人……

車子抵達避車彎的短短數秒之間，飯島的腦中浮現出這些疑問和想法。但這次他也踩下油門，一口氣逃離。和上一次不同的是，經過兩個彎道，他馬上放慢速度。

起碼那怪物似乎不會追上來。

他看出這一點，但恐懼不會因此稍減幾分，或許還有增無減。雖然有好幾個人目擊到怪物，但連續目擊的，他是第一個。這個事實嚇得他魂飛魄散。

下、下一個避車彎……

如果又出現那怪物，該怎麼辦？當然只能馬不停蹄，立刻開過去，但真的這樣就沒事了嗎？一直看到那怪物，是否會有恐怖的詛咒降臨在他身上？

飯島心驚膽跳，繼續開車。事到如今，不可能掉頭折返。而且，要掉頭的話，必須開到下一個避車彎，但他就是不想經過避車彎才折返，豈不是本末倒置？

不，回家的路過一半了吧……

這條路他都開了四個月，仍無法掌握自己在山中的位置。尤其歸途多半是在傍晚開車，更是難以判斷。不過，從開車的時間和距離，他推測應該已經過了一半以上的路程。

飯島繼續開車，令他害怕的避車彎冷不防出現。

沒有……

幸好那裡沒任何東西，他不知不覺聳起的雙肩垮下。

不要再來了。

飯島邊祈禱邊開車。他想快點回家，卻刻意按捺加速的衝動。精神狀態不穩定，不該飆車。這樣的常識勉強發揮了抑制力。

行駛一段路，前方出現下一個避車彎。瞬間，飯島握住方向盤的手猛烈發抖，車體左右搖晃。如果車速過快，八成已車禍。

怎、怎、怎麼會……

大彎道之間的樹木中，透出疑似那怪物的影子。一如先前，呆呆佇立在避車彎上。

爲什麼只有我遇到跟別人不一樣的狀況？這太沒道理了！飯島甚至感到憤怒。即使遇到像人的怪物，他也希望跟其他目擊者一樣，一次就夠了。

就在飯島恐懼又憤怒之際，車子仍不斷朝著不合常理的怪物前進。他想別開目光，但也有想一窺可怕事物的衝動。因此，車子經過的瞬間，他忍不住朝旁邊一瞥。

難道……

物。

飯島發現一件驚悚的事，但沒勇氣回頭確認。他繼續開車，在腦中比較三次看到的怪物。

它慢慢轉過頭……

第一次目擊的怪物，是不是面向背後？所以，相當於臉的部分一團漆黑。第二次遇見的怪物，似乎稍微側過身。第三次碰上的怪物，身體的方向顯然不同。下一次再遇到，是不是會完全面向這邊？

這個念頭一起，恐懼如氣球膨脹。第四次遇到的時候，或許會與它對望。稍一想像，飯島就像墜入冰窟。雖然日頭即將西沉，仍頗為悶熱，瞬間，明明是沙塵滾滾的山路，車裡卻瀰漫著陰寒的氣息。

不要去看避車彎就沒事了。

飯島這麼想，卻沒有自信。或許他會輸給好奇心，忍不住望去。剛才也是，經過之前他絲毫沒有要看的念頭，卻不小心看了。

再說，萬一視而不見，導致那怪物衝到車子前方，強制與他對望，到底該怎麼辦才好？居然一下想像出這種荒謬離譜的情節，飯島一陣膽寒。

我快瘋了……

然而，他卻也覺得無法斷定絕不可能。那怪物顯然是針對他，搶在前頭等待。這一點千眞萬確。換句話說，那怪物想讓飯島看見它。一開始背對著飯島現身，接下來漸漸轉身，約莫是為了這個目的。既然如此，最後它是不是非與飯島對望不可？

想到這裡，飯島不禁毛骨悚然。

這種邪門的怪物會如何行動，根本沒人料得到吧？可是，他卻彷彿讀出怪物的心思，做出各種想像。

這證明我瘋了……

飯島拍打臉頰，甩甩頭，做出消除睡意般的動作。

總之，如果那怪物再出現，絕對要當成沒看見。假裝什麼事都沒發生，自然地通過。

飯島剛下定決心，前方就出現避車彎。他渾身一顫，但那裡空蕩蕩，並無佇立之物。

「呼……」

他重重嘆一口氣，重新繃緊神經。

然而，即使接近下一個避車彎，也沒看見那怪物。當然，沒出現是最好的，但感覺白分析那怪物是否在回頭了，心情十分複雜。

咦，等等。

這時，他發現某個事實。

那怪物只出現在靠山谷的避車彎，似乎沒在靠山壁的避車彎看過。剛剛經過的，也是靠山壁的避車彎。

這意味著什麼？

但不管怎麼想，都毫無頭緒。其實，根本沒有理由吧？只是碰巧？只是剛好連續三次都是這樣而已？

想著想著，又來到避車彎，不過是靠山壁的一側。沒看到那怪物。

……果然如此嗎？

飯島開著車，心跳加遽。下一個避車彎是靠山壁，還是靠山谷？比起怪物，他更在意這一點。

開了一段山路後，前方出現避車彎。

是靠山谷。

隔著繁茂的樹木仔細一看，隙縫間隱約冒出疑似蓑衣的物體，上面頂著黑色的圓狀物。

它在那裡。

小心彎過大彎道，避車彎出現在前方左側時，他不禁猶豫。該踩下油門嗎？還是，維持放慢速度的狀態，經過那裡？

在他猶豫之際，車子不斷逼近避車彎。即使目不斜視地瞪著正前方，那怪物的形影仍會進入視野。實際上只有幾秒，感覺卻經過極漫長的時間，車窗外的風景彷彿也清楚地映入眼簾。

抵達避車彎之前，飯島掙扎著是否要看那怪物一眼。然而，這時發生意外的情況。

那怪物竟彎下身，像是要窺探車裡的飯島。

「噫！」

飯島發出窩囊的叫聲。下一秒，他踩下油門。之前的想像居然成眞了。

那漆黑的渾圓團狀物裡，只有一顆眼珠……

那顆眼珠灼灼地瞪著他。

車子迅速通過避車彎，飯島不經意地望向後照鏡，發現那怪物跳到山路上。

它要追來了！

飯島想再踩油門，赫然發現彎道逼近眼前，而且是大大往左彎。

飯島連忙踩煞車，換檔的同時拚命轉動方向盤。

唰——！

掀起的漫天塵土中，車子猛烈甩尾，仍平安過彎。飯島已開慣了蛇道，才能僥倖無事。如果沒開過這條山路幾次，一定會無法過彎，連人帶車摔落山谷。

哈、哈……

安心與激動的情緒交織，飯島氣喘吁吁。他立刻望向後照鏡。

那怪物沒現身。

原來它沒追上來嗎？但剛才明明透過後照鏡，看見它大大甩動蓑衣，從避車彎跳出山路的身影。

不……

飯島想起來了。那怪物沒必要在山路上追逐他。那怪物想怎麼搶先都沒問題，根本不需奔跑追逐。

換句話說，那怪物是不是會在下一個避車彎……

埋伏等待？而且，這次不會單純地站著，或許會展開攻擊。即使飯島試圖加速經過，它是不是也會直接飛撲上來？

接下來，直到下一個避車彎出現，飯島始終神經緊繃。如果是靠山壁的，他就鬆一口氣，發現是靠山谷的，心臟便登時亂跳，然後隔著樹木拚命以目光搜索那怪物的身影。

如果看到一點漆黑的頭或蓑衣，到避車彎之前他打算先放慢速度安全行駛，接近避車彎就踩油門逃跑。這般草率的作戰計畫實在讓人很沒信心，但除此之外，他想不到任何有效的方法。

靠山谷嗎？可是沒現身……

靠山壁，得救了……

靠山谷……沒看到……

飯島的心情像在洗三溫暖，忽冷忽熱，終於開到閖揚村附近。從這裡到村子之間，有個叫「黑暗嶺」的地方。並非有什麼怪談傳說，只是周邊的樹林過於濃密，即使在大白天也十分陰森，才有這樣的名字。

如果是平常，飯島完全不會放在心上，直接開過去，但現在不一樣。黑暗嶺靠山谷處有一個避車彎，他不禁神經兮兮起來。

如果那怪物是在埋伏，絕對會選在那裡……

車速自然放慢了。飯島忍不住慢速行駛，磨磨蹭蹭地想拖延時間，並試圖想出破解之道。

不過，路只有一條，除非翻越那座山嶺，否則回不了村子。他想一口氣開過去，問題是那裡太黑了，就算開著車燈，速度也快不起來。

它在那裡……

一定就在那裡。

萬一是這樣……

來到通往黑暗嶺的坡道底下，飯島終於停車。

天快黑了。再拖拖拉拉下去，四周都要陷入黑暗。搶在天黑之前翻越山嶺，會是更好的選擇。儘管這麼想，他卻遲遲無法往前開。

飯島走投無路，忍不住東張西望。這時，他發現左邊的樹木縫隙透出朦朧的光暈。

啊，是大垣家的……

瞬間，他的心中燃起希望的火光。

大垣家，是閑揚村代代擔任村長的家族。即使歷經戰後的農地改革，大垣家仍保有全村最多的土地。光源的附近有塊大垣家獨立的農地，隱居的秀壽老翁說「不活動筋骨會痴呆」，幾乎每天都開著小卡車上山來整理這塊田地。

飯島忽然想起久保崎告訴他的這些事。

飯島急忙倒車，回到剛才經過的左邊岔路。或許這是蛇道上唯一的岔路。雖然雜草叢生，仍被壓出清楚的車輪痕跡，飯島前進一段路後往左彎，前方出現一幢大農舍，左邊是一大片竹林。穿過竹林，應該就是田地。那裡似乎還有一幢小農舍，但從此處看不見。

飯島停好車，走近約有一般雙層民宅大的農舍。左側上方有一扇採光窗，透出燈光。平常的話，飯島只會覺得是昏暗模糊的光，此刻卻感到無比溫暖，帶給他莫大的信心。

顧不得丟臉了，請對方陪我一起回去吧！

飯島站在農舍的對開門前，懷著這樣的念頭出聲喚道：

「不好意思，請問有人在嗎？」

然而，無人回應。飯島鍥而不捨地繼續說：

「我是住在村裡『平和莊』的日昇紡織員工，剛從平皿町的工廠回來——」

屋內有燈光，也沒上門閂，裡面一定有人，卻沒有回應，於是飯島敲起眼前的大木板門。

「不好意思，大垣先生，你在裡面嗎？」

他大聲呼喊，但農舍裡別說回應了，連半點聲響都沒有。

「抱歉，我要開門嘍？」

飯島感到事有蹊蹺，將對開門的其中一邊稍微往外拉，探進屋內。

首先看到的是各式各樣的農具雜亂地堆放。其餘只有燒柴的暖爐，及周圍幾把椅子，完全沒看到人影。

真奇怪……

飯島忽然抬頭，看見二樓的地板。說是二樓，也和一般民宅不同，農舍前半部挑高天花板，後半部在二樓的高度架有地板，似乎可從右邊的梯子爬上去。

「大垣先生……？」

為了慎重起見，飯島朝二樓呼喚，依舊毫無回應。農舍裡鴉雀無聲。

該不會昏倒在樓上吧？

秀壽老翁雖然隱居，但身體健朗，還能下田工作，但聽說有些人是在務農時，突然一命嗚呼。

飯島有些猶豫，最後還是進入農舍，大膽爬上梯子。他是來求救的，沒料到會遇上這種狀況。不過如果秀壽老翁真的昏倒，不是害怕什麼怪力亂神的時候，必須立刻將他搬上車子，送到鎮上的醫院才行。

飯島從梯子探出二樓地板，最先映入視野的是雜亂堆積的稻草束。稻草束非常多，此外沒有別的東西，也沒看到秀壽老翁。他覺得再怎麼慎重也不爲過，爬上二樓檢查稻草堆後面，但一樣沒人。

什麼嘛，只是忘記關燈嗎？

從這個狀況來看，這是最有可能的解釋。想到這裡，飯島發現了自己的疏失。

農舍前面根本沒有小卡車。

如果大垣還在田裡，或是留在農舍裡，他開過來的小卡車理當會停在某處。沒看到車子，表示大垣早就回村子了，不是嗎？

眞是白跑一趟。

飯島大失所望，垂頭喪氣。但下車走動一會，他不知不覺轉換了心情。注意到時，在車中感受到的壓倒性恐懼淡去不少。看樣子，應該有辦法翻越黑暗嶺。

快點回家吧！

他在稻草堆前轉身，踩過二樓地板，準備折回梯子的時候，忽然嚇得面色慘白。

探光窗外冒出一張漆黑的臉。

那張臉飄浮在一般民宅二樓高度的窗外，一隻眼睛定定凝視著他。

飯島感到一陣天旋地轉，差點摔下一樓，勉強才撐住。他後退兩、三步，抬頭一看，黑臉上的獨眼睜得更大，直勾勾地瞅著他。

兜～兜兜、兜、兜～兜兜、兜～兜兜、咚咚……

緊接著，突然響起古怪的聲音。飯島覺得是從黑臉那裡傳來的，但它並未張嘴，況且根本沒看到像嘴巴的部位。聽起來是從臉龐底下、更靠近地面之處傳來的。

兜～兜兜、兜～兜兜、兜～兜兜、咚咚……

眼睛在樓上，嘴巴在樓下。

飯島差點想像起這種樣貌的怪物。蓑衣怪物的肚腹一帶咧著一張大口，陰森詭譎的低沉聲音，有節奏地傳出。不知道那頭顱與蓑衣如何相連，或許就像長頸妖怪轆轤首，是伸長脖子探到窗邊。

飯島用力搖頭，想甩去可怕的想像和刺耳的聲音。

兜～兜兜、兜～兜兜、兜～兜兜、咚咚……

然而，聲音毫不停歇。不僅沒有停止，還開始移動。同時，黑臉無聲無息滑向旁邊。朝著他的右邊……往農舍後面……

這樣下去，飯島會在二樓的採光窗與那張黑臉面對面。不光是面對面，那怪物搞不好會破窗而入。如果拔腿就跑，它可能會搶先堵住門口。必須等它繼續往右移，引誘到屋後足夠的距離後，再衝下梯子逃走。

儘管驚嚇過度，渾身僵硬，他卻意外冷靜地做出判斷，連自己都十分驚訝。

飯島留心避免正眼去瞧，以眼角餘光捕捉著緩慢移動的黑臉。那睨視的目光扎得他發痛，但他絕不與黑臉對望。其實他很想摀住耳朵，還是忍住了。因爲摀住耳朵，會妨礙行動。

兜～兜兜、兜～兜兜、兜～兜兜、咚咚……

飯島聽著一點都不希望入耳的不祥吟唱，等待那怪物經過農舍後方第三扇採光窗——

瞬間，他火速衝下梯子。黑臉在抵達下一扇窗戶前，必須沿著板牆移動，這段期間它沒辦法看到農舍裡面。

飯島直接跳下最後幾階，雙腳一落地，便如脫兔般衝向正門。他壓抑著想回頭仰望右後方採光窗的衝動，推開門板，一口氣逃向屋外。

接下來，只需繼續朝車子奔跑，跳上車子發動引擎。飯島正要轉換方向，那駭人怪物的身影突然躍入眼簾。

農舍左側與極茂密的竹林之間、完全被黑夜籠罩的地方，彷彿全身拉得細細長長的蓑衣怪物正扭動著。上方是否有那張黑色的臉，飯島不得而知。一方面是四周太黑看不清楚，但更大的原因是一瞥見那噁心的蠕動，他便立刻轉頭了。

之後是怎麼回到村子的，飯島幾乎沒有印象。他應該翻越了黑暗嶺，卻毫無記憶。

隔天，飯島一如往常去公司，下班後他卻沒辦法返回村子。他開車來到即將進入蛇道的地方，當下決定折返。這天晚上，他借住在先前的那名親戚家裡。

再隔天，他出門上班，但還是無法回去村子。他想過等「平和莊」的同事下班，請對方載他一起回去，又覺得丟臉，只好放棄。住同一棟公寓的同事都沒試過這個方法，想必也是怕丟臉。

遇到那怪物的四天後，飯島總算自行開車回到閖揚村的「平和莊」。

翌日起，飯島像以前一樣通勤。然而，即使從村子前往日昇紡織，也沒辦法專心工作。明明是上班時間，他卻魂不守舍，犯錯連連，惹來上司責備。幹部久留米非常擔心，甚至特地到「平和莊」探望他。身邊的人都擔憂再這樣下去，他會被公司開除。

就在這時，房東造訪飯島的住處，給他看了一張老照片。那是每年到了這個時期，都會在村子海灣舉行的「澇靈祭」儀式的照片。房東似乎是想鼓勵他，說今年的祭典就快到了，不妨和朋友一同去參觀。

看照片的時候什麼事都沒發生，但聽著房東特地從大垣家借來的祭典錄音帶，飯島突然收拾行囊，跑出公寓，投奔先前寄住的親戚家。

因爲他在村人的吆喝聲中，聽見那個聲響。

兜～兜兜、兜～兜兜、兜～兜兜、咚咚……

據說，後來沒多久，飯島就辭掉工作，離開了平皿町。

# 第二章　啓程

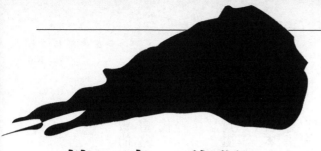

刀城言耶滿懷好奇地仰望蜿蜒而上的陡峭山路。

太驚人了……

這條現今無人通行的廢道不僅陡急，而且左右曲折。遠遠稱不上平坦的研缽狀路面，無數的樹根糾結盤踞，宛如從泥土中鑽出的蛇，其間散布著大小石塊，幾乎寸步難行。儘管道路如此崎嶇，前人卻是背負著沉重的行囊往來，而且是踩著絕對比言耶一行更快速的步伐——

「我眞的走不動了……」

從踏上這條廢道開始，祖父江偲不曉得發過多少回牢騷。附帶一提，在言耶後方約五公尺處，她坐在稍大的岩石上無力地垂著頭，肩膀大大起伏喘氣。

刀城言耶是一名作家，以「東城雅哉」爲筆名，寫些怪奇小說和變格推理小說。他熱愛日本各地流傳的怪談與奇談，甚至經常用來做爲創作題材。爲了兼具興趣與實益的鄉野奇談蒐集工作，他幾乎成天在外旅遊，孜孜不倦地進行民俗學所說的「民俗採訪」。他一年只會回去東京的租屋處幾次，住在那裡的時間全部加起來，可能連一個月都不到。稿件都在採訪地點的旅館完成，透過村子的郵局寄到出版社。出版社的校樣，也直接寄到這類下榻處。這就是他在文壇被稱爲「放浪作家」或「流浪的怪奇小說家」的由來。

然而在不知不覺間，刀城言耶又有了另一個稱號「偵探作家」。他經常在採訪地點被捲入詭奇的案件，而且幾乎都是與當地流傳的可怕怪異傳說有關的殺人案件。當他意識到時，往往已在情勢使然下擔任起素人偵探，並總是能設法讓案件獲得解決。

若要勉強用一句話說明刀城言耶這個人，應該就是「放浪的怪異傳說蒐集家兼偵探作家」吧。

另一方面，祖父江偲是戰後成立的出版社之一「怪想舍」的編輯。她是刀城言耶等幾名作家的責編，也參與推理小說專門雜誌《書齋的屍體》的企畫與編輯，是相當傑出的才女。

作家與編輯的搭檔當然不稀罕，前者外出採訪旅行，後者隨行的情況也司空見慣。事實上，今年六月刀城言耶前往奈良的波美地方時，祖父江偲也一道追隨。刀城言耶在當地被捲入與祭祀水魑的儀式有關的神男連續殺人案件，也可說是慣例了。不同以往的是，祖父江偲蒙受池魚之殃，遭遇了極可怕的經歷。

那次經歷約莫能讓祖父江學乖，不會再跟我一起去進行民俗採訪了吧！

言耶私下這麼想，暗暗放下心。他並非討厭祖父江偲。雖然他完全不打算告訴對方，其實他從以前就頗爲欽佩祖父江，認爲再也找不到像她一樣「才貌雙全的編輯」。既然如此，應該向對方表達這份欣賞才對，但言耶毫無意願。

如果說出來，祖父江肯定會得意忘形。

每當偲自稱「人家」，不是心情大好，就是怒氣沖天，這種時候絕不會有什麼好事。一旦言耶開口稱讚，祖父江偲便會喜上雲霄，掀起某些風波，無可避免地將他一起捲入。由於這樣的發展顯而易見，言耶不得不謹言愼行。

有能幹的祖父江偲陪在一旁，對刀城言耶是如虎添翼。這一點確實沒錯，但話又說回來，只要她的壞毛病不改，言耶就必須設法阻止她跟來。

然而，只要一逮到機會，偲依舊想跟著言耶去旅行。不管如何婉言相勸，說「以女人的腳程太辛苦了」，也根本不管用。「請不用擔心，我絕不會叫苦！」偲自信十足地打包票，但每回必定會半途鬧脾氣。因為言耶的目的地，通常是鳥不生蛋的窮鄉僻壤。

言耶要去的地方，連前往都困難重重。搭電車到最近的車站，轉搭公車，接下來坐馬車搖晃——能夠像這樣抵達，算是賺到的。很多時候，下馬車後還得徒步好幾公里，彷彿遙遙無盡，而且路況有時非常糟糕。

如同此刻他們正在跋涉的廢道……

這類險惡的山路，言耶當然是走慣了的。不僅如此，他特別喜歡這種地方——這種保留人類營生的痕跡，卻再也看不到半點人影、再也無人踏入的地方……

站在這種地方，他總是會興起某種感慨。

以前是怎樣的人在這裡生活？他們為什麼不見了？究竟去了何處？

不過，其中不乏令他無暇沉浸在懷古幽情的地方，也就是被視為所謂的「魔所」而受到畏懼的地方。這類地方拒絕人類進出，甚至會將人類排除出去。

這條廢道有沒有類似的氣息？

言耶仰望宛如大蛇爬過的痕跡般的坡道，忽然心生疑問，同時覺得似乎有什麼令他耿耿於懷。怎麼會呢？他歪頭尋思，腦中赫然浮現另一條山路。

是乎山的蟒蛇坡……

今年四月，刀城言耶前往神戶地方的奧戶聚落，那裡有一座乎山，被視為禁忌之山，受到居民畏懼。通往乎山的山路，和眼前的廢道一樣，是研缽狀的坡道。言耶想起當地人都稱為「蟒蛇坡」。

我在那裡遇到模仿六地藏菩薩童謠的淒慘連續殺人案。

回顧至此，言耶湧出一股不祥的預感。

是這回也會捲入凶案的前兆嗎？眼前的坡道，預示著那種恐怖的未來嗎？

難道……

可是……

言耶不由得搖搖頭，只因山路的外觀相似，就聯想到一塊去，未免太可笑。首先，這條廢道沒有乎山的蟒蛇坡讓人感受到的那種不祥。雖然能體會到荒廢、被遺忘的悲哀，但絲毫沒有受到魔物威脅的恐懼。

我是怎麼了？

言耶重新觀察這條山路，坡道底下傳來祖父江偲怨懟的聲音：

「大師，您悠哉地杵在那種地方發什麼呆？」

「不，沒事——」

我才沒發呆——言耶回頭想反駁，差點噗哧一笑。偲的表情就是那麼可憐兮兮。

祖父江還是適合東京的街頭。

一身時尚打扮，在大街上昂首闊步的模樣，才是最適合她的。途經這種廢道的嚴酷旅行，不管怎麼想，對她來說都太勉強。

不過，這回她總算不是穿裙子，而是穿長褲上路。當然，她也穿了登山鞋。從這層意義來看，本人應該自以爲做了適合登山的打扮。遺憾的是，體力與精神是兩碼子事。

順帶一提，言耶一如往常穿著牛仔褲。他刻意挑選最舊最皺的一件，否則走山路的時候，布料會勒腳，舉步維艱。雖然是牛仔褲愛好家，但他也是經過鄭重考量的。

都那樣再三勸退祖父江，說她無法勝任了……

言耶暗暗嘆息，留意腳下，折回坡道。

「……大師，您剛才轉頭的時候瞄了人家一眼，然後偷笑對吧？」

偲不是無故找碴，而是提出極尖銳的觀察。

「呃，沒有……我沒笑啊。」

如果承認，絕對會沒完沒了，言耶拚命否認。

「打馬虎眼也沒用，人家都看見了。」

祖父江偲說完，立刻向旁邊的大垣秀繼求證：

「對吧？你覺得大師剛才那是什麼表情？」

「呃……」

秀繼一本正經，注視言耶半晌，居然說：

「我不清楚老師在想什麼，但感覺淡淡微笑了一下。」

喂喂喂……

言耶沒出聲，忍不住在內心吐槽。

祖父江偲這次會同行，以某種意義來說，「始作俑者」就是大垣秀繼，因此言耶更想抗議了。早知道就瞞著兩人默默出發，可惜一切為時已晚。

大垣秀繼是言耶的母校學弟，不過秀繼入學的時候，言耶已畢業。就學期間，言耶便以作家身分活躍，一畢業便展開民俗採訪活動。儘管兩人有木村有美夫這位共同的恩師，但從來沒機會碰面。

兩人相識的契機，是在秀繼大學畢業，進入新興出版社「英明館」任職，做了五個月的書店業務，在今年九月調到編輯部門以後的事。言耶在這家出版社，以本名出版過一本研究書籍《民俗學中的怪異事象》，當時接任的責編，便是大垣秀繼。秀繼就讀大學期間，似乎常聽恩師提起刀城言耶的事跡。因此，他請恩師木村代爲介紹，希望與言耶見個面。當初祖父江偲沒透過任何門路，是突然直接找上言耶，用不著搬出她當例子，從如此恪守禮數的做法，也可看出秀繼一板一眼的性格。

以刀城言耶的立場，一方面有恩師說情，加上秀繼是母校學弟，因此他一口就答應見面，結果秀繼邀請他撰寫第二部作品。當時在閒聊當中，大垣秀繼提到故鄉流傳的怪談，用不著說，言耶立刻受到吸引。

怪談總共有四則。言耶命名爲〈海中首級〉、〈望樓幻影〉、〈竹林魔物〉的三則，是發生在強羅地方最西邊的犢幽村，分別是江戶、明治及戰前的神祕傳說。

最後一則〈蛇道怪物〉，是這幾個月來，發生在秀繼生長的閖揚村，到日昇紡織工廠所在的平皿町間的山路上的離奇遭遇，而且據說是現在進行式。

於是，言耶立刻決定在九月下旬造訪強羅地方。他原本打算先去閖揚村，但從秀繼那裡聽到詳情後，漸漸覺得或許先去強羅地方最早開拓的犢幽村較爲妥當。雖然三則怪談各有耐人尋味之處，但他在這階段已看出，第四則怪談中疑似元凶的怪物「蠅玉」，約莫就是源自犢幽村的「濬靈大人」。

怪物起源的犢幽村。

現在仍發生怪事的閖揚村。

就在言耶猶豫該以哪邊爲優先時，得知及位廉也的消息促使他做出了決定。這名異端民俗學家一星期前住進犢幽村的笠磐寺，正在熱心地調查什麼。多虧大垣秀繼請在閖揚村的朋友四處打聽，才能知道及位的動向。秀繼似乎察覺，言耶對這名先抵達當地的民俗學家十分好奇，眞是編輯的楷模。

及位廉也在民俗學上的研究對象，是與當地有關的特殊怪異現象，完全與刀城言耶重疊了。但如果只是這樣，言耶不會刻意去打擾對方正在進行民俗採訪的村子。基於禮貌，反而應該迴避。可是，及位廉也強勢又自私的採訪方式，引發不太好聽的風評。部分人士私下批評，身爲民俗學家，及位廉也實在太不像話。

當然，刀城言耶並非學者，但他就像個民俗學家，在日本各地進行民俗採訪。在採訪時，他遵循的首要原則是：盡量體恤當地人的感受。談論往事，很容易重新喚起當事人或村子早已遺忘的不堪記憶。在民俗採訪的過程中，經常伴隨著這樣的危險。採訪者只需要聆聽蒐集，接下來拍拍屁股走人就沒事了，受訪者卻不是如此。他們必須繼續留在當地，過著如同以往的生活。如果說出原本封印的忌諱往事，導致原本的日常脆弱地崩潰，該怎麼負起責任？無論如何，他實在扛不起這樣的重責。

有一次，刀城言耶向祖父江偲說出這個原則。

「眞的很有大師的作風。」

偲抿嘴微笑，佩服地點點頭。

「恐怕沒人比我更清楚，大師這番話眞實不虛。只是——」

偲接著這麼說，臉上的微笑突然變成了邪惡的笑。

「您只要聽到不曉得的怪物名字，或從未聽聞的珍奇怪談，原本還是儀表堂堂的好青年，卻會突然變了個人。除非對方吐露詳情，否則您就會死纏爛打、像鱉似地緊咬不放，打破砂鍋問到底，非要對方一五一十全盤托出不可——大師這個令人頭痛的毛病，又該怎麼說？」

「……」

這是事實，言耶根本無法反駁。

「這種做法，豈不是違反大師體恤當地人感受的原則嗎？」

偲俏皮地微歪著頭，一針見血地說。

如同偲指出的，言耶自己也不值得嘉許，但他實在無法對及位廉也的事坐視不管。他希望前往當地，設法減輕及位造成的困擾。

於是，第一個目的地便決定是犢幽村。視情況也可從犢幽村經過鹽飽村、石糊村、磯見村，再到閖揚村，繞完強羅五村，如此變更或許反倒比較妥當。

接下來的問題是如何前往，秀繼說從前連像樣的道路都沒有，甚至五座村子之間都難以互相往來，但現在已有連接閖揚村到犢幽村五村的道路。若要去犢幽村，先從平皿町經過山路進入閖揚村，其實是最快的。

如果秀繼的話到此結束，或許事情就簡單了。言耶會獨自啓程，在平皿町僱車，此刻約莫正在前往閖揚村的路上。然而，秀繼多說了一句：

「聽說，以前隔著許多山頭相鄰的野津野的鯛兩町，有兩條路通往犢幽村，不過如今都已變成廢道。」

「噢，廢道？」

這話激起了言耶的好奇心。秀繼搖頭表示不清楚詳情，言耶請他務必代爲詢問當地人。最後，得到的訊息是，挖穿斷崖絕壁、宛如蟒蛇通過的痕跡般的其中一條路，因爲過於危險，已禁止通行。另一條穿過山中的九難道雖然變成廢道，但應該勉強能徒步通過，只是路上必須非常小心。

聽到這件事，言耶躍躍欲試。秀繼得知他的意圖，卻一臉嚴肅地說：

「既然如此，這是我起頭的，爲了負責，我想先前往鯛兩町，親自走一趟九難道，確保路上安全。」

「咦？呃，這樣麻煩你，對你們出版社太過意不去了。」

言耶急忙拒絕，但秀繼不肯退讓。

「倘若我只是說出怪談，不會陪同老師一起採訪。可是，我又說出九難道的事，讓老師決定走那條路，那麼我就有責任了。」

「即使如此，也不能勞煩你特地去勘查廢道——」

「不，萬一發生什麼意外就太遲了。我會調查九難道的哪些路段必須特別留意，再陪同老師前往。」

「呃，可是——」

「既然『英明館』委託老師寫書，絕不能置身事外。」

「不不不，我認爲這是兩碼子事。還有，我只是個乳臭未乾的後生小輩，別叫我什麼『老師』——」

不管言耶如何勸阻，秀繼都聽不進去。不僅如此，他還向出版社申請出差通過了，手腕幹練到令人害怕。

「沒辦法申請爲採訪旅行，眞的非常抱歉。要是通過的話，老師的費用就可以由我們全額負擔了。」

看著行禮賠罪的大垣秀繼，言耶暗自咋舌，心想他不久就會成長爲極優秀的編輯。

於是，雖然情非所願，但這趟旅行有了伴。秀繼是強羅地方出身，並且認識犢幽村笹女神社的宮司籠室岩喜。看來，不只是做爲嚮導，他在採訪方面能派上許多用場。

言耶的心境切換得很快，決定積極面對。然而，事情還沒完。「怪想舍」的編輯祖父江偲聽聞這趟旅行，居然把兩人找到神保町的咖啡廳「石南花」，表示要一道去。

「呃，祖父江小姐，妳似乎沒搞清楚狀況，我們要經過的九難道——」

言耶婉轉地阻擋道。

「關於那條路，我聽大垣先生說過了。」

祖父江笑容滿面，彷彿這一點都算不上問題。

「那種山路，以前我不是跟大師一起走過嗎？喏，登上奈良波美地方的二重山那一次也是——」

「啊，我記得很清楚。我走在前面，妳在後面罵著：『刀城言耶這個白痴！沒血沒淚！人面獸心！』」

「討厭啦，都幾百年前的往事了還在提——」

「然後下山的時候，我逼不得已必須留下妳先走，妳就罵我：『沒人性！狼心狗肺！惡魔！沒天良！怪物痴！冷血！』」

「不愧是編輯，我的形容詞眞豐富。」

「『怪物痴』就罷了，其他的未免太過分了吧？」

「原來『怪物痴』您可以接受？」

「嗯。」言耶坦率地點點頭。

「可是，大師覺得我那些話是認眞的嗎？」

「嗯。」

言耶當下再次點頭，偲倏地別開臉，不曉得是不是在表示她沒看見。

「我再明確地解釋一次。我們要走的九難道，是長年無人行經的廢道，是名副其實、早已荒廢的道路。所以，路上可能會遇見意想不到的難關，也可能無論如何都得通過極危險崎嶇的地點。不，這樣的可能性非常大。而且，即使一大清早從鯛兩町出發，也沒辦法在當天抵達犢幽村。換句話說，必須在深山餐風露宿。」

聽到這話，偲不禁心生不安，言耶乘勝追擊：

「露宿山中不能洗澡，生理需求只能在草叢裡解決。萬一天氣不好，夜晚會是一片漆黑。露宿郊外，睡覺的時候會聽到各種可怕的聲音。野生動物都很好奇，一定會湊上來嗅嗅聞聞，但誰知道那到底是不是動物呢。」

「什、什麼意思？」

「畢竟無法確認……搞不好是什麼神祕的東西啊。」

「……」

「深山僻野當中，現今仍有某些人類不清楚究竟是什麼的東西棲息著。入夜以後，這種東西就會靠上來，無聲無息地貼近睡著的人身邊。」

「……」

偲完全被唬住了。

「這不是在說笑，那麼危險又可怕的地方，我實在沒辦法把妳這樣一個閉花羞月，眞正是國色天香——不不不，應該說是仙姿玉質的妙齡小姐帶去涉險。」

「大、大師……原來您對人家這麼……」

偲感動萬分，幾乎要喜極而泣。如果順利說服，這次應該會是只有兩個男人的旅程。

豈料，大垣秀繼偏偏多嘴補上一句：

「祖父江前輩，請不用擔心，我絕對會將刀城老師照顧得無微不至，妳儘管放一百個心。」

秀繼約莫是出於一番好意，卻點燃了偲偏差的編輯魂。

「只有人家能照顧好大師！」

「嗄？」秀繼怔住。

「而且，你跟我又不是同一家出版社。」

「什麼？」

「所以，你沒有理由喊我『前輩』。」

「哦，我不是那個意思。我只是把妳視爲編輯這一行的前輩——」

「總之，人家也要去。」

這時，祖父江偲的眼中已沒有大垣秀繼。她全心全意只看著刀城言耶。

「那個……祖父江小姐，就像我剛才說的——」

言耶以安撫的語氣試著抵抗。

「請不用擔心，我絕不會叫苦。」

偲的這句話，決定了她要同行。

於是，比刀城言耶和祖父江偲提早三天，大垣秀繼入住鯛兩町的旅館，勤奮地前往九難道勘查。不過，重要的是往返犢幽村的路程，因此實際上，他僅勘查了半條九難道。

「啊，這樣就夠了，非常感謝。」

秀繼前來最近的公車站迎接，言耶恭敬地行禮致謝。

該說不出所料嗎？問題在於祖父江偲。從東京出發的時候、搭電車的時候、換乘公車的時候，她的心情都很好。雖然有些舟車勞頓，但這樣就喊累，是無法跟隨刀城言耶採訪的。從公車站到旅館徒步約二十幾分鐘的路程，她也沒有埋怨。

而且，旅館員工非常親切，浴場是溫泉，餐點也十分美味，房間乾淨，一切都無可挑剔。或許是秀繼事先關照的緣故，不過能住到這樣一家旅館，實屬幸運。

旅館老闆將秀繼辛苦探索九難道的過程告訴言耶和偲，也是一項收穫。秀繼似乎每晚都與老闆夫婦分享當天的探索經過。如果沒有老闆的轉述，言耶和偲或許就不會知道秀繼有多麼辛苦。

「眞是太感激了。」

言耶表達謝意，秀繼難爲情地低下頭。

「這家旅館眞不賴。」

相對地，即使聽到後進編輯的奮鬥歷程，偲仍悠哉地稱讚旅館，彷彿完全忘記自己是來工作的。

然而，就在今天早上，偲的臉上漸漸籠罩陰影。天還沒亮就被叫醒，偲頓時心情大壞。加上她還睡眼惺忪，便被迫吃下昨晚拜託旅館準備的飯糰，更是不滿到腮幫子都鼓起來了。

「早飯不吃飽，接下來沒辦法走山路。」

言耶再三相勸，偲才勉爲其難地拿起飯糰。

但在旅館老闆的目送下——言耶已請他不用麻煩，他們自行出發就好，老闆仍禮數周到地早起相送——走在拂曉時分的街道上，偲的心情逐漸好轉。

「天亮前的空氣十分清新，眞好！」

當然，只有言耶一個人知道，這只是暴風雨前的寧靜。

# 第三章　九難道

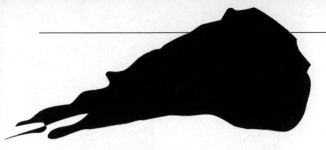

三人先走到旅館北邊街道外圍的公車站。刀城言耶和大垣秀繼依照事前討論好的，直接繞到鐵皮和三合板打造的候車亭後方，卻遲遲不見祖父江偲跟上來。

「咦，祖父江小姐……？」

言耶回到候車亭正面，發現她坐在長椅上。那仍一臉昏昏欲睡、小巧端正地坐在那裡的模樣，感覺有說不出的可愛。

不過，言耶說出口的不是讚美，而是疑問：

「妳在做什麼？」

「咦……不是要坐公車嗎？」

「妳啊……」

昨晚言耶和秀繼才在討論中提到，九難道的入口如今位在公車候車亭的後方。討論的時候，偲當然也在場。

「坐公車到不了犢幽村，我們要從後面的廢道走過去。」

言耶耐性十足地說明，引導偲到候車亭後方。

「哇，好漂亮！」

慶幸的是，陽光透過聳立的杉樹與檜樹枝葉間隙傾灑下來，將散布在廢道起點周圍裏滿綠苔的大小岩石照得如夢似幻。看來，偲被眼前的美景感動了。

託此之福，一開始曲折的道路，偲都走得很順利。然而，出發不到一小時，她的步調很快就被打亂。原本還算平緩的山路，漸漸變成幾乎形同獸徑的小路。雜草異樣茂密，絆住雙腳，寸步難行。加上早晨清爽舒適的空氣，不知不覺間轉爲山中的陰冷空氣，面龐和雙手感覺相當冰冷。然而，由於身體不停活動，衣服底下整個汗濕，悶熱到不行。如果稍稍停步休息，全身一下就會涼透。一路上一直是這樣的狀態。

「人家走不動了……」

偲的口中發出言耶恐懼的第一句抱怨後，言耶便一心一意鼓勵她走、說山中鬼故事嚇唬她走、用下一次休息當誘餌拐她走，反覆著相同的舉動。秀繼試著幫忙，卻派不上用場。比方，當偲奄奄一息，幾乎是懇求地問：

「還不能休息嗎？」

即使距離下次休息還很久，言耶仍會努力擠出明亮的表情，回以善意的謊言：

「撐一下就能休息了，再加把勁吧！」

但生性耿直的秀繼不一樣，他老實地說：

「距離上次休息不到三十分鐘，必須前進三十分鐘才能休息。不過，那邊會遇到地勢崎嶇的碎石險坡，所以經過之後再休息比較好。那麼，應該還需要四十分鐘吧……如果在險坡處耽擱，或許得花上五十分鐘。」

於是，偲絕望得杵在原地，導致行程停擺。

旅行還是應該一個人上路。

言耶會對著遠方山頭遙想放空，實在是無可厚非。如果不鞭策偲，永遠走不到犢幽村。不，恐怕連預定要紮營過夜的遠見嶺都到不了。

秀繼綿密地規畫了從九難道前往犢幽村的行程。不過，由於沒有正確的地圖，他能夠參考的，只有犢幽村笹女神社的宮司籠室岩喜在信中告訴他的九難道資訊。

從鯛兩町的公車候車亭後方上山，有怎樣的山路延伸到何處、途中有什麼危險地段、哪裡適合休息、補充水分和過夜的地點——信上詳盡列出這類注意事項，及大約的距離和所需時間，還附上複雜古怪的手繪地圖。

不過，這些資訊完全是根據岩喜宮司的記憶，距離和時間都是約略估計而已。證據就是，秀繼實際走過九難道，發現許多地方和宮司的說明不同。他把自己的發現補充在地圖上，但也只有整段路程的一半。

「我應該露宿一晚，去到村子，完整來回一趟才對。」秀繼懊喪不已。

「那樣你一定會累壞，沒辦法爲我帶路。況且，雖然只勘查到一半，有你這個識途之人，我就放心多了。」言耶極力安慰。

不過，偲卻用一種「你不是爲了確保大師的安全，先走過一次了嗎？」的表情看著秀繼。最後她沒吭聲，或許是連冷嘲熱諷的力氣都沒了。

言耶軟硬兼施，千方百計要偲多走一步。最具吸引力的甜頭就是午餐休息，最痛的鞭子則是與深山有關的怪談故事。言耶把行程交給秀繼管理，全心全意照顧偲。他認爲要擺脫目前的窘境，這樣的角色分配是唯一的辦法。

他的判斷是正確的，好歹走完了上午的路程。附帶一提，偲的行李早就交給言耶和秀繼幫忙拿了。

然而，到了午後約一半的路程，換成刀城言耶脫隊。稍不留神，他就會丟下偲和秀繼，一個人不斷超前，彷彿忘了有同行的夥伴，沉浸在開闊的大自然當中。

大垣秀繼發現言耶的舉動，不安地說：

「刀城老師是不是有些不對勁？」

「喔，那個啊。」

偲根本不以爲意。

「這種時候的大師，就像在與大自然裡的妖怪深交，拿他沒輒的。」

倘若有第四者在場，一定會覺得三人眞正是同床異夢。

不過，最爲累贅的，毫無疑問是祖父江偲。就在言耶不期然想起乎山蟒蛇坡的地點，她終於徹底舉手投降。

言耶好不容易解開他在嘲笑偲的誤會，秀繼表情凝重地轉頭說：

「這樣下去，絕不可能在天黑前走到遠見嶺。」

「那麼，只好在前面一點的地方紮營。」

「是啊。」

秀繼附和，從口袋取出宮司信中附的地圖，言耶也一起思考。三人早已超過秀繼事先確認的路程範圍，接下來只能靠宮司的信與地圖前進。

「再兩、三個小時能走到的距離——不，估計兩小時的路程比較保險。」

言耶建議縮短一小時，當然是考慮到祖父江偲的腳程太慢。

「是的。不過，兩小時感覺有點困難。」

「唔，沒什麼適合露宿的地點……」

地圖上符合目前位置的地點，是起伏劇烈的山路。如果能夠，希望盡量找開闊平坦的地方落腳。

「這裡呢？」

言耶指的位置，寫著「狼煙場」三個字。

「好像是江戶時代，會對著經過海面的帆船和犢幽村升起狼煙的遺跡。目的是爲了告知船隻這一帶是淺灘礁岩地帶。換成是對著村子升起狼煙，則是通知可能有船隻遇難。」

秀繼說「是這一帶」，指著地圖上犢幽村面對的海域。

「若是這類狼煙場，地勢應該會比較平坦。」

「是的，我認爲是最恰當的選擇。」

由於秀繼也贊成，今晚紮營的地點從遠見嶺變更爲狼煙場。

「好，既然如此決定，不能再繼續磨蹭下去。」

言耶果決地說，同時慢慢轉向偲，告知：

「祖父江小姐，接下來每走三十分鐘就休息一次。」

「咦……眞的嗎！」

先前是走一小時休息一次，因此她似乎很開心。

「不過，一次只能休息五分鐘，不能再多。」

「咦——！」

「而且只能站著休息，絕不可坐下。」

「怎……」

偲不禁啞然失聲。言耶扶偲起來，不理會她的滿口牢騷，一個勁地催促。接下來，言耶仍不斷鞭策她前進。

努力有了回報，三人總算趕在日落前抵達狼煙場。此處位在面海的斷崖絕壁上，被灌木叢圍繞，是一塊幾乎完全平坦的草地，約有六張榻榻米大。

「是這裡嗎？到了嗎？」

見刀城言耶默默點頭，祖父江偲渾身無力地當場癱坐。

「太好了……人家成功走完大師安排的路程了呢。」

聽到祖父江偲討人稱讚的喃喃自語，言耶暗暗吐槽：

不不不，妳根本沒走完好嗎？

「我說，其實——」

然而，大垣秀繼哪壺不開提哪壺，疑似就要重提原本的目的地是遠見嶺，言耶急忙開口：

「那個……祖父江小姐。」

「是，什麼事？」

儘管累壞了，但光是知道今天不必再走，偲的心情便大爲好轉。

「呃，就是那個啊……」

「哦，什麼呢？」

沒話找話的言耶東張西望，在草地中央發現礫石堆的痕跡。

「喏，妳看，以前這一定是灶。」

「灶？」

偲歪頭反問，秀繼也一臉好奇。

「這裡以前有用來升狼煙的灶。」

「可是，狼煙不是用篝火製造的嗎？」

偲困惑地問，旁邊的秀繼似乎也有相同的疑問，點了點頭。

「篝火的目的是爲了起火，但狼煙的話，重點在於如何製造煙霧。」

「啊，也對。」

秀繼似乎立刻想通，但偲不同，又問：

「就算是篝火，不也一樣有煙？」

「但篝火的煙無法升得太高。從此處——」

言耶指著犢幽村的方向說：

「完全看不到村子，表示從村子也看不到狼煙場。所以升狼煙時，必須讓煙升得極高。一般篝火沒辦法製造這麼多煙。」

聽到這話，秀繼露出第一次發現這件事的表情說：

「意思是，和篝火不一樣，狼煙不是燒樹枝樹葉，對吧？」

「當然也會使用枯草，但主要是焚燒滲出松脂的松枝——肥松，還有松葉。」

經言耶解釋，秀繼恍然大悟：

「這麼說來，我記得以前燒到松葉的時候，冒出一大堆煙霧，都快把人燻死了。」

他一邊回答，一邊勤奮地筆記。他似乎打算在這次的民俗採訪中，將刀城言耶談及的民俗學各種知識都記下學習。附帶一提，他的筆記本前面巨細靡遺地寫滿言耶的推理小說授課內容。

「嗯。有一種拷問方式叫『燻松葉』，就是利用燒松葉的煙。驅趕附身作怪的狐狸時，也會採取燻松葉的做法。」

「狐狸會嗆到而離開是嗎？」秀繼顯得半信半疑。

「可以這樣解釋，但事實上，很多時候會把遭狐狸附身的人活活燻死。」

「咦……太可怕了！」

偲露出害怕的神色，接著歪起頭說：

「對了，大師，爲什麼會叫『狼煙』呢？」

「不愧是祖父江小姐，一問就問到關鍵。」

言耶立刻稱讚，偲害臊地「嘿嘿」一笑。

「的確很令人好奇。」

秀繼似乎也頗感興趣，於是言耶說明：

「因爲以前比起燒肥松或松葉，其實最主要燒的是狼的糞便。」

「騙人！」

偲嚇一跳，秀繼也十分驚訝。

「古人認爲，狼的糞便具有讓煙筆直上升的效果。」

「眞的假的？」

偲忍不住吐槽，言耶苦笑：

「這只是傳說，不清楚是眞是假。既然都叫『狼煙』了，或許眞的具有某些效果。」

「哦，挺有意思的。」

偲看著僅存的灶爐痕跡半晌，忽然驚覺似地東張西望：

「等、等一下，大師，那不就表示這一帶有、有狼出沒嗎！」

「噓……」

言耶食指抵著嘴唇，靠近偲小聲說：

「大太聲會被聽見。」

「……」

偲連忙摀住嘴巴，言耶見狀微笑：

「日本最後一次發現狼的蹤跡，是在明治時代。」

「大師！」

偲作勢要打，言耶立刻逃到灶爐遺跡附近。

「不過，有點奇怪。」

他俯視腳邊的石礫，再次望向犢幽村。

「哪裡奇怪？」

秀繼問，言耶轉向海面說：

「從這個地點，確實能更快發現海上的帆船。而且，在此升起狼煙，帆船上和村裡都能清楚看見。」

「我也這麼認爲。」

「但船隻會在這一帶的海域遇難，應該只有天候不穩的時期，也就是遇上強風驟雨的時候。在那種情況下，有辦法升起像樣的狼煙嗎？」

「啊，關於這件事——」秀繼不甚在意地說：

「宮司提過，這個狼煙場幾乎不曾使用。」

「幹麼不早說啦！」

偲鬥嘴道，秀繼不為所動地解釋：

「所以，後來在我們原先預定紮營的喰壞山的遠見嶺，設了新的瞭望場，以火炬打信號。不過還是不太管用，最後在伸出牛頭浦的角上岬前端，興建一座望樓。」

「原來如此。」

言耶繼續眺望海面，似乎在沉思。

「看樣子，轉眼天就要黑了。」

他觀察一下天色，隨即著手準備生火。

以剩下的飯糰和罐頭充當晚餐，簡單討論明天的行程後，三人便就寢。

由於言耶預料到偲會為了睡眠環境發牢騷，第一時間就把帶來的美軍轉賣的睡袋拿給她。

「這是什麼？」

偲嫌棄的反應就像摸到垃圾袋一樣，言耶拿她沒辦法，嘆口氣說：

「睡袋啦。美國大兵在戰場上都是鑽進這種睡袋睡覺。」

「是喔？美國人真會做方便的東西。」

偲似乎是單純地佩服，於是言耶放心地教她如何使用。偲非常高興，這下就不怕蟲咬。

當然，言耶沒說出在戰場上有時候會拿來當屍袋。最重要的是，盡量讓她舒舒坦坦地睡一覺，不要把今天的疲勞留到明天。

眼下不是嚇唬祖父江小姐，拿她害怕的反應取樂的時候。

言耶暗自咕噥著這種被偲聽到肯定會暴跳如雷的話語，打理好自己睡覺的地方，躺下休息。

三人躺下後，一開始偲提議：

「還這麼早，實在睡不著。大師，說點什麼來解悶吧。」

但言耶沒說幾句，偲就發出入睡的鼻息。她應該比自覺到的更疲倦吧。接著，換秀繼睡著了。看著兩人落入夢鄉，言耶也漸漸睡著。

隔天，三人幾乎是隨著天亮一同醒來。在野外，即使不願意也會感受到日光，沒辦法一直睡下去。證據就是，祖父江偲沒爲早起叫苦連天。

以硬麵包和罐頭充當早餐後，三人立刻出發。今天最起碼要在中午抵達遠見嶺，否則無法在天黑前趕到犢幽村。倘若如此，就得折回遠見嶺，再次露宿野外。

言耶在第一次的小歇時，對偲耳提面命。

「我才不要！」

偲用力搖頭。睡袋很舒服，但她恐怕不想連續兩天睡在郊外。

「去到預定寄宿的笹女神社，對方應該會準備美味的晚飯、可沖掉膩汗的舒服熱水，還有能夠好好休息的被窩。」

刀城言耶大力強調，於是偲不再像昨天那樣埋怨不休，默默前進。用不著提，言耶大大鬆了一口氣。

「那個……老師，剛才您在休息的時候說的神社飯菜——」

不料，第二次小歇時，大垣秀繼特地來找他，言耶急忙扯開話題：

「對了、對了，大垣，我要問你今天補充飲水的地點。」

萬一秀繼憨直地坦承「其實神社的飯菜很難吃」，偲會委靡不振。無論如何，必須避免這種情形。

「啊，說到水——」

幸好，秀繼順從地從口袋掏出地圖。

「上面記載幾處有清水的地點。其中一處令人很感興趣，就是這裡。」

他指著「極樂水地獄水」，旁邊註記「洞穴和瀑布」。事先看過地圖的言耶，也對這個地點非常好奇。但由於規畫整體行程是首要之務，只能暫且擱到一旁，後來似乎就忘了。

「這個嗎？剛好在遠見嶺和犢幽村的中間一帶。」

「隔著山的靠海處就是絕海洞，是這樣的景象嗎？」

地圖上畫了犢幽村的簡圖，所以秀繼也能看出這一點。

「那麼，『極樂水地獄水』是什麼意思？」

言耶興致勃勃地問，秀繼搔了搔頭說：

「呃，我不清楚。」

「你啊！」

偲插口數落，言耶安撫她，又問：

「宮司的信上沒提到嗎？」

「這部分挺奇怪。信上說，手頭的水還有剩的時候，才能喝這裡的水。」

「哦！」言耶的眼神頓時亮了起來。「好，我們去一探究竟！」

「不不不，老師，距離『極樂水地獄水』還有好長一段路……」

但言耶早已快步向前，不曉得是否聽見秀繼的話。

「只要進入那種狀態，很難阻止刀城言耶。」

「眞傷腦筋。」

聽到偲的話，秀繼面露困惑，但她滿不在乎地說：

「放心，只要我說『走不動了』，大師便得停下腳步。」

事實如同偲所述，秀繼正要佩服，想到這根本是偲在耍性子，不禁啞口無言。儘管是隱隱約約，他仍感到作家刀城言耶與編輯祖父江偲之間有著相當緊密的關係，並且深受感動。要成爲獨當一面的編輯，他暗想必須向前輩學習。

雖然秀繼在內心一下貶一下褒，但偲顯然和昨天不一樣。隨著步行的距離和時間拉長，儘管會埋怨，或者坐下說「我走不動了」，但還是非常努力前進。

午休時間後也是，除了在陡峭的岩地折騰了一會，幾乎都很順暢。最後，只比預定稍晚一些，就抵達了喰壞山的遠見嶺。

言耶站在類似狼煙場的懸崖峭壁邊緣，指著左下方問：

「難道那就是犢幽村的角上岬嗎？」

秀繼走到他旁邊，感慨良多地說：

「我小時候去過那座村子好幾次，這是第一次從不同的角度遠望。那是我十分熟悉的地方，看起來卻好新鮮。」

「以截然不同的觀點，注視熟悉的場所，這樣的行為非常有意思。」
兩人眺望著櫝幽村交談，偲走近提醒：
「大師，站在那麼邊緣的地方，太危險了。」
一看到峭拔的斷崖絕壁下方，她嚇得一把抓住言耶的胳臂。
「妳突然的舉動更危險。」
言耶吐槽道。如果是平常，偲早就回嘴反駁，此時她只是抓著言耶的手，不發一語。
「不過——」
但言耶也沒為了偲，馬上離開原地。確定偲安全無虞，他的視線從櫝幽村移到斷崖底下，發出納悶的聲音。
「怎麼了？」
偲立刻追問，言耶露出遙望的眼神說：
「看到這副景色，我怎會想起康瓦爾呢？」
「康……什麼？」
「位在英國西南部的康瓦爾半島。」
「這裡的景色，跟那裡很像嗎？」
「康瓦爾確實有類似的懸崖峭壁，而且海岸到處聳立著奇岩怪石，或是岩洞。」
「那不就跟碆靈大人很像嗎？」
偲活潑地指出，言耶搖搖頭：
「我沒實際看過那裡的風景，這些是從書上讀到的知識。然而，一看到這副景色，隨即聯想到那裡，豈不是十分奇妙？」

「是啊……沒有其他相似之處嗎？」

「勉強要舉例，應該是有許多民間傳說吧。雖然不是知名的亞瑟王傳說，但康瓦爾也是凱爾特民族的土地，有不少妖精傳說。」

「咦，那不是挺可愛的嗎？」

偲單純地感到開心，言耶苦笑：

「妖精並不全是可愛的，也有很多邪惡的妖精。」

「大師又來了，動不動就講到那裡去……」

偲表達不滿，但秀繼不同，有些想通地說：

「老師事先聽我說過犢幽村的三則怪談，然後看到這副風景，無意識間，從可怕的傳說與礁岩地帶的組合，自然地聯想到以前在書上讀過的康瓦爾地區的知識，會不會是這樣？」

「原來如此……」

秀繼的解釋令言耶大爲佩服。

「或許就像你說的。」

然而，儘管接受了秀繼的解釋，言耶仍難以釋懷。秀繼忽然發現，偲注視著言耶的眼神總有些不安。

難道在這個時候，刀城言耶已有預感，後來會發生他命名爲「怪談殺人事件」的駭人案件嗎？

但即使是刀城言耶，也無從料到案件早就發生……

# 第四章　犢幽村

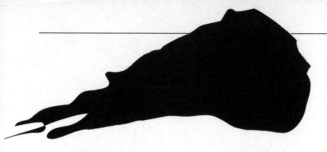

「我們……休息……一下吧……」
聽到祖父江偲氣若游絲的聲音，刀城言耶無奈地停步。
一行人正走下岩石堆積、崎嶇不平的險坡，一如先前準備踏上小溪旁蜿蜒蛇行的山路。
「又？」
難怪言耶會傻眼地反問。下坡之前，還有上坡之前，都依照偲的要求，稍微休息了一下。
「什麼『有！』……大師，這不是軍隊點名……」
「還能開玩笑，看來妳仍有力氣嘛。」
「不是啦……」
偲無力地搖著頭說。
「剛才的兩次休息，都是站著而已，好不容易喘一口氣，便要出發。那根本不算休息。」
「……」
「可是，如果依妳說的一直休息下去，今晚又得餐風露宿。」
偲鼓起腮幫子不吭聲。大垣秀繼取出地圖，研究片刻，開口：
「我們來到『極樂水地獄水』附近了。」
「咦，不是還有一段路？」
言耶驚訝地看著地圖。
「我本來也這麼認為，不過地圖上從狼煙場到犢幽村的距離與時間，似乎有誤差。」
「意思是，行程比預定寬裕嗎？」

「既然如此，休息一下吧！」

偲理直氣壯地主張，但言耶說：

「不，既然如此，走到『極樂水地獄水』，在那裡休息吧。」

「咦——！」

偲哀號表示不滿，言耶一邊安撫，同時鞭策著她，展現出高超的操縱手腕，繼續趕路。既然行程寬裕，反倒應該放慢腳步才對，可是他的全副心思早已一口氣飛到「神祕的極樂水地獄水」去了。

三人沿著小溪，在地面凹凸較少、易於行走的山路上前進一段，右前方出現一道小瀑布般的水流。

「是不是那個？」

言耶指著岩壁上的一處窟窿問。水似乎是從窟窿流出。

「不到瀑布的規模呢。」

就像秀繼說的，水量和水流都稱不上豐沛，只有一道遠不及瀑布的細小涓流，沿著岩壁潺潺流下。

「以前水量想必更大吧。」

言耶輕巧跳過小溪，踏上岩壁。

「啊，大師，您想做什麼？不可以！」

背後傳來偲驚慌的叫喚，言耶仍攀爬起岩壁。有許多能攀抓踩踏的地方，而且並不怎麼高。看到似乎可行，刀城言耶就執意要一探窟窿內的究竟。

「老師，不可以。」

然而，秀繼一出聲制止，言耶便停下動作。

「在九難道會遇上一定程度的危險，除此之外，我希望老師盡量避免危險行爲。」

「就算有時間也不行嗎？」

言耶回頭，戀戀不捨地問。秀繼堅定地搖頭：

「老師應該不費什麼工夫，就能爬上去再爬下來，只是，萬一發生意外就不好了。」

「就是啊。」

偲在一旁幫腔，言耶不得不放棄這個念頭。

「不，更重要的是——」

偲一副還有比這更嚴重的事情的口吻，格外輕盈地跳過小溪，靠近言耶。

「大師對我的制止充耳不聞，然而大垣先生一阻止，您卻打消了念頭。」

「沒、沒這回事……」

言耶微弱地否定，但偲嘮叨個沒完。

「啊，渴死了。」

一股腦地數落完言耶，偲一臉神清氣爽，似乎覺得口渴。她自然地將嘴巴湊近順著岩壁流下的山泉水。

「哇，這是什麼玩意！」

一含入口中，她立刻把水吐出來，不停「呸、呸、呸」吐唾沫。

「怎麼了？」

「鹹的！」

「咦……山泉水是鹹的嗎？」

言耶以指尖沾取相同的水舔了舔。

「這……是海水。」

「什麼？」

偲似乎無法理解，秀繼仰望岩壁上的窟窿，「啊」了一聲。

「那個洞八成是通到賽場。」

「原來如此，所以這裡才會叫『極樂水地獄水』。」

言耶恍然大悟，只剩偲一個人不解其意。

「只有你們想通，太狡猾了！」

「聽著，祖父江小姐，這道像小瀑布的水流，平常約莫和旁邊的小溪一樣，流出的是淡水。但有時候會由於潮汐的關係，混進海水——這是我的推測。或許受到天候影響，風強浪高的時候，也會發生相同的現象。不管怎樣，都必須嘗過才知道是淡水還是海水。」

「如果喝到淡水就是『極樂水』，喝到海水就是『地獄水』，是嗎？」

偲原本要坦率地讚嘆，最後還是遷怒到言耶身上：

「爲什麼人家喝的時候就變成海水？」

眞的很像她的作風。

諷刺的是，由於「極樂水地獄水」的風波，她似乎得到充分的休息，腳步非常輕快。

「這應該是最後一道難關。」

爬上秀繼說的峭拔高崖後，再經過一段山坡路，一行人遇上看起來搖搖欲墜的小吊橋。

「大垣先生，剛才那不是最後的難關嗎？」

聽到偲充滿不滿與不安的口吻，秀繼焦急萬分：

「奇怪，信上只說過了吊橋，馬上就到村子，並未再特別叮嚀。」

他一板一眼地向偲行禮賠罪：

「對不起，都是我調查得不夠周全。」

「這座橋以前應該是安全的，所以宮司沒有特別交代什麼吧。」言耶緩頰道。

「先前也遇過不少這樣的地方嘛。」

秀繼附和著，但仍一臉抱歉。

「感覺能比預定的時間更快抵達，眞是太好了。」

「是的。多虧老師做出完善的整體規畫。」

看到言耶放心的神色，秀繼總算恢復平常的態度。

「哪裡，畢竟有宮司的信和地圖可參考。能請宮司提供這些訊息，當然是你的功勞。」

「不敢當。」

「不好意思，打斷兩位的互吹互捧。」

這時，偲出聲插話。

「接下來，該不會要走這破橋吧？」

她交互注視著滿不在乎的兩人，一臉慘白。

「嗯，當然要過橋。」

言耶理所當然地回答，偲聞言猛搖頭：
「太誇張了……這橋不管怎麼看都很危險啊！」
「不，應該沒問題。何況——」
言耶張望四下，說：
「沒有其他的路了。如果不走這吊橋，便得回到剛才的小溪，攀爬險峻的山崖好幾個小時。一眨眼就過去的恐怖，和漫長的苦行，哪種比較好？」
「……」
言耶如此相逼，偲再也無法反駁。
「所以，祖父江小姐，妳先請吧。」
「什……爲什麼是我？」
偲猛然驚覺，試圖抵抗：
「大師要我先過橋，好確定吊橋是不是眞的安全，對吧？」
「我說妳啊……」
「眞是太狠心了！居然拿人家獻祭……」
「唉……」
言耶仰頭望天，耐心勸道：
「雖然看起來很可怕，但這座吊橋還能正常使用。只是考慮到萬一，我認爲讓體重最輕的妳先過橋比較好。」
「咦？」

偲傻愣愣的反應，惹得言耶只能苦笑。但言耶優先爲偲的安全設想的事實似乎感動了她，她意外順從地走過吊橋——即使花了言耶和秀繼三倍的時間，也是不得已。

度過吊橋以後，道路和左右的崖壁都鋪上石板，顯然已相當接近村落。不過每一片石板都長著苔蘚，感覺上仍被囚禁在山中。直到十幾年前，兩邊肯定是涇渭分明，吊橋這一邊是村子，過橋就是山中，然而，連這一邊也慢慢遭受山林侵蝕。首先是吊橋被吞沒，接著是鋪上石板的道路，再來是崖壁，彷彿都化成山的領域。

然而，不久的將來，山將徹底敗下陣。

最後一個過橋的言耶，反射性地回頭這麼想。對於折磨他們、卻仍放他們平安通過的大自然，他百感交集。

等到平皿町變成平皿市，犢幽村到閖揚村一帶合併成強羅町的時候，五村背後的山林極可能受到開發，恐怕會面目全非。

這片石板風景也將灰飛煙滅嗎……？

儘管濕潮陰暗，絕稱不上舒適，此處卻有種難以言喻的風情。往昔，當村人經過九難道回到村裡，看到吊橋及橋的彼端鋪上石板的道路和崖壁，肯定打心底舒了一口氣。

「大師，到嘍。」

約莫是受不了言耶一直站著不動，走在前面的偲呼喚道。

「嗯……」

言耶心不在焉地應著，再三回頭，走完剩下的石板路。

石板表面的青苔漸漸消失，山中的幽暗也陸續消退時，左右的崖壁突然不見，眼前豁然開朗。

「啊！」

言耶情不自禁地發出讚嘆。

偲和秀繼站在他的稍前方，似乎和他一樣看呆了，全然佇立不動。

「沒想到這裡的景色這麼美……我從來都不知道。」

秀繼低聲喃喃，偲訝異地問：

「你不是從以前就跟這裡的神社宮司很熟嗎？」

「是的。從小我不知道來過多少次，但這是我第一次從九難道進入犢幽村。」

言耶凝視著眼前的景致，回應：

「我在遠見嶺說過，從陌生的地點眺望熟悉之處，反倒會得到新鮮的印象。」

「我現在深刻體會到這一點……」

三人翻越喰壞山看到的犢幽村風景，是高山朝海面落下的陡急斜坡。坡上有著村人辛苦開墾的梯田，及散布其間的一落落民家，還有縱橫交錯的迷宮般道路，宛如精巧的模型。

三人佇立在村子的北北東邊角，附近就是笠磐寺。寺院對邊的北北西角落，可看到他們接下來要前往的笹女神社。從寺院往正南方走，便是角下岬，而從神社往正南方走，則是角上岬。不過，兩者之間沒有直接相通的捷徑，必須經過複雜的村中道路才能前往。

村落東西兩端凸出的海角，環抱著牛頭浦。在逐漸西沉的夕陽照耀下，海面發出璀璨的夢幻光輝。三人眼前的景色，恍若眞正的世外桃源。

「村子這麼美，以前卻那樣窮困。」

大概是想起秀繼說的〈海中首級〉的故事，偲露出哀憫的神情。

「看起來是漁村，漁業卻根本無法發展，先人想必吃了很多苦。」

或許是心生相同的感慨，言耶的表情亦十分凝重。但說完這一句，他的語氣隨即轉爲開朗：

「對了，祖父江小姐，妳知道這村子爲什麼叫『犢幽村』嗎？」

「問得眞突然。」

偲有些不知所措，不過她早習慣刀城言耶古怪的言行，立刻切換思緒說：

「犢幽村的『犢』字有點難，我不知道是什麼意思，但第二個『幽』字，是幽靈的幽，對吧？如同大垣先生所說，表示此地流傳著許多怪談。」

「拜託，最早的伍助怪談發生在江戶時代，可是村子從江戶時代以前就存在了。」

「是嗎？」

偲問，秀繼點點頭：

「從神社和寺院的古籍來看，確實如此。」

「而且，犢幽村的『幽』字，並不是幽靈的意思。這個『幽』字，指的是『岩石』。」

聽到言耶打落水狗似的話，偲不禁嘔起氣：

「誰會知道啊……」

「然後，犢幽村的『犢』字，是小牛的意思——」

言耶別有深意地打住，視線緩緩從偲的身上移向牛頭浦。

「啊，人家知道了！」

瞬間，偲心花怒放地喊著：
「是由於村子東西兩邊的海角，像兩根牛角一樣朝海面伸出去，對吧？所以，海角的名稱才會是『角上』和『角下』。」
「噢，不愧是祖父江小姐，眞是冰雪聰明。」
「嘿嘿。」
偲應該看出言耶是刻意讓她出鋒頭，還是忍不住開心。她就是這麼單純。
「可是，大師，爲什麼幽靈的『幽』字，會是岩石意思？」
「地名有這個字，通常都有許多山和溪谷。古時候稱岩石爲『iha』，發音逐漸變成『yuha』、『yuhu』，最後變成『yuu』。接下來，只是把『yuu』的音，以幽靈的『幽』或夕陽的『夕』之類的漢字借代。此地的夕陽海景這麼美麗，即使採用夕陽的『夕』，叫『犢夕村』，應該也挺合適。」
「換句話說，這『幽』字本身，並沒有特殊的意義嘍？」
「嗯，應該沒有。」
「什麼嘛，聽到大垣先生說的怪談，再得知『犢幽村』這個名稱，原本我還在想會是多可怕的地方，內心有點期待。」
祖父江偲嘴上這麼說，其實十分膽小。言耶深知這一點，忍不住想揶揄一番，最後發揮自制力，打消念頭。秋季的黃昏感覺很長，但稍不留神，天色一下就黑了，沒空在這裡說笑胡鬧。
「走吧。」

言耶催促，秀繼口中應著「好」，神情卻有些不對勁。

「怎麼了？」

「喔……我好像把記事本遺落在山裡。」

「掉在什麼地方？」

「在『極樂水地獄水』一帶，記事本確實仍在我身上……」

秀繼回想著說：

「後來，我拿出記事本好幾次——」

「他把大師提到的民俗學知識全記下來了。」

偲從旁說明，不過言耶早就注意到秀繼的舉動。

「大垣先生眞的非常熱心向學。」

「怎麼聽起來像在指桑罵槐？」

偲正要找碴，秀繼突然轉身：

「我回去找找。」

言耶嚇一跳，連忙勸阻：

「現在去找？太亂來了。等你找到記事本回來，天都黑了。不，搞不好沒辦法那麼快回來——」

「我跑快一點，應該來得及。」

「可是，你連記事本掉在哪裡都不知道……」

「我想到幾個地點，一定找得到。」

「就算你大概知道掉在哪裡，也最好先別去。從事山林工作的人有個守則，就是在山裡遺失東西，絕不能當天回去找。」

「爲什麼？」

偲問，言耶答道：

「因爲回去找東西，會就此一去不返。」

「討厭，太可怕了……」

「雖然沒有明確的理由，但如果勉強要解釋，約莫是先人的智慧，提醒人不該在忙完一整天的疲勞狀態下，繼續從事更加疲勞的行爲。所以，大垣先生最好等明天再回去找。」

秀繼聽從言耶的忠告。

接下來，由秀繼領頭，言耶等人往笹女神社走去。沒想到距離頗遠，雖然看起來幾乎就在正面，卻沒有直通的路，必須先走下斜坡，穿過村子。

途中遇到幾名村人，他們都認識秀繼。即使秀繼不認得對方，大部分的人也會說「啊，閑揚村大垣家的兒子——」，一副知道他是誰的樣子，好像也都知道他在東京的出版社上班。畢竟他是閑揚村赫赫有名的大垣家的一分子吧。

然而，村人與秀繼交談的時候，全沒看言耶和偲一眼。與其說是對他們視若無睹，更像是明明好奇得要命，卻刻意忍耐不去看他們。

事實上，秀繼停步和村人說話之際，經過的其他村人皆毫不客氣地打量言耶和偲。但只要兩人回望，他們就立刻轉開目光。儘管非常好奇，卻顧慮到是不認識的陌生人，才擺出這種態度嗎？

證據就是，秀繼向村人介紹「這位是關照我的作家刀城言耶老師——」，所有人便爭先恐後攀談起來，而且是親切熱情地打聽各種事。比方，兩人是從哪裡來的？來做什麼？可是，言耶稍微深入交談，村人隨即閉口不語，很難應付。

數量雖少，但村子裡有汽車。遇到車子，人們就必須擠到路邊。因爲路幅太窄，人車無法交會而過。

沿著村中道路，一行人遇到地藏像、石碑和稻荷祠堂等等。每個祭祀的地方都不大，約莫是土地狹小，不能占用太多空間的緣故。言耶不經意地發現，這些地方全擺放著某些供品，表示有許多信仰虔誠的村人嗎？此外，還有一件事——

「這是竹葉船吧。」

言耶指著一尊造型可愛的地藏像腳邊。那裡擺著以細長的竹葉摺成的小船。

「咦，眞可愛。」

偲一說完，立刻拿起來，放在掌心賞玩。

「不只這裡有。」

言耶指出，偲歪頭問：

「其他地藏像也有供奉竹葉船嗎？」

「不光是地藏像，我們一路上看到的稻荷祠堂和一些石碑，都供奉著竹葉船。」

「是嗎？」

偲轉向秀繼，問道。

「是的。在強羅地方，自古以來就把竹葉船視爲供品之一。不過，不乏像閖揚村那樣的村子，這類風俗早就廢絕。保留最多的，恐怕是犢幽村吧。」

「很適合盛行竹器製作的漁村。」

「是啊。」

偲徵求同意，言耶應聲附和。然而，他不知爲何直盯著竹葉船，連自己都不明白箇中緣由。

祖父江小姐的感想應該沒錯。

言耶這麼想，卻莫名在意偲掌心的竹葉船。偲把小船放回地藏像腳邊後，他仍緊盯著不放。

「大師，您怎麼了？」

「江戶川亂步（註）大師在中學時代，和朋友一起出版了叫《中央少年》的同好雜誌，用的筆名就是『笹舟』——我想起這件事。」

偲一提問，言耶反射性地吐出這樣的知識，但引起言耶注意的，當然是別的事。只是，他一時說不上來那究竟是什麼。

穿過村子來到西邊，出現一道長長的階梯與坡道，皆可通往笹女神社。秀繼選擇前者。拾級而上，最上面是一座鳥居。穿過鳥居後，右側有手水舍，三人在那裡洗手漱口。接著經過參道，來到神門，朝拜殿參拜。

註：江戶川亂步（一八九四—一九六五），推理小說家，在雜誌《新青年》以〈兩分銅幣〉出道，接著陸續發表各種本格推理及怪奇幻想小說，奠定日本推理小說基礎。

「宮司的住家在境內西邊。」

秀繼再次領路，折回參道半途，向右彎去，沿著石板路繼續走，來到一棟雖然老舊、但外觀穩重的大平房前。門牌以以毛筆字寫著「籠室」。

「午安。」

秀繼打開拉門，有些緊張地求見。

很快地，屋內出現一名看起來尚未成年的女子。女子穿著白色窄袖和服與紅色和褲，氣質清純可人。

「篠、篠懸小姐，好久不見。」

言耶和偲都看出秀繼一下害臊起來了。兩人正拚命憋笑，女子在玄關地板跪坐，深深行禮：

「歡迎三位大駕光臨。」

接著，她抬起頭，似乎在重新端詳言耶的容貌，白皙美麗的雙頰登時泛起淡淡紅暈。

沒辦法，大師就算全身髒兮兮，還是一樣帥氣。

偲暗自得意，不經意瞥向身旁的言耶，差點開罵：「喂！」平常對女人完全沒興趣的言耶，居然對籠室篠懸看得出神。

大師！

偲忍不住要動手的時候，屋內出現另一名男子。

「啊，龜茲先生——」

秀繼立刻叫喚對方，但態度有些古怪。不知爲何，名叫龜茲的三十開外男子同樣顯得不對勁。他瞪秀繼一眼，不發一語。

「龜茲先生正要回去。」

不僅如此，連篠懸的神情都有些僵硬。三人各自散發出奇妙的氛圍，使得現場氣氛變得相當詭異。

「篠懸小姐，這名字的發音聽起來好舒服。」

儘管意識到這種狀況，言耶仍佯裝渾然未覺，還突然問偲：

「妳也這麼覺得吧？」

「咦……啊，是。怎麼說，這名字很可愛，有一種涼爽的感覺。」

聽到這番評論，篠懸咯咯一笑。

「確實如此。」

言耶笑著附和，然後說：

「不過，祖父江小姐，『篠懸』其實是指山伏（註）披在衣服上的麻料法衣。」

「原來『篠懸』是衣物的名稱嗎？」

「奈良的大台原大峰山是篠懸的發祥地。山伏是修驗者，在該地登山修行。他們必須進入九難道望塵莫及的險峻山區。在當地，山中爲篶竹覆蓋，幾乎沒有立足之地。山伏爲了修行，必須穿越這些沒有道路的地方。篶竹的葉片堅硬，容易割傷手腳，爲了防止受傷，他們會穿上篠懸。」

註：修驗道的修行者。

「聽到這樣的由來……」

「對名字的印象有些不同？」

「感覺好像和尚的袈裟……很佛教——啊，這裡是神社。對、對不起。討厭啦，都怪大師沒事亂賣弄。」

「才沒有，我可是中規中矩——」

「這就叫多事。」

偲作勢要打言耶，篠懸似乎覺得滑稽，輕輕笑了。

秀繼和龜茲依舊面無表情。姑且不論一臉怒容的龜茲，平常的話，秀繼應該會參加言耶和偲的對話，這時卻保持沉默。

附帶一提，龜茲從一開始就無視言耶與偲，反應和村人完全一樣。更正確地說，他只瞄偲一眼，並睜大了雙眸，也許是看到村中絕不會出現的女性類型，感到驚豔。

言耶和偲的拌嘴，總算將篠懸從詭異的氛圍解救出來，只見她說：

「啊，我真是的，居然讓客人一直站在這種地方……失禮了，請三位進來吧。」

「謝謝。」

「那麼，我們恭敬不如從命，打擾了。」

言耶與偲行了個禮，坐在屋內地板的交界處，脫起登山鞋。於是，龜茲別開臉，轉身離去。

臨走之際，他偷瞄篠懸和秀繼。對於前者，是充滿柔情蜜意的眼神，然而對後者的一瞥，卻讓人感受到熊熊燃燒的憎恨。如果視線可以殺人，搞不好秀繼早已沒命。

# 第五章　笹女神社

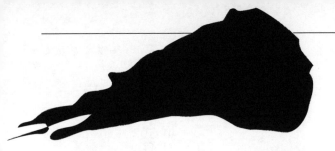

「別拖拖拉拉的，大垣先生也快點進來啊。」

祖父江偲出聲催促，呆立原地的大垣秀繼猛然回神。

「祖父去石糊村開會，應該很快就回來了。」

籠室篠懸說，五村代表平時就會在強羅地方的其中一個村子定期聚會，不過並非官方正式會議。這次的地點在中間的石糊村。這些人從以前就被稱爲「強羅五人幫」，其中包括大垣的祖父。

篠懸一邊說明，一邊領著三人進客廳。

「不過，祖父不知道什麼時候才會回來，請各位先盥洗吧。」

她好意請三人先去洗澡。

「不，宮司回來前，我們不好自作主張。」

刀城言耶推辭，但篠懸更加熱心地勸說。

「大師，接受對方的好意吧。」

偲在一旁幫腔，言耶立刻規勸，但她回道：

「大師，您大概沒有自覺……可是我們實在是又髒又臭……」

偲的這句話，讓眾人不客氣地先去沐浴了。

「剛才那位龜茲先生是……？」

男士們說女士優先，於是祖父江偲先去洗澡。剩下言耶和秀繼獨處後，言耶忽然問道。

「他叫龜茲將，是這村裡店號『竹屋』的竹器工匠家的二兒子。那乖僻難伺候的樣子，是不是就像個頑固的匠人？」

「表示他對自己的技術很有信心嗎？」

言耶避開秀繼的揶揄，暗暗感到納悶。

大垣秀繼從來沒批評過別人。雖然相處的時間不長，但這類言談與態度意外地很容易就會表現出來。秀繼一板一眼的耿直個性，也表露在這方面。

然而，對於龜茲將，秀繼的發言卻意有所指。兩人之間——加上篠懸是三人——有什麼內情嗎？言耶很想探聽一下，可惜秀繼巧妙地把話題帶開。

如果是在蒐集強羅地方流傳的鄉野怪談，或調查被捲入的案件，言耶一定會強勢追問。只是，他看出這似乎是男女間微妙的感情問題，積極不起來。言耶的興趣隨即轉移到犢幽村將在秋季舉行的「潛靈祭」。

偲洗完澡，接著換言耶。翻山越嶺後浸泡在熱水中，格外舒爽。尤其這次的旅程曾在山中過夜，此刻更覺得格外感激。髒污受到洗滌的同時，身心的疲憊亦一掃而空。

言耶愣愣地泡在浴槽裡，盤算著如何在這座村子進行民俗採訪。

當然，其他四座村子他也打算要去，但強羅地方最早開拓的是犢幽村。而且，四則怪談當中的其中三則，都發生在這塊土地上。可稱爲「現代怪談」的第四則怪談，儘管發生在閖揚村，根源卻似乎是潛靈信仰。換句話說，一切都與犢幽村有關。言耶判斷，這座村子值得花時間停留，細細探訪。

不過，第四則怪談〈蛇道怪物〉或許必須注意。因爲性質與其他三則怪談迥然不同，流傳的形式也令人費解，甚至仍是現在進行式，有太多不容錯過的疑點。即使跳過鹽飽村、石糊村、磯見村，閖揚村也非去不可。言耶再次打定主意。

言耶洗完澡回來，換秀繼去洗，他一走，偲就在客廳悄聲細語：

「不出所料，是三角關係。」

「咦，什麼？」

偲不敢置信地回答：

「還會有誰？當然是大垣先生、篠懸小姐，和那個叫龜茲將的人啊。不過，或許篠懸小姐對這兩個男人並沒有那麼深的感情。但毫無疑問，這兩個男人都愛上了篠懸小姐。」

「果、果然是這樣啊。」

言耶本來就有些懷疑，但聞言還是十分吃驚。偲聳了聳肩，彷彿在說「眞拿你沒辦法」：

「唉，大師對男女感情特別遲鈍，也不是這一、兩天的事了。」

「妳從秀繼先生那裡，問出他們是三角關係嗎？」

偲自豪地點點頭。聽著她的說明，言耶瞭解了內情。

秀繼自幼經常跟著祖父秀壽一起走訪笹女神社。從以前開始，閖揚村的大垣秀壽，及犢幽村笹女神社的宮司籠室岩喜，就擔任篠懸所說的五村代表。因此，秀繼與篠懸雖然在不同的村子長大，關係卻有如青梅竹馬。

「聽說，有一次大垣先生差點在海裡溺水，是篠懸小姐救了他。她非常擅長游泳，像河童一樣熟悉水性。不過，平常應該是男生救女生才對吧？」

偲在轉述中加入辛辣的批判，但言耶沒跟著抬槓。如果這麼做，話題會偏離正軌。

龜茲將是「竹屋」的二兒子，同樣從小就經常出入笹女神社，似乎很早便愛上篠懸。當篠懸年滿十六歲時，龜茲將曾懇求岩喜宮司讓兩人結婚，但篠懸本人毫無意願，請祖父婉拒了。然而，龜茲將卻認定是宮司反對兩人的婚事，還任意曲解爲他理想中的情節：宮司打算強迫篠懸接受與大垣秀壽的孫子秀繼的婚事，因此違反她的意願，拒絕了龜茲將的求婚。

「怎會鬧成這樣？」

言耶提出疑問，偲說得好似親眼見聞：

「只怪篠懸小姐對任何人都一視同仁，溫柔相待，導致龜茲將產生嚴重的誤會。」

「喂，直呼對方的名字太沒禮貌了。」

「在男人眼中，美麗又溫柔的女人本身就是一種罪過。我實在是感同身受啊。」

「祖父江小姐，妳聽見了嗎？」

當然，偲完全聽不進去言耶的提醒。

「從此以後，龜茲就會趁宮司不在的時候跑來這裡。」

「原來如此。那大垣先生怎麼應對？」

言耶問，偲突然激動起來：

「大垣先生眞是太窩囊了。他居然一次都沒對篠懸小姐或宮司表白他的心意——」

「等一下，妳確認過大垣先生的心意了嗎？」

「哎唷，這還用問嗎！」偲一臉焦急，「看他剛才的反應，不是一目瞭然？」

「嗯，唔，我也覺得可能是這樣……」

「百分之百錯不了。」

偲斬釘截鐵地說。

「不過，大垣先生似乎有點怕宮司。而且，他們大垣家和籠室家之間，有長達數代的糾葛。」

「以前籠室家有人入贅到大垣家，後來成爲分家垣沼家的祖先，但垣沼家沒落了……除此之外，或許還有別的問題作梗。」

「家族間自古以來的紛爭嗎？不管怎樣，這次九難道的信件和地圖，都是因爲大師要進行採訪，大垣先生才有理由拜託宮司。」

聽到偲的話，言耶萌生一絲不安。倘若笹女神社的宮司籠室岩喜難以取悅，會影響到在這座村子的民俗採訪工作。

幸好，一切只是杞人憂天。

刀城言耶和祖父江偲交談時，一名穿著骯髒作務衣（註）的老人突然走進客廳。從外表來看，完全就像魯鈍無用、宮司出於善意勉強僱來打雜的下人。

「不好意思，讓你們久等了。」

豈料，此人正是笹女神社的宮司籠室岩喜。

「啊……」

「呃？」

兩人一時反應不過來。一般而言，神社宮司平日的打扮，不是白色和服，配上水藍色的和褲嗎？然而，眼前的人穿著作務衣，簡直像寺院的雜工。而且衣服非常陳舊，近乎襤褸。兩人會有這樣的反應，也是難怪。

但多虧在各地進行民俗採訪的經驗，言耶還是搶先察覺對方的身分。

「啊，您就是宮司吧？在您外出時打擾，眞是不好意思。」

「哪裡、哪裡，不用在意這些小事。」

「謝謝。」

言耶行了個禮，報上來歷並介紹祖父江偲。這時，秀繼洗完澡出來，一看到岩喜宮司，便僵在原地。

「噢，秀繼，你平安抵達啦。我畫的地圖稍微派上用場了嗎？」

「啊，是的。」

言耶觀察兩人交談的情形，發現是秀繼單方面不知道該如何面對宮司。對照看起來爲人海派的宮司，秀繼或許過度認眞拘謹了。

等岩喜宮司洗完澡，眾人一起用了晚飯。不過，宮司洗澡就像蜻蜓點水，三人完全沒有等待的感覺。

「如果現在是春天，就能請你們吃美味的筍子全餐，這個季節實在是什麼都沒有。」

岩喜宮司遺憾地說，但端出的菜肴都非常可口。詢問之下才知道，雖然有村裡的婦人幫忙，不過幾乎全是篠懸一手料理。

「娶到篠懸小姐的男人，眞是八輩子修來的福氣。」

偲朝秀繼投以意味深長的眼神，但他兀自低垂著頭。

「哪裡，她還小啦——」

---

註：禪宗僧侶處理日常雜務時穿的工作服。上衣爲筒袖，前襟交叉以帶子繫起，下身爲窄管褲。

不知道是否察覺了秀繼的反應，宮司苦笑著否定，彷彿在說談婚事還早。但他接著補上一句說：

「希望她以後能變成和祖父江小姐一樣美麗又可愛的淑女。」

偲歡喜得幾乎要手舞足蹈，甚至對言耶擺出「大師，聽見了嗎？」的表情。

「淑女……這是指誰？」

然而，言耶居然小聲偷問秀繼。

如果是平常，偲早就大發雷霆：「當然是在說人家啊！」這時，她只是輕睨言耶一眼。

「不過，村裡的男人不會放著篠懸小姐這樣的美人不顧吧？」

偲對剛好端菜上來的篠懸笑道，設法轉移話題。

「對了，宮司，提到犢幽村的名稱由來——」

不料，言耶從旁插嘴，岩喜宮司馬上反應過來。最後，關於篠懸的話題便無疾而終了。

儘管如此，偲難得沒動怒。居然會沒禮貌地打斷別人的話，實在不像刀城言耶的作風，他刻意轉移話題，一定別有用意。長年來的交情讓偲察覺了這一點。

不過，事後向言耶確認，發現言耶純粹是對男女三角關係不感興趣，偲不禁勃然大怒。

如今回想，已是無關緊要的小事。

聽完言耶的解釋，宮司露出頗爲欽佩的表情：

「眞令人驚訝，完全就是你說的那樣。」

「犢幽村是什麼時候開拓的？」

「這一點我不太清楚。」

岩喜宮司說，竺磐寺的冥簿（註）裡，天正十九年（一五九一年）有「犢幽村的太郎左衛門」這樣的記述，由此可知，犢幽村從安土桃山時代就已存在，但形成一定程度的村落規模，很可能是進入江戶時代以後的事。

「這邊的神社沒有類似的紀錄嗎？」

言耶問，宮司搔搔頭回答：

「有是有，但論文獻的古老程度，實在比不上竺磐寺。」

「大部分的寺院，連相當久遠以前的冥簿都會保存起來。」

「老師每造訪一個地方，便會查看寺院的冥簿嗎？」

言耶沒回答岩喜宮司，而是正色說：

「您算是人生的大前輩，卻叫我這樣的後生晚輩『老師』，實在不成體統。真的不必對我客氣——」

「不不不，老師才是別客氣。畢竟是關照秀繼的作家老師，我稱你一聲『老師』也是應該的。」

「可是——」

「況且，既然我算是人生的大前輩，應該有點識人的眼光。根據我的判斷，你完全當得起『老師』這個稱呼。」

「這……您謬讚了……」

註：日文為「過去帳」，是寺院記錄去世信徒的俗名、法名、死亡年月日的簿本，也稱為「鬼簿」。

「那，你會去看各地寺院的冥簿嗎？」

岩喜宮司再次追問，言耶不得不答：

「啊，是的。冥簿裡記載著當地所有安葬的居民，可從中解讀出非常多資訊。不過，比起姓名，我最為關注是出身地。」

一旁的偲有些困惑地問：

「可是，大師，冥簿上紀錄的不都是當地人嗎？」

「大部分是如此，但也包括來自外地的人。換句話說，只要查看冥簿，就能掌握那個時代的人口流動。」

「不愧是老師。」

岩喜宮司聞言，似乎更欣賞言耶了。

「我們這裡也有代代宮司記錄的、類似日誌的線裝冊子，如果你願意，要不要看看？」

「請、請、請務必讓我拜讀！」

不用說，言耶興奮無比。他露出欣喜的笑容，向宮司深深行禮。

兩人聊了一會濳靈大人的話題後，言耶若無其事地提起：

「這麼說來，聽聞有一位民俗學家下榻在竺磐寺——」

「哦，那個人啊。」

原本聊得興高采烈，岩喜宮司表情和語氣驟變。

「那個人實在沒資格稱為學者。」

「怎麼說？」

「笠磐寺的眞海住持和我，確實都同意他閱覽寺院的冥簿和神社的日誌，但就算這樣，還是得顧及禮儀吧？」

宮司醉紅的臉頰脹得更紅了。

「那個叫及位的傢伙，就像他的名字，會滿不在乎地偷窺別人家裡（註）。任何村子都有許多不願外人觸碰的辛酸過往，比如在此地就是貧窮引發的饑荒。當然，若是爲了做學問而調查這些事，我會不遺餘力，提供協助。但那傢伙只是下流的偷窺狂。不是單純的好奇，我敢肯定那傢伙的心態非常惡劣，甚至讓人感覺到惡意。」

看來，異端民俗學家及位廉也，做出徹底惹惱岩喜宮司的行爲。於是，宮司禁止及位廉也踏入笹女神社。

「那笠磐寺的住持怎麼處理？」

「那是個花和尙，他無所謂。」宮司苦笑道。

「意思是……？」

「那個叫眞海的和尙，只要能賺到住宿費就開心了。」

不過，岩喜宮司沒有絲毫責怪之意，似乎對花和尙頗感興趣。

「而且，那個花和尙喜歡女人。」

宮司進一步揭露內情，言耶聽得惴惴不安。

「我這樣對眞海說，他反過來指責強羅五人幫根本是半斤八兩。啊，不是說我，是說五

註：日文中，及位（nozoki）與偷窺同音。

人幫裡也有花和尚。」

宮司又語出驚人後，連忙否認自己並非如此。

「喔，這實在……」

言耶窮於回答，想回到原先的話題：

「關於住宿費，我有點意外。我聽說及位先生是隻鐵公雞。」

只見宮司再次苦笑：

「哦，付錢的不是他，而是一樣投宿寺院的日昇紡織的久留米先生。」

「咦……」

秀繼似乎也很驚訝，忍不住出聲。

「這又是爲什麼？」

言耶提出疑問，宮司遺憾地搖頭說：

「久留米先生十分親切，是個好人。他說五座村子合併的時候，不光是以前的閖揚村，日昇紡織也想和其他村子建立合作關係。所以，他正要從犢幽村開始打好關係，結果就這麼倒楣，被及位那種人纏上，眞是可憐。」

看來，及位就像靠三寸不爛之舌說動閖揚村的「平和莊」房東那樣，也籠絡了日昇紡織的幹部久留米三琅。

「若是久留米先生，不必太擔心，但換成村裡的人，就另當別論了。」

「村裡有人親近及位先生嗎？」

沒想到，岩喜宮司的答案竟是「竹屋的龜茲將」，言耶、偲和秀繼都嚇一跳。

「龜茲那裡的店號是『竹屋』，在這座村子是歷史悠久的家族，及位大概是覺得他能派上用場吧。聽說他也和閑揚村的大垣家分家、現今已沒落的垣沼家的亨接觸。從這層意義來看，這傢伙或許有些小聰明。」

宮司的口氣像在揶揄「不得不承認及位有這方面的才能」。

「我不在的時候，那傢伙會跟龜茲一起來打擾篠懸，實在教人頭痛。因爲篠懸不管對任何人都一樣好。」

言耶眼尖地注意到，提及孫女的名字時，岩喜宮司的眼角會不由自主下垂，目光充滿慈愛。

「篠懸的父母在她小時候就相繼過世。我有類似的境遇，非常明白那孩子有多寂寞。」

要讓這位祖父答應嫁出他的孫女，看來是難如登天——偲露出這樣的神色，仔細觀察秀繼。但秀繼本人面對著宮司，根本沒察覺偲的視線。

「當然，我也沒有寵溺她，把她慣壞。」

岩喜宮司的表情帶著難以言喻的自豪。

「篠懸小姐會出落得如此出色，一定是宮司傾注了無比的愛情，傾全力扶養她的緣故吧。」

「老師眞會說話。」

岩喜宮司笑逐顏開，但雙眼看起來有些淚濕了。這時，他突然目不轉睛地注視著言耶問：

「對了，老師還單身嗎？」

「啊啊——」

偲發出莫名其妙的怪聲，強硬地轉移話題：

「我們先前聽大垣先生提到，這個地方流傳著四則怪談——」

對這個話題最起勁的就是言耶。他說明暫且爲這四則怪談起了名字，接著分析：

「〈海中首級〉和〈望樓幻影〉，大概可看出是亡者作祟，但〈蛇道怪物〉即使是潛靈大人變身爲蠅玉，怎麼說呢，感覺也摸不太著頭緒，教人不知道該如何解釋。」

「那則怪談裡也包括閖揚村發生的怪事嘛。」

偲似乎是爲了補充而插嘴，但言耶刻意不提此事。他認爲小火災和食物中毒等實際有村人受害的案件，現階段不宜和怪談混爲一談。

「和這三則怪談相比，〈竹林魔物〉看得出原因似乎是祠堂祭祀的對象，但它的眞面目是個謎……有這樣的特異之處。」

「唔，〈竹林魔物〉，這個名稱太貼切了。」宮司佩服道。

「怎麼說？」

言耶只是反射性地問，沒想到宮司回答：

「祠堂所在的竹林宮，自古以來傳說住著竹魔——」

聽到這個答案，言耶的壞毛病一口氣發作：

「竹、竹、竹魔！」

言耶忽然大喊，岩喜宮司和秀繼同時嚇了一大跳。

「那、那是不是寫成竹、竹子的魔物，竹魔？」

宮司嚇得只能「嗯、嗯」點頭。

「哦……竹魔是嗎？我在念書的時候，曾在武藏茶鄉的箕作家的竹林，遇到兩名孩童消失的案件。兩名孩童在匪夷所思的狀況下憑空消失，極爲離奇。那裡的竹林也有座祠堂，祭祀著屋神，不過是叫『天魔』，類似天狗——」

「不好意思……」

見言耶兀自滔滔不絕起來，偲低頭向宮司道歉。當然，言耶本人完全沒聽到她的道歉。

「在我國，『天狗』這個名稱首次出現在《日本書紀》，描述從京城天空由東向西飛去的流星『非流星。是天狗也』。換句話說，那並不是流星，而是天狗。」

「刀城大師只要聽到有人提起他不知道的妖魔鬼怪，就會口若懸河，渾然忘我，這是他的老毛病——」

「不過，這是由於早先在中國，有段時期將天狗視爲凶兆之星，而這樣的觀念傳到了日本吧。」

「大師陷入這種狀態，就會沒完沒了。」

「此後，天狗的名稱也出現在《大鏡》和《宇津保物語》，從平安時代開始頻繁出現。《宇津保物語》裡提到『此深山僻野，竟有人彈奏樂器，賞玩樂音？必是天狗所爲』，由此可知，天狗也用來說明自然界的奇妙現象。」

「他會一直說下去，直到把腦中所有想法全部傾倒出來。」

「再後來的《今昔物語集》中，天狗成爲與佛教敵對的一種魔物。在過去，天狗只是神祕不可解的存在，這時卻成了佛教的敵人。可是，《今昔物語集》具有強烈的佛教故事性質，必須打個折扣。」

「接下來，是鎌倉時代嗎？」

「耐人尋味的是《平家物語》中的記述：『所謂天狗，似人非人，似鳥非鳥，似狗非狗，手足為人，頭為犬，左右生翅，四處翱翔。』這或許與我們想像中的天狗形象非常相近。此外，同書亦提到『譏曰：不成體統。知康受天狗附身。』，表示當時的人認為天狗會附在人身上。而且，上面還說有傲慢的僧侶『未能成佛，亦未墮入惡道，淪此所謂天狗之物』。」

「看樣子，暫時還不會結束。」

「後來的《源平盛衰記》，也提到有驕慢無道的法師淪為天狗，但說是天狗——」

「要阻止大師繼續失控，必須趕快把他的興趣拉回原來的怪談話題。」

岩喜宮司怔愣地交互看著言耶和偲，這才猛然回神：

「這麼一說，我想起來了。竹魔在相當古老的日誌裡，漢字是儲蓄的蓄，寫成『蓄魔』（註）。」

「……」

言耶的長篇大論倏地打住。下一秒，他興沖沖地逼問宮司：

「蓄魔！那、那是什麼意思？」

經過偲的一番解釋，宮司完全理解言耶的怪癖。他並不特別驚訝，反倒是面帶笑容回答：

「竹林宮裡的祠堂，是什麼時候、為什麼開始祭祀，詳情都不清楚。眞要說的話，竹林宮本身就是個謎。」

「但神社保存的日誌裡，曾提到竹魔吧？」

「上面記載的只是推測，認爲祠堂可能是在饑荒嚴重的時代，爲了祭祀餓死者而建造的。」

「原來如此。這麼一想，便可理解〈竹林魔物〉的怪談。只是，把怪談的內容當成祠堂的由來，似乎有些不妥……」

「不，怪談原本就具有這種功能。」

「啊，也對。那個蓄魔——」

言耶催促著，岩喜宮司露出感到好笑的表情，繼續道：

「傳說有個村人主張，爲了避免挨餓，平日儲糧特別重要，便厲行節約。然而，連饑荒眞正來臨時，那名村人也捨不得用掉儲備的糧食。」

「明明儲糧是爲了預防饑荒……」

「完全是本末倒置。最後，這名村人和家人都餓死了。因爲有如此淒慘的故事流傳，於是猜測竹林宮的祠堂可能是蓋來祭祀那一家子的。」

「好幾代以前的宮司這麼推測嗎？」

「以前的宮司和我不一樣，非常優秀。」

宮司愉快地笑道。言耶回以微笑，又問：

---

註：在日文中，「竹魔」（chikuma）與「蓄魔」爲同音。

「既然會加以祭祀，不正表示在那之前發生過作祟的情事嗎？」

「嗯，可是找不到這類記述。」

「會不會是刻意隱瞞……？」

「有可能。」

言耶「嗯、嗯」地點著頭，接著說：

「所以，那位宮司認爲，應該不是竹子的魔物，而是蓄積儲糧的魔物，是嗎？」

「只看這部分，會覺得那宮司是以文字聯想，實在幽默。不過，原本的故事實在太悲慘、太可怕了。」

「那麼，以前有沒有『竹林宮的魔物也是潛靈大人』這樣的解釋？」

言耶提出疑問，宮司嚴肅地回應：

「竹魔和潛靈大人的話，當然是潛靈大人比較古老。只要村裡出了什麼不好的事，都會歸咎於潛靈大人，才會在不知不覺間，說竹魔其實也是潛靈大人吧。」

接著，話題從竹林宮轉移到牛頭浦的潛靈大人。言耶從秀繼那裡聽說最近即將舉行潛靈祭，但不知爲何，確切的日期尚未決定。

「從以前開始，就沒規定在幾月幾日舉行。」

岩喜宮司的說明令言耶感到十分意外。

「很少見呢，沒有什麼基準嗎？」

「也不是沒有，但很籠統。就是夏季快結束、秋天剛開始的時候，至少是在冬天來臨以前。」

「眞的挺模糊。」

「從新曆來看，就是八月下旬到九月中旬之間吧。」

「但今年還沒辦……？」

宮司的神色一沉，言耶急忙打住話頭。談到當地傳統活動時，還是必須客氣一點。

「老師知道閖揚村的那些怪事了？」

岩喜宮司重新打起精神，向言耶確認。他一定是記得偲剛才的補充說明。

「是的，我聽大垣說了。」

「碆靈祭是在犢幽村舉行，其實和閖揚村也不無關係。因爲會有小型的唐食船從閖揚村出海。」

在〈海中首級〉也曾提及唐食船，傳說是來自大海另一頭、滿載糧食的異國船隻。

「哦，原來是這麼回事。」

言耶恍然大悟，宮司深爲欽佩：

「啊，不愧是老師，我稍微一提點，老師就全看出來了，甘拜下風。」

「咦，什麼意思？」

偲問道，言耶回應：

「有風聲傳出，說閖揚村發生的怪事，是蠅玉作祟。而且，有一部分的人認爲，蠅玉就是碆靈大人。雖然是傳統儀式，但在這種時間點，若有碆靈祭的唐食船從閖揚村出海，村人會有何感想？」

「也是……」

偲這才想通，岩喜宮司辯解似地說：

「當然，幾乎所有村人都理解舉行這個祭典的原由，只是年輕人和外地人會有什麼反應？我們五人幫做出結論，認爲既然有這樣的不安，還是延期比較妥當。」

日子一延再延，總算決定將在後天舉行。

接下來，言耶和宮司繼續閒聊。即使偲呵欠連連，秀繼打起瞌睡，兩人仍開心地聊個沒完。

「大家應該都累了。」

多虧來看情況的篠懸出聲，一行人終於解散。偲和秀繼不知道有多麼感激涕零。

理所當然地，言耶表現出有些不滿的樣子，但岩喜宮司的一句話立刻令他笑逐顏開：

「明天用完早飯，我帶你去看竹林宮。」

這時，言耶完全忘了在遠見嶺的奇妙感受。直到在竹林宮經歷驚心動魄的可怕遭遇後，才又想起來。

# 第六章　竹林宮的離奇死亡

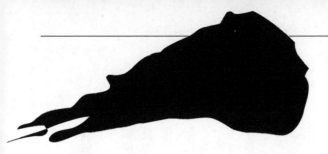

刀城言耶一行人在笹女神社的別院落腳。言耶和大垣秀繼共同一個房間，祖父江偲則在隔壁房間。連續兩天翻山越嶺的勞累，加上晚飯喝了酒，三人頭一沾枕就昏睡過去。

隔天早上，第一個醒來的是言耶。即使是在採訪旅行中，偲往往是最後一個起床。身爲編輯，這樣的表現實在値得非議，但優點是言耶可先偷偷溜出門，因此他沒有任何怨言。姑且不論偲，連就寢和起床時間都一絲不苟的秀繼都遲遲沒有起床，言耶有些驚訝。不過仔細想想，在他們實際踏上九難道以前，秀繼就預先前往勘查過一趟，會比言耶和偲更疲累，也是理所當然。

用完早飯，在籠室岩喜宮司帶領下，言耶一行人前往竹林宮。

笹女神社的周圍，只有南側犢幽村的民家林立，此外全是茂密的竹林。宮司說，除了現在要去的竹林宮周圍以外，所有竹林都對村人開放。

「不過，村子能從這片竹林獲得好處，也沒有幾年了。」

「怎麼說？」

走在竹林小徑上的言耶問。附帶一提，雖然已是早晨，但竹林裡非常陰暗。

岩喜宮司領著三人，話語帶著一絲寂寥：

「聽說等五個村子合併成町以後，計畫砍掉這一帶的竹林，開一條大馬路。」

「有點可惜。」

言耶環顧周圍廣大的竹林，坦率地抒發感想。

「一想到這是代代傳下來的竹林，實在是愧對祖先。」

「但也不能因此反對村子合併……」

「當然，我並不反對。」

面對言耶的試探，宮司明確否定。

「隨著時代變遷，開拓土地，村子規模愈來愈大，這就是發展。只是，在如此狹窄又面海的地方，也很難有所發展。」

因此，犢幽村耗費幾百年的光陰，從海岸往東再往東，一次又一次分村出去。有意思的是，繼犢幽村後，第二個開拓的並不是鄰村的鹽飽村，而是最遠的閖揚村。接著，鹽飽村、石糊村、磯見村才依序出現，最後形成以五村爲主的強羅地方。

「自古以來，就有『強羅五人幫』這樣的組織。雖然是五村各自的代表，但來歷不盡相同。我是神社宮司，鹽飽村代表是醫生、石糊村是村長、磯見村是寺院住持、閖揚村是前任村長，背景都不一樣。」

閖揚村的前任村長，自然是指大垣秀繼的祖父大垣秀壽。

「只是，每個人的祖先都來自犢幽村——」

「換句話說，是開拓新村子時的首領人物的子孫。」

「是啊。不過，並沒有什麼特別的權力。只因是這些家族的繼承人，就強制列入強羅五人幫之一。」

「實際上，是不是強羅地方的地下掌權者呢？」

言耶半開玩笑地問，其實他的態度很嚴肅。

在日本各地，經常有當地特殊的「組」或「講」之類的組織。言耶透過經驗學習到，是否瞭解這些組織，與民俗採訪能不能成功密切相關。他很好奇強羅五人幫是否握有不爲人知的重大實權。

沒想到，岩喜宮司高聲大笑：

「哈哈，要是那樣，我會穿得更稱頭些。」

和昨天一樣，宮司穿的是不怕弄髒的舊衣物，像是準備下田務農。

「你隨便抓個村人問問就知道了。問他們五人幫對村子有什麼貢獻？每個人應該都會顧慮到我們的面子，含糊其詞。不過我可以保證，他們絕舉不出半個具體例子。」

「那麼，強羅五人幫算是一種名譽職嘍？」

「噢，不愧是作家老師，比喻得眞恰當。村人會對我們另眼相看，但也僅止於此。」

如此斷定之後，宮司露出頗爲自得的表情說：

「五人幫本身沒有任何好處，但我們的祖先等於是各村落的開祖，所以村人不得不心存感謝吧。」

「什麼意思？」

言耶訝異地問，岩喜宮司露出頑童般的笑容。這時，偲突然尖叫一聲，打斷了對話。

「怎麼了？」

言耶問，偲表情緊繃地說：

「有、有……有東西。」

「咦……在哪裡？」

言耶連忙東張西望，但什麼也沒發現。周圍只有密密麻麻、多不勝數的竹子，高聳地生長著。

「祖父江小姐，妳看到的東西在哪裡？」

言耶再次問，這回總算發現她直盯著地上。

「我聽到那竹子的根部傳來沙沙聲響。」

「小姐，那應該是蛇吧。」

宮司完全不當一回事，偲不由得瞪大眼睛。對她來說，這或許是值得加上十個「超」形容的緊急狀況。

「大師，回去吧！」

「好，妳回去，我們前往竹林宮。」

「不是那樣……」

聽到兩人雞同鴨講的對話，秀繼伸出援手：

「前輩，沒事的，只要跟在宮司後面，留心腳下就行。」

「人家才不是你的前輩，要說幾遍你才懂！」

偲嘴上抗議，卻整個人緊貼在言耶身上，話語也沒有平常的魄力。

「喂，這樣很難走啊……」言耶不禁出聲抗議。

「回到剛才的話題——」

宮司這句話，讓言耶立刻忘了背後的偲：

「剛才談到強羅五人幫的祖先就像是各村的開祖，所以村人不得不心存感謝。」

「如同這片竹林是笹女神社的土地，其他五人幫的家族，都各自擁有村子北側的山林。比方，秀繼的祖父大垣秀壽，擁有閖揚村的久重山。若是開發連結五村的大馬路，五人幫賣掉林地，就能得到一大筆進帳。」

「啊，原來如此。」

談到現實的金錢問題，一般可能會讓人不太舒服，但宮司口氣爽朗，聽著反倒愉快。

言耶感到好奇，單刀直入地問：

「宮司認爲，即使竹林因此消失，也是無可奈何嗎？」

「說起來，村子合併是國家政策，不管我們如何反對，也無濟於事。既然如此，一開始就接受，祈禱多少能爲村子帶來助益，可能還比較好，況且，這下或許總算有錢修補破爛的拜殿。這樣一來，天宇受賣命娘娘一定也會諒解。」

「笹女神社的祭神天宇受賣命，是所謂的『技藝』之神——」

言耶說到一半，似乎猛然想通：

「《古事記》裡提到，天照大神閉關在天岩戶裡的時候，天宇受賣命揮著竹葉跳舞，引誘大神出來。柳田國男（註）老師也在《巫女考》中提到這件事。巫女在舞蹈時，法器當中有竹葉，就是源於天宇受賣命的竹葉。換句話說，竹林圍繞、擁有『笹女』之名的神社，以天宇受賣命爲祭神，完全順理成章。」

他闡述自己的推論後，提出更關鍵的問題：

「可是，如果開發道路，竹林宮會怎樣呢？」

「竹林宮恐怕沒辦法保存下來。或許可將祠堂遷到別的地方，重新祭祀。」

岩喜宮司回答，同時停下腳步：

「這就是竹林宮。」

聽到這話，言耶愣了一下。接著，他仔細觀察前方，發現那裡生長的不是竹子，而是高聳的雜草叢。

「竹林宮周圍不是一片原野般的地方嗎……？」

「往昔似乎是，但在我成為宮司以前，就是這副景象了。」

「那麼，裡面的祠堂也……」

「不不不，還好好地祭祀著。不過，頂多幾個月來祭拜一次。」

宮司說明著，沿茂盛的雜草叢另一頭密生的竹林外圍，往左繞去。

「這樣一看，和先前穿過的竹林相比，竹林宮的竹子密集程度實在驚人。」

言耶讚嘆連連，偲和秀繼也默默點頭。

不久後，一行人來到雜草凌亂、像是有人踩過的地方。往前人踩踏出的半吊子路徑望去，有一塊沒有竹子生長的空間，張著陰森大口，宛如節慶活動上看到的鬼屋入口。開口其中一側的竹子上方，到另一側的竹子上方，拉起注連繩。第一眼的印象，果然會聯想到鳥居。

「這就是入口。秀繼長大以後，就沒有再來過了吧？」

岩喜宮司問，秀繼的表情有些緊繃。或許他在這裡沒有什麼快樂的回憶。看他那反應，反倒像是有過可怕的遭遇。

---

註：柳田國男（一八七五—一九六二），日本民俗學家及官員。行旅日本各地，調查並蒐集民俗風情與傳說故事，著有《遠野物語》等書。

宮司在竹子鳥居前行了個禮，倏地消失在陰暗的入口中，彷彿主動讓竹林宮吞噬。

言耶隨即要跟上，卻被扯住衣角。

「咦？」

言耶嚇一跳，回頭只見偲害怕的表情。

「要、要進去嗎？」

「當然，來竹林宮就是爲了看裡面啊。」

「可是……裡面不是迷宮嗎？」

「所以才更有趣。」

偲露出難以置信的眼神，但言耶迫不及待要進去。

「機會難得，我們三人拉開距離，一個一個進去吧。」

「什、什麼？」

偲滿臉驚恐地挨上去，言耶一臉不可思議地說：

「因爲裡面是迷宮啊！比起三人貼在一起，獨自摸索前進，怎麼想都比較好玩，不是嗎？」

「大師，您腦袋有問題！」

言耶以爲偲在說笑，她的表情卻極爲嚴肅。

「什麼有趣、好玩，您根本瘋了！」

「那祖父江小姐在這邊等——」

言耶準備再次踏入竹林宮，偲立刻緊緊貼到他的背後。

「喂喂喂……」
「人家不要獨自進去，也不要獨自留下來！」
「妳啊……」
這時，秀繼以莫名超脫的語氣說：
「老師，只能一起進去了。」
「咦！可是難得進入迷宮……」
「那我一個人晚點再進去吧。」
「嗯，你晚點再進來。」
偲馬上應道，但言耶當下表示：
「好，我們三人一起走吧！」
話一說完，言耶已穿過竹子鳥居。偲連忙追上，秀繼跟在後頭。
笹女神社周圍的竹林本身就很陰暗，但竹林宮裡更是漆黑。竹子密集的程度顯然相差懸殊。即使抬頭尋求陽光，由於兩側的竹子愈往高處，愈朝內側彎曲，無數的竹葉覆蓋住頭頂，因而依舊十分陰暗。此外，迷宮的路幅比想像中狹窄，只能勉強容一名成人通過，造成非比尋常的強烈壓迫感。大片竹子彷彿隨時會從左右兩側慢慢擠壓過來。
連原本想一個人進來的言耶，也在彎過兩、三處迷宮轉角後，發現自己爲背後有偲跟著而感到安心，頓時一陣錯愕。
嚓、嚓……
竹林宮深處傳來踩過石子地的腳步聲。約莫是岩喜宮司的腳步聲。儘管明白，卻不知怎地令人毛骨悚然。

有別的東西在行走。

言耶陷入這樣的錯覺，一回過神，他竟當場停下腳步，豎耳傾聽。

「那是……宮司吧？」

偲在身後囁嚅，似乎有相同的疑惑。

「當然……」

言耶理所當然地回答，語氣卻毫無把握。偲敏感地察覺，不再說話。

兩人默默聆聽，遲遲不動。

「呃，老師……？」

秀繼出聲呼喚，言耶猛然回神。

「嗯，我們前進吧……」

言耶跨出步伐，偲還是一樣緊緊貼在他背上，後面跟著秀繼。

嚓、嚓……

三人的腳步聲在狹窄的迷宮裡回響。

偲緊挨在言耶身上，不停回頭。言耶察覺到她的舉動，莫名在意起來。

「妳在做什麼？」

言耶終於忍不住回頭問。

「……我在確認，跟在後面的眞的是大垣先生嗎？」

沒想到，偲竟如此回答。由於理解她懷疑的心情，言耶無言以對。

「咦……呃，當然是我啊。請、請不要說些奇怪的話。」

先前看似不動如山的秀繼突然驚慌起來，似乎也感受到不尋常的氣息。

「喂，不要貼上來啦！」

接著，連秀繼都往偲的背後貼靠上去。

「前輩不也抓著老師？」

「就叫你不要喊我『前輩』了。而且，我跟大師本來就可以這樣，我們是相親相愛的關係。」

「欸，不要說那種招來誤——」

「喂，不好啦！」

言耶正要抗議，竹林宮深處突然傳來岩喜宮司的驚叫聲。

「快點過來！」

「怎麼了？」

話聲剛落，言耶已衝出去。

「啊，大師！等等我！」

偲和秀繼立刻跟上去，但言耶很快就和兩人走散了。因為轉眼他們就在迷宮裡各自迷了路。

「大師！您在哪裡？」

雖然聽見偲不安的呼喚，言耶仍決定先往前走。

偲有大垣跟著，不會有事。

言耶暗忖，但縱然得拋下偲一個人，他還是會往竹林宮中心前進。

言耶好幾次闖進死路，最後在一條略長的通道盡頭向左拐過直角，眼前突然一片開闊，難以置信的景象冷不防躍入眼簾。

一小塊雜草叢生的圓形草地上，幾乎在正中央的地方，倒著一名男子。乍看像是呈大字形躺著，但顯然已死亡。儘管還有一段距離，卻聞到濃濃的屍臭。

岩喜宮司一臉蒼白，跪在詭異的屍體旁。他的臉上寫滿恐懼，彷彿在說他完全沒預料會看到這種東西，但這種反應是人之常情。比起發現屍體的恐怖，男屍的狀態，絕對會把他嚇得魂飛魄散。

最惹人矚目的，是徹底凹陷的兩個眼窩和臉頰。男子臉上的凹陷，甚至讓人覺得「深陷的眼窩」、「瘦削的臉頰」之類的形容都太輕描淡寫。而且，整張臉的皮膚近乎不自然地貼附在骨頭上，毫無厚度，彷彿只有一層皮裹著底下的頭蓋骨。

男屍給人的第一印象，完全就是骸骨。

「這、這個人……」

言耶想問，是村人嗎？但宮司的回答，卻讓他嚇呆了。

「是及位廉也先生……」

「什、什麼……？」

言耶再次端詳男屍的臉，但他只看過及位的照片，根本認不出來。

「難道是……」

不過，比起確認身分，言耶更關心另一個問題。

「……活活餓死嗎？」

也就是男屍異常的死因。從那張淒慘的臉來判斷，恐怕是餓死沒錯。

「看這死相，除了餓死以外，不可能是別的原因。」

宮司贊同言耶的推測。

「可是……」

及位並未遭到束縛，雙腳也沒受傷。換句話說，他應該能正常行走，離開此地。然而，他卻在竹林宮中央餓死。這離奇的狀況究竟是怎麼回事？

「耶！」

這時，格格不入的歡呼聲響遍四下。偲和秀繼總算脫離迷宮，來到這裡。

「大師，眞是太艱辛了。蜘蛛網罩住臉，竹葉又割傷手……」

說到一半，偲突然住口。從她身後探出頭的秀繼則僵在原地。

「那、那、那個人……」偲總算擠出聲音。

「嗯，死掉了。」

言耶淡淡回應，轉向岩喜宮司說：

「您還好嗎？」

「嗯，我沒事……」

宮司慢慢站起，言耶走過去攙扶他，提醒道：

「必須盡快通知警察，並且派人守在這裡，保存現場。」

「是啊。」

岩喜宮司點點頭，開口吩咐：

「秀繼，你趕緊跑一趟，去駐在所找警察過來。」

「好、好的……」

秀繼慌忙要回頭，卻忽然不安地說：

「可是，這迷宮……」

「祖父江小姐，可以請妳陪他一起去嗎？」

言耶隨口拜託，沒想到偲泫然欲泣地抗議：

「要是我知道迷宮怎麼走，就不會這麼慢才到了。」

「既然這樣，我一起去吧。」

宮司說著，正要催促秀繼時，才注意到偲的手掌在流血。

「被竹葉割到特別痛。」

他伸手入懷，從和昨天一樣的作務衣裡，掏出一條髒兮兮的破手巾。

「謝、謝謝。」

偲雖然道著謝，但似乎一點都不想拿來擦傷口，只用那條手巾拂掉沾上衣服的蜘蛛網。與自然避開蜘蛛網的宮司和言耶相比，偲果然是都市人，似乎是直接一頭往蜘蛛網栽進去。

雖然沒有偲那麼嚴重，但她身後的秀繼也做出一樣的動作。這表示秀繼已忘了鄉下的生活嗎？

宮司有些惋惜地看了一下秀繼，再次轉向偲說：

「我拿另一條給妳擦傷口——」

「啊，沒、沒關係的。」

偲顯然不樂意，但宮司誤解爲客氣。

「不不不，我還有別條，不必客氣。」

宮司掏出來的，是一條更髒、更破爛的手巾。

「大師——」

偲哀聲求救，言耶無奈，只得伸出援手：

「喏，拿去用吧。」

偲萬分感激地接下言耶遞出的乾淨手帕。

「那麼，這裡就交給你們了。」

岩喜宮司略略行禮，和秀繼迅速折回迷宮。

嚓、嚓、嚓、嚓……兩人踩過碎石路的腳步聲消失後，除了風掃過竹葉的嘩嘩聲響之外，四下悄無聲息，突然安靜得近乎詭譎。

「大師，請過來……」

言耶早就離開偲的身旁，仔細研究起屍體。這時，偲不知爲何小聲叫喚他。

「爲什麼？」

言耶看也不看偲，以隨身攜帶的手巾覆住鼻子，一心一意地觀察著屍體。

「人家會怕嘛。」

「還有我在這裡啊。」

「所以，請過來一點……」

「妳過來不就好了？」

「才、才不要，我不想靠近那種屍體。」

偲強硬拒絕，但言耶充耳不聞。

「及位先生到底遇到什麼事？」

言耶在屍體周圍繞來繞去，不停思考著。

「……死因是什麼？」

偲問。儘管害怕，她仍克制不了好奇心。

「從屍體的狀態來看，八成是餓死。」

「咦！在這種地方餓死？」

偲驚訝地環顧竹林宮中央這處開闊的空間。

「爲什麼他不離開？」

「是啊。看起來及位先生手腳都沒被綁住，也就是他並未被囚禁在這座竹林宮裡。」

「就算被綁起來，還是能爬出去吧？」

「明知這樣下去會餓死，任誰都會這麼做。」

「可是，這個人爲什麼……」

不逃走——偲說到一半，露出驚恐的神情。

「在及位先生眼中，這片草地約莫形同無法逃脫的密室。」

「他又沒被關起來……」

「嗯，但不知爲何，這裡對他卻是完全的密室。一個開放的密室。」

「大師……」偲顯得更加害怕，「這是不是很像〈竹林魔物〉的怪談？」

「那個怪談的主角多喜，也是在這裡突然感受到強烈的飢餓。」

「一模一樣……」

偲微微發抖，言耶冷靜地指出：

「可是，多喜最後回到迷宮裡，及位先生卻無法離開這個空間。為什麼會有這樣的差異？」

偲歪起頭說：「因為多喜想快點逃走，但這個人在原地拖拖拉拉？」

「及位先生應該是為了調查而進入竹林宮吧。所以，即使發現身體出現異狀，也沒立刻離開。」

「當他發現大事不妙已太遲……」

只見言耶喃喃自語：

「可是，這樣解釋，等於全盤相信竹林宮會作祟的傳說。」

「就是啊……」

偲小聲附和，害怕地環顧周圍說：

「不過，如果不這樣想，要怎麼解釋人在這裡餓死的狀況？就算外圍是迷宮，總不可能是迷路走不出去吧？」

聽到偲這番話，言耶有了反應：

「對了，會不會他的知覺有某些障礙……」

「什麼意思？」

「假設他是和別人一起進來的，所以順利抵達中心。但離開的時候，只剩下他一個人……」

「他可能沒辦法走出迷宮——大師是這個意思嗎？」

言耶想了一下，搖搖頭：

「不，還是不對……」

「事實上，並沒有這類知覺障礙嗎？」

「當然有，而且不少。只是，果眞如此，我們應該會在迷宮途中發現他的屍體。」

「啊，對耶。想要設法走出迷宮，卻迷失在裡頭，在半路力盡而亡——理當會是這種狀態。」

「嗯。可是，及位先生卻在這塊空間、幾乎是正中央的地方，像這樣斃命……」

如同前面所述，屍體呈大字形，雙臂往左右伸直。個子不高不矮，體型微胖，是典型的中等身材。雙腳也並未合攏，打開到與身體同寬。

光看這個姿勢，好似豪邁地躺在草皮上，但這裡是雜草覆蓋的竹林宮中心，而且他居然是餓死。

古怪的事不只這一樁。屍體身上穿的是黑色法衣。如果現在是寒冬，還可解釋爲是及位離開笁磐寺前借來穿的。任意借用住持的法衣，一般難以想像，但這個人是及位廉也，反倒很有可能。不過，天氣並不冷，他會借衣服禦寒嗎？況且法衣太大件，身材中等的他根本撐不起來。爲什麼他會是這種邋遢的打扮？起碼襯衫和長褲看不到任何怪異之處。全身衣物都皺巴巴的，非常骯髒，只有這一個共通點。

不僅如此，屍體伸出的右掌上，不知爲何擺著一根長竹竿。他直到嚥氣前一刻，都握著這根竹竿嗎？但他怎會特地拿著這種東西？

此外，及位不自然地穿著法衣，拿著用途不明的竹竿，似乎在布滿竹林宮中心的圓形草地上走來走去。從雜草被踩亂的狀態來看，這個推測應該沒錯。他彷彿怎樣都找不到迷宮入口，像隻無頭蒼蠅在這片草地亂轉。

言耶再次望向屍體右手中的竹竿。

「這根竹竿是不是那座祠堂的東西？」

他走到祠堂前，偲也避開屍體跟過來。

「這裡掉落一根相同的竹竿。」

「上面綁著注連繩。原本應該是和及位先生手中的竹竿，一起立在這座祠堂的兩側。」

「這麼說來，〈竹林魔物〉的怪談裡也提到，有兩根比多喜更高的竹竿，一左一右立在祠堂兩側，就像代替石獅子。」

「及位先生似乎拔走了左邊的竹竿。」

「爲什麼？」

「從這種狀況來看，他約莫用那根竹子擊倒了還綁著注連繩的右邊竹竿，然後敲打祠堂……」

如同言耶的觀察，祠堂的屋頂和格子門都有遭到重擊的痕跡。然而，這些暴力的痕跡不知爲何，感覺都莫名虛弱。

「他爲何要敲打祠堂？」

偲「唔……」地小聲沉吟後，臉上突然綻放光芒：

「就像大師推理的那樣，他沒辦法離開，是因爲有知覺障礙，但他本人八成不知道。所以，當他發現自己始終走不出迷宮時，陷入一陣混亂。」

「怎麼想都不明白爲何無法離開，當然會混亂。」

「那個人是異端民俗學家吧？」

偲唐突地確認這一點，言耶姑且點點頭，於是偲有些得意地說：

「那麼，他應該是突然想到了。」

「想到什麼？」

「這會不會是竹魔作祟……？」

言耶頓時沉默，偲仍兀自說個不停：

「他來調查某些事。身爲那類民俗學家，他想必知道〈竹林魔物〉的怪談。或許他聽過竹魔的名號，所以陷入常識難以解釋的狀況時，忍不住懷疑是妖魔作祟。那麼，只要破壞祠堂，搞不好就能得救……他會這樣想，不是理所當然嗎？」

「原來如此。以祖父江小姐而言，這眞是條理分明到令人難以置信的分析。」

「大師又來了，不用顧慮人家被稱讚會害羞，就故意說反話嘛。」

偲喜孜孜地回應，言耶默默閃躲，接著說：

「如果他認爲遇到竹魔作祟，而企圖破壞祠堂，卻幾乎沒有造成損害，豈不是有些奇怪嗎？」

「這是因爲……」偲隔了幾拍，說：「一定是因爲肚子太餓，使不上力。」

「妳知道人要幾天才會活活餓死嗎？」

「不知道……一星期到十天？」

「只要有水，可以活更久。但沒有水，一般四、五天就會死去。」

「這麼快……？」

偲啞然無語，露出驚恐的表情。

「假設他在第五天死亡，那麼，還有力氣拿竹竿敲打祠堂，最遲也是第三天前的事吧。」

「是啊。如果是第一天或第二天，或許會更有力氣。」

「但這表示，直到變成只能虛弱地攻擊祠堂的狀態以前，他都完全沒想到可能是妖魔作祟。」

「啊，對耶……」

偲的語氣失去了先前的自信。

「況且，祖父江小姐，及位廉也先生是徹底的理性主義者。」

「咦咦——！」偲發出抗議的叫聲。「怎麼不先講啦！」

「妳之前不也聽到〈蛇道怪物〉的怪談了嗎？故事中，飯島先生拜託前川先生，去向及位先生請教蠅玉的事時，及位先生嘲笑：『你居然信那種東西？』從這一點應該可看出，他不是會輕信怪力亂神之事的人。」

「啊，所以嘍！」

偲發出驚呼，卻顯得非常開心。

「一開始，他當然不認爲是妖魔作祟。可是，在發現無論如何都走不出竹林宮時，他不得不承認這個事實。然而，那個時候他已餓到不行，幾乎使不出力氣。這樣想就解釋得通了。」

「是啊……」

非常難得地，言耶嚴肅思索著偲的解釋。

「應該有狀況證據能支持妳的推理。」

「咦，在哪裡？」

言耶環顧周圍的雜草說：

「草地被踩得如此凌亂，表示及位先生在這塊圓形空間裡走動了一段時間。這到底是爲什麼？」

「竹魔藏起迷宮的出口，他拚命尋找……」

「看起來就像這樣呢。」

明明是自己提出的解釋，偲卻害怕地張望四周。

「還有三個更進一步的狀況證據。」

言耶從祠堂稍微往右走，指著竹林所在的地方。

「妳不覺得與竹林宮的外圍相比，內圈的竹子密度較爲稀疏嗎？」

「這麼說來，眞的耶。」

「在這當中，此處的竹子間隔又特別寬。仔細一看，明顯留下試圖強行穿過的痕跡。」

「啊！眞的有。」

「其他地方也有類似的痕跡。」

這次言耶走到祠堂左邊，指著兩個地方說：

「這些都是想強行穿過的痕跡吧。」

「可是，還是穿不過去。」

「雖然是迷宮，但明明有通往外面的參道，爲什麼他不斷試圖從這種地方穿出去呢？」

「因爲他有知覺障礙……」

「要完全證實妳的推理，至少必須先查證這一點。」

「眞的嗎！」

雖說有條件，但言耶乾脆地接納她的分析，偲歡天喜地。約莫是開心過頭，言耶回到遺體旁，偲竟毫不猶豫地跟上來。不過，她和言耶一樣，用他的手帕摀住鼻子。

「失禮了。」

沒想到，言耶朝遺體行了個禮，以手巾包住右手，理所當然地翻起遺體身上骯髒的法衣。

「呃，大師，這樣不太好吧？」

偲忍不住做出退避三舍的動作，果然很有她的風格。

「我並沒有要移動遺體。」

言耶辯解著，將法衣內側徹底檢查一遍。

「什麼都沒有。」

接著，他檢查起襯衫。

「這是……」

看到從胸前口袋裡取出的東西，言耶驚愕無語。

「咦，這不是竹葉船嗎？」

但偲的反應十分平淡，「和供奉在村子路邊地藏像前的一樣呢。」

「嗯……可是，他怎會帶著這種東西？」

「誰知道？撿來的吧。」

偲毫不在意，言耶卻似乎耿耿於懷，怔愣在原地。

「沒有別的東西了嗎？」

甚至等到偲出聲催促，言耶才繼續檢查遺體。

「沒有……褲子呢？」

「呃，大師，是不是不要再翻找比較好……」

「有了。」

言耶從遺體的褲子後口袋裡，找到記事本。

「好像是他的東西。」

從前面開始翻閱，除了那四則怪談的筆記以外，還有許多關於強羅地方的記述。

「他到底是在調查什麼啊？」

「從記事本的內容來看，似乎是這個地方的傳說故事……」

「那不是跟大師完全一樣嗎？」

「但及位先生的情況——」

有更麻煩的問題——言耶正想接著這麼說，突然倒抽一口氣。

「怎麼了？」

偲靠上來問，言耶默默翻開記事本的其中一頁。

「咦……這是什麼意思？」

該頁以有些顫抖的筆跡，寫著令人費解的兩句話：

原來完全相反？

濬靈大人其實是人魚嗎？

# 第七章　竺磐寺

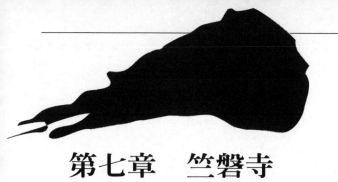

「人魚……」

刀城言耶喃喃自語，僵在原地。

「呃，大師？」

就算祖父江偲搭，言耶也絲毫不理。

「喂喂，有人在嗎？」

即使就在旁邊叫喚，言耶仍文風不動。

「喂！刀城言耶！」

偲大喊他的名字，他才總算如大夢初醒。

「啊，抱歉。」

「您在想什麼，想得那麼入迷？」

偲興致勃勃地問，言耶歪著頭說：

「這……真的很奇妙。我又忽然想起康瓦爾……」

「那裡也有人魚傳說嗎？」

「嗯。在康瓦爾的捷諾爾村，教會的禮拜堂角落，擺著一張中世紀打造的『人魚的椅子』。椅子的側板上，雕刻有拿著梳子與鏡子的人魚。」

「真的嗎？那是怎樣的傳說故事？」

「從前從前，每到星期日，總有一名美麗的黑衣女子來到教會。女子會以悅耳的嗓音唱出讚美歌，唱完就離開。村人實在太喜愛那神祕的歌聲，沒人去探究她的底細。」

「光聽她唱歌就滿足了嗎？」

「不過，黑衣女子回去以後，她坐過的椅子都濕答答的。」

「根本是怪談嘛……」

「但擁有著天籟歌喉的，不只是黑衣女子而已。教堂看守人的兒子馬西唱起讚美歌，一樣傾倒眾生。理所當然地，兩人互相吸引，墜入愛河。」

「眞是太感人了……」

偲聽得如痴如醉，甚至忘了身旁有一具餓死的屍體。

「誰知有一天，兩人突然消失不見。」

「是私奔了嗎？」

言耶沒有回答，繼續說下去：

「幾年後，村人發現每到月夜，海灣便會傳來兩人動聽的歌聲。」

「換句話說，女人是人魚，而男方加入他們了嗎？」

「故事還有後續。某天，一艘船在海灣下錨停泊，有人魚從浪頭之間現身，拜託船長：『你的船錨堵住我們的洞窟，馬西和小孩被關在洞裡出不來，請把船移開。』」

「兩人果然結爲連理了。」

「聽到這件事，村人都爲了長年來的謎團解開，欣喜不已。他們總算能確認兩人已結婚，甚至有了孩子，過著幸福的日子。」

「這不是一段佳話嗎？」

「只聽這部分，或許會這麼覺得——」

言耶意味深長地說，偲訝異地反問：

「什麼意思？」

「如果以馬西的父母的角度來看這件事——黑衣女子就成了引誘他們的寶貝兒子、把他拐走的邪惡女人，不是嗎？」

「咦，戀愛是自由的吧？」

「不過，對方是人魚，站在父母的立場，眞的能衷心祝福嗎？」

「可是……」

「況且，人魚傳說不全是這類浪漫戀曲。不少內容是人魚利用歌聲，虜獲男人的心，將他們引誘到海裡淹死，也就是揭露人魚身爲魔物的一面。事實上，康瓦爾其他的海灣，有一處叫『人魚之岩』的地點。據說，只要這裡傳出低聲吟唱的人魚歌聲，經過附近的船隻一定會遇難。還有，受那歌聲引誘游入海中的年輕人，也會一去不回。」

「不過，大師——」偲滿臉無法接受，「祭祀碆靈大人，不就是爲了超度在船難中喪生的人嗎？」

「說、說、說的沒錯，祖父江小姐！」

言耶突然激動起來。

「這邊是礁岩地帶，自古以來船難頻傳。就像妳說的，祭祀碆靈大人，是爲了超度這些犧牲者。碆靈大人的『碆』字，是礁岩的意思，而『靈』字大概是指人類的靈魂。即使光從字面，也可看出其中的慰靈之意。及位先生不可能推測不出這些事實與解釋，他卻似乎在懷疑碆靈大人其實是人魚，豈不是很奇怪嗎？」

「另一句『原來完全相反』，是不是就是這個意思？」

「既然如此，這句話應該放在『潴靈大人其實是人魚嗎』的後面才對吧？既然寫在前面，表示是先發現這一點，然後懷疑其實是人魚——」

「唔……強羅地方有人魚傳說嗎？」

「依我事前調查到的範圍來看，並沒有這類傳說。如果有的話，大垣先生早就告訴我了。」

「昨晚和宮司談話時，想必也會提及。」

說到這裡，偲再次害怕地望向記事本：

「那麼，這裡說的人魚……」

「或許具有完全不同的意義。」

「比方？」

「我現在想到的——」

言耶正要回答，岩喜宮司突然從迷宮裡冒出來。稍遲一些，駐在所員警和秀繼也接連出現。

「刀城老師，這位是駐在所的員警由松。」

宮司介紹的男子年約三十五，看起來莫名盛氣凌人，一副凶神惡煞的模樣。

「我是巡查部長（註）由松——」

---

註：日本警察制度的階級，由下而上依序爲巡查、巡查長、巡查部長、警部補、警部、警視、警視正、警視長、警視監、警視總監。

男子刻意強調階級，自我介紹後，盯著及位廉也的遺體，但很快轉開視線，以蠻橫霸道的口氣詢問言耶：

「聽說你是偵探，這個人是被捲入什麼犯罪案件嗎？」

「是……啊、不，我、我並不是偵探……」

「還想隱瞞！」

由松暴喝一聲，見言耶不知所措，旁邊的偲立刻指責秀繼：

「喂，大垣先生，你到底是怎麼介紹大師的？」

「我說老師的本行是作家，但也是民俗學家，而且總是精彩地破解在民俗採訪的地點遇到的犯罪案件，媲美偵探——」

秀繼認真地說明，但很快就被偲打斷：

「完全不行，太不像話了。」

說時遲、那時快，偲轉身面對由松說：

「巡查部長，方便說句話嗎？」

「妳、妳又是什麼人？」

偲清新脫俗的氣質，似乎讓由松心猿意馬起來。

「我叫祖父江偲，是刀城言耶大師的責任編輯。在這趟旅程中，我負責大師的祕書事務。」

喂喂喂，妳什麼時候做過祕書該做的事？

言耶沒有把內心的吐槽說出口，理由自不待言。他希望盡量給由松一個好印象，於是當下判斷，偲的伶牙俐齒有助於達成目的。

「巡查部長應該知道，戰前被譽爲『昭和的名偵探』的冬城牙城大師吧？」

「喔，這名號我聽過。」

「刀城言耶大師——」

「祖父江小姐！」

言耶想制止，但偲毫不理會，逕自說了出來：

「就是那位冬城牙城大師的公子。」

「咦……」

由松張口結舌，幾乎就在同時，言耶冷冷地說：

「家父與此事完全無關。」

「可是，大師擁有特殊的偵探才能，也是因爲——」

偲想繼續說下去，然而看到言耶冷如冰霜的眼神，不由得胸口一痛，當場噤聲。

稍微提到父親的事，大師馬上就會拒人千里之外……

儘管兩人做爲作家與編輯，相識已久，偲至今仍不清楚他們父子之間有著什麼糾葛。不過，刀城牙升——「冬城牙城」是擔任偵探時的別名——在戰前因爲痛恨自己華族（註）的出身，離家出走，拜私家偵探大江田鐸眞爲師，後來成爲昭和的名偵探，這段軼事偲知之甚詳。

註：日本明治時代身分制度中的一個階級，位於皇族之下，士族之上，擁有各種特權。

然而，言耶為何和父親一樣離家出走，偲完全沒聽說其中的原由。別說原由了，在言耶面前，根本無法談論他的父親。任何一個編輯都一樣。因此，在藝文圈裡，可說沒有半個人知悉刀城父子的關係內幕。

儘管如此，每個人都很重視他們是父子的事實。

「沒錯，就像這個人說的，一旦發生犯罪案件，跟誰是他老子無關。」

雖然暫時被偲的爆炸性發言唬住，但聽到言耶的聲明，由松立刻振作起來。

「你該不會動了屍體吧？」

駐在所員警口氣傲慢，但言耶不以為意，回答：

「喔，我、我發現了這樣東西。」

他像立下大功、開心不已的孩子，秀出先前找到的竹葉船和記事本。

「什、什麼！」

員警睜大眼睛，瞪著言耶問：

「在哪裡找到的？」

「竹葉船在襯衫的胸前口袋，記事本在後褲袋。對了，另一個後褲袋還沒有——」

「不准碰！」

言耶剛要走近屍體，員警大聲喝斥：

「把那兩樣東西交給本官，你小子給我離屍體遠一點！」

員警命令言耶，偲立刻抗議：

「喂，你憑什麼叫大師『小子』——」

「沒事的，祖父江小姐。」

言耶連忙打圓場，但員警已走向岩喜宮司。他似乎不知道該怎麼應付偲。

由松向宮司詢問發現屍體的狀況後，交代在竹林宮外等待的兩名青年團成員看守現場，返回駐在所聯絡縣警總部。

至於言耶等四人，在由松的命令下，回笹女神社等候發落。

「對了，縣警人員大概什麼時候會抵達村子？」

在竹林外圍與由松分道揚鑣後，言耶隨即問宮司。

「這個嘛，再怎麼快，也要中午吧。」

「那我失陪一下……」

「大師，您要去哪裡？」

偲立刻問，言耶裝傻說：

「我想去村子逛一逛——」

「嘴上這麼說，其實您打算去竺磐寺吧？」

看言耶被戳中心事的反應，答案不言可喻。

「喔，逛著逛著，或許會順道去寺院看看……」

「去調查到水落石出。」

「不、不是啦。」

「我也要同行。」

偲理所當然地跟上來，言耶連忙制止：

「沒必要吧。」

「我剛才對警察說，進行採訪期間，我是大師的祕書。」

「那只是敷衍一時的謊言——」

「什麼叫謊言！」

「不是啦，如果巡查部長由松到神社來，發現我不在，豈不是很糟糕嗎？到時候必須請祖父江小姐出面，即使撒謊，也要設法搪塞過去才行。世界雖大，我能仰仗的只有祖父江小姐一個人。妳是我唯一的依靠。我是這個意思。」

言耶正經八百地注視著偲解釋。

「咦！唔、嗯，也對。」

偲滿臉嬌羞，卻頗爲得意。

「那麼，這裡就交給妳了。」

言耶向偲露出笑容，接著轉向岩喜宮司，端正行一禮：

「還請多多關照。」

而後，他向秀繼舉起一手道別，獨自走下神社階梯。

他的目的地當然是竺磐寺。

及位廉也怎會在竹林宮裡活活餓死？理所當然，言耶尚未看出任何端倪，但可推測出，這極有可能是及位引發某些糾紛的結果。要找出眞相，最好的方法就是拜訪他寄宿的竺磐寺。

但我並不是要去當偵探。

言耶在心中喃喃，像在告誡自己。如果原因眞的出在及位本人身上，他雖然是被害者，但有可能先是加害人。這種情況下，被害者無疑就是村人。假設是那名受害村人殺死了及位，言耶想要設法幫助他。畢竟同樣身爲民俗學家，言耶認爲這是他的職責。

倘若純粹是一場意外——

雖然對及位廉也過意不去，但這麼一來就可以放心了。言耶懷著這樣的心思走在村中，忽然感到不太對勁。明明只是經過村子，卻怎麼也擺脫不了詭異的感覺，彷彿僅僅過了一晚，村裡的氣氛便迥然不同。

這是怎麼回事？

言耶納悶半晌，漸漸察覺與昨天不同的重大變化，這才恍然大悟。

在路上遇到的村人，目光都躲避著他。

昨天村人都毫不客氣地打量他們，近乎無禮。但秀繼把他們介紹給村人後，每個人都熱情地攀談。儘管村人一個勁地打聽言耶和偲的來歷，不怎麼回答他們的問題，至少態度是友好的。

然而，現在卻相當疏離。不，更像是在躲避。彷彿看到忌諱的東西，每個人都害怕惹禍上身，所以裝成視而不見。

竹林宮的離奇命案，傳遍村子了嗎？

言耶如此確信。雖然應該不是駐在所的由松四處宣揚，但協助看守現場的是村子的青年團。守在竹林宮外頭的兩人，很可能告訴青年團其他的團員了。

而且，被害者偏偏是活活餓死，看似與〈竹林魔物〉的怪談密切相關。而這個外人的屍體，又配合兩名外人的造訪般被發現。

不打草、不驚蛇。

即使村人抱持這種心態，也是無可厚非。

言耶盡量低調地行經村中道路。他不希望大肆招搖，以免引起不必要的不安。因此，才前進幾公尺，他就疲憊萬分，但他還是馬不停蹄，不斷往前走。

來到竺磐寺的石階底下，他忍不住放心地吐出一口氣。

言耶慢慢拾級而上，昨天抵達時俯瞰的村內景色倏地浮現腦海。走到一半，他轉過身，想看看早晨的村落景致，沒想到——

他當場僵住，緊接著一股寒意竄過背脊。情急之下沒有一腳踩空，或許眞的算他走運。因爲整座村子，無數目光正朝著言耶投射過來……

但他一轉身，那些目光又全收起來。屋裡的人縮回室內、行人繼續往前走、小船上的人望向海面，所有視線都在轉瞬之間錯開。

這下不妙……

如果村人不接納言耶，民俗採訪就不可能順利。當然，以往言耶造訪過許多封閉排外的村落，但從不曾爲此打退堂鼓。不過，這次的狀況實在有些誇張。

自稱民俗學家的可疑男子及位廉也，以閑揚村的「平和莊」爲基地，正在調查某些事情。不知爲何，及位廉也出現在犢幽村。過一陣子，又有疑似從事相同研究的作家，帶著與鄉下格格不入的美女編輯前來。與他們同行的是閑揚村的大垣秀繼。秀繼的祖父秀壽，和笹女神社的宮司籠室岩喜之間似乎有些糾葛。秀繼本身爲了追求籠室篠懸，與「竹屋」之子龜茲將交惡。希望不會引發什麼風波……就在村人憂心忡忡之際，竟傳出及位廉也陳屍在竹林宮的消息，似乎是餓死。居然在竹林宮裡活活餓死，他到底遇上多可怕的事？

試著推測村人的想法，應該就是如此。

言耶的視線從犢幽村移向牛頭浦及奧埋島，再次體悟到竹林宮的離奇命案非破不可。他絕不是什麼偵探，但如果需要這樣的角色才能讓這起案件畫下句點，他樂於挑起大梁。

言耶走完剩餘的石階，正要穿過聳立的山門時，差點和約莫四十五歲的西裝男子撞個滿懷。

「啊，抱歉。」

對方恭敬地行禮賠罪，言耶一眼就看出他是誰。

「哪裡，我才不好意思。冒昧請教，您是日昇紡織的久留米先生嗎？」

「沒錯，我就是久留米三琅……」

久留米一臉困惑，言耶簡單自我介紹，開門見山地問：

「對了，您知道及位廉也先生的事了嗎？」

瞬間，久留米眉頭深鎖，應道：

「嗯，我剛從眞海住持那裡聽到消息……」

看來，有村人迫不及待地跑來寺院通風報信。

「據說，發現遺體的是笹女神社的宮司，和外地來的作家老師——」

久留米不確定地說，言耶立刻反應：

「是的，就是我。不過，我並不是什麼老師。其他還有男女兩位編輯。」

「其中一位是閖揚村大垣秀壽先生的孫子吧？」

「您認識大垣秀繼先生嗎？」

「不，但我常和秀壽先生聊天。」

大垣秀壽是閖揚村的頭號大地主，久留米身為日昇紡織的幹部，一定十分清楚秀壽孫子的狀況。

「那麼，老師是與及位老師一同從事民俗學的研究嘍？」

久留米完全誤會了，但言耶沒有特意解開，因此，對於「老師」這個敬稱，他也沒提出異議。

「唔，該怎麼說，雖然我們沒有直接的關係，但學術圈實在很小，不免會互相影響。」

只是，言耶不願大剌剌地撒謊，選擇拐彎抹角的說法。

「每個圈子都一樣吧。」

見對方一下就接受這個說法，言耶鬆一口氣。

「大垣秀繼先生做爲編輯，協助兩位老師的研究，是嗎？」

久留米又誤會了，但言耶藉機表示。

「是的。及位先生剛過世，四處打聽他的事實在很不好意思，但我還是想瞭解他曾進行民俗學方面的哪些調查，所以過來請教住持。」

「啊，老師的狀況我明白。即使負責人突然離職，工作仍得繼續進行嘛。」

言耶暗暗低頭道歉，但表面上佯裝不經意地問：

「對了，及位先生有沒有向您提過這一帶的事？」

久留米凝神回想片刻，歉疚地搖搖頭：

「不，很遺憾，他沒有特別提過什麼。而且，即使他告訴我，我也不懂這些學問。」

然而，接下來他順口談及的事，成爲意外的線索：

「雖然與民俗學的調查無關，但他似乎反對強羅地方的五村合併計畫。」

言耶吃了一驚，立刻追問：

「理由是什麼？」

「他說，這只會徒然破壞這個地方的自然與傳統。」

實在不像及位廉也會說的話，言耶再次暗自吃驚。久留米開誠布公地表示：

「不瞞你說……雖然是與日昇紡織不同的公司，其實我們正在拓展觀光事業，預定要在連結五村的道路完成後，開發強羅各地區的海岸，並規畫海水浴場。」

「這麼重要的計畫，向我透露沒關係嗎？」

「不礙事。這個觀光計畫本身是最近才提出的，但我們已和笹女神社的宮司，及強羅五人幫討論過。」

久留米笑著回應，於是言耶不客氣地追問：

「那麼，宮司有什麼反應？」

「我們提出許多方案。譬如，不光是海水浴場，還規畫從牛頭浦開往絕海洞的遊艇路線等等，宮司聽了似乎有些困惑。」

言耶覺得這也難怪，但久留米接下來的話，讓他重新認識到強羅這類偏鄉地區的窘境。

「不過，宮司、大垣先生，及其他五人幫成員認爲，考慮到村子的發展，這是好事，最後還是同意了。反過來說，若是沒有這些計畫，即使五座村子合併成町，除了閑揚村以外其餘村子的前景實在不太樂觀。」

「我明白……」

儘管並非當事者，要同意這個事實，言耶莫名感到一陣心痛。

「久留米先生會下榻笠磐寺，也是爲了推動觀光計畫嗎？」

「對，這是目的之一……」

久留米突然支吾起來。言耶正感到詫異，他的回答卻出人意表：

「其實是及位老師打電話給我，說有事找我商量。」

言耶反射性地往前探出身子，追問：

「他、他想商量什麼？」

「可是，他看到我來，只叫我再稍等一下，什麼也沒透露，接著說他取得眞海住持的同意，要我暫時住在寺院裡。然後他就出門了，再也沒回來……」

「那是何時的事？」

「及位老師在二十日抵達笠磐寺，我是二十二日來的。之後，老師在二十三日早上出門，一去不返。」

今天是二十八日。換句話說，及位廉也離開寺院以後，過了五天，恰恰是足以餓死一個人的天數。

「請教一下，您和及位先生是在哪裡、如何認識的？」

「我們是在閖揚村的『平和莊』認識的。敝公司有許多年輕員工住在那棟公寓——」

久留米這話等於證實了〈蛇道怪物〉中飯島勝利的遭遇。言耶順勢談起，得到對方陰沉的回應：

「對於飯島，我眞的很過意不去。」

「久留米先生本身遇過那類怪事嗎？」

「不，完全沒有。」

從久留米的口氣感覺得出，他對這類怪力亂神之事持否定的態度，至少是心存懷疑。

「啊，抱歉，耽誤了您的時間。」言耶突然察覺似地道歉。「您正要離開，不好意思攔住了您。」

「哪裡，我只是想多瞭解及位老師的事，打算去『竹屋』問問，沒想到在此遇見刀城老師，反倒省了工夫。」

言耶聞言一驚，但沒表露在臉上，若無其事地問：

「『竹屋』是龜茲將先生家的店號，對吧？」

「您怎麼知道？」

「我聽大垣先生稍微提過。」

「啊，原來如此。」

從久留米的回應來看，像是知曉以篠懸爲中心的三角關係。言耶盤算著是否該深入追問時，久留米婉轉地催促：

「那麼，關於及位老師……」

於是，變成言耶必須說明在竹林宮發現屍體的經過。從對方口中問出這麼多情報，沒道理不禮尚往來。

「可是，怎會餓死在那種地方……？」

得知詳情後，久留米益發驚訝，滿臉錯愕。

「冒昧請教一下——」

言耶詢問久留米，及位是否有知覺方面的障礙。

「這一點我就不清楚了。我們還沒有那麼深的交情，不是很瞭解。」

「也對。非常感謝您。」

兩人互相行禮，在山門前道別。

接著，言耶拜訪寺院，見到竺磐寺的住持眞海，但在玄關交談幾句就結束了。即使想打聽及位廉也的事，住持也完全不清楚。

「我們只是借地方給他住、供伙食給他吃而已。」

住持的回答很簡潔。

「您沒有提供寺院的冥簿給及位先生查閱嗎？」言耶訝異地問。

「喔，我告訴那個學者需要什麼自己去看。」

住持似乎不是裝傻，而是眞的採取放任主義。

「跟笹女神社不一樣，我們寺院裡的寶物庫根本沒有寶物。」

「那神社裡有寶物嗎？」

言耶追問，眞海住持笑道：

「那裡的寶物庫恐怕也沒有眞的寶物，但說到民俗學家想要的寶物，應該是有吧。」

「原來如此。」

是指岩喜宮司提過的，歷代宮司的線裝日誌吧。

「對了，聽說及位先生五天前離開以後，就沒有回來……」

「好像是吧。」

「您都沒發現嗎？」

「廚房的人說這幾天他都沒去用膳，但我們只要收到住宿費，其他也沒什麼好干涉的。寺院裡的人以爲他回去那個叫『平和莊』的公寓了。」

住持本人則是連及位不見了都沒發現。

「你寄宿在笹女神社嗎？」

「是的。」

住持突然問，言耶愣了一下才回答。

「如何，要不要搬過來？帶著那個美女編輯來住，算你便宜點。」

住持居然提出這樣的建議。

「大垣家的秀繼也在的話，住在這裡比較舒服吧。」

看來，眞海住持是拐著彎在暗指籠室岩喜與大垣秀壽，或是籠室家與大垣家的對立。還是在說秀繼等人的三角關係？

「謝謝您的好意，但我們是在大垣秀繼先生的介紹下，去打擾笹女神社的，不好擅作主張。」

「哦，秀繼嗎？」

住持彷彿思忖著大垣秀繼究竟在打什麼主意。

「對了，請教一個奇怪的問題。住持的法衣是不是少了一件？」

「我的法衣？為何這麼問？」

「其實——」

言耶說明在竹林宮發現及位廉也的屍體，眞海住持竟催促：

「對了，先告訴我那件事吧。」

言耶只好又講述了一遍來龍去脈。

「眞是太可怕了……」

住持原本給人灑脫而難以應付的印象，此刻他卻一臉肅穆。

「關於遺體身上的法衣，您心裡有底嗎？」

言耶提問，住持恢復原來的表情：

「八成是他擅自拿走我的舊法衣吧。」

「您知道原因嗎？」

「一定是為了溜進笹女神社。」

這出人意表的推測，令言耶一驚。

「聽說那個學者在神社胡搞，惹惱了宮司，禁止他再過去。」

「好像是。」

「那傢伙不會就此打退堂鼓。」

如同岩喜宮司說的，言耶也覺得眞海住持是個破戒和尚，但似乎頗有識人之明。

「所以，他穿上我的法衣，喏，就是那個——」

「變裝？」

「對對對，變裝。不管是這座寺院或神社，都隨便外人進出，甚至會有人擅闖住家。但如果有禁止進出的人四處亂晃，還是會引來警告。」

「於是，他變裝成住持？」

「也不是假冒我，簡而言之，只要看起來不像他就行了吧。不過，萬一遇上宮司或篠懸，仍會露出馬腳。所以，只能算是一種保險，希望旁人乍看不會發現。若是遠遠瞧見，應該可以矇混過去。」

「就像是隱身衣。」

「眞會形容。」

「及位先生這樣費工夫僞裝，到底在調查什麼？」

「誰曉得？笹女神社的祕密嗎？」

「笹、笹女神社有什麼祕密嗎？」

言耶忍不住追問，住持陰陽怪氣地一笑：

「如果是宮司害怕祕密曝光，操縱竹林宮的魔物，讓那個學者活活餓死，你要怎麼辦？」

「咦……」

「要搬來我這裡嗎？」

住持說完，豪放地大笑，但言耶發現他的眼中毫無笑意，不禁一陣毛骨悚然。

# 第八章　竹屋

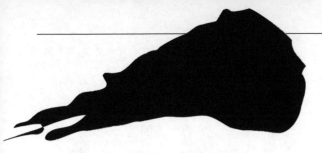

刀城言耶向笠磐寺住持告辭，再次站在石階上。從犢幽村一路眺望到牛頭浦，及海面上的奧埋島，他陷入沉思。

要回去笹女神社嗎？還是去「竹屋」看看？

神社那裡，駐在所的員警由松應該已發現言耶開溜，正氣得抓狂。祖父江偲會不會用她的三寸不爛之舌安撫過去？不管怎樣，縣警的搜查人員應該尚未抵達。

當然，就算警方來了，也不一定能得到什麼有益的新線索。反倒是訊問完畢，警方往往會把他們趕到一邊，擺出一副「外人別來攪局」的態度。但言耶曾在類似的狀況中，想方設法探聽到警方的調查狀況，他打算這次要活用這些技巧。

爲了有效利用時間，去「竹屋」找龜茲將，或許是個好主意。現下久留米三琅應該在那裡，只要請他介紹，一定能順利與龜茲說上話。雖然兩人在神社見過一面，但龜茲將恐怕沒正眼瞧過言耶，即使他記得言耶，在當時那種情況下，實在不可能有什麼好印象。因此，儘管說法有些難聽，言耶認爲最好還是利用剛認識的久留米。

麻煩的是，言耶不知道「竹屋」在哪裡。走下笠磐寺的石階，進入村子以後，他不知道該往哪裡走。至少在昨天大垣秀繼領著他經過的路上，並沒有看到「竹屋」。言耶目前手頭只有這些線索。即使想向村人打聽，一看到言耶，每個人都拐進岔路，或躲進屋裡。這樣下去，實在不可能打聽到「竹屋」的位置。

簡直把他當成瘟神。

言耶忍不住苦笑，身陷窮途末路了。不過，他隨即重新振作。

那就進行地毯式搜索吧。

村子並不大，幸好時間多得是，而且言耶原本就喜歡在陌生的土地四處遊蕩，僅次於蒐集鄉野怪談。

然而，四處走了一會，言耶再次束手無策。

照這種情況，不曉得什麼時候才能找到。

犢幽村的民家如同字面所形容，櫛比鱗次地建在背後的喰壞山一路滑下牛頭浦的斜坡上，家家戶戶之間的道路十分狹窄，並且複雜交錯。加上地勢起伏劇烈，顯然不適合悠閒地散步，稍一不留神，馬上會迷失方向。朝上仰望，可看到笹女神社的鳥居和竺磐寺的山門，應該能抓到大概的位置，然而，實際上一點用處也沒有，這個事實強烈挑起他的不安。

彷彿迷失在竹林宮裡……

如果竹林宮是平面的迷宮，這裡就是立體的迷宮。比起前者，後者的迷宮難纏許多。雖說並不遼闊，但相較於竹林宮，還是大上許多倍。要在這樣的村裡四處走動，實在太累人。

不，倒也不盡然。

言耶的腦中浮現及位廉也詭異的死法。及位廉也無法走出那座竹林宮，活活餓死。再怎麼糟，言耶都不必擔心會餓死。倘若無論如何都找不到路，也可向附近居民打聽。或許會有幾戶裝成沒人在家，但只要耐心尋訪，一定會有人願意指引。

比起及位在竹林宮面對的神祕狀況，此刻言耶不知道幸運多少倍。言耶勸自己這麼想。

不過，差不多該求救了……

這樣下去，實在沒個結果。不知不覺間，言耶來到相當底下的地方。從鳥居和山門的位置推測，應該走下約三分之二的村子了。再繼續往下，應該很快就能抵達海岸。

匡啷叩咚……

一道奇妙的聲音響起，小竹桶從細窄的坡道滾下來。同時，一名小男孩追著桶子般現身。言耶看到他的臉，瞬間怔了一下。

男孩戴著烏鴉天狗的面具。

小烏鴉天狗看到言耶撿起桶子，頓時停在路中央，帶著好奇與不安交雜的神色，定定觀察著他。

「你好。」

言耶主動打招呼，但男孩一動也不動。

「烏鴉天狗小朋友，你是不是『竹屋』的孩子？」

言耶會脫口這麼問，是看到男孩似乎把竹桶當成玩具。當然，這樣的狀況證據實在太薄弱，但言耶在這種時候的直覺意外準確。他不是說「龜茲」這個姓氏，而是提起村人應該更熟悉的店號「竹屋」，也是出於無意識的算計。約莫是長年進行民俗採訪的經驗帶來的成果吧。

只見男孩突然摘下面具。面具底下的臉蛋十分白皙，在漁村兒童當中頗爲罕見，是個可愛的男孩。

男孩雖然面露警覺，仍點點頭，像是以身爲「竹屋」之子爲傲，言耶不禁莞爾。村裡歷史悠久的「竹屋」一家，肯定受到村人另眼相待。

「我想去拜訪『竹屋』，可是迷路了。你能好心幫個忙，帶我過去嗎？」

言耶微笑，遞出竹桶。男孩接過桶子，差點跟著微笑，卻突然板起面孔，彷彿在強忍，努力展現威嚴。這是爲什麼呢？父親平日教訓他「男孩不准嘻皮笑臉」嗎？

雖然是隨意揣測，言耶竟滑稽地感到心痛。這時，男孩向他招手說「這邊」，於是他折回坡道。

那裡距離「竹屋」只有咫尺之遙。道路右邊有一戶人家，門面較其他人家寬敞，而且正面玻璃門敞開。用不著探頭，便能看出是「竹屋」的作業場，有六十多歲與將近四十歲的兩名男子埋首默默工作。

「早安，抱歉打擾兩位工作。」

言耶爽朗地寒暄，卻只得到陰冷的沉默，現場的空氣異樣凝重。

「我叫刀城言耶，暫住在笹女神社。請問將先生在家嗎？」

言耶不屈不撓地接著說，然而，作業場只有削竹子的細微唰唰聲，兩人依舊悶不吭聲。

言耶望向男孩想要求救，卻不見他的人影。言耶東張西望，發現男孩從相隔一戶的人家探出頭，朝他頷首，像是在叫他過去。

「打擾了。」

言耶行了個禮，離開「竹屋」。這時，較年輕的男子總算抬起頭，瞥了他一眼，同時掃視周圍一圈，像在確定是不是有人多事帶路。

「你找將叔叔有事嗎？」

言耶走到男孩身旁，男孩問他。

「嗯。你知道叔叔去哪裡嗎？還有，你叫什麼名字？」

「這邊。」

男孩邁步就走，言耶跟上去問：

「我叫刀城言耶，你叫什麼？」

「龜茲、竹利。」

男孩不是連成一氣，而是把姓氏和名字分開說。

「竹利嗎？請多指教。對了，剛才『竹屋』裡的人，是你爸爸和爺爺嗎？」

竹利面朝前方點點頭。光是看到他的反應，言耶便得知他十分畏懼父親和祖父。比起敬畏，或許該說是害怕。

這讓言耶難過極了。儘管是別人的家務事，與他無關，而且他是來進行民俗採訪，並不能夠如何。這些言耶都明白，但也因如此，他格外難受。

言耶兀自煩惱不已。這時，走在前面的竹利四下張望，突然停下腳步。

「……你是偵探吧？」

竹利像是害怕被人聽到，可愛地掩著嘴巴小聲問，言耶嚇了一跳。

「所以，你才猜得出我是誰吧。」

「你、你怎麼——」

言耶本來想問男孩怎麼知道，但發現這樣問等於承認自己是偵探，正猶豫不著，竹利又得意地說出更令人吃驚的話：

「是叔叔說的。」

「將先生說的……？」

這件事傳得人盡皆知了嗎？言耶有些慌張。但仔細回想，不管是久留米或眞海，連個偵探的偵字都沒提到。即使撇開久留米這個外人不談，如果村人私底下都在傳，住持不知道未免太奇怪了。那麼，龜茲將怎會知道這件事？

言耶忽然想到大垣秀繼和籠室篠懸，可能是他們其中一人透露的，但他立刻搖頭否定這個推測。回憶三人在籠室家玄關的互動，他們反倒是躲避著龜茲將。即使後來有機會見面，會特地聊起言耶嗎？

總有不祥的預感……

言耶懷著煩悶的心情，不知不覺來到一家門面頗爲寒酸的飯館前，招牌上寫著「磯屋」。

竹利「喀啦啦」地打開拉門，熟門熟路地走進去。

「啊，小竹。」

裡頭傳來中年婦人熱情的招呼聲，言耶跟著竹利穿過短門簾入內。不料，婦人的語聲頓時轉爲冰冷：

「十一點才營業。」

態度落差之大，把言耶嚇了一跳。

「阿姨，這位老師是將叔叔的客人。」

「老師？」

疑似「磯屋」老闆娘的婦人重新望向言耶，忽然露出靦腆的表情說：

「可是，將大哥就像平常那樣，和久留米大爺在裡頭……」

婦人意味深長的眼神飄向店內紙門。看來，兩人在裡面的和室包廂。聽老闆娘的口氣，約莫是一場密會。

「啊，久留米先生也在嗎？」

言耶當然早就預想到這種狀況，決定先裝個傻。

「咦，您認識久留米大爺嗎？」

「是的。我去拜訪笠磐寺的時候，和他聊了許多。」

「哎呀，原來您也認識住持？」

言耶並未撒謊，笑咪咪地點頭。

「既然如此……」

老闆娘似乎完全卸下心防，走到紙門前。儘管沒有其他客人，她卻壓低聲音朝包廂內詢問。接著，紙門靜靜滑開，久留米三琅一臉狐疑地探出頭。

久留米看看老闆娘，而後望向言耶，露出侷促的神色，但隨即收斂，換上圓滑世故的笑容。

「啊，剛才真不好意思。您提早來用午飯？」

久留米應該從老闆娘那裡得知言耶的來意了，卻佯裝糊塗地問。言耶沒有配合，逕自說：

「哪裡，剛才謝謝您。我和住持談過後，想到村子來看看知名的『竹屋』，卻迷了路，實在丟臉。幸好遇到竹利小朋友，他帶我過來，幫了我大忙。」

「這樣啊。呃，可是——」

久留米欲言又止，不知道他原本想說什麼，但從他的語氣聽來，八成是希望委婉地把言耶打發走。這時，龜茲將冷不防從紙門後方探出頭，說道：

「啊，沒想到有幸見到偵探大師，太幸運了。」

久留米想要趕人的意圖頓時落空。

「將兄，現在——」

雖然將說的「偵探」一詞讓久留米有些驚訝，但他仍試著抵抗。然而，將彷彿無視於他的意圖，頻頻向言耶招手：

「別站在那種地方，上來坐吧。」

將表現出的態度，絲毫沒有在笹女神社初次見面時的冷漠。看來，他喝得相當醉。

言耶入內之前先蹲下來，讓視線與竹利同高，說：

「謝謝你幫忙帶路。」

竹利發現任務完成，似乎覺得很寂寞，但也不能讓他同席。

「老闆娘，請妳弄點這孩子喜歡的甜食招待他吧。我請客。」

「好的，沒問題。」

言耶把竹利交給老闆娘後，便進了和室。久留米約莫放棄掙扎了，只是不發一語。

「大師，請裡面坐。」

將把上座讓給言耶，言耶急忙婉謝，最後仍被迫坐下。

「來吧，先喝個一杯。」

將立刻遞出杯子，並倒了啤酒。言耶姑且接受，提出最想知道的疑問：

「對了，將先生，您怎會說我是偵探呢？」

然而，聽到回答後，他不祥的預感益發強烈。

「當然是因爲我看過大師的活躍事跡啊。」

「……在哪裡看到？」

雖然言耶早已猜到，卻刻意追問。

「喏，就那個……對對對，叫《獵奇人》的雜誌。」

如同言耶擔心的，他得到最糟糕的回答。

將所說的《獵奇人》，是戰爭剛結束不久即創刊的糟粕雜誌，以介紹腥羶色十足的眞實案件爲賣點。極盡煽情的內容似乎虜獲了對娛樂飢渴的大眾，轉眼便大獲成功。不過，雖然標榜「眞實報導」，內容多半是誇大胡扯。

所謂的糟粕雜誌，是以只要喝上三合（註）就會爛醉的糟粕劣酒爲比喻，算是一種蔑稱。不光是內容低俗，使用的紙張也非常粗劣，裝訂潦草，往往出版三期就倒閉，所以才會拿喝三合就會爛醉的糟粕劣酒來命名。

《獵奇人》雜誌上，似乎三不五時便會刊登名爲〈東城雅哉怪奇濃豔偵探譚〉的文章。之所以說「似乎」，是因爲言耶從未實際看過。況且，「怪奇」也就罷了，「濃豔」到底是在指什麼？

祖父江偲轉述的內容，實在駭人聽聞。

「寫的大部分是大師在前往民俗採訪的村子裡，被捲入各種光怪陸離的案件。不過，大師扮演偵探調查的過程中，會三更半夜鑽進美麗寡婦的床，或引誘貞潔的女兒，做出淫蕩的行徑。」

「怎、怎麼會？」

「設定是說為了問出線索，但幾乎都跟主軸無關。簡而言之，是為了取悅男性讀者，執筆人任意杜撰的情節吧。如果大師眞的沒在各個村落做出那類淫亂行為的話啦……」

「我、我沒有，絕對沒有。妳、妳那是什麼懷疑的眼神？」

就是如此棘手的雜誌。對言耶來說，完全是無妄之災。

為什麼要針對言耶，至今依然是個謎。言耶不同於有「昭和神探」美譽的父親冬城牙城，只是名不見經傳的普通人。僅有少數狂熱讀者、出版社編輯及部分警界人士知道他，對一般大眾而言，他的知名度等於零。

然而，《獵奇人》卻把他塑造為「眞實的偵探作家」。雖然大致上沒錯，但最重要的案件及他的言行舉止，卻是瞎扯一通，簡直欺人太甚。

「畢竟令尊是冬城牙城吧……」

以前偲有一次難得有所顧慮地這麼說。而且冬城牙城出身舊華族，他的兒子身為怪奇幻想作家，實際在各地遭遇奇案，並精彩地破案，如此充滿話題性的聳動題材，《獵奇人》這樣的三流糟粕雜誌不可能不加油添醋，大肆渲染。這是偲的意見。

唯一值得安慰的是，《獵奇人》是用他的筆名「東城雅哉」為主角，而非他的本名「刀城言耶」。因此，即使有人搬出《獵奇人》，他還能裝傻說是別人，但像這樣從一開始就無法抵賴的狀況，最近愈來愈多了。

註：日本傳統容積單位，一合為一八〇毫升。

「呃，那本雜誌上寫的，幾乎都是胡扯。」

言耶都會先嚴正否認，絕大多數的人會愣住，然後不肯相信：

「大師，別謙虛啦。」

幾乎所有男性讀者都會任意曲解言耶的話，認爲他不是否定怪奇傳說和偵探冒險的部分，而是擔心那些香豔奇聞傳出去不好聽。

遇上這種情形，縱然言耶說破了嘴，也是徒勞。於是最近他也看開了，乾脆豁出去，反過來利用一番。如果對方誤會他是偵探，就趁機藉此獲取情報。

「您已得知及位先生橫死的消息了吧？」

此刻，言耶也很快放下心中的糾結。

「是啊，全村都在傳。我剛從久留米先生那裡聽到詳情。」

久留米應該只是轉述言耶的話而已。但指出這一點也沒意義，言耶單刀直入地問：

「那就好說了。將先生與及位先生似乎交情很好，您認爲他究竟遇上什麼事？」

用不著提，言耶也考慮到對方已喝醉，更容易說溜嘴。

「這還用說嗎？大師……」

將鏗鏘有力地說，朝言耶招了招手，突然壓低聲音：

「及位老師一定是偷看到笹女神社的祕密了。」

「什麼祕密？」

將頓時語塞，隨即又說：

「我哪裡知道？不過，及位老師答應很快就會告訴我。沒想到，他還來不及說，就先被幹掉了。」

「被誰幹掉？」

將愣了一下，才恢復平常的語調：

「當然是宮司啊。大師，你眞的可靠嗎？你是名偵探吧？振作一點好不好？」

「您的意思是，籠室岩喜宮司握有笹女神社的祕密。他害怕祕密洩漏出去，所以把及位廉也先生活活餓死？」

聞言，將突然露出得意洋洋的表情：

「及位老師沒有明確地這樣說，但他好像想拿這類把柄去恐嚇宮司。」

「威脅要告訴村人嗎？」

「與其說是告訴村人，應該是告訴外人。目前正在推動村子合併的計畫，接下來還要發展觀光事業。當然，每個村子都很歡迎這些開發計畫，強羅五人幫也在暗中努力推動。這時，如果笹女神社的祕密走漏，弄個不好，合併計畫會告吹。爲了更進一步威脅宮司，及位老師拉攏了閖揚村的垣沼亨，也就是要組成一個反對合併的團體。聽說包括垣沼在內，閖揚村有四個人答應配合。」

多虧醉意助長，將滿不在乎地說出驚人的消息。

「嘿嘿嘿，是『強羅四人幫』呢。」將笑道。「我一定也會加入其中，變成對抗強羅五人幫的『新強羅五人幫』。因爲就算村子合併，也有一群人撈不到半點好處嘛。然後宮司——」

「不不不，將先生，我剛才說過，不是這樣的。」

除了一開始打招呼以外，一直保持沉默的久留米忽然插嘴。

「假設笹女神社有什麼見不得光的祕密，僅僅是祕密公諸於世，村子合併的計畫也不可能因此告吹。畢竟推動市町村合併的主導者是國家。只要合併完成，開發觀光的計畫便會順水推舟地進行下去。」

「那或許不是神社，而是整個村子的祕密。」

「可是，將先生卻一無所知嗎？」

久留米尖銳的指摘，堵得將啞口無言。

「這個祕密只有宮司和住持等少部分的人才知道。」

「不好意思，打個岔。」

言耶告罪一聲，接著說：

「橫溝正史老師有一部推理小說叫《八墓村》。」

「噢，這本書很有名。不過，之前我讀的是濱尾四郎的《博士邸的怪事件》。」

將開心地回應。言耶在心中吐槽「會讀那部作品的才是少數」，繼續道：

「四百年前，有八名平家的敗逃武士來到村子。起初村人盛情款待他們，但很快地，就覬覦他們身上的軍資，利欲薰心。村人讓他們喝下毒酒，還給了他們致命的一刀，掠奪他們的財物。然而，不知是否遇害的武士作祟，參與犯罪的村人一個接著一個死去。因此，村人將這八人祭祀爲八墓明神，希望能平息亡魂作祟。這部作品有著如此可怕的背景。」

「所以才叫《八墓村》嗎？」

將看起來很開心，大概是原本就喜歡這類故事吧。他會讀《獵奇人》，應該是這種興趣的延伸。既然他都讀了濱尾四郎的作品，看得出他似乎也熱愛推理小說。

相對地，久留米面露困惑，不明白言耶爲何突然聊起這種話題，但他並未打斷。是個性使然嗎？或者，他認爲具有偵探身分的言耶，這番言論可能值得一聽？

「是的，村名就是源自這起四百年前的慘案。」

言耶回答將的問題後，接著說下去：

「小說本身的時代背景，是昭和二十四、五年左右。不過，約二十年前，村中發生一起大屠殺。一名男子精神異常，竟在短短的一個晚上，殺害三十二個人。如果將往昔遇害的戰敗武士的人數乘以四倍，剛好是三十二人。因此，村人很害怕，認爲這是八墓明神在作祟……內容介紹到這裡應該就夠了。」

言耶說完，看著久留米問道：

「假設犢幽村曾發生如同《八墓村》的淒慘事件，您認爲對合併村子與發展觀光的計畫，會有重大影響嗎？」

「不，不太可能。」

久留米當場搖頭。

「戰敗武士的案件已是四百年前的歷史，如今還會有人在乎嗎？然後，二十年前的慘案，是一個人犯下的吧？有罪的是那名凶手。聽到村子發生過如此大規模的慘案，給人的印象確實不太好，但即使如此，我不認爲國家提倡的市町村合併計畫會輕易中斷。」

「反過來呢？也就是四百年前的案件是一個人幹的，二十年前的案件是村人聯手犯下的。」

「這……對於要與這個村子合併的其他村民來說，應該會是引發排斥的因素。但如果犢幽村真的發生過這般嚴重的案件，不管村民再怎麼隱瞞，至少鄰村會知情吧？不，先不論鄰村，不可能瞞住將先生這些年輕的村民吧。」

「換句話說，過去的祕密早已不成問題，若是新的祕密，根本無從隱瞞，對吧？」

兩人得出結論，這時將猛然提出異議：

「那一定是笹女神社獨自的祕密。」

「剛才說過，光是這樣不會影響村子的合併計畫吧。」

久留米確認似地說，於是將又回到一開始的意見：

「既然如此，那就是對宮司個人的恐嚇。」

「及位先生雖然沒明確說出口，卻暗示可能與村子的合併計畫有關，不是嗎？」

言耶指出這一點，將「啊啊」地呻吟，猛搔頭說：

「我被搞糊塗了！這些事偵探大師去查清楚啦！我能說的就是，及位老師肯定是被宮司幹掉的。」

接著，將猛灌啤酒，像在生悶氣。

快中午了，言耶決定回去笹女神社。久留米邀他留在「磯屋」一起用午餐，但言耶恭敬地婉拒。警方或許已抵達。如果屍體發現者之一的言耶不在，場面可能會很難看。

走出和室時，竹利已不見蹤影。言耶向老闆娘付了竹利的甜點錢，順便打聽前往神社的路線，便離開了「磯屋」。

久留米三琅怎會去找龜茲將？

前往笹女神社的途中，這個疑問忽然浮現在言耶的腦海。

久留米大概是透過及位廉也認識將的。及位和將兩人，對岩喜宮司各懷鬼胎，這部分應該是氣味相投。但久留米想順利推動村子的合併計畫，與這兩人立場相左。

這就是理由嗎？

言耶總覺得想通了。

岩喜宮司和龜茲將都提到，及位與身爲閖揚村大垣家分家的一分子、如今卻很落魄的垣沼亨搭上了線。將說，及位想利用垣沼，組成反合併勢力，並且已有所謂的「強羅四人幫」。

久留米是否迅速察覺了這樣的動向？或許他已去找垣沼亨談過，但垣沼的反應不甚理想。這時，久留米被及位找去，結識了龜茲將，又發現將可能加入反對勢力，想防患於未然。

這個推測即使不中，應該也不遠矣。

想到這裡，言耶已走到笹女神社的石階底下。他慢慢拾級而上，重新回想起竹林宮的神祕死亡案件。

雖然我在「磯屋」那樣說，但從各種狀況證據來看，岩喜宮司是重大嫌犯。

可惜動機太模糊了。說是笹女神社的祕密，也不確定具體是什麼。即使是犢幽村全村共有的祕密也一樣。除非查清楚動機，否則不能說宮司有嫌疑吧。

言耶稍微樂觀了些，這時剛好爬完階梯。

「嘿！沒想到你傻傻地自投羅網。」

一臉凶神惡煞的駐在所員警由松，冷不防擋在前方。

「啊，哦，不好意思，我隨便跑出去——」

言耶打算先行禮賠罪，沒想到由松突然抓住他的手，銬住了他，宣告：

「刀城言耶，本官以殺害及位廉也的嫌疑將你逮捕！」

# 第九章　怪談殺人事件

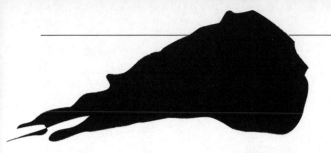

刀城言耶愣了好半晌。

「這、這未免太……」

接著，他伸出被銬住的雙手，向由松抗議：

「未經許可就外出，確實是不值得嘉許的行爲，但爲此逮捕我，未免太過分了吧？」

「別搞錯了，我話說得很清楚，你是涉嫌殺害及位廉也才被逮捕的。」

由松霸道的口氣顯然是認眞的。

「這、這怎麼可能……？到底有什麼證據……」

「這一點你去問縣警的御堂島警部大人吧。本官是奉警部大人的命令逮捕你。」

言耶有種極爲不妙的預感。如果縣警的御堂島警部明明掌握了及位廉也餓死的案情，並正確理解發現者之一的刀城言耶與此事有何關聯，卻仍命令由松逮捕他，情況就非常嚴重了。

因爲對方並不是眞的把我當成重要嫌犯。

恐怕是有別的理由。言耶輕易就能猜想到，更是憂鬱萬分。

是父親的關係嗎……？

在過去，冬城牙城以私家偵探的身分協助警方，破獲不計其數的案子。加上他出身舊華族，與警察組織高層交情深厚。不過，當然也不是因爲這樣，所有警察便都信奉、崇拜他。尤其是活躍在第一線的搜查人員，不少視冬城牙城如蛇蠍，厭惡無比。當然，應該沒有哪個警察膽敢在本人面前表現出這種態度。

因此，儘管少見，有時一些警官看到冬城牙城的兒子、聽說也從事偵探活動的刀城言耶出現在眼前，就會把他當成殺父仇人般對待。同樣是在一小部分人士之間，流傳著言耶與父親交惡的傳聞，愈是知道這件事的人，愈容易仇視言耶。

言耶猜測，這名來自縣警的御堂島警部八成也是這種人，不免心情慘澹。

「過來，警部大人在等你。」

相對地，由松志得意滿，似乎覺得是他揪出逃亡的言耶，費盡千辛萬苦將他逮捕歸案，立下大功。

由松以押解犯人的手法，拖著言耶經過參道。接著，他得意地向守在籠室家前的警察敬禮，把言耶帶進大廳。一路上都沒看到岩喜宮司和祖父江偲等人的身影，約莫是被趕到其他房間，聽候處置。

大廳裡，幾名西裝男子正在進行討論。但一看到由松和言耶，所有人都立刻閉上嘴。

「御堂島警部，由松巡查部長回來覆命了。下官依照您的命令，將刀城言耶逮捕到案！」

與在籠室家前的敬禮不同，由松的臉上顯現出緊張之色。當然，言耶比他更忐忑不安。轉眼間，言耶已掃視過在場所有人，看出坐在大矮桌對面，眼神銳利、神情精悍的人物，十之八九就是御堂島警部。但御堂島警部給人的第一印象，讓言耶益發絕望。

冥頑不靈，一旦惹怒他，絕對是吃不完兜著走。

看上去就是這樣一個人。被這樣一個主責警官盯上，言耶往後的行動恐怕會處處受制。不，不必擔心這一點，畢竟言耶已被逮捕。

「哦？」御堂島警部目不轉睛著打量言耶，「你就是**那位**刀城言耶老師？」

此話一出，由松和言耶都滿臉疑惑。

「在下御堂島，是縣警警部。」

御堂島以眼神致意後，倏地朝由松投以冰冷嚴厲的眼神：

「你要把他銬多久？快點解開！」

這番排頭把由松嚇得一陣哆嗦，但他鼓足勇氣說：

「您不、不是命令下官逮捕刀城言耶嗎？」

「森脇，怎麼回事？」御堂島望向左邊。

「村田，怎麼回事？」

森脇刑警也望向左邊，詢問比他更年輕的村田刑警。

「誰叫你逮捕了！」

只見村田面紅耳赤地朝由松吼道。

看來，御堂島的命令是，等刀城言耶回來，立刻把他帶到這裡。然而，傳話的過程卻扭曲到匪夷所思，「帶到這裡」變成「逮捕他」。不過，在場的每個人，約莫都認爲罪魁禍首是由松。

「啊，嚇壞我了。」

只有言耶笑得出來。森脇和村田都臉色蒼白，由松更是面無血色。

「下、下、下官……」

由松還想辯解，村田匆匆將他趕出大廳。

「非常抱歉。」

御堂島向言耶深深行禮，森脇急忙爲他解開手銬。

「對了——」

言耶向森脇頷首致謝後，心情複雜地覷向御堂島。因爲他只安心了片刻。

既然御堂島稱言耶爲「老師」，可見至少知道言耶的底細。接下來的問題就是，他怎會知道刀城言耶？

他是父親的信徒嗎？

倘若如此，在不同的意義上，一樣棘手。言耶不知道該如何探聽出這一點，於是選擇單刀直入地問：

「御堂島警部認識我嗎？」

「這是我們第一次見面。」

言耶心想，果然沒錯。不料，御堂島反過來問他：

「你還記得奧多摩終下市署的鬼無瀨警部嗎？」

瞬間，言耶的腦中浮現鬼無瀨那張宛如獸頭瓦的臉。

「啊，當然記得。今年四月在神戶地方的奧戶，遇到根據當地流傳的六地藏菩薩童謠進行的連續殺人案件時，他對我諸多關照。」

「鬼無瀨和我是警察學校的同期。」

「原來是這樣。」

「關於你的事，我是從他那裡聽說的。得知這次發現屍體的人裡，有個完全同名的人，我便猜想是不是刀城言耶本人。」

這時，言耶再次不安起來。在六地藏菩薩案件當中，他並沒有給鬼無瀨留下多好的印象。

然而，御堂島接下來的話卻讓言耶差點傻住：

「鬼無瀨那傢伙難得稱讚別人，遇到辦案更是如此，他的部下一定吃了很多苦頭，而且那傢伙痛恨所謂的偵探之流。可是，他談論起你，卻是讚賞有加，我非常驚訝。」

「那個鬼無瀨警部居然稱讚我……？」

言耶應道。御堂島首次露出類似微笑的表情。

「沒錯，就是那個鬼無瀨。有點難以置信，對吧？」

「是啊。」

言耶忍不住附和，又急忙想收回前言，但御堂島完全沒放在心上，接著說：

「所以，我對刀城言耶有著莫名的好奇。然後就像今天這樣，終於有緣相見。」

御堂島對部下做出指示後，帶著言耶走出大廳，移坐到稍遠處的小和室。

「我們就省去客套吧。」

御堂島說著，在榻榻米上盤坐，劈頭便問：

「我想聽聽你的看法。」

這話讓言耶不由得一驚：

「我、我的看法……」

「沒錯，你的看法。我不會像鬼無瀨那樣，叫偵探閃一邊涼快去。任何有助於破案的想法，我都樂於傾聽。」

「鬼無瀨警部並非那麼不近人情……何況，我絕對不是什麼偵探……」

「這種情況下，你是什麼身分不重要。你對命案有任何想法嗎？」

御堂島咄咄逼人，言耶反射性地脫口而出：

「有、有的。」

「那麼，願聞其詳。」

無可奈何，言耶將他和偲在竹林宮現場進行的分析、在笠磐寺與久留米三琅和眞海住持的對話，及在「磯屋」與龜茲將的對話，全一五一十說了出來。

聽到這些，御堂島似乎難掩驚訝：

「我一直以爲，偵探只會向警方問出情報，直到最後一刻，都不肯透露自己的調查結果與推理，看來你不一樣。嗯，難怪鬼無瀨會那麼欣賞你。」

「警方的見解又是如何？」

見對方心情不錯，言耶順勢打聽辦案進度。可惜，御堂島沒有那麼單純，只回一句：

「搜查細節不便透露。」

「啊，這也是理所當然。」

言耶搔頭同意。這下他已束手無策，不知道還能怎麼辦。如果無法得知外行人做不來的鑑識結果和命案相關的搜查細節，要解開及位廉也的離奇死亡之謎，恐怕相當困難。

御堂島面無表情地注視言耶片刻，唐突地說：

「警方暫時會朝事故與他殺兩個方向偵辦。」

言耶一時答不上話，御堂島又說：

「應該能排除自殺。」

「啊，是……」

言耶一頭霧水地應聲，御堂島仍淡淡接著說：

「詳細情形必須等解剖結果出來，不過現場鑑識人員表示，幾乎可斷定是餓死沒錯。目前遺體身上沒有明顯外傷，死亡推定時刻是昨天傍晚到深夜。及位廉也在二十三日早上離開笠磐寺後，便沒有回去。我們也查到，當天被害者沒用早飯就出門。」

如果吃了早飯，言耶一行人發現他的時候，他可能仍一息尚存。還是，依舊太遲了？

御堂島不理會言耶的感傷，繼續道：

「就像你推測的，被害者試圖不經過迷宮，離開竹林宮中心的空間。有三個想強行穿出竹林的痕跡。」

「迷宮裡有留下什麼痕跡嗎？」

「從草地進入迷宮那一帶的竹子有摩擦的痕跡，但與竹林的三個地方比起來，痕跡非常淡。」

「換句話說，及位先生一度試著從迷宮離開，卻遇上某些障礙，走不進迷宮，才想直接穿過竹林，卻注定是徒勞——是這樣的狀況嗎？」

見御堂島默默點頭，言耶問：

「如果我們試著從草地穿過竹林離開，也沒有辦法嗎？」

「找了體格與被害者相近的刑警實際嘗試，雖然能比被害者更深入一些，但很快就卡住了。因為會撞到迷宮的牆。迷宮的牆也是叢生的竹子形成的，但比其他地方更為密集。不過，即使想沿著迷宮外側前進，也行不通。」

「與其如此，直接走迷宮更容易。及位先生爲什麼沒選擇這條路？」

言耶提出疑問，御堂島卻用問題回答：

「〈竹林魔物〉的怪談，與這起命案有什麼關係？希望老師能以怪奇推理作家的身分，分享一下見解。」

「您知道那個怪談？」

「你的祕書告訴我的。」

言耶想否認，但不能把時間浪費在沒意義的解釋上，只好暫且默認。

「假使及位先生餓死是妖魔所爲，他會陳屍在草地上，就令人不解了。若是妖魔作祟，他應該會像〈竹林魔物〉的多喜差點喪命那樣，死在迷宮途中才合理。」

「符合妖魔鬼怪的道理？」

從御堂島的語氣，聽不出他是覺得有趣，還是在調侃。

「但如果他是爲了調查什麼而去到那裡，也可解釋爲他沒立刻逃離，繼續留在原地調查，導致太慢逃生。會留下拔起竹子鳥居的一邊敲打祠堂的痕跡，也可視爲是垂死的掙扎，他想逃離魔物。」

「確實。」

「若是意外事故，可能的解釋是及位先生有知覺方面的障礙，無法返回迷宮。」

「這番推理我也從你的祕書那裡聽說。我已安排東京那邊，調查被害者在精神或肉體方面有無障礙。」

「最後是他殺的情況，遺憾的是，這部分我還找不出任何解釋。無庸置疑的是，凶手一定利用了〈竹林魔物〉的怪談。」

「可以讓人認爲被害者是遭到魔物作祟而死——你該不會要說，這就是凶手的企圖吧？」

即使是看似開明的御堂島，也不禁有些擔憂地注視著言耶。

「不，不是的。村人或許會相信，但也不是每個人都深信不疑，絕對會有人質疑這太荒唐。更別說意圖藉此欺騙警方，更是絕不可能。」

「聽到這番話，我就放心了。」

「不過，莫名其妙餓死在那種大有來頭的地方，即使是他殺，也有太多無法理解之處。如此一來，會出現什麼情形？人們自然會偏向認爲這是特殊的死亡事故吧？」

「你是指，凶手計算到這一點？」

「如果是他殺的情況，很有可能……那麼，及位廉也命案或許可稱爲『怪談殺人事件』。」

「很像作家的命名。」

御堂島輕輕帶過，接著說：

「就像我一開始提到的，警方是朝事故與他殺兩個方向偵辦。事故的部分，首先調查被害者有無身心障礙。這是第一要務。他殺的部分，先擱下行凶手法，全力鎖定可疑的嫌犯。」

言耶認爲這樣的決定是十足的警方作風。因爲竹林宮離奇的開放密室之謎，只要逮到嫌犯，從本人口中審問出來就行。這就是警方打的算盤。

「目前警方認爲最可疑的嫌犯是誰？」

言耶認爲只能先配合對方，便如此問道。

「這部分不方便透露。」

御堂島再次拒絕，令言耶困惑不已。當初警部說了一樣的話，接下來仍告訴他許多線索。這是在玩門面話與眞心話嗎？

這人眞是棘手。

相較之下，鬼無瀨警部或許更好應付。言耶正不知道該如何延續話題，御堂島反問：

「你認爲誰最可疑？」

言耶慌了。他當下想到的是岩喜宮司。

言耶並非毫無保留地全盤托出。比方，眞海住持與龜茲將認爲，宮司是殺害及位廉也的凶手，這件事他就沒說出來。住持的口氣像在開玩笑，但將是認眞的。不管怎樣，兩人都指稱凶手就是宮司。這件事不容忽視，而且只要警方前往笠磐寺和竹屋問案，不用多久就會知道。

儘管如此，言耶還是不想說出這件事。因爲他對宮司有好感嗎？或是，他不認爲宮司是凶手？還是，沒有證據將他列爲嫌犯？

我自己也不知道……

言耶沉默不語，御堂島注視他片刻，突然一語道破：

「難道你在懷疑這裡的宮司？」

言耶隨即反問：

「警方認爲宮司是嫌犯嗎？」

但言耶已預期會得到「恕難奉告」的回答。意外的是，御堂島乾脆地回應：

「警方查出宮司與被害者之間發生不少衝突。」

這等於是在說宮司有殺人動機，言耶無法單純地感到高興。

「說到兩人之間的衝突——」

言耶重述久留米三琅在「磯屋」的談話，和即使及位威脅宮司，也無法構成殺人動機的理由。

「神社與村子隱藏的過去的祕密嗎？」

御堂島不僅大感興趣，甚至贊同久留米的意見：

「不過，就像日昇紡織的幹部說的，這很難成爲殺人動機。」

言耶剛鬆了一口氣，御堂島突然追問：

「倒是老師，你認爲所謂神社或村子的祕密，到底是什麼？」

言耶頓時語塞。

「即使尚未想到答案，心中也有一些推論吧？」

「唔……但警部認爲，這與及位先生的命案無關——」

「我還沒斷定。如果是八百年前的往事，確實不太可能成爲現代的殺人動機。可是，連究竟是什麼祕密都不知道，也無從判斷吧？」

「話是沒錯……」

「不妨告訴我，你有什麼解釋吧。」

「但我的想法並未經過整理——」

「雜亂無章也無所謂，說來聽聽吧。」

御堂島略略行禮懇求，言耶無法拒絕。

「在前來這裡的九難道途中，我們經過狼煙場和遠見嶺。然後在村子，雖然只是遙望，我看見望樓。爲什麼村人會如此在乎行經海面的船隻？我的腦中一直有著這個疑問……」

「確實沒錯。那麼，你認爲理由是什麼？」

「我的推測是，爲了攻擊那些船隻……」

「……海盜嗎？」

聽到這番推論，御堂島似乎相當驚訝，但他隨即贊同般說：

「這麼一提，以前我從學長那裡聽過小偷村的事蹟。」

「全村都是小偷嗎？」

「所以特別團結，一直沒被外界識破。照這樣看來，海盜村也不無可能。」

「但最後我發現，在這個村子不可能實現。」

「爲什麼？」

「自古以來，犢幽村就無法擁有大型船隻，根本不可能出海打劫。」

接著，言耶簡短說明那四則怪談。

「而且，如果犢幽村是海盜村，即使是〈海中首級〉裡的伍助這樣的孩子，應該也會知道。」

「或許吧，但那只是傳說故事。」

「不，正因是民間傳說，當中應該反映出部分的事實。然而，〈海中首級〉這個當地傳說，卻不知爲何是一則怪談。」

「我不懂學問方面的事。不管怎樣，不惜殺害外地人，也要保住祖先是海盜的祕密，現實中不太可能發生吧？畢竟像瀨戶內海地區，到處都是海盜的後裔。」

「沒錯。恕我不厭其煩地重提，久留米先生的分析，也證明了祕密無法構成恐嚇宮司的動機。」

「我已瞭解兩人勢同水火，但在動機方面，宮司不能算是頭號嫌犯。」

言耶才高興了一下，御堂島便接著說：

「不過，眞要說的話，竹林宮這個命案現場不會太特殊了嗎？如果不是與笹女神社有關的人，會特地選擇那裡做爲犯案地點嗎？」

「這……」

言耶支吾其詞，隨即想起四則怪談，應道：

「只要知道那則〈竹林魔物〉，或許任何人都想得到那個地點。」

面對言耶的反駁，御堂島姑且點了點頭，但他的表情像是在說：凶案現場是在最接近笹女神社的地方，這個事實不會改變。

「宮司的不在場證明……」

言耶原本要開口問，又想到及位廉也是餓死，不在場證明沒有太大的意義。

「被害者在二十三日離開笠磐寺，這一整天宮司都沒有不在場證明。不過，每個人都一樣吧。」

「那麼，還是有必要解開竹林宮的密室之謎。」

「凶手到底是怎麼讓被害者餓死的？只要解開犯案手法，不在場證明就有意義了，是這個意思嗎？」

「是的，而且一定有助於鎖定嫌犯。」

「既然如此，破解密室之謎就交給推理作家了。」

「咦……！」

言耶嚇了一跳，卻忍不住期待：這樣一來，就能不客氣地打聽警方的辦案狀況。但若當場確認這一點，他又怕御堂島會說「這類細節恕難奉告」。

最後，言耶在沒有獲得任何保證的情況下，接下挑戰竹林宮密室之謎的任務。

# 第十章　再訪竹林宮

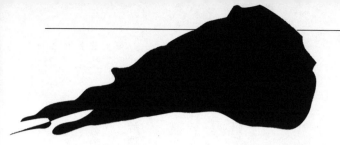

一天過去，九月二十九日，比往年晚了許多的碆靈祭正式舉行。

用早飯時聽到祭典如期舉行的消息，刀城言耶打從心底感到驚訝。聽到籠室岩喜宮司的解釋，他才明白了箇中原由。

「居然沒取消。」

「畢竟已一延再延，站在村子的立場，不好繼續延下去。而且，昨天傍晚召開的緊急村議會中，許多人認爲壞事連連，不如作法驅個邪。」

「確實，祭典具有這樣的功能。」

「我們問了閖揚村的意思，那邊沒有異議，所以會在今天下午按照預定舉行。老師和小姐都要參觀對吧？秀繼應該也很久沒參加祭典了。」

附帶一提，宮司一直稱呼祖父江偲爲「小姐」。

「警方那裡沒有問題嗎？」

言耶擔心地問，宮司似笑非笑地說：

「我說是自古以來的傳統祭典，警方便乾脆地同意了。只是啊——」

早飯的餐桌上只有言耶等人，但宮司突然壓低聲音：

「如果死在竹林宮的是村人，不管是村議會還是警察，或許都會喊停……」

由於死的是外人，沒有太大影響。

用完早餐，言耶決定去調查竹林宮。昨天他已向御堂島警部取得許可，爲了愼重起見，今早他也向宮司徵求同意。

附帶一提，御堂島等縣警派來的搜查人員，昨晚在村子準備的聚會所過夜。竹林宮的現場已勘驗完畢，今天似乎要繼續在村裡問案，傍晚暫時返回署裡。今早宮司說明了這些事。

如果偲一起跟到竹林宮，會礙手礙腳，因此，言耶拜託她去向籠室篠懸打聽，有關及位廉也的情報——包括「竹屋」的龜茲將和日昇紡織的久留米三琅的事，並拜託秀繼去探聽村人對這起事件的反應。兩人都幹勁十足，約莫中午前都不會回來。不過，言耶耳提面命，要他們不能妨礙警方工作，並避免招搖的言行。

這樣一來，起碼上午言耶可一個人待在現場，仔細思考了。

言耶一邊穿過籠室家後面的竹林，一邊心想。如果偲在身邊，會不停對他說話。有時她的話會成為極重要的線索，遺憾的是，更多的時候，她只會妨礙他的思考。相較之下，秀繼又太沉默寡言。寡默是無所謂，但有人默不吭聲地跟在一旁，實在教人分神。但秀繼只是想要幫忙言耶，所以守在一旁待命而已。正因感受得到他的心意，難以不假辭色。從某種意義來看，或許比偲更難搞。

不過，言耶拜託兩人去打聽事情，並非單純想擺脫麻煩。要解決偏鄉地區發生的事，最重要的是擁有當地人的情報與知識。原本言耶想親自進行，但這回他打算來個一石二鳥。

竹林一早便幽幽矇矇，而且寧靜。整片林子為詭異的寂靜籠罩，完全無法想像近旁就是笹女神社和櫝幽村。因此，愈往深處走，愈覺得遠離人跡。實際上，如果跑步折返，很快就能回到籠室家，卻怎樣都擺脫不掉彷彿在毫不知情下，被移動到截然不同的另一個空間般的感覺。

但言耶有些享受這詭異的氣氛。他原本就有此打算，而今又如願一個人前往竹林宮，還是覺得很開心。

誰知一穿過竹林，他的喜悅頓時煙消霧散。

「由松先生……」

只見駐在所的員警由松，居然守在竹林宮的迷宮入口前。

「辛、辛苦了。」

言耶行了個禮，但由松只是狠狠瞪了他一眼，不發一語。

「呃……那個……」

不管怎麼想，由松都不可能輕易放他進入竹林宮，言耶一陣困窘。儘管只要搬出御堂島的名號就行了，但如果能夠，他不想擺出以權勢壓人的態度。這是他最鄙夷的方式。

言耶杵在原地不知如何是好，沒想到由松竟百般不願地退到一旁，他大吃一驚。

「……我可以進去嗎？」

由松撇著臉，微微點頭。雖然明擺著「我根本不想讓你進去」，但沒有阻礙言耶。是御堂島警部事先吩咐，要讓我進去嗎？否則實在難以解釋由松古怪的態度。無論如何，對現在的言耶來說，這都是件好事。

「打擾了。」

言耶再次行禮，踏進竹林宮的迷宮。

從這一刻開始，言耶要自己變身爲前來調查的及位廉也。由於不知道有無同伴，他先假設及位只有一個人。他嘗試同化爲乖僻的民俗學家，步向這座迷宮。

然而，實際上困難重重，因爲自己的思緒無可避免地會浮出表層。及位先生像這樣前進，恐怕萬萬料想不到，居然會無法離開這座竹林宮吧。

言耶會忍不住這樣想。他害怕輪到自己遇上相同的災禍，怎樣都無法脫離中央的草地，終於餓到動彈不得，慢慢步上飢餓至死的結局。

光是稍微想像，手臂就爬滿雞皮疙瘩。他很想直接轉身，立刻折回迷宮。

入口有駐在所的員警由松守著……

言耶老叫自己放心，卻反而不安起來。他的心聲在呢喃：指望由松會救他，眞的沒問題嗎？

不，祖父江小姐和大垣先生知道我來竹林宮。還有，籠室岩喜宮司和御堂島警部也知道。如果我遲遲沒回去，一定會有人來查看，根本不必擔心。

言耶必須如此爲自己打氣，才能勉強在迷宮裡前進。但與昨天早上的差異，令他困惑不已。

因爲在裡面發現了及位先生的遺體……

這應該是最主要的原因。昨天雖然心懷恐懼，卻好奇萬分地勇闖迷宮，然而今天早上不一樣，他是專程前往發生離奇命案的地點，而且無人陪伴。

不可能不害怕吧……

剛踏入其中時，決心要用及位廉也的角度思考的計畫便已受挫。刀城言耶完全帶著自身的觀點走到了竹林宮的中心。

「好，及位先生首先應該在這裡查看了祠堂。」

言耶仍努力試著去推測被害者的行動。刻意說出聲來，是爲了鼓舞自己。

發現屍體的地點附近留有現場勘驗的痕跡，於是言耶繞過草地前往祠堂。祠堂似乎也被警方動過，對開格子門的其中一扇整個脫落，慘不忍睹。因爲被及位敲壞了，不得不拆下來檢查吧。

言耶悄悄探頭窺看裡面，內部鎮坐著一塊兒童頭部大小的石頭，約莫是御神體。前方設有一個小小的方形神饌台，上面鋪有一張白底鑲紅和紙，供奉著堆成小山狀的白色粒狀物。而且，白色小山上擺了一只竹葉船。

「這是什麼？」

言耶剛要用右手食指去碰，又忍不住縮回來。

「失禮了。」

他匆匆雙手合十，垂頭敬拜片刻，接著仔細打量神饌台上的白色粒狀物，卻看不出半點端倪。

「請原諒我的無禮。」

言耶深深行禮，捏起部分白色粒狀物，伸舌舔了一下。如果偲在場，一定會生氣地大喊：「大師，你在做什麼！」

「……鹽巴？」

從舌頭感覺到的鹹味，言耶得知這是一座小鹽山，應該是隨著時間流逝而凝固了。宮司發現屍體時，祠堂的一邊格子門並未脫落。也就是說，即使及位飢餓難當，也沒舔食這些鹽巴。或許當時他已渾身無力，無法完全打破格子門。

「如果他能舔到一點鹽，或許可以再撐久一點，搞不好就能獲救嗎？」

言耶沒有答案地自問著，盡量把格子門恢復原狀。接著，他仔細檢查祠堂本身與周圍，並環顧草地。

不管怎麼看，都沒有需要調查的地方了。除了敞開的迷宮入口外，只有一片竹林圍繞著草地。

「所以，及位先生無可奈何，準備打道回府。」

言耶再次將自己代入剛踏進草地的及位廉也，從祠堂前方筆直注視著迷宮入口。被害者約莫很平常地走到了那裡。

言耶再次繞過被害者餓死的現場，站在迷宮入口前。

「……」

剎那間，言耶似乎快要想到什麼了。就在同時，他聽見沙沙聲響，忍不住望向左邊。他看見一條蛇爬過形成迷宮牆面的左側密集竹林，消失不見。不只是種類，連有多長多粗都看不清楚，言耶卻感到一陣寒意侵襲上來。

「毒蛇……」

情不自禁地脫口而出的詞，似乎讓他發現了及位廉也沒從迷宮逃離的理由。

「如果迷宮裡有許多毒蛇……」

實在無法通過吧。所以，及位回到祠堂，拔下看起來像鳥居的竹子，想要用來趕蛇。因此才會像御堂島說的，在迷宮入口附近的竹子上留下一些摩擦的痕跡。

但只憑一根竹子實在沒辦法。及位無法將蛇徹底趕走，安心踏上迷宮。因此，他在草地上找到竹子之間有空隙的地方，想要直接穿出去，但不管怎樣都會卡住。而且，就算是迷宮外側的竹林，一定也有蛇潛伏，無法輕率踏入。

「整座竹林宮化成毒蛇窟。」

眼前浮現可怕的畫面，言耶想起之前偲曾在竹林中被蛇驚嚇。

「難道那是……」

這個想法一閃而逝，言耶很快便無力地搖了搖頭。

「不，不可能。如果這就是眞相，那樣數量龐大的毒蛇究竟消失到哪裡去了？爲什麼在餓死之前，及位先生都沒有遭到蛇吻？」

疑點實在太多。即使及位之死是一宗殺人命案，而毒蛇是凶手布下的陷阱，依舊難以解釋。況且，凶手要如何隨心所欲地操縱毒蛇？

「是用口哨嗎？」

言耶想起海外某部知名偵探小說的內容，不禁苦笑起來。

爲了愼重起見，言耶也檢查了一下被害者掙扎著想要離開草地的另外三處痕跡，甚至試著實際擠進去。但在每一處都很快卡住，動彈不得。而且，腳邊似乎隨時都會傳來可怕的沙沙聲響，搞得他心神不寧。

「根本沒有什麼毒蛇……」

言耶刻意說出聲來否定。只是，恐懼一旦浮現腦海便難以抹去，甚至會與時俱增。不過，言耶還是鼓起勇氣，總算把三個地方都檢查完了。遺憾的是，三個地方的結果都一樣。

不可能穿出竹林。在那三處也沒有新的斬獲。

接下來，言耶返回迷宮，走到出口，然後再次折返，重複這樣的行動。當然，草地裡也檢查過許多遍，祠堂亦不例外。

毫無所獲地挨到了中午，看守竹林宮的員警也從駐在所的由松換成了別人。

言耶回到籠室家，偲和秀繼正在等他。不過，在聆聽兩人的報告之前，午飯先準備好了。用完飯，宮司離席去更衣。看來，宮司不打算穿平時那身髒兮兮的作務衣去參加祭典。

「久等啦，瞧我鄭重其事的。」

然而，看到更衣回來的宮司，言耶一行人都驚訝極了。

「眞是莊嚴……」

「眞的好神聖。」

不只是言耶和偲，秀繼也瞠目結舌。連小時候應該早就看過的秀繼都佩服不已，言耶和偲會驚訝也是理所當然。

「哈哈哈，看來我寶刀未老。」

宮司穿著白色的淨衣，下身是同樣白色的和褲，頭上戴著烏帽，右手持笏。由於先前看到的都是髒兮兮的作務衣打扮，這時的宮司更顯得威儀懾人。

「喂，妳聽到了嗎？小姐說我『神聖』。」

宮司不停向旁邊的篠懸炫耀，似乎是篠懸幫忙穿戴的。但不知道是不是爲祖父這樣的態度感到丟人，她低著頭小聲勸諫：

「爺爺，別得意忘形。」

不過，或許是她深深敬愛祖父，看起來一點都不像在生氣，反而顯得可愛極了。

「潞靈祭果然是由宮司親自主持嗎？」

言耶確認道，宮司賊笑著說：

「不不不，我們算是名譽職。」

「喔，可是——」

「古早以前，碆靈祭都是由笹女神社的宮司主持。但隨著船隻技術進步，牛頭浦的船難事故減少，祭典本身也無可避免地變得徒具形式，原本具有的慰靈功能自然就淡薄了，因此祭典的內容不得不慢慢改變。這部分的過程，只要讀過神社裡保存的日誌就一清二楚。如今已變成連我這種不良宮司都能勝任的簡單儀式。」

「您過謙了。」

「哪裡、哪裡，這是實話。不過，畢竟是祭典，還是得盛裝打扮一下。」

宮司在玄關穿上傳統的矮幫木鞋，踩著有些不牢靠的步伐走了出去。因此，下樓梯的時候，比起宮司本人，言耶等人更爲他提心吊膽。

「咦，篠懸小姐呢？」

「自古以來，女人都是不能參與祭典的。」

宮司簡單回應言耶的疑問。

「那祖父江小姐去參觀沒關係嗎？」

「只要不是村裡的人都無所謂。」

整個人改頭換面的宮司經過村中，到處都有人向他打招呼。但宮司並未停下與任何人交談，是顧慮到接下來祭典就要開始，或是後面跟著言耶等人的緣故？

穿過村子，眼前就是牛頭浦。幾十名身穿白色和服的村人已來到海邊，當中確實沒有任何女人。不僅沒有女人，也沒看到孩童，全是成年男性。

禁止女人的風俗，並非此地獨有，但爲何連孩童都除外？

言耶感到費解的不只這一點。儘管聚集了爲數眾多的男丁，卻一點都不熱鬧。現場一片寂靜，完全無法想像接下來祭典就要開始。

是暴風雨前的寧靜嗎……？

環顧這片異樣的情景，言耶暗自心想。儘管如此，未免太死氣沉沉。爲什麼沒有半個人說話？

除此之外，還有一樣東西格外引起他的注意。那是用大小石頭堆成的臨時爐灶，生著熊熊大火，上面放了一口大鍋。海邊由西向東設置了幾座相同的爐灶，每一座前面都默默站著一名村人。爐灶的數量並不平均，靠角上的比較少，靠角下的則明顯多了許多。

「那是在煮鹽嗎？」

「哦，老師眞是博學。」

聽到言耶提問，宮司有些佩服地說。

「鹽？鹹鹹的那個鹽嗎？鹽怎麼用煮的？」

偲愣愣地問，言耶解釋：

「除了大規模的煮鹽以外，小漁村有時會以簡略的方法製作自家使用的鹽。首先拿幾個扁平的箱子盛裝海邊的沙子，接著以桶子汲取海水倒入扁箱，把箱子放在豔陽下，晒乾沙子。然後，以海水掏洗乾燥的沙子，就能得到極濃的鹽水。再把鹽水像這樣用鍋子煮沸，便能取得結晶的鹽。」

「咦，眞有趣。」

言耶的視線再次轉回宮司身上：

「這煮鹽的活動，也是潴靈祭的一部分嗎？」

「對。煮出來的鹽，會在祭典後捐獻到神社。」

「難道供奉在竹林宮祠堂裡的鹽巴——」

「就是在這祭典中煮出來的。」

一行人來到海邊，參觀祭典的準備過程，姑且不論言耶，偲和秀繼一點都不感到興奮。現場缺乏祭典特有的活力，難怪他們覺得無聊。「沙子跑進鞋子裡了……」兩人甚至難得有志一同，爲海沙困擾。

參觀完海邊，宮司接著前往位於村子西邊的角上岬前端。經過海角根部的時候，言耶格外在意建在岩壁下方的那幢蓬萊的小屋。

「原來小屋還在。」

言耶十分吃驚，宮司卻理所當然地說：

「因爲蓬萊還住在那裡啊。」

「咦，他到底幾歲了？」

宮司露出好笑的表情：

「不不不，最初的蓬萊早已過世。現在的蓬萊不知道是第幾代了。」

「是世襲制嗎？」

聽到言耶的形容，宮司大笑：

「哈哈！之前的蓬萊過世，小屋閒置一段日子以後，又會有新的蓬萊住進去。而且，每一個都是從海上漂流過來的。既然是從海上來的，村人也不能過於苛待。每個人都把他們當成一種吉利的象徵吧。加上這些蓬萊很神祕，對村裡發生的事瞭若指掌，村人都對他們懷有近似畏懼的心理。村子沒有餘力的時候，就由笹女神社照顧。現在的蓬萊，是篠懸在熱心照顧。」

說到這裡，宮司突然以測試言耶般的語氣問：

「對了，說到第一代蓬萊，老師猜得出他是誰嗎？」

言耶稍微停頓了一下，說：

「難道是〈海中首級〉的伍助？」

「噢，眞是甘拜下風。」

宮司特地停步向言耶行禮。

「大師眞是太厲害了！」

偲單純地感到開心，但言耶始終很平靜：

「宮司會這麼問，表示一定是我知道的人，要猜到並不難。不過——」

言耶緩緩轉向宮司問：

「眞的是嗎？」

「雖然只是傳開，但我認爲很可信。」

「那麼，第二個以後呢？」

「這我就不知道了。順帶一提，現在的蓬萊是女人。」

言耶吃了一驚，反射性地回頭看了一眼岩壁底下，發現臨時小屋的窗戶露出一隻眼睛，正直勾勾地望著這裡。身旁的偲似乎倒抽一口氣，顯然也發現了。

那隻眼睛定定注視著言耶一行人，彷彿監視著從外部入侵的災禍。

# 第十一章　洺靈祭

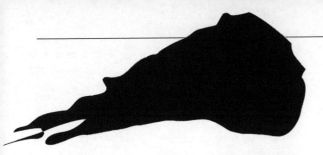

刀城言耶一行人來到角上岬的前端後，發現一名全身白衣的年輕人佇立在望樓底下。年輕人注意到籠室岩喜宮司，恭敬地行禮，但同樣不發一語。

「小姐和秀繼在這裡參觀就好。祭典的看點是從岸邊到海灣，還有絕海洞那裡，所以其實上望樓去看是最清楚的……」

聽到宮司這番話，祖父江偲連忙搖頭說：

「不，在這裡看就很好了。」

「這樣啊。祭典期間不能爬上望樓，怕妳會失望——」

「完全不會，眞的在這裡就好。」

言耶心知，偲害怕宮司會利用權限，特別讓他們上去望樓。

「眞想上去看看。」

因此，當言耶戀戀不捨地仰望望樓的時候，偲瞄了他一眼，像在示意他別多話。

「喔，我會帶老師到更近的地方參觀，不用擔心。」

聽到宮司的話，言耶頓時一陣歡天喜地。

「謝謝宮司！」

「請老師坐上小船，和我一道去絕海洞——」

「那我也——」

偲本來要說「一起去」，卻又把話嚥了回去。她的視線前方是拖到岸上的小船。小船看起來極不牢靠，偲露出相當不安的表情。

「坐那艘小船出海，應該會搖得很厲害吧？」

言耶立刻向宮司確認。

「是啊，老師會暈船嗎？」

「不，我沒問題。」

但接下來，言耶被迫聆聽偲的敦敦教誨：

「大師，請您聽好，並把我的話銘記在心。注意事項第一點：即使有人提到您從未聽過的妖魔鬼怪，也絕對不可以過度興奮，在船上站起來。第二點：即使看到好奇的東西，也不可以突然站起來。第三點：即使對儀式看得入迷，也不可以渾然忘我，在船上站起來。第四點——」

「祖父江小姐，這是在做什麼？」言耶傻眼地問。「我又不是三歲小孩——」

「不，若是小孩，還能叫他聽話，但大師有多項前科，是重度累犯。」

「說得這麼難聽。」

「最近一例，就是在去波美地方的青田村的馬車裡，發生的那場風波。」

「呃，有發生過什麼事嗎……？」

言耶一臉呆滯，不知道是在裝傻，還是不記得了。

「聽著，大師本來就——」

偲又要滔滔不絕地說教起來。

「小姐，如果是這位老師，大部分的事都能化險爲夷。」

幸虧宮司從旁緩頰，言耶才得以脫身。

「謝謝宮司替我解圍。」

和宮司一起離開望樓時，言耶道謝。

「這哪有什麼。不過老師，你可得好好珍惜那位小姐。」

「喔……」

言耶漫不經心地應聲，他的反應讓宮司在抵達爲祭典準備的兩艘小船以前，都一臉笑吟吟。

途中，言耶在設於村子與海邊交界的大帳篷裡見到御堂島警部，於是向他行了個禮。對方輕輕頷首，如果兩人之間有對話，御堂島或許會受不了地說：「你要參加祭典？未免太狂熱了。」

御堂島旁邊坐著四名男子，年紀與宮司相當，神情都相當肅穆。四人身材差不多，要是讓偲來形容，一定會說是「像四尊地藏菩薩排在一起」。然而，這四位給人的印象，完全不是地藏菩薩那種恬靜平和的氛圍。反倒是雖然年事已高，卻相當健碩，散發出與宮司一樣硬朗有力的氣息。

他們就是「強羅五人幫」其餘的四人嗎？

言耶匆匆一瞥，但還是猜到坐在對面最右邊的，就是秀繼的祖父大垣秀壽。儘管不明顯，兩人的容貌有些神似。

宮司一路上笑著，把言耶帶到角下岬根部更西邊一些的海岸。從此處望去，寤靈大人的礁岩就在正面。海上已有兩艘小船，中間浮著一艘約可一人環抱的竹製小帆船。應該是竹屋的作品。

「難道這就是唐食船？」

言耶客氣地問，正要一腳踏上小船的宮司特地停步回答：

「沒錯，但我們要去迎接亡船。」

「……亡船？」

下一瞬間，言耶上身前傾，就要連珠炮似地滔滔不絕起來。宮司搶先一步察覺，立刻開口：

「亡船的『亡』，是亡靈的『亡』，而『船』當然是船隻的『船』。死於海難的亡者乘坐的船，就是亡船。亡船在絕海洞，我們要去把亡船帶過來。」

「原、原來如此……」

言耶明白了，又想開口說話。

「簡而言之，就是類似幽靈船或船魂。」

宮司一語斷定。他似乎想起昨晚提到竹魔時言耶的反應，及祖父江偲剛剛的叮嚀，於是臨機應變。

「看樣子，與老師同行的期間，不能隨便亂開口。」

「咦，爲什麼？」

「沒事、沒事。」

宮司乘上小船，向言耶招手。

「我可以坐同一艘嗎？」

言耶以爲得乘坐另一艘，隨著宮司的小船一同前往，因此有些驚訝。

「哦，那艘船是要把唐食船牽引到潛靈大人那裡的。」

宮司說明，向守在海邊的白衣老人點頭打信號。那名老人又向別的老人下指示。

砰——！砰！砰！砰！

緊接著，震耳欲聾的煙火打上多雲的白晝天空。

「這煙火是給閖揚村的信號。」

宮司解釋，現在閖揚村有一艘小船，正引導著比犢幽村更小的唐食船出發。不過，那艘唐食船實在太小，而且從閖揚村到這裡頗有距離，因此實際情況是放在小船上載運。這段期間，宮司會到絕海洞去迎接亡船，一樣會在信號指示下，前往瀝靈大人那裡。同時，海邊會有小船牽引著唐食船出海。

宮司說，依照程序，三艘小船會在瀝靈大人處會合。

「那麼，我們出發吧。」

「麻煩您了。」

在宮司的催促下，言耶乘上小船。

言耶向上了年紀的船夫行禮，但對方不發一語。或許是一身白衣，船夫晒黑的皮膚被襯得黝黑。

「這位是漁夫佐波男先生，這位是刀城言耶老師。」

宮司介紹著，言耶再次行禮，但佐波男只是縮了縮下巴。

小船很快便離開海邊，在風平浪靜的牛頭浦中前進。船首裝有引擎，但佐波男熟練地操縱木槳。

「閖揚村的船也是划槳過來嗎？」

言耶好奇地轉向後方問，但佐波男一聲不吭，只以嚴肅的眼神默默瞪著海面。

「佐波男先生啊，我先提醒你一聲。」

坐在船頭的宮司轉過頭來這麼說。

「這位老師除非得到答案，否則絕不會放過你。」

「我、我並沒有……」

言耶否認，宮司確對他投以安撫的笑，拉大嗓門，壓過突然颳起的海風說：

「所以你最好趁早放棄掙扎，趕快回答他吧。」

宮司的關照令人開心，言耶向他行禮致謝時，後方傳來冷漠的聲音：

「用引擎。」

「說、說的也是。」

言耶回頭應道，但佐波男還是一樣望著海面，嘴巴也完全緊閉。然而，言耶不認輸，喜孜孜地向佐波男打聽磯漁的漁法和醬靈大人的信仰等等。

「你問這些要做什麼？」

佐波男終於拗不過他，露出吃不消的表情，斷斷續續地回應。宮司背對著兩人聆聽對話。

不久後，小船靠近角上岬，望樓下方的偲和大垣秀繼用力朝他們揮手。可是，不光是這樣而已。

「大師！不可以！一直問！奇怪的問題喔！」

偲的叫聲響徹牛頭浦，言耶覺得丟臉極了。

「你也該聽聽那姑娘的勸。」

連佐波男都以嚴肅的口吻這麼教訓。

經過角上岬，一離開海灣，小船便劇烈搖晃起來。先前一直有種受到東西兩座海角庇護的感覺，這時彷彿突然被拋到汪洋中，莫名感到不安。或許是言耶知道這裡叫「賽場」，這樣的感受才益發強烈。

沒有帶祖父江小姐一起來，真是明智的決定。

這個想法並未維持太久，言耶的興趣很快就被前方高聳的懸崖底下，張開大口的洞窟吸引。

「那就是絕海洞！」

宮司喊道。言耶應著「是」，想詢問佐波男對絕海洞有什麼想法，但小船顛簸得厲害，根本無暇問話。

海灣內外竟相差這麼大？

以前言耶在民俗採訪的過程中坐過幾次漁船，但應該是第一次有這般驚險的體驗。絕對不是小船船身不穩緣故。不是外在因素，而是言耶內心的情感彷彿正經歷滔天駭浪。

不，我有過類似的經驗……

今年六月，波美地方的沉深湖舉行水魑的增儀後，言耶乘上類似的小船，而且划槳的就是他自己。當時他在湖上前進，湧出一股想直接跳進湖裡的衝動，實在令人難以置信。

那是水魑大人棲身的湖泊，這是祭祀亡者的洞窟前的賽場……

可以確定的是，兩個地點都非同一般，所以言耶才會感受到無法形容的恐懼。

言耶全身緊繃的期間，小船雖然隨著海面翻騰而起伏，仍確實地朝絕海洞靠近。用不著說，這都要歸功於佐波男的駕船工夫。宮司想必極爲信任佐波男，離開海灣後，便完全交給他判斷。

漸漸地，前方的高崖絕壁逼近。言耶忍不住仰望，差點引起一陣天旋地轉。明明是由下往上看，而不是由上往下看，卻身陷墜落般的恐懼，魄力就是如此驚人。

小船一駛進洞窟，立刻被一股寒意籠罩，同時眼前莫名閃爍不清。仔細一看，右邊的岩地熊熊燃燒著火炬。

火炬旁有一艘小船被拉上岸，兩名白衣男子守在一旁，恭敬地迎接宮司。但他們似乎沒料到還有言耶同行，不禁都睜大了雙眼。即使如此，兩人仍一聲不吭，應該是見宮司的態度一如往常的緣故。

言耶下了小船，跟在宮司及兩人更後方，往半濕的岩地深處行走。佐波男則留在小船上。

起初岩地上什麼都沒有，但漸漸冒出大小石礫，半途變成無數的小石子，很快地塡滿整片岩地，宛如賽河原。這樣的變化過程令人膽戰心驚。藉著各處點燃的火炬光芒，可看見朦朧浮現的小石原兩旁，堆積著小小的石塔。

到底是誰堆的……？

言耶想問前面的人，但氣氛實在讓人開不了口。如果是平常的言耶，或許會不管這麼多，直接問出口，此時他卻放棄了。洞窟內瀰漫著冰冷的空氣，他自然而然變得沉默。

一邊留神腳下，走過蜿蜒蛇行的賽河原後，忽然出現一片沙地。小石原與沙地的交界處，堆積著較大的石塊，往左右兩旁延伸而出。宛如矮城牆般的堆石中央沒有石頭，在沙地那一側豎起兩根高高的竹竿，中央繫著注連繩。竹竿的根部插著附有葉片的竹枝，和竹林宮的祠堂前方一模一樣。

兩根竹竿的左右，擺放著一整排損壞的魚叉、釣竿、魚網、石花菜耙等磯漁的漁具，似乎是祈求豐收的供品。其中不乏相當老舊的漁具，不少已爛了一半。

沙地境內約有六張榻榻米大，最深處中央有一塊船難死者的供養碑。石碑背後是高聳的岩壁，即使定睛細看，也看不出是否延伸至頂部。附帶一提，從一開始的岩地，經賽河原到這片沙地的途中，右側是洞窟的岩壁，到處都有小洞穴或凹陷，左側則是從賽場流入的海水，如河水般滔滔往深處流去。

言耶等人行走的路線，約一公尺下方是地下水道，當然完全沒設柵欄。若失足滑落，或許還是有辦法立刻爬上來，但底下漆黑的水流詭譎可怕，光是想像落水的情形，就教人一陣膽寒。由於這一側有一處景象宛如賽河原，令那條水流看起來宛如三途河，更增添濃濃的恐懼。

約三公尺寬的河流對岸一片漆黑，什麼都看不見。洞窟似乎繼續向深處延伸，但這邊的火炬光線照射不到，因此看得不清不楚。即使如此，若定睛望去，仍覺得有什麼在回視著自己。儘管是徹底的黑暗，卻強烈感到那裡有什麼。不別開目光直盯著，一股恐懼便油然而生，彷彿那東西會從黑暗中現身，渡河過來。

太荒唐了……

言耶急忙別開臉。這時，宮司在竹竿鳥居前深深一禮，正抬起頭。

接著，宮司小心翼翼地踏入沙地境內。沙地清掃得乾乾淨淨，並耙出波浪般的圖紋。沙、沙……宮司一步一步走近供養碑。石碑前祭祀著竹製的亡船。宮司在前面停步，悠揚地唱誦起祝詞。祝祠非常奇妙，是言耶從未聽過的。即使想聽出詞句的意義，也不知爲何無法捕捉，而是倏地從腦中溜走。

就在言耶辛苦地設法聽出語意時，祝詞已念完。宮司拿起竹製亡船，回到竹竿鳥居。隨後，一名手持沙耙的男子進入沙地，將沙地理成原本齊整的圖紋。男子在沙地上耙出漂亮的圖紋，流暢的動作令言耶看得著迷。

接下來，只需跟在宮司身後，折返原路就行。然而，言耶忽然覺得有人在呼喚他，再三回頭。他跟在末尾，後面當然不可能有人。不論何時回頭，看到的都是火炬的微光絕對無法擊退的壓倒性黑暗。儘管如此，呼叫他的氣息卻是如影隨形。經過賽河原，進入岩地，仍一直尾隨著言耶。

佐波男在小船上等候宮司。看到掌船的漁夫，言耶不知爲何鬆了一口氣。

小船載上宮司和言耶後，慢慢從絕海洞划向賽場。小船完全離開洞窟，停下的同時，宮司抬頭仰望角上岬。前端站著穿白衣的年輕男子，還有偲和秀繼。

村裡的男子一看到宮司，旋即轉身消失，似乎是繞到望樓另一邊去了。

砰——！砰！砰！

不一會，角上岬另一頭傳來比剛才更小的煙火聲。大概是村裡的年輕人，向什麼人打了信號。

小船就像等待著那信號，動了起來。偲在海角上用力揮手，言耶輕輕舉手回應。

「老師，接下來就是潛靈祭的重頭戲。」

宮司坐在船頭，面朝前方，告訴言耶。

小船繞過角上岬，進入牛頭浦。當下，右邊的外海有一艘小船，左邊的海灣則有先前在海邊看到的另一艘小船，同時映入言耶的眼簾。來自閖揚村的小船，在進入牛頭浦前都使用引擎前進，但接下來改為手划。剩下的兩艘船，原本就只有槳。

在偲等人的眼中，乘風破浪的三艘船，是不是就像在比賽？看起來彷彿在競爭誰能第一個抵達潛靈大人的礁岩。

然而，實際上，三名船夫似乎在調整船速，好讓三艘船同時抵達。不光是觀察佐波男划槳的情形，比較其餘兩艘船的前進速度，言耶也能清楚判斷。或許這是三名漁夫展現真本事的場面。

不久後，三艘小船幾乎同時來到潛靈大人附近。接著，三艘船開始繞行礁岩，除了言耶以外，所有男人都一齊發出古怪的吶喊。

兜～兜兜、兜～兜兜、兜～兜兜、咚咚……

聲音很詭異，好似在丹田回響。而且，吆喝聲一輪比一輪激昂，漸漸變成瘋狂的號叫，最後戛然而止。

三艘船聚集到潛靈大人的嘴巴前，中間夾著來自海邊的小船。然後，在大唐食船左右，以繩索繫上從閖揚村迎來的小唐食船，及祭祀在絕海洞的亡船，成為一艘新的船。

「這就是唐食船原本的樣貌。」

宮司告訴言耶，目送著合體後的新唐食船，隨來自海邊的小船牽引，朝牛頭浦外海離去。

「那艘唐食船會流放到更遠的海面嗎？」

「對，請它回到原來的地方。」

這時，言耶提出忽然浮現的疑問：

「如果應該送回去的船又回來，會怎麼樣？」

當然，言耶這個問題毫無惡意，但聽到宮司的回答，他卻一陣顫慄。

「到時候，村子一定會毀滅吧。」

# 第十二章　唐食船

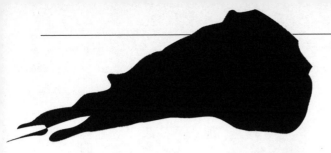

小船返回海邊後，祖父江偲和大垣秀繼前來迎接。兩人還是一樣，爲無可避免地跑進鞋裡的沙子感到困擾。

「大師，您有沒有暈船？」

偲搶著問，言耶搖搖頭，先向佐波男道謝。船上多了一個原本不會有的外人，佐波男划起船一定格外辛苦。

「你淨是問些奇怪的問題哪。」

然而，低聲回應的佐波男，口氣意外溫和。與刀城言耶共乘的這一趟，他像是頗覺有趣。

對此，宮司似乎最感到驚奇。他呆呆地看了看兩人，面露賊笑，邀請言耶到集會用的帳篷。

「這下，我明白老師在各地是如何進行民俗採訪的了。」

宮司走在海岸上，頻頻讚許。

「哦，是什麼意思？」

「居然能讓冷漠的佐波男說出那種話，啊，我眞是服了你。」

聞言，偲在身後說：

「大師最擅長卸下老人家的心防，所以老人家都特別疼大師。黑哥——刀城大師的大學學長，都稱讚大師：『呦，長輩殺手！』」

「祖父江小姐，那根本不是稱讚……」

「大師，那可是黑哥。他只會損人，絕不會稱讚別人。這就證明他對老師欣賞有加。」

言耶想要徹底否認，但這世上再也沒有比爲了阿武隈川烏爭論更沒營養的事，於是他保持沉默。

綽號「黑哥」的阿武隈川烏，是在野的民俗學家。他出身京都歷史悠久的神社，卻非正人君子，品行低劣。最重要的是，他是個貪吃鬼，連日本絕大多數的國民都難以溫飽的戰時與戰後數年的飢餓時期，他依然吃得身材圓滾，教人難以置信。此外，阿武隈川擅長極端過大評價自己，並把別人貶到不能再低，言耶從在學期間就飽受其害。這段孽緣能持續至今，是因爲阿武隈川特別熟悉各地稀奇古怪的儀式和祭典，以及奇風異俗，沒人拜託，他卻會跑來提供各種消息。

另一方面，阿武隈川和言耶一樣，會前往各地進行民俗採訪。只是，他生性不愛活動——從他的體型來看，原本就無法四處走動——因此不可能前往交通極爲不便的偏鄉地區。他想把言耶當成自己的手腳使喚，才勤奮地捎來學弟似乎會感興趣的消息。

言耶老早就看透他打的算盤，但他非常企重學長的情報網，所以繼續與他打交道。不過，偲對此有著相當偏頗的看法：「對於黑哥，大師是不是有被虐傾向啊？」言耶連反駁都懶，乾脆置之不理。

「啊！我忘記了。」

這時，偲突然驚叫一聲。

「黑哥拍了電報到笹女神社給大師。」

「咦，什麼時候的事？」

言耶驚訝地問。據說是祭典進行期間。

「可是，就算是黑哥，也還不知道竹林宮的案件吧？」

阿武隈川烏嚴重誤以爲自己是「名偵探」，得知及位廉也那匪夷所思的死亡案件，八成會插嘴干預，所以言耶首先擔心這一點，但似乎不是。

「呃，不是爲了這件事。」

不知爲何，偲一副難以啓齒的表情。

「那是什麼事？」

「喔，黑哥請大師送隻無骨章魚，去他在平皿町下榻的旅館『鬼柳亭』……」

「喂……」

言耶正覺得受不了，聽見兩人對話的宮司說：

「那個叫阿武隈川的人是老饕呢。」

「不，他只是個超級貪吃鬼。」

「會特地想吃味如雞肋的無骨章魚，絕對是個老饕。他在平皿町的旅館應該聽說了無骨章魚的惡評，卻還是想吃。」

但言耶猛烈搖頭，似乎嚇到了宮司，害他說到一半就住口。

「阿武隈川烏不容許世上有任何他沒吃過的東西。一聽到這類食物的消息，使盡千方百計也要弄到手。如果弄不到，就會親自去吃。只要是有人吃過的東西，他就不容許別人專美在前，非常令人頭痛。」

「連毒菇也是嗎？」

「是的。不過，那類危險的食物，他會先找人試毒。除非確定安全無虞，否則他是不會吃的。」

「難道負責試毒的是老師……？」

宮司當然是半信半疑，但仍提出這樣的疑問。

「絕大多數的時候，我會在前一刻發現不對勁，得以倖免於難，但可能再沒多久就會被他毒死。」

或許是言耶回答的態度十分嚴肅，宮司有些不知所措，不過他還是說：

「平皿町的『鬼柳亭』那裡，由我送無骨章魚過去吧。」

「不，您現在忙著主持簭靈祭……」

「祭典已結束，接下來只剩喝酒。」

「可是，還有善後工作……」

「明天開始休漁三天，不必跟我客氣了。」

可能是剛好走到集會用的帳篷，宮司唐突地結束這個話題。

「這位是刀城言耶老師。」

宮司切換態度，笑容可掬地介紹言耶，於是坐在椅子上的四名老人全站了起來。他們好像都喝了酒，一臉酡紅，從左邊依序簡單自我介紹。

「我是米谷，鹽飽村的醫生。」

「我是井之上，石糊村的村長。」

「我是善堂，在磯見村一家叫鹿杖寺的小寺院當住持。」

「我是閖揚村的大垣秀壽。我孫子秀繼受你多方照顧，眞是太感謝了。」

就像碆靈祭開始前言耶猜測的，坐在最右邊的是秀繼的祖父大垣秀壽。這四人似乎是依照強羅地方由西向東的村落次序而坐。

「我才是，承蒙大垣先生多方關照。」

言耶分別向四人行禮，對於秀壽，更是深深一鞠躬。接著，第一個自我介紹的鹽飽村米谷醫生說：

「得知又來了個民俗學家，我很好奇是怎樣的人，看來儀表堂堂，是個好青年。」

言耶不禁睜圓了眼睛。磯見村的善堂住持鄙夷地接過話：

「同樣是學者，跟及位廉也實在是天差地別。」

於是，言耶心下恍然。由於及位廉也的惡評，導致村人從一開始就以有色眼鏡看待言耶。

「你們幾個，當著人家的面說這些，未免太失禮。」

石糊村的井之上村出聲責備，但喝得特別醉的兩人完全聽不進去。

「跟那個偷窺狂及位廉也不一樣，這個人的相貌沒有那種下流的感覺。」

「絕不會遭到碆靈大人懲罰，活活餓死。」

「反倒很有華族的貴氣，是會躺在榻榻米上壽終正寢的面相。」

「不過，我聽說他是個偵探？」

「沒錯，這下我們不能輕忽大意了。」

兩人依舊當著本人的面暢所欲言。

「他是我的客人，你們不能放尊重點嗎？」

宮司的臉色有些難堪，忍不住譏諷：

「而且你說不能輕忽大意，是什麼意思？難道你有什麼見不得人的祕密，害怕被偵探大師挖出來嗎？」

對於這話，不是米谷醫生，而是善堂住持豎起右手小指（註）應道：

「當然是這個嘍。」

「你、你別胡說！」

米谷醫生不禁愣住。不只是小指，善堂住持從無名指到拇指，一根根全豎了起來。

「哪、哪有這麼多……」

米谷醫生似乎嚇得瞬間酒醒。

這個人到底跟多少人外遇……？

言耶目瞪口呆，卻不知道該如何緩和現場瀰漫的尷尬氣氛。其實不光是米谷醫生，連井之上村長的神色都不太好看。竺磐寺的眞海住持亦是如此。看來，強羅地方的寺院住持，說話都很直來直往。

「不好笑的笑話就到此打住吧。」

最後大垣秀壽勸道，場面才緩了過來。

「說那種話，當心引火上身。」

這話似乎讓善堂住持學了乖，突然變得安分。米谷醫師和井之上村長也小聲責備，住持

註：在日本，豎起小指代表妻子、女友。

這才整個人酒醒，一個勁地賠不是。

「啊，都這把年紀了還這麼不像話，讓人見笑了……」

「眞對不起啊。」

宮司和大垣秀壽低頭行禮的時候，令人難以置信的是，一旁的善堂住持竟調戲起偲。而後，宮司領著強羅五人幫，先一步前往笹女神社。按照往例，祭典後的慶功宴都在聚會所舉行，但聚會所提供給縣警使用，眾人只得分散到「磯屋」等幾家飯館。五人幫也會參加，但在那之前，要在神社進行名爲「祭典檢討會」的酒宴。

言耶一行人兩邊都受邀了，但他們全都鄭重謝絕。

「方便嗎？」

宮司等人離開帳篷後，御堂島警部向言耶招手，把他帶到無人的地點。

「你參加祭典，有什麼發現嗎？有沒有找到及位廉也在打探什麼的線索？」

「沒有，眞的很遺憾……」

言耶搖頭，但御堂島並沒有特別失望的樣子，淡淡地說：

「白忙一場，徒勞無功嗎？」

「不，我個人認爲挺有意義。而且，至少隱約瞭解到他寫在記事本上的『原來完全相反』的意思——」

「眞的嗎？快告訴我。」

御堂島難得有些激動。

「潛靈祭有三艘船登場，三艘都是竹船，不是眞的船。一艘是從犢幽村這裡出海的大唐食船，接著是祭祀在絕海洞祠堂的小亡船，然後是從閖揚村過來的小唐食船。」

「這三艘船分頭朝潛靈大人的礁岩前進，對吧？」

「是的。最後被繫在一起，流放到大海另一邊，這就是潛靈祭。但我認爲，原本應該是相反的。」

「什麼意思？」

偲的聲音突然響起，言耶嚇了一跳。回頭一看，秀繼跟在她的旁邊。言耶望向御堂島，他似乎並不在意，於是言耶繼續說下去。

「這裡說的『原本』不是指祭典，而是實際發生的事。」

「什麼事？」

「船難事故。由於撞上礁岩，商船等船隻擱淺。犢幽村的人救助這些船隻，拖到岸邊。但有些船員已死亡，這些人便被祭祀在絕海洞。也就是說，可看成船難事故發生後，以潛靈大人的礁岩爲基準點，失事船隻移動到犢幽村的海邊，而死去的船員移動到絕海洞內。」

「啊，在祭典當中，移動的方向是相反的。」

偲拍了一下手，相當興奮，但很快就歪起頭問：

「可是，這跟閖揚村有什麼關係？」

「我認爲閖揚村的『揚』（ageru），原本是『上下』的『上』（ageru）。」

言耶向三人說明，「閖揚」不只可能寫成「閖上」，也有可能是「淘揚」或「淘上」。

「爲什麼會叫『閖上』，約莫是沙子或一些漂流物，會隨著風浪『沖上』海邊。強羅地方的話，從犢幽村的賽場到閖揚村的岸邊，應該會發生這樣的現象。假設失事船隻的殘骸或貨物漂流到閖揚村的海岸，會怎麼樣？繼犢幽村之後，接著開拓的不是東邊的鹽飽村，也不是再過去的石糊村和磯見村，而是更過去的閖揚村，理由或許就在這裡。」

「是不是因爲這樣？」偲靈光一閃，「喏，就像我之前跟大師說的，犢幽村笹女神社的籠室家，和閖揚村頭號地主的大垣家代代不和——」

「祖父江小姐。」

言耶責怪的語氣讓偲愣了一下，但她立刻意識到秀繼就在旁邊，連忙說：

「啊，對不起，我……」

「沒關係，事實就像前輩說的那樣。」

「就說我不是你的前輩了！」

感覺又快偏題，言耶插嘴：

「那麼，雖然對大垣先生不好意思，還是請祖父江小姐繼續說下去吧。」

於是，偲若無其事地接著說：

「所以，失事船隻的貨物之類，原本應該屬於努力救助船隻和船員的犢幽村，卻好幾次被閖揚村坐享其成。因此，代表兩邊村子的有力家族自然會交惡，是不是？」

「沒這回事。」

然而，言耶當下否定，讓偲很不滿：

「咦——怎麼會？」

「即使救助船隻和船員，侵占船貨也是不折不扣的犯罪。而且，如果那是藩的船隻，應該會沿著航線上的海岸線徹底搜索。要是查到船隻在牛頭浦遇難，船貨還被竊占，全村都會被問罪，受到嚴懲。」

「像是斬首示眾嗎……？」

「村中的有力人士可能會遭到如此嚴厲的處分。縱然真的是意外發生船難，村人沒有犯下任何罪責，只是船貨不幸漂流到此地，一旦被官員懷疑竊占，八成就完蛋了。」

「太可怕了。」

偲戰慄不已，一旁的秀繼頻頻點頭。

「所以，狼煙場、遠見嶺和望樓，在這個村子都是絕對必要的。」偲說。

「嗯。只要不發生船難事故，就不必害怕被捲入那些災禍。因此，犢幽村的人才會想方設法，準備更多的預防措施。」

「原來如此，不愧是大師。」

「以前的犢幽村真是處境艱難啊。」

偲和秀繼由衷地佩服與同情，但御堂島異於兩人，一臉嚴肅地說：

「可以回到祭典的話題嗎？」

「在磯靈祭中，反過來重現遇難的場景，目的是為了讓船隻回到發生船難前的狀態吧。藉由這麼做，讓死去的船員回歸原本的地方，這就是磯靈祭真正的用意——這是我的解釋。」

「一般的話，會是超度供養，這個祭典還真是嶄新。」

雖然與命案無關，但御堂島似乎受到了某些觸動。

「可是，大師——」偲納悶不解地問：「不管是磯靈大人或絕海洞，死者都已獲得祭祀，不是嗎？這和祭典豈不相矛盾？」

「重、重點就在這裡，祖父江小姐！」

言耶的反應讓偲和秀繼頓時防備起來，但御堂島態度不變。

「妳認爲渚靈祭眞正的目的到底是什麼？」

「呃，超度亡魂……」

「那樣的話，就像妳說的，只要祭祀渚靈大人和絕海洞就足夠了，不是嗎？」

「死者復活……」

秀繼低聲喃喃，言耶回應：

「以某種意義來說，是這樣沒錯。但這種情況下，沒有『復活』這個字眼帶有的明亮希望。毋寧相反，充滿黑暗的絕望。」

「爲什麼？」

「因爲這是把埋葬在絕海洞、在那裡受祭祀的死者，硬是趕上亡船，將他們驅逐到大海的另一頭。」

「不是送回原來的地方嗎……？」

「委婉地說是送回去，實際上進行的，不就是放逐死者亡魂嗎？」

「爲什麼要這麼做？」

御堂島似乎被勾起了興趣。

「應該是……過於恐懼神祕異象吧。」

御堂島面露不解，言耶提起那四則怪談，接著說：

「在這塊土地，自古以來就把『澪靈大人』視爲獲備數大人。這『獲備數大人』就是笹女神社的祭神。此外，漁夫在海上發現的浮屍也叫『獲備數』。可以解釋爲這些獲備數透過祭祀，能夠轉變成獲備數大人。但如果獲備數沒有受到妥善的祭祀，就會變成在海中出沒的『亡者』。亡者爬上奧埋島，就會化爲夜裡飛舞的『鬼火』。鬼火飛到陸地，進入竹林，就成爲『竹魔』。竹魔爬上喰壞山，則變化成『山鬼』。在這個地方，長年流傳著這類傳說故事。然後，如同四則怪談所代表的，村人們即使不願意，也在生活中與這些怪奇異象比鄰而居。因此，他們想透過澪靈祭，將這些作祟源頭的絕海洞的死者，丟棄到大海另一頭。藉由這麼做，設法將妖魔鬼怪的元凶斬草除根。這應該就是現今的澪靈祭最早的起源。我是這麼解釋的。」

不光是偲和秀繼，御堂島也沉默不語。現場的氛圍令人不好輕易開口。

「雖然有這樣的妖魔傳說，另一方面，還有一個傳說，當村子遭遇饑荒時，澪靈大人就會派遣唐食船過來。滿載食物的唐食船會從大海另一頭造訪，拯救飢餓的村人——這已是不折不扣的信仰。唐食船的『唐』，指的是中國以前的唐朝，也就是以這個字來表現，船是來自大海另一頭的異國。像『唐紙』（宣紙）、『唐鍬』（鋤頭）、『唐黍』（玉米）、『毛唐』（洋鬼子）等詞彙，也是基於相同意思的命名。在澪靈祭中，村人將除了亡船以外的兩艘船，命名爲對他們來說是寶船的名稱。一般情況下，理當不會用這麼重要的事物來爲運送死者的船隻命名，他們卻用了『唐食船』這個名稱，是爲了表達對死者最起碼的敬意，或者，是想要用這個吉利的名稱，盡量沖淡祭典的忌諱色彩……？不管怎樣，村人想要利用唐食船具備的功能，這一點應該不會錯。」

依舊無人出聲。這時，御堂島唐突地說：

「我要先回縣警總部一趟。」

接著，他隨即拋下三人離開。

「那位警部先生很難親近呢。」

聽到偲直白的感想，言耶露出苦笑：

「雖然看起來不好親近，但他會偷偷告訴我搜查上的情報。」

「咦，眞的嗎？」偲似乎很驚訝。「什麼嘛，原來他是個好人。」

「但還不知道能不能爲此開心……好了，我們回去神社。路上請兩位告訴我打聽的成果吧。」

然而，從結論來看，遺憾的是，兩人幾乎沒有任何收穫。言耶拜託偲，向籠室篠懸問出及位廉也、「竹屋」的龜茲將，及日昇紡織幹部久留米三琅的情報，並拜託秀繼向村人探聽他們對這起命案的反應，但前者只問出言耶早已知道的事實，後者則幾乎是毫無反應。

儘管如此，偲的心情非常好。

「然後啊，篠懸小姐說：『我好想變成像祖父江小姐這樣美麗可人的職業婦女。』哎呀，原來在別人眼中，人家的形象是這樣的啊。」

言耶當然沒理她，逕自向秀繼確認：

「村人什麼都沒說嗎？」

「他們很自然地向我寒暄，並未對我視若無睹。但我一提到竹林宮的離奇命案，每個人便都閉口不談……」

「他們什麼都不知道嗎？還是，害怕扯上關係？」

「我認爲兩者皆是。可是，他們卻會主動打聽我和祖父的事，眞受不了。」

「辛苦你了。」

三人抵達籠室家，篠懸在玄關迎接。

「祖父說，如果三位不嫌棄，歡迎加入。」

強羅五人幫的酒宴似乎已開始。

「謝謝。我們還有工作要討論，恕不奉陪了。」

言耶以無傷大雅的藉口婉拒，篠懸沒有繼續強邀。只是，她突然向言耶道謝，嚇了他一跳。

「呃，這是在謝什麼？」

「剛才『竹屋』的小竹來過。」

篠懸說，竹利最早是尾隨叔叔龜茲將跑來籠室家，認識了篠懸，此後便會一個人來玩。

「那孩子眞的是巨細靡遺地告訴我，他怎麼遇到老師、把您帶去『磯屋』的經過，還說老師請他吃甜點，他開心極了——啊，方言都跑出來了，眞不好意思。」

篠懸白皙的雙頰頓時羞紅，繼續說：

「謝謝老師這麼照顧那孩子。」

她恭敬地行了個禮，害羞地躲回屋內。

「從她的口中說出來，連這裡的方言聽起來都變得好可愛。」

偲滿不在乎地吐出或讓滿口方言的宮司沮喪的發言。

「對了，老師，您說討論工作，是要討論什麼？」

秀繼一本正經地問，害言耶差點滑倒。

接著，三人先去洗了澡。一身清爽地準備用晚飯時，得知五人幫爲了參加村子的慶功宴，已離開籠室家。

「既然如此，篠懸小姐一起來吃吧。」

言耶邀請，但篠懸強硬地拒絕，說沒有這種規矩。但偲也在一旁熱心相勸，最後她終於答應。

晚飯席上，幾乎都是言耶說話，然後偲在一旁吐槽，篠懸開心地笑，如此反覆。席間偲似乎努力想爲篠懸和秀繼牽線，但看來不太順利。最大的原因，還是秀繼不肯湊興吧。

——他這個人實在太遲鈍，認眞過了頭。

偲好幾次向言耶投以這樣的表情。因爲她三番兩次拋出話題，秀繼卻完全沒把握機會。

——這是當事人之間的問題……

言耶懷著這樣的心情回望，但他認爲偲絕對看不出他的心思。

晚飯後，三人回到別院，偲似乎想爲秀繼指點戀愛迷津。

「前輩，不好意思。」

秀繼難得打斷她。

「老師，當初的預定是接下來要經過鹽飽村、石糊村和磯見村，前往閖揚村，那現在呢？」

「差點忘了。」

如果能夠，言耶想參觀強羅地方的五座村子，卻在犢幽村遇到古怪案件。就這麼離開，實在有些放心不下。

言耶坦白說出複雜的心情，於是秀繼應道：

「我明白了。那麼，我先去和祖父等五人幫談談。」

然後，他就立刻下村子去了。

「如果他對篠懸小姐也這麼積極就好了。」

偲忍不住發牢騷，言耶婉言勸道：

「祖父江小姐，過度干涉會造成反效果。」

「沒想到，戀愛木頭人的大師會對我說這種話……」

於是，在秀繼回來之前，言耶落得替他從頭接受偲的戀愛指引的下場。

一段時間後，秀繼意氣風發地回來。

「鹽飽村的米谷醫師、石糊村的井之上村長、磯見村的鹿杖寺善堂住持，都願意接待我們過夜。當然，祖父大垣秀壽那裡也沒問題。」

「太好了。大垣先生，謝謝你。」

言耶慰勞秀繼，一旁的偲神情陰沉地說：

「他們的心意很令人感謝，不過，米谷醫師和善堂住持那裡，是不是迴避一下比較好？」

她提出這樣的疑慮，也許是想起兩人在帳篷裡的發言。尤其善堂住持還調戲她，她應該不願意住在鹿杖寺吧。

爲了讓她放心，言耶說：

「別擔心，在鹽飽村待一天，當晚住在石糊村的村長井之上家；隔天再去磯見村一天，當晚住在大垣家。這樣就沒問題了吧？」

「不愧是大師！」

偲開心不已，言耶爲了防止她抓住秀繼，重提剛才的戀愛指南，旋即改變話題：

「我上午又去了一趟竹林宮——」

聽到這話，偲的興趣立刻轉移過來。她應該會說，「我刀城言耶的祕書頭銜，可不是浪得虛名」。

然而，不管三人如何研究，都無法解開竹林宮的密室之謎。偲似乎認爲「毒蛇說」最有可能。因爲她在前往竹林宮的竹林裡，察覺到疑似蛇的動靜。但就像言耶指出的，「毒蛇說」有太多漏洞。

三人的結論是，只能先等待御堂島警部那邊的調查結果，看看及位廉也是否有任何知覺障礙。

隔天早上，刀城言耶等人盥洗完畢，前往用早餐時，篠懸抱歉地說：

「祖父似乎出門冥想了。」

「一大清早嗎？」

「爲了在日出的同時開始冥想，他應該天亮前就已出門。」

言耶心想，即使是從海角根部遙望也好，想看看坐在瞭望板上的宮司，但他注意到篠懸的神情有些不對勁。

「怎麼了嗎？」

「沒事……」

篠懸搖頭，但感覺還是有些奇怪。偲替言耶又問了一次，篠懸勉強擠出微弱的聲音說：

「看到祖父的房間，我感到很不安……」

「方便的話，可以讓我們看一下嗎？」

面對這個要求，篠懸嚇了一跳，但她點點頭，重新拜託言耶：

「麻煩您了。」

她帶領三人到宮司的房間。首先看到的是地上凌亂的被褥，及脫放在一旁的作務衣。

「看樣子，是昨晚從祭典慶功宴回來，睡過一覺。」

「雖然不清楚他是幾點回來的，但即使只有短短幾小時，知道他有休息過，我就放心了……」

篠懸說著，似乎仍有什麼讓她無法釋懷。

「有什麼問題嗎？」

「祖父總是自己鋪床收床，居然丟著就離開，一定是匆匆趕著出門。」

「確實。」

言耶附和著，但看到亂丟的作務衣，他覺得被子鋪著沒收，反倒比較像宮司的作風。

「如果是去冥想，應該不用急著出門。」

聽到篠懸這番合理的意見，他不禁些擔心起來。

「有沒有其他不對勁的地方？」

篠懸將室內檢查一遍，發現櫥櫃裡少一套白色和服和水藍色和褲。

「看來，祖父果然是去冥想。」

「我去望樓瞧瞧吧？」

見篠懸仍無法擺脫不安，言耶提議道。

「謝謝。不過，沒關係的。我不想打擾祖父冥想，而且，或許他去了別的地方……」

「冥想的地點還有竹林宮和另一個地方，對吧？」

「是的。竹林宮的話，沒辦法從外面看出人是不是在裡面。另一個地方，是連我都不知道的祕密……」

「聽說，會冥想一整天？」

「地點不同，冥想的時間也會不同，在竹林宮比在望樓久，在第三個祕密地點又比在竹林宮更久。這樣形容雖然奇怪，不過，祖父說日常的冥想是在望樓進行，更高度的冥想則是在祕密地點……然後，雖然很少會這麼做，但有時會變換地點，連續冥想……這種情況下，冥想的地點會從大地方往小地方移動，也就是從祕密地點前往竹林宮，再前往望樓，或是反過來，從小地方往大地方移動。當然，要等到一地的冥想結束，才會前往下一地。」

她喘口氣似地暫時打住，又接著說：

「發生竹林宮的事故以後，比起冥想，祖父約莫更想祈禱吧……這樣的話，祕密地點才是最合適的地方。不過，祖父年歲已高，即使去了祕密地點，恐怕也沒辦法冥想那麼久。」

篠懸雖然如此回應，但看起來憂心忡忡。這時，大垣家捎來一個壞消息，簡直是屋漏偏逢連夜雨。

「閖揚村又發生食物中毒事件。」

去接電話的篠懸說，這次的原因也是茸菇湯。因爲發生過上次的事，這次由大垣秀壽親自挑選食材，沒想到還是發生了中毒事件。昨天喝了祭典中招待的茸菇湯，二十幾人嘔吐腹瀉。而且，這次有三個孩子症狀相當嚴重，言耶等人得知都很沮喪難過。

「有人故意摻進毒菇……」

偲喃喃低語，秀繼驚訝地倒抽一口氣。

「啊，不是。我不是在說令祖父。」

偲急忙補充道。

「我是猜想，雖然令祖父留意不讓毒菇混進去，但或許有人在挑選好食材之後，偷偷摻進毒菇……」

「只有這種可能了。」

秀繼一語斷定，但語氣很虛弱。

「大垣先生，你是不是回家一趟比較好？」

言耶提議，但秀繼搖搖頭：

「我是來工作的，不能拋下工作回家。」

「可是——」

「如果我這麼做，不僅無法幫上祖父，反而會挨他的罵。況且，即使我趕回家，也派不上什麼用場……」

除了言耶，偲和篠懸也勸秀繼回家看看，但秀繼堅持不肯。由於他耿直盡責，遇上這種狀況，更是特別難勸。如果宮司在場，或許能請他幫忙說服，可惜現在無法指望宮司的協助。

用完早飯，爲了愼重起見，言耶走到看得見望樓瞭望板的地方，但宮司不在那裡。接著他原本想前往竹林宮，不過就像篠懸說的，即使去了，也無法從外面確認，恐怕會白跑一趟，於是打消念頭。至於第三個祕密地點，他則是毫無頭緒。

唔，宮司也不是小孩了……

然而，這樣的樂觀態度，也只持續到午後下起的小雨慢慢停歇的傍晚時分。天都快黑了，宮司依然沒回來。言耶前往竹林宮，秀繼前往望樓查看。偲則前往聚會所，向留在那裡的縣警總部的刑警通知這件事。

從竹林宮外呼喚一聲後，言耶走進中央的草地，卻不見宮司的蹤影。而且，和言耶第二次去的時候相比，景色毫無變化。

望樓那裡，秀繼報告從外面確認瞭望板上沒人。他還爬上梯子，從地板的洞口查看望樓內部，但宮司果然不在，只晾著打開的雨傘和雨衣。

縣警的森脇刑警接到偲的通知，代爲通報御堂島警部，可是警方無法立即行動。

最後，宮司依舊沒回到籠室家。夜逐漸深了。

隔天早上，以爲只有籠室岩喜宮司會上去冥想、此外不會有人上去的望樓，發生了宮司憑空消失的離奇怪事。

# 第十三章　望樓的消失事件

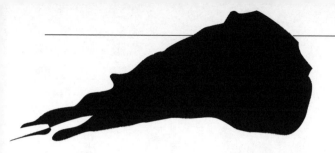

送別九月，迎接十月的第一天早晨，祖父江偲體恤無精打采的籠室篠懸，指揮刀城言耶和大垣秀繼也一起準備早餐，不料玄關突然吵鬧起來。

篠懸出去應門，隨即一臉蒼白地回來，當場癱坐。

「怎麼了？妳還好嗎？」

言耶急忙跑到她旁邊，偲也跟了過來。秀繼只是半彎著腰，不知所措。

這時，森脇與村田兩名刑警忽然現身，言耶登時湧起不祥的預感。

「其實……有人說，今早看到宮司從望樓掉下去。」

森脇以完全不帶感情的口吻，吐出驚人的消息。

「……」

聞此噩耗，言耶等三人完全說不出話。

「到底是誰看到的？」

言耶總算開口，森脇苦著臉回答：

「是一個名叫蓬萊、來歷不明的女人，究竟有多少可信度，我們也難以判斷——」

「蓬、蓬萊女士是……」

篠懸垂著頭，勉強擠出聲音似地應道：

「祖父提過，他在望樓冥想的時候，蓬萊女士都會從小屋的小窗守望著他……」

「有個叫佐波男的老漁夫說了一樣的話。」

是在潛靈祭爲宮司和言耶乘坐的小船划槳的老人。

「昨天你們通報宮司不知去向，爲求愼重，我們過來看看。」

「方便告訴我們詳情嗎？」

言耶提出請求。瞬間，森脇露出猶豫的樣子，旁邊的村田也朝他投以別有意味的眼神。或許御堂島警部指示，要他們協助刀城言耶，森脇切換了心情，以徹底公事公辦的語氣說明狀況。

森脇說，今早天亮前，住在臨時小屋的蓬萊聽到有人經過角上岬的腳步聲。宮司一向在黎明時分上望樓冥想，因此蓬萊從小屋窗戶往外仰望，瞥見水藍色的和褲一晃而過，有個穿白色和服的人走向海角前端，她覺得果然是宮司來了，十分開心。

平常的話，不用多久宮司就會走出瞭望板，這回卻遲遲沒現身。蓬萊正擔心出了什麼事，宮司總算出現，開始冥想，於是蓬萊安心照看著。但她也不是從頭到尾緊盯著瞭望板，由於還有些睏倦，她忍不住打起盹。

蓬萊昏昏沉沉地點了幾下頭，猛然驚醒時，發現瞭望板上的宮司不見了。

一般情況下，蓬萊會認為宮司是冥想結束，已進去望樓，這次卻不這麼想。因為從打盹中醒來，轉向望樓的瞬間，她瞥見疑似宮司的人影落向海角另一頭。

蓬萊聽篠懸說過，宮司並不擅長游泳，因此急忙離開小屋，走上角上岬，跑到前端處，探頭俯瞰賽場，目睹白色和服被波浪吞沒。

幾乎同一時刻，佐波男正在角上岬附近的海岸。他已不當漁夫，但還是按照長年的習慣來到海邊，查看黎明時分的海況。當時也是如此。不料，他看見蓬萊在海角前端揮舞雙手，像在跳奇怪的舞。若置之不理，怕她會掉進海裡，便走過去想把她帶回來，沒想到她比手畫腳地說「宮司大人從望樓摔下去」。佐波男急忙通知駐在所的員警由松，然後由松火速聯絡在聚會所過夜的森脇刑警。這就是大致的經過。

「我們正請村裡的漁夫協助搜尋望樓下方的海面。」

森脇這麼說，又道：

「但蓬萊似乎不是一般人，所以我們想過來進一步確認。」

於是，言耶再次向森脇說明昨天早上發生的事。

「宮司的房間裡，有使用過沒收拾的被褥，旁邊扔著換下的作務衣。我們請篠懸小姐檢查，發現櫥櫃裡少一套白色和服與水藍色和褲。」

「也就是說，宮司參加村子的慶功宴後，回家就寢。然後，在天亮前起床，換了衣服，前往望樓——」

森脇說到一半，露出驚詫的表情：

「意思是，直到今天早上，宮司冥想了整整一天嗎？」

「不，之前他好像沒去望樓。」

言耶說明，冥想的地點有三處，其中之一不知道在哪裡。森脇聞言，一臉苦澀。這下要查出宮司昨天的行蹤，得費好一番工夫。

「對了，前天晚上宮司是幾點回來的？」

「不、不清楚……我平常不會特別注意祖父回家的時間……」

說到這裡，篠懸再次崩潰坐倒，還號啕大哭起來。偲立刻挨近她身邊，輕撫她的背。

「總之，先請篠懸小姐躺下休息片刻，可以嗎？」

言耶徵求許可，森脇應道：

「當然。御堂島警部過來之前，請在這裡休息吧。」

「祖父江小姐，方便麻煩妳嗎？」

在言耶拜託之前，偲早已溫柔地扶起篠懸。兩人很快就離開廚房。

「刑警現在要去望樓嗎？」

「唔，是啊。」

森脇回答的語氣總有些含糊，應該是在提防言耶冒出「我能不能一起去」的請求。

「我不會給各位添麻煩的，請讓我一起去。」

言耶雖然姿態放得很低，卻頗爲強硬，森脇等人拗不過，還是同意了。村田依然憂心地望著前輩。

離開村子，來到海邊一看，到處都是人，根本不是豬靈祭那時候能相比的。尤其是角上岬，更是擠滿密密麻麻的村民。

這是……

言耶正在詫異，發現許多女人和小孩混在其中，才察覺人多的理由。

「讓開、讓開，警察來了！」

守在海角根部等待森脇與村田的駐在所員警由松，粗魯地驅趕村人。看到言耶跟了過來，他露出驚愕的表情。

「狀況如何？」

森脇應該看到了由松的反應，卻未加理會，只冷冷詢問宮司的搜救狀況：

「後來有什麼進展嗎？」

「不，很遺憾，沒有新進展。衣物之類的，也還沒找到。」

言耶一行人沿途分開村人，好不容易走到望樓。

從海角前端俯瞰賽場，上面漂浮著十幾艘小漁船，許多男人輪流潛入海中。然而，浮出海面的人，每一個都在搖頭。這樣的情景再三上演。

「我可以上去嗎？」

言耶仰望著望樓問。這下連森脇也皺眉拒絕：

「在御堂島警部抵達之前不可以。」

「我想也是。」

言耶並未失望，反倒提出一項建議：

「森脇刑警應該早有想法，但在警部抵達之前，我們先調查一下，宮司前天晚上到今早的行蹤如何？」

「我們？」

言耶敏感地察覺森脇的語氣變化，便進一步遊說：

「前天晚上，宮司先生爲了參加祭典的慶功宴，宮司從籠室家前往村裡，這一點不會錯。問題是宴會場地分成好幾處，而且隨著夜深，場地可能變得更多。也就是說，要調查宮司的行蹤，需要不少人力。大部分的警力都在昨天撤離，我們雖然勢單力薄，或許還是能有一些貢獻。」

面對於言耶這項提議，森脇似乎相當猶豫。若要說的話，原本像是想駁回，但聽到言耶說「最好趁記憶猶新的時候打聽」，才似乎下了決心。

經過一番討論，他們兵分兩路。森脇等人請祭典執行委員會協助，依每個宴會場地製作名單，進行詢問。然後，言耶等人打電話給返家的強羅五人幫，確定宮司離開籠室家之後的行蹤。

光是進行這項作業，幾乎就耗掉一整個上午。言耶和秀繼暫時回到籠室家，向偲打聽篠懸的情況。接著，用了幫傭準備的早餐兼午餐，言耶再與秀繼一同前往縣警總部的刑警所在的村中聚會所。

附帶一提，賽場的宮司搜索行動，暫時在上午結束。漁夫們說，遺體被沖進絕海洞裡的可能性很大。因此，從下午開始，將派小船進入絕海洞的三途河進行打撈。

言耶和森脇等人在聚會所交換情報，進行整理。他們發現下述的奇妙事實。不過蓬萊沒有鐘表，對時間的掌握也很模糊，所以她證詞中提到的時間，都是推估。

---

前天晚上七點左右，包括宮司在內的強羅五人幫離開籠室家，前往村子。在家的時候，宮司像平常一樣喝酒，然而不知為何，從途中開始就不喝了。

同日晚上七點十分左右，五人幫分頭前往總共六處的宴會場地。這時，宮司去了「磯屋」。

同日晚上七點二十分左右，宮司離開「磯屋」。他在「磯屋」滴酒未沾。

同日晚上七點二十分至五十分左右，宮司到「磯屋」以外的五處宴會場地露面，但在每個地方都沒久坐，也沒喝酒。

同日晚上七點五十分以後，宮司不知去向。六處宴會場地都沒人看到他。包括五人幫在內的所有村人，都以爲宮司在別的宴會場地。

同日晚上？點左右，宮司回到籠室家。他的房裡有脫下的作務衣，被褥鋪著沒收，有躺過的痕跡。

昨天上午？點左右，宮司起床。換上白色和服與水藍色和褲，離開家門。

同日上午至晚上整整一天，宮司行蹤不明。

今日上午五點三十分左右，蓬萊目擊宮司走向望樓。

同日上午五點三十五分至四十分左右，宮司走出瞭望板。

同日上午七點左右，宮司自瞭望板墜落？

同日上午七點多，佐波男目擊蓬萊在角上岬，彷彿在跳舞。

---

當中有兩大謎團。首先是「前天晚上七點五十分以後，直到回家前的這段期間，宮司到底去了哪裡？」在那裡做什麼？或是見了誰？什麼事那麼重要，甚至必須溜出宴會？

宮司沒喝酒，是約好要和某人見面——這樣的看法占了優勢。那麼，他到底是去哪裡和誰見面？事情鬧得這麼大，那個人爲何不出面？

村田刑警立刻去了笹女神社一趟，詢問篠懸知不知道詳情。篠懸提到龜茲將的名字，村田問她理由，她卻搖頭說「不知道」。村田更執拗地追問，換來偲的一瞪：「不要糾纏篠懸小姐！」村田忍不住抱怨，不必說，言耶替偲道了歉。

關於這個問題，言耶認爲，追查有無其他人在前天晚上七點五十分以後行蹤不明，相當重要。森脇同意這一點，決定在御堂島等人抵達以前，更進一步詢問村人。

第二個謎團是：「昨天一整天，宮司到底在哪裡做什麼？」不過，對於這個問題，有個蓋然性很高的解釋，那就是宮司去冥想了。若要提高蓋然性，或許應該說「宮司在沒人知道的第三個地點冥想」。

附帶一提，言耶是這麼推測的：

「或許宮司預定的計畫是，從昨天天亮到傍晚，在第三個地點冥想，然後昨天傍晚到今早，在竹林宮冥想，接著今早在望樓冥想。」

聽到這話，森脇頓時想通：

「所以宮司累了，不慎從望樓墜落，是嗎？」

儘管這麼回答，他的表情卻不甚信服，言耶不禁感到躁動難安。

「難道您認爲不是意外事故？」

「站在警方的立場，不能妄下論斷。因爲從前天晚上開始，宮司就行蹤不明，加上還有及位廉也的案子。」

儘管如此，對於望樓的密室狀況，森脇卻完全不認爲是問題。言耶不由得擔憂，御堂島會不會也同意森脇的看法？如果要研究他殺的可能性，這個密室之謎將成爲重大的阻礙。

下述內容，是將蓬萊和佐波男的證詞整理得更詳細的版本。如同前述，時間的部分多爲推估。

---

今天天亮之際（事後確認爲上午五點三十一分），蓬萊注意到有人經過角上岬，朝望樓走去。她從臨時小屋的窗戶探頭看岩壁上方，瞥見白色和服與水藍色和褲，心想是宮司來了。

同日上午五點三十五分左右，宮司走上望樓。平常的話，他立刻會出現在瞭望板上，這天卻遲遲沒從望樓小屋出來。

同日上午五點三十五分至四十分左右，宮司總算出現在瞭望板上。他抬頭挺胸，擺出跪坐的姿勢。像平常一樣，雙手在身前合掌，看似進入冥想。

同日上午七點左右，蓬萊稍不留神，宮司的身影突然從瞭望板上消失。在此之前，蓬萊留意到宮司的姿勢有些歪斜，擔心宮司是否身體不適。蓬萊睏倦不小心垂頭睡著，似乎只有短短幾秒。她作證表示，目光絕對沒離開宮司太久。

這裡的問題是，蓬萊並未目擊到宮司從瞭望板落下的瞬間。她只看到有東西消失在海角的另一側而已。但她相信那就是宮司，急忙爬上海角，跑向望樓，立刻俯視賽場，目擊到即將消失在浪頭間的白色衣物。

同日上午七點多，在天亮的同時醒來的佐波男，結束每天在村裡例行的散步，一如往常來看海，發現蓬萊似乎在角上岬前端跳舞，連忙上前關心，不料蓬萊比手畫腳地告訴他宮司從瞭望板掉下去了。佐波男俯瞰賽場尋找，卻沒看到類似的人影。爲了愼重起見，他爬上望樓，但小屋裡沒人。接著他便去通知駐在所。

---

這裡的問題是，蓬萊看見宮司走向望樓，到她跑到角上岬前端的這段時間，都沒看見任何人。換句話說，從上午五點三十分左右，到佐波男來查看情況的上午七點多，角上岬和望樓只有宮司一個人。

從這樣的狀況，及蓬萊的目擊證詞——宮司的姿勢有些歪斜——望樓的墜落事件視爲意外事故較爲妥當。這是最合理的解釋。但如果再加上竹林宮的及位廉也離奇餓死案，及宮司從前天晚上便下落不明等事實，事故的解釋便頓時顯得可疑起來。對於這一點，言耶和森脇意見相同。

假設及位廉也是他殺，宮司有沒有可能是遇上相同的遭遇？當然，是同一名凶手下的手……

兩人萌生一樣的疑惑。

「不過，那個叫蓬萊的女人說的話有幾分可信度？」

森脇似乎不太相信身爲目擊者的蓬萊。

「她是從在角上岬根部的岩壁底下的臨時小屋，用仰望的姿勢看向瞭望板，對吧？那樣的視野有限。如果宮司的死是他殺，那個女的非常有可能沒看到凶手進出望樓。」

「沒錯，但假設是他殺，宮司就是從瞭望板上被凶手推下去。」

言耶確認這一點，森脇默默點頭。

「蓬萊女士看到宮司先生墜落，急忙從小屋跑到海角，再遲也是十幾秒的事。那麼，凶手必須在這段期間爬下望樓，從海角前端逃到根部。倘若不想被蓬萊女士看到，不只是跑到海角根部，還必須逃進村子裡，要在短短十幾秒內辦到是不可能的。不管跑得再快，也需要一分鐘左右吧？」

「唔……」

或許是在腦中描繪角上岬的情況，森脇流露思考的神情，低聲說：

「即使全速衝進村子，確實至少需要一分鐘。」

「蓬萊女士的時間概念很模糊，但她說看見宮司墜落以後，到她爬上海角、跑向望樓底下，這段期間都沒有看到凶手，我認爲應該是眞的。」

森脇又默默點頭。

「在佐波男先生趕到以前，蓬萊女士都在海角前端。即使凶手還躲在望樓上，也無法偷偷溜走。然後，佐波男先生去檢查望樓，確定裡面沒人。」

「會不會是凶手殺害宮司以後，也跳入海中？趁蓬萊爬上海角的期間跳下去，便不必擔心會被看到。」

「凶手會把宮司推下瞭望板，不就是認爲人掉進布滿礁岩的淺灘『賽場』，就必死無疑嗎？」

「這……」

「那麼，即使是爲了逃離現場，凶手會做出那麼危險的行動嗎？」

森脇沉默片刻，應道：

「凶手一定是很平常地進出望樓，只是蓬萊疏忽沒看見罷了。」

最後，森脇做出十足警方風格的結論。

「對了——」

言耶認爲，繼續和他討論下去也沒意義，於是提出耿耿於懷的疑問：

「您會認爲宮司可能是遭到他殺，是因爲有及位廉也先生死亡，加上宮司從前天晚上就下落不明嗎？」

「什麼意思？」

森脇反問，眼神莫名銳利。言耶看出旁邊的村田異常緊張，確定其中必有隱情。

「如果現場完全沒有第三者進出，警方一般不是會判定是事故或自殺嗎？」

「這要看案子。」

「而且，這次目擊者並未看到凶手推落被害者的瞬間。蓬萊女士目擊到的，是疑似墜落的宮司身影。」

「你到底想說什麼？」

「我只是忽然好奇，除了這兩個疑問以外，警方是不是在望樓上發現某些他殺的事證……？」

「哦？」

森脇細細打量言耶一番，雖然有些遲疑，最後還是明確表示：

「在御堂島警部抵達以前，我無可奉告。」

瞬間，村田露出鬆一口氣的表情。他一定是在擔心前輩說溜嘴。

接下來沒多久，御堂島本人就抵達了。聆聽森脇報告時，他的神情非常嚴峻，但結束後便恢復如常，向言耶招手：

「我現在要去望樓，你也要去嗎？」

「可以嗎？」

言耶喜出望外，但還是再次確認。

「現場的鑑識作業已完成，沒問題。」

御堂島的回答很冷淡。可以同行的只有言耶一個人，秀繼不能跟去，因此他直接返回籠室家。

從聚會所前往望樓的路上，言耶把他和森脇討論的內容告訴御堂島。

「我也反對現階段就斷定宮司的死亡是單純的事故。」

御堂島首先這麼表態。

「不過，關於老師指出的望樓與海角的密室狀態，我傾向支持森脇的看法。」

「也就是蓬萊女士漏看了凶手……？」

再怎麼想都不可能吧？言耶的語氣彷彿如此質疑，但御堂島不爲所動：

「我更在意的是，如果這是一起他殺案件，目擊者爲什麼沒看見應該在瞭望板上的凶手？」

「如果凶手持凶器毆打坐在瞭望板前端的宮司，隨即折回望樓，這段期間蓬萊女士剛好移開視線，而宮司從瞭望板落下之後，她很快又轉回視線的話，也並不奇怪——」

「你眞的相信這種巧合？」

言耶露出頑童般的表情說：

「同樣地，目擊者蓬萊女士剛好沒看見凶手逃離海角的身影，不也很巧嗎？」

言耶防備著御堂島會不會動怒，但他是白擔心了。

「逃離海角，和在瞭望板上推落被害者，狀況相差太多。」

「但也不能說前者比較輕鬆，後者比較困難。反倒是恰巧沒目擊到推落被害者的那一瞬間，比目擊者遺漏凶手從望樓逃向村子的身影要自然多了。」

「我懂了。」御堂島相當機械化地點點頭，「但老師應該也不認爲，瞭望板上的凶手沒遭到目擊，是單純的巧合吧？

「是的，其中必定有什麼理由。只是，我還不清楚那是不是凶手布置的機關——」

兩人聊著聊著，來到望樓底下。

建在角上岬前端的望樓，是在以四根柱子支撐的木造高台上，蓋了座類似山中小屋的建築物，再延伸出一塊長板子，外形相當詭異。

造成這種印象的主因，無疑是瞭望板。

負責看守的駐在所員警由松，俐落地向御堂島敬禮，言耶則目不轉睛地仰望著望樓。當然，由松對他視若無睹。

警部輕輕回禮後，立刻爬上梯子。梯子在望樓正下方，恰好位於四根柱子中央。

嘰、嘰……傾軋聲響徹四下。雖然高度只到一般民宅的二樓，但那聲響相當可怕，讓人不禁懷疑起安全性，而不敢爬上去。

言耶等御堂島完全爬上去以後，向由松行了個禮，踩上梯子。

嘰——

更尖銳的聲音響起，言耶嚇一跳。但他同時想到，有必要問一下蓬萊是否聽到這聲音。看來，即使言耶本人否認，這也證明他對探案愈來愈得心應手。

往頭頂一看，梯子上方開了個四方形的洞口。御堂島正從那裡往下看，表示他多少還是關心言耶的安全嗎？

言耶邊數邊爬梯子，總共是十三階。若在西方，或許很不吉利，但在這裡應該沒有特殊意義。

從洞口探出頭，只見小屋裡意外狹窄。南方的正面牆壁面對大海，開了一個房門大小的長方形空間，瞭望板就從那裡延伸出去。除了正面以外，其餘三面都是木板牆，沒有半扇窗戶。人字形屋頂底下，是普通的屋頂內側。

唯一的家具，只有放在北牆東側的櫃子。在〈望樓幻影〉的怪談中，櫃裡放著手巾、可供更換的衣物和雨傘。令人在意的是，櫃子並非緊貼在東北角，而是靠近中央的洞口。

爲什麼要擺在這種不上不下的位置？

言耶心生疑惑，正要走向櫃子，卻發現通往瞭望板的出口左側牆邊，整齊擺著疑似宮司的草履（註）。

「啊……」

瞬間，言耶輕呼一聲。

因爲宮司的草履上，放著一艘竹葉船。

註：日本傳統的平底夾腳鞋。

# 第十四章　竹葉船

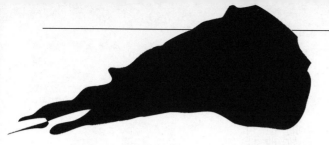

「就是這個嗎？」

刀城言耶喃喃低語，見御堂島警部面露疑惑，他便說：

「我一直不明白，爲什麼森脇刑警會懷疑宮司是遭到他殺。現在我總算瞭解，他判斷的依據是遺留在現場的竹葉船。」

接著，言耶迎視著御堂島問：

「警部認爲，這是連續殺人案件嗎？」

「只憑兩只竹葉船？」

儘管語帶質疑，但從御堂島身上感覺得出，他並未完全否定言耶的言論。

「我一直以爲，及位先生襯衫胸袋裡的竹葉船，是他自己放進去的，因爲當時這是最有可能的推測。然而，宮司草履上的竹葉船，不可能是他自己放的。雖然有必要進一步確認，但他在走出瞭望板之前，刻意在草履上放一只竹葉船？實在不太可能。那麼，及位先生身上的竹葉船，也相當値得懷疑。」

「你認爲兩只竹葉船都是凶手刻意留在現場的？」

「如果是的話，就是一種犯罪聲明吧。」

御堂島聞言，露出極諷刺的神情說：

「兩起案子都無法明確斷定是他殺。從現場狀況來看，事故的可能性更大。現階段還不清楚，竹葉船是否爲凶手刻意布置的。但在這兩起案子裡，視爲意外不是比較自然嗎？」

「若是刻意將他殺布置成意外，當然是這樣。」

「然而，凶手卻又在現場留下犯罪聲明嗎？」

「互相矛盾呢。」

御堂島似乎已看出，言耶嘴上這麼說，依舊推測竹葉船是凶手的犯罪聲明。

「假設竹葉船眞的是凶手留在現場的，到底是爲了什麼？」

「儘管期盼命案幸運被當成意外處理，仍想低調主張這是出於正當動機的殺人——是這樣的心態嗎？或許，竹葉船反映出凶手複雜的心理狀態。」

「這種情況下，竹葉船本身有意義嗎？」

「有的。即使我們難以理解，竹葉船想必也承載了在凶手眼中顯而易見的訊息。」

言耶望著草履上的竹葉船說：

「如此重要的東西，外觀卻是單純的小竹葉船，也很平常地供奉在村中的稻荷祠堂與地藏像前。換句話說，不管是被害者帶在身上，還是留在現場，幾乎都不會引人注意。」

「雖然不引人注意，從某些角度來看，卻是意義深遠。」

「在這樣的案件中，做爲留在現場的犯罪聲明，或許再理想不過。」

御堂島聞言，環顧了一圈望樓小屋內部，說：

「這座望樓和竹林宮一樣，是老師所提的密室。」

「我可以四處看看嗎？」

徵得警部的同意，言耶巡過望樓的四個角落，檢查四面牆壁，接著查看屋頂內側和地板，卻毫無所獲。

「我可以打開櫃子嗎？」

言耶再次取得同意，從最底下開始，依序打開四層抽屜。第四層抽屜放著雨傘，第三層放著雨衣，第二層放著手巾之類，第一層收著作務衣，沒看到特別奇怪的東西。

「第四層抽屜的雨傘和第三層的雨衣，是原本就放在櫃子裡嗎？」

「我沒有特別接到報告，應該是吧。」

「昨天傍晚我們分頭尋找宮司，大垣先生來查看，發現小屋裡晾著雨傘和雨衣。」

「這邊有下雨嗎？」

「昨天下午下起小雨，直到傍晚才停。」

「那麼，宮司是在下雨的期間，撐著傘來到望樓嗎？」

「接著在冥想結束後，去了其他地方。當時雨已停，所以他把傘晾起來。今早他再次前來望樓，把晾乾的傘收進櫃子裡。」

「很合理。那雨衣呢？」

「既然撐傘，就不需要雨衣。下大雨還說得過去，但昨天下的是綿綿細雨。那麼，比較自然的推測，是有個穿雨衣的人，來找冥想中的宮司。」

「是凶手嗎……？」

言耶點了一下頭，卻陷入沉思，於是御堂島問：

「有什麼問題嗎？」

「凶手到底來望樓做什麼？都特地來到這裡了，爲什麼不直接在那時候殺害宮司？」

「既然雨衣也晾在小屋裡，兩人應該是和睦地離開望樓。」

「還有，冥想的地點——」

言耶說出篠懸告知的三個冥想地點的差異，接著道：

「宮司不是從大地方到小地方，也就是從祕密地點前往竹林宮，再前往望樓，如此變換冥想地點，不然就是從小地方往大地方移動。但如果昨天下午到傍晚之間，宮司在望樓，順序就不對了。」

「望樓會變成第二個嗎？」

言耶再次點頭，御堂島面無表情地看著他說：

「我知道你想表達什麼，但我不認爲這件事有多重要。從前天晚上到今天早上，沒有任何人看到宮司，根據這個事實，可確定宮司幾乎都待在祕密的冥想地點。不過，或許他出於某些想法，期間也去了竹林宮和望樓。」

「篠懸小姐說，必須結束一個地點的冥想後，宮司才會前往下一個地點。」

「好，這件事先擱下吧。其他你還注意到什麼嗎？」御堂島乾脆地打住話題。

「這個櫃子本來是貼著角落擺放，又刻意移動到這裡嗎？」言耶轉換心情，指著東北角問。

「鑑識人員是這麼認爲。」

「是凶手移動的嗎？」

「沒辦法看出這麼多，但宮司有理由移動櫃子嗎？」

言耶走進東側牆壁與櫃子之間的空隙。

「剛好可容一個人站立。」

言耶一坐下，整個人就被櫃子遮住。

「警部，不好意思，可以勞駕您稍微爬下梯子，再爬上來嗎？」

意外的是，御堂島毫無怨言地照著言耶的請求行動。

「如何？」

「老師的位置在我的左斜後方，光是爬上梯子，根本看不見你。不過，如果只是想躲起來，沒必要搬動櫃子吧？靜靜站在洞口和北牆之間就行了。那樣等於是站在爬梯子上來的宮司正後方。」

「是啊。我是在思考，若凶手比宮司早一步前來，躲在小屋裡，至少不會被蓬萊女士看見——」

「意思是，凶手一開始就考慮到被蓬萊目擊的風險嗎？」

「只要是村人，都知道她會守望著宮司冥想吧。」

「似乎是這樣。」

「那麼，凶手就不能忽略蓬萊女士。」

言耶走到櫃子旁邊，站在地板的洞口與北牆之間。

「回到正題，就像警部說的，比起躲在櫃子的隙縫間，站在這裡更妥當。」

「假設凶手事先躲在這裡，等宮司來了以後，他會怎麼做？」

「問、問題就在這裡。」

言耶突然露出困擾的表情。

「在這裡埋伏的凶手，不管是從背後攻擊，或只是打昏宮司，一般都會把人從瞭望板推下賽場。」

「應該吧。」

「然而，宮司從瞭望板上消失前，蓬萊女士卻看見他跪坐在上面的身影。」

「意思是……？」

「假設到攻擊宮司之前的過程都一樣，但凶手只是讓宮司昏迷而已。然後，凶手將被害者搬到瞭望板上。經過一段時間，宮司雖然恢復意識，但神智尚不清楚，便失去平衡摔落。」

「十分順理成章。」

「是的。但這與蓬萊女士說，她看到宮司坐在瞭望板上的證詞，並不吻合。」

「她說宮司抬頭挺胸坐在上面。」

「這種情況下，應該是像平常一樣跪坐吧。」

「換句話說，宮司是憑自身的意志走出瞭望板。他遭人攻擊，是在這之後的事，對嗎？」

這時，御堂島說出言耶尚未知曉的蓬萊的證詞：

「其實，蓬萊目擊到宮司出去瞭望板的過程。」

「咦……」言耶大吃一驚。

「她說宮司是以跪坐的姿態，移動到瞭望板前端。」

「或許就像在茶室裡跪坐著，雙手撐在榻榻米上移動的狀態。」

「五人幫證實，宮司年輕的時候是走到板子前端，然後坐下，但上了年紀以後就不用走的。」

「原來是這樣——啊，警部，這麼重要的情報居然不告訴我，豈不是太過分了嗎？」

「聽老師做出各種推理很有意思。」

御堂島輕巧地閃避言耶的抗議。

「這也——」

言耶還想追究，御堂島隨即說：

「接下來的問題是，凶手是如何將坐在瞭望板前端的宮司推落的？」

聽到御堂島拋出的疑問，言耶的腦袋立刻被這個問題占據。

「首先可以想到的是——」言耶走到瞭望板的尾端，望著前端說：「用及位先生拿的那種長竹竿，從望樓裡戳宮司的身體。」

「在冥想中突然被用力一戳，確實很危險。」

「但被害者不是站著，而是坐著，只是拿竹竿戳一下，眞的就會摔下去嗎？」

「如果是毆打頭部呢？」

「導致摔落的可能性當然更大，但瞭望板足足有兩公尺長。」

言耶站在瞭望板板子尾端說：

「從這裡拿竹竿敲打頭部，力道能有多大？」

「換成木材呢？」

「成功率會高一些，但要從哪裡弄來木材？」

「不是有小船的槳嗎？」

御堂島指出，言耶儘管同意，又說：

「不管怎樣，帶著那麼長的凶器行動，不是很引人注意嗎？」

「所以凶手才像老師說的，先躲在這裡埋伏。」

「那樣的話，表示凶手早就知道宮司今早會在這裡冥想。」

「或是，凶手把宮司約來這裡。」

「說到把人約出來，前天晚上宮司古怪的行動，就像是離席赴約。有人趁著宴會上每個人都不注意的時候，指定時間地點，把宮司叫出去。您不這麼認爲嗎？」

「警方也持相同的看法，但這跟今早的案件到底有什麼關聯？」

「凶手在找宮司出去以前，就知道他今早會來冥想。因此，前天晚上凶手讓宮司服下遲效性的藥物。雖然不清楚是安眠藥還是毒藥，不過是會在冥想期間生效的藥物。這塊土地似乎有蛇顏草、幽鬼菇等其他地方沒有的藥草，或許可調配出這類藥物。蓬萊女士證實，宮司在墜落前姿勢有些歪斜，會不會就是受到藥物影響？」

「經過一天半才生效的藥嗎？」

「或許是在昨天讓他服下的。」

「不管怎樣，我們會調查看看。」

「前天晚上或昨天，凶手讓宮司先生服下藥物，然後今早搶先抵達望樓，算準藥效開始作用的時間，用竹竿戳宮司的身體。」

「這樣的話，光是讓宮司服藥也就夠了吧？」

「只要藥物生效，宮司就會掉下去，但這推論還是不夠確實。」

「不過，這未免太拐彎抹角了。」

「會採用這種方法，當然是爲了讓蓬萊女士目擊。」

「凶手認爲使用細竹竿，從蓬萊的小屋看不到嗎？」

「在她看來，宮司是身體突然歪斜，從瞭望板上摔落，也就是意外事故。」

「確實有理。」御堂島雖然同意，表情卻頗爲苦澀。

「蓬萊習慣日出而起，日落而寢，對白天發生的事瞭若指掌，卻偏偏錯過宮司從瞭望板摔落的那一幕。對兇手來說，這應該是失算，但對於我們，也是一大損失。因爲最關鍵的時刻，她什麼都沒看見。」

「這只是我的感覺——」

言耶意味深長的話，引得御堂島露出訝異的表情。

「我覺得在這起案件中，兇手的運氣好得驚人。」

「喂喂喂，別說喪氣話啊。」

御堂島不知是否刻意，露出凌厲的眼神說：

「而且，還有個重要的未解之謎，也就是兇手如何避開蓬萊的視線，逃離這座望樓。」

「意思是，警部同意望樓是一種密室——」

「我之前提過，這是老師的專門領域。」

御堂島斬釘截鐵地說完，直截了當地問：

「如果是他殺，你認爲嫌犯是誰？」

「倘若密室是我的專門領域，揪出兇手不是警方的拿手絕活嗎？」

言耶回敬一句，警部難得輕笑了一下：

「我似乎可以理解爲什麼鬼無瀨會欣賞你了。」

「這、這樣嗎……？」

「嫌疑最大的，應該是『竹屋』的龜茲將吧。」

御堂島冷不防提到將的名字，言耶嚇了一跳。

「再來，就是『英明館』的編輯大垣秀繼。」

「怎麼會……？」

「警方在及位廉也餓死案件的問案過程中，查出龜茲將、大垣秀繼與籠室篠懸的三角關係，包括宮司成為阻礙的事。不過，這與及位的命案似乎無關，因此我們沒進一步追查——」

「請等一下，龜茲將先生確實有動機除掉宮司，但如果這是一起連續殺人案，表示他也殺害了及位廉也先生，豈不是太奇怪了嗎？」

「沒錯，目前龜茲將並沒有殺害及位廉也的動機。」

御堂島乾脆地同意，於是言耶繼續說下去：

「您提到的大垣秀繼先生，也沒有任何動機吧？」

「及位廉也命案的頭號嫌犯仍是籠室宮司，但大垣秀繼同樣有殺人動機。不過，宮司的動機是想保全神社的名聲，大垣則是想保護篠懸。」

御堂島的分析頗有道理，因此言耶有些焦急地反駁：

「不，大垣先生有確實的不在場證明。及位廉也先生離開笠磐寺，下落不明，是九月二十三日的事。一個人要餓死，至少需要四、五天。而遺體是在二十八日被發現，剛好是從二十三日數來的第五天。也就是說，及位先生從二十三日相當早的時間，就被關在竹林宮的密室裡。但二十三日那天，大垣先生還沒抵達犢幽村。那天，他在野津野的鯛兩町等我和祖父江小姐抵達。換句話說，他根本沒機會殺害及位廉也先生。」

御堂島想了一下，應道：

「在及位廉也命案中，有不在場證明的人，或許只有大垣秀繼。」

聽到御堂島這麼說，言耶放下心。然而，御堂島下一句話又把他嚇壞了：

「那麼，是籠室篠懸下的手嗎？」

「這、這太荒唐……及位先生也就罷了，宮司可是篠懸小姐的親祖父啊！」

比起驚訝，言耶更感到憤怒。

「爲了心愛的男人殺害親人的例子，比比皆是。」

御堂島冷冷地說，言耶連忙補充：

「但她和這兩個男人之間，看起來幾乎沒有這樣的戀愛關係。何況，這不是我的觀察，而是祖父江小姐的意見，應該相當可信。所以，不可能有您所說的『爲了心愛的男人殺人』的動機。」

御堂島不發一語。

「首先，有必要找出同時有動機和機會，殺害及位廉也先生和宮司的人。」

沒想到，御堂島唐突地宣告：

「有動機和機會犯下兩起命案的人，由我們去追查。老師盡全力破解兩個密室之謎就行。」

接著，他打手勢催促言耶離開望樓。於是，言耶問：

「離開之前，我可以出去瞭望板瞧瞧嗎？」

看到言耶懇求的眼神，御堂島不禁瞪大眼睛：

「老師，你眞的很瘋狂。」

「爲了日後參考，我想看一下。」

「不是爲了破解案情嗎？」

御堂島嘴上叨念，還是點頭同意。因此，言耶當場四肢跪地，慢吞吞地爬出瞭望板。

這……太可怕了。

還沒爬過一半，正下方已是賽場。到底有幾十公尺高？

不能往下看。

言耶從四肢跪地的狀態，慢慢直起身子、盤起腿，接著藉雙臂的力量一點一點地在瞭望板上前進。

宮司也是像這樣移動嗎？

言耶望著大海，抵達板子最前端的時候，右邊的視野豁然開朗。他十分意外，忍不住望向西邊，恍然大悟。

絕海洞所在的斷崖絕壁剛好中斷，西側的外海映入眼簾。

原來這塊板子的功用在這裡。

如果在板子前端吊上篝火，航行外海的船隻還沒進入犢幽村的礁岩地帶，就能看見火光。即使在角上岬的前端同樣掛上篝火，火光應該也完全傳不出去，派不上用場。在望樓上也一樣。

既然如此，伸出一根長鐵棒不就夠了？

根本沒必要架這樣一塊板子吧？言耶納悶不已。

「老師，你入定了嗎？」

聽到御堂島的呼喚，言耶決定折返。他一邊後退，一邊俯視絕海洞，卻看不見半艘小船，大概是進入洞內搜尋了。

兩人離開望樓，來到角上岬的根部時，言耶出聲徵求同意：

「我可以去蓬萊女士的小屋看看嗎？」

對於他的熱忱，御堂島半是詫異，半是佩服：

「她好像聽得見，但不會說話，而且個性乖僻。警方問案時，費了極大的工夫。」

御堂島雖然同意言耶的要求，但也這麼提醒。

「那麼，是透過筆談問話嗎？」

「老師很擅長寫東西吧？」

「其實我要請教蓬萊女士的問題並不多。」

臨時小屋裡的蓬萊，是否聽見爬上望樓的梯子發出嘰呀聲，這個疑問已解開。來到海角根部時，他馬上看出浪濤聲太大，不可能聽見。

「那你要問什麼？」

「我想確認，從小屋真的看得到望樓嗎？」

兩人不是直接走下海角根部的岩壁，而是繞到海邊，再走向蓬萊的小屋。言耶主張，這樣看起來比較像「正式訪問」。

「妳好，打擾了。」

言耶從屋外打招呼，不久後，簡陋的木門靜靜開了一條縫，伸出只露出一隻眼睛的布袋頭。

「……」

看到那詭異的模樣，言耶不由得語塞，但也只是一瞬間而已。他流利地自我介紹、說明宮司的事以後，便進了小屋，將傻住的御堂島留在屋外。

言耶要問蓬萊的問題只有兩個。

宮司在望樓冥想的時候，需要用到竹葉船嗎？

從昨天下午到傍晚，宮司上去過瞭望板嗎？

面對這兩個問題，蓬萊的回答都是「不」。關於竹葉船，估計蓬萊也無從知曉，但她明確地做出「不」的表示。宮司似乎提過好幾次冥想的事，強調「身無長物地冥想」是很重要的。因此，她相信宮司在祕密地點，一定是全裸冥想。她說，總之不需要用到竹葉船，並且非常確定昨天下午她沒在海角看到宮司。

言耶取得蓬萊的同意，進入小屋。側開的木板門旁靠放著一根竹竿，似乎是用來擋門的。會刻意從屋內鎖門，恐怕是身爲是女人，必須格外小心的緣故。這根竹竿反映出，即使成爲棄世的隱士，現實依舊殘酷。

言耶靠近窗戶，仰望角上岬和望樓。他不斷轉動頭部，試著從各種角度去看，引得蓬萊哈哈大笑，大概是模樣十分滑稽吧。

於是，離開小屋的時候，言耶已和蓬萊打成一片。御堂島饒富興味地看著這一幕。

「讓您久等了。」

言耶對御堂島說。兩人離開小屋，不約而同地走在岸邊。御堂島頗感興趣地說：

「你這個人眞的很奇妙。」

「怎麼突然這麼說？」

言耶訝異地問，但御堂島表情十分嚴肅。

「不，我只是覺得──或許你確實很適合當偵探。」

他唐突地說，又問：

「可以告訴我有什麼發現嗎？」

言耶猶豫著該如何反應，最後判斷只需要回答後面的問題就行。

「首先，從小屋的窗戶只能看到瞭望板的前半段。如果眞的有凶手，可靠近到板子一半左右的地方。」

「從板子一半的地方，用細竹竿也可推落宮司嗎？」

「比從望樓裡伸出竹竿，成功率更大。前提是，凶手早就知道從蓬萊女士的小屋看出去是什麼景象。但除了宮司以外，還有別人知道嗎？」

「我們會調查。」

「第二點，凶手並不是非得先進入望樓埋伏宮司不可。即使等到宮司上去以後，也可在不被蓬萊女士發現的情況下，靠近望樓。」

「躡手躡腳地經過海角嗎？」

「也行，但只要蓬萊女士從小屋窗戶往外看，當場就會曝光。」

「尤其是宮司走出瞭望板的時候，一定會被發現。」

「今早她作證說，『瞥見水藍色的和褲後，有個穿白色和服的人影走到海角前端』。先看到下半身的和褲，才看到上半身的衣物。而且，和褲只是驚鴻一瞥。我從小屋窗戶看出去，發現如果有人經過海角，幾乎只看得到上半身。」

「也就是說，只要趴在地面前進，就避開蓬萊的視線，進出望樓嗎？」

「有必要確定一下，不過應該就是如此。只是——」

言耶含糊其詞。御堂島雖然猜出他接下來要說什麼，還是問道：

「什麼？」

「宮司爬上望樓，出去瞭望板，然後消失，緊接著蓬萊女士跑到海角上。在這種狀態下，應該還留在望樓的凶手，到底是如何逃走的？這個謎團依舊無法解釋。行凶時的角上岬與望樓一樣仍是密室狀態。」

# 第十五章　絕海洞的神祕命案

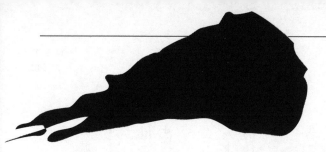

這天，在絕海洞三途河的搜索行動一直持續到傍晚，依舊沒找到籠室岩喜宮司。不過，刀城言耶有些懷疑當地漁夫。

對那條河，他們能有多認眞打撈……？

連只看過一次的言耶，都對絕海洞的三途河心生強烈的恐懼。外人都忍不住害怕的河川，當地漁夫有辦法徹底打撈搜索嗎？即便進行打撈，應該也只在絕海洞的洞口附近，沒辦法搜尋到多裡面的地方吧？村人都很尊敬宮司，但這是兩碼子事。

言耶與御堂島警部在聚會所前道別。這時，言耶問了及位廉也是否有知覺障礙，御堂島表示目前沒收到這樣的報告。御堂島說接下來要詳細追查涔靈祭舉行的二十九日晚間各相關人士的行動，並調查及位廉也與籠室岩喜的關係。言耶請他務必告知結果，卻未能得到理想的保證。

這也是當然的吧。

儘管這麼想，但御堂島的態度，令言耶十分疑惑。雖然御堂島總說「這類細節礙難奉告」，卻多次告訴他警方查明的事實。這是否表示，警部承認言耶具有偵探才能？

不，我根本不是什麼偵探……

言耶喃喃自語，返回笹女神社——儘管御堂島聽到這番獨白，一定會質疑言耶的認知。

「篠懸小姐呢？」

言耶首先詢問篠懸的狀況，祖父江偲帶著稍稍放心的表情說：

「她一直無精打采，情緒低落，但現在比較好一些。『竹屋』的小竹跑來玩，也讓她轉換了一下心情，很有幫助。」

「這樣啊。看來，得再請那孩子吃甜點了。」

言耶才剛鬆一口氣，偲便丟出不祥的消息：

「黑哥打電報來。」

「又來了？這次叫我寄什麼？」

「呃，上面只寫兩個字。」

「什麼？」

「難吃。」

這似乎是無骨章魚的品嘗心得。當然，言耶隨即將此事拋諸腦後。應付阿武隈川烏非常累人，言耶根本沒有餘裕去理他。

言耶前往籠室篠懸的房間，就像偲說的，她看起來和先前不太一樣。原本溫婉的氣質裡，多了一絲類似「我必須振作」的決心。

看樣子，她應該沒事了。

言耶這麼想著，提起在望樓發現竹葉船的事，但篠懸說她完全不清楚。

「只是——」篠懸神情悲痛，「我覺得竹葉船不太可能是祖父放在草履上的。」

「為什麼？」

「如果祖父這麼做，想必是有意義的。那麼，在這種情況下，肯定與冥想有關。既然如此，祖父一定會告訴我。然而，他從未提過竹葉船。」

接著，為了慎重起見，言耶詢問在潛靈祭結束後的慶功宴上，宮司有沒有表現出要去赴約的跡象。

「刑警也問過我，但我完全……」

篠懸搖頭，表示完全不知情，但這個動作讓言耶覺得有些奇妙。因爲與回答不知道竹葉船的時候相比，看起來總有些僵硬。

莫非她心裡有數？

那麼，爲什麼不坦白說出來？如果擔心宮司的安危，應該不會隱瞞這麼重要的線索。難道是在包庇什麼人？

想到這裡，腦中浮現龜茲將的臉，言耶立刻否定這個想法。

不可能。

用不著偲提點，他也認爲篠懸不可能包庇龜茲將。

既然如此，爲什麼要隱瞞？

言耶試著兜圈子刺探，但篠懸堅持不知情，於是他也無計可施。

和篠懸一起用完晚飯，言耶回到別院，將這天下午發生的事告訴偲與大垣秀繼。

「又是密室之謎嗎？而且是連續殺人案……」

偲露出驚愕的表情，隨即恢復如常，滿不在乎地說：

「不過，想想是跟大師在一起，這也是理所當然。」

「咦，是這樣嗎？」秀繼忍不住驚呼。

「喂喂，別把人說得像瘟神——」

即使言耶抗議，偲也不理會。

「可是，眞的是這樣啊。不是血肉橫飛的案件，或許就該謝天謝地。」

「我的天……」秀繼似乎嚇軟了腿。

「祖父江小姐，宮司目前還只是下落不明，不可以亂說話觸霉頭。」言耶忍不住加重語氣。

「啊，我眞是的……這樣說太對不起篠懸小姐了。」

偲溫馴地垂下頭，一眨眼便泫然欲泣。她就是這種個性。

「提到篠懸小姐——」

言耶說出剛才與篠懸交談時的微妙感受，偲意味深長地應道：

「我不清楚她爲什麼不想說，不過……我也覺得她有點奇怪。」

「怎麼說？」

「她睡了一下，吃了點東西，的確是稍微恢復精神。不過，只是稍微好一些的程度，卻莫名的……」

偲欲言又止，言耶接過話：

「變得不太一樣？」

「對。不知爲何，說是振作起來，似乎也不是……」

「妳怎麼看？」

「唔，比較像是有所覺悟……或是立下某種決心……」

言耶立刻問秀繼：

「你有什麼線索嗎？」

「不，完全沒有……」

跳。

一天過去，十月二日。天還沒亮，秀繼就在別院醒來，隨即換上外出服，言耶嚇了一

當然，言耶沒料到，明早他會爲了這個決定後悔萬分。

「不管怎樣，今晚不要繼續問話比較好。明天吃完早飯，再去找篠懸小姐談談。」

秀繼的臉皺成一團，彷彿在懊悔自己完全派不上用場。

「你醒得好早。」

「啊，抱歉，把老師吵醒……」

「沒關係。不過，你怎會這麼早起？」

秀繼迅速穿好衣服，在言耶面前跪坐下來說：

「在這種狀況下離開老師身邊，眞的很過意不去，但我要去九難道一趟。」

這難以置信的話讓言耶吃了一驚：

「咦……現在嗎？到底是爲什麼？」

「抵達犢幽村的時候，我發現把記事本遺失在九難道。後來歷經種種風波，我忘得一乾二淨，昨天忽然想起來，便打算回去找。」

「唔，我也都忘了。」

言耶很想制止「不要現在去吧」，但如果問「什麼時候才可以？」，他也答不上來。言耶明白遺失在九難道的記事本對秀繼十分重要，不好勉強挽留。

「就算是這樣，你未免起得太早了吧。」

「早點出門，應該可以早點回來。我希望盡量不要影響老師的民俗採訪——」

「嗯，謝謝你。不過，目前根本無暇進行民俗採訪，所以你眞的不用這麼早出門。」

言耶希望秀繼至少好好吃過早飯，再送他到村郊。但秀繼說，他昨天已拜託幫傭的大嬸準備飯糰。

「一切都安排得妥妥貼貼，眞的很像大垣先生的作風……」

最後，言耶在籠室家的玄關，目送秀繼離開。

「大師，怎麼了？」

緊接著，偲昏昏欲睡地現身。言耶和秀繼在房間交談，似乎把隔壁的她吵醒。

「其實大垣先生——」

言耶說明狀況，她竟提出離譜的比喻：

「每次看到他那麼認眞的樣子，我都會想起老家養的狗。」

「祖父江小姐，妳啊——」

「我不是在嘲笑他。那隻狗叫卡伊，非常聰明。我是說眞的喔。可是，牠只要一頭栽進什麼事，就看不到周圍。有一次，牠叼了一根樹枝，想回去牠的小屋，卻在門口卡了老半天。如果是平常，這根本不算什麼問題，兩三下就解決了。但牠非常中意那根樹枝，死都不肯放開，於是就這樣卡著，怎麼也進不去。我從以前就一直覺得，大垣先生認眞老實的個性，跟卡伊橫衝直撞的脾性有點像。」

「我大概明白妳的意思啦——」

「就是說嘛。」

雖然言耶語氣勉強，但得到他的贊同，偲雀躍不已。

「妳沒跟本人提過那隻卡伊的事吧？」

言耶懷疑地問，偲頓時一陣尷尬。

「……妳說了？」

「是來這裡之前的事。」

「這不是什麼時候說的問題吧？聽著，祖父江小姐——」

「啊，得去準備早餐了！」

話聲剛落，偲已開溜。

「想想大垣先生的個性，應該不會因此內心受創吧。」

幸好偲並沒有聽到言耶的低喃。否則，偲一定會認爲言耶與她有志一同，樂不可支。

「我也來幫忙。」

言耶走到廚房，但馬上就被和幫傭婦人一起下廚的偲趕出去。無奈之下，言耶只得在客房看報，卻牽腸掛肚地無法專心，不知道那樣乾脆地送秀繼出門究竟是好是壞。

不久後，早飯準備好了，偲去叫篠懸。

「老師，篠懸小姐不見了！」

但偲很快便慌張地回來。

「房間的被褥收起來了。她不在洗手間，也不在其他房間。看樣子，她早就出門，不知道去哪裡——」

「難道大垣先生其實不是去找記事本，而是和篠懸小姐祕密約在哪裡會合——」

「不不不，不可能。」偲用力搖頭。「就算大垣先生可能單方面誤會，在哪裡等篠懸小姐，篠懸小姐也百分之百、絕對不可能去赴約。」

「妳未免太苛刻了。」

「那可是大垣先生呢，大師覺得他會當著您的面，撒那種謊嗎？」

偲這麼一說，確實如此，言耶也同意。這樣的話，篠懸到底是去哪裡？

不過，有可能是為了神社的事而出門，言耶和偲都同意或許不該在這種時候大驚小怪。

但兩人還是一樣擔心，匆匆用完早飯，便再次從頭分析篠懸昨天的表現。

忽然間，言耶靈光一閃，馬上準備出門。偲理所當然地想跟上去。

「祖父江小姐，就交給我——」

「不要，不可以，我也要去。」

偲一步都不肯退讓，言耶困窘地說：

「這件事雖然緊急，但也需要慎重。」

「我也要去。」

「比起兩個人，我一個人——」

「我也要去。」

「應該會比較好辦事——」

「人家也要去。」

到了這個地步，言耶幾乎束手無策，但他喃喃自語：

「是啊，或許小朋友都喜歡漂亮姊姊。」

偲嚇了一跳追問：

「咦，什麼意思？」

「好，走吧！」

言耶丟下發愣的偲，匆匆往玄關走。

「祖父江小姐，妳在做什麼？趕緊過來。」

言耶催促著，步出籠室家，直接走下村子。他的目的地是製作竹器的「竹屋」。

「大師說的小朋友，是指小竹嗎？」

言耶還沒回答偲，兩人就看到在「竹屋」旁的巷子玩耍的竹利。

「喂，小竹！」

言耶低聲呼喚。竹利注意到他們，表情霎時明亮起來，但下一秒又害羞地低下頭。約莫是偲也在場的關係。

「大師，聲音幹麼放那麼低——」

「因爲村人絕對不會歡迎我們，我們卻要偷偷找村裡的小孩說話。不，先別管這些，祖父江小姐，妳快點微笑。」

這種時候，偲立刻機靈地看出言耶的意圖。儘管不知底細，她仍對竹利露出微笑，不停地招手。在偲的努力下，竹利慢慢靠過來。接著，用不了多少工夫，偲就和竹利混熟。

言耶把兩人帶到無人之處，風趣地說些竹利聽了會開心的偵探冒險記。他甚至拿出「怪奇小說家的七大偵探法寶」逐一解說，竹利簡直是喜上雲霄。

言耶觀察著竹利的反應，一面提到傳信鴿的活躍，熱烈描述鴿子如何立下大功，連偲都聽得如痴如醉。就在竹利對傳信鴿湧出興趣與好感後，言耶問：

「我在想，小竹是不是也受到將叔叔拜託，扮演傳信鴿，送信給笹女神社的篠懸姊姊？」

聞言，偲倒吞了一口氣。竹利原本要點頭，卻因偲突然的反應而停住。

……失敗了嗎？

言耶正在後悔不該帶偲一起來，沒想到竹利說：

「太厲害了！都被識破了！叔叔果然是如假包換的偵探！」

竹利的感嘆聲響遍整條巷子。

「信、信上寫著什麼？」

言耶克制住興奮地問，意外地花了一點時間，才得知正確內容。因爲竹利不會讀信上的漢字。

「你會讀一、二、三、四的數字嗎？」

「嗯，十以上我也會。」

竹利得意地說。言耶誇張地讚許，並詢問信上有沒有數字，於是竹利回答有「七」。

「是今早七點嗎？」

偲喃喃低語，但聲音中帶著焦急。快八點了。

「問題是地點。」

言耶在隨身攜帶的採訪筆記本上，用漢字寫下犢幽村裡的地名，一個個出示給竹利看。他對「絕海洞」有反應，只是不太有自信。

「謝謝，你眞的幫了很大的忙。」

言耶道謝。竹利很開心，但有些不安地問：

「我有幫到偵探先生嗎？」

偲笑著摸摸他的頭。這時竹利的臉上浮現的笑容，說有多惹人愛就有多惹人愛。

「你可以再幫我一個忙嗎？佐波男先生的家在哪裡？」

隨著竹利前往佐波男家的途中，偲悄聲細語：

「篠懸小姐稍微振作起來，就是這個緣故嗎？」

「龜茲將先生爲了引起她的興趣，可能在信上提到他知道宮司的下落之類的。」

「太陰險了。」

不久，兩人來到佐波男家。

「祖父江小姐，請妳送小竹回去『竹屋』。我要拜託佐波男先生，用小船送我去絕海洞。」

言耶交代偲，但偲堅持要一起去。

「妳還有重要的任務，送小竹回去後，去我寫在筆記本上的地點進行確認。」

「大師這樣說，其實是想擺脫我這個麻煩吧？」

「這當然也是理由之一——」

「大、大師！」

比起生氣，偲更像是目瞪口呆。於是，言耶安撫道：

「確實有許多理由，像是不知道妳會不會暈船、佐波男先生願不願意讓女人上船、絕海洞不曉得會有什麼狀況，但我也眞的需要妳去確認一下其他地方。」

言耶說著，瞄了竹利一眼，偲這才接受。她應該總算悟出，萬一竹利不小心記錯信上的漢字，她的確認作業就成了一種保險。

等偲和竹利離開以後，言耶敲敲佐波男家的門。對方立刻出來應門，但聽到言耶拜託「請用小船送我去絕海洞」，當下便冷冷地拒絕。言耶只好說出內情「其實篠懸小姐可能被龜茲將先生找去絕海洞」，佐波男聞言，態度登時轉變，甚至催促起言耶，慌慌張張地趕到海邊。

早晨的牛頭浦，海面波光粼粼，璀璨奪目，景致迷人得難以言喻。如果只是單純的觀光，言耶或許會愉悅地沉浸其中，但現在他當然毫無閒情逸致。

得快點趕去絕海洞……

言耶焦急得不得了。幸好，儘管身處這種狀況，佐波男完全沒有廢話。他一心一意操縱著馬達動力的小船。看來，他和言耶一樣，只想盡快趕到絕海洞。

不久後，小船駛出角上岬，進入賽場。前方斷崖絕壁的下方，張開大口的絕海洞冷不防躍入眼簾，但從這裡看不出洞內是否有小船。

兩人的小船更靠近絕海洞。言耶注意到洞內的變化，彷彿有什麼在閃爍蠕動。

是火把！

察覺神祕搖晃的光源的眞面目，他心中的猜測頓時篤定。

兩人就在裡面。

小船進入絕海洞內，不出所料，右邊的岩地有火把在燃燒，而且有兩艘拖上岩地的小船。

「看來兩人——」

在洞裡——三個字還沒說出口，言耶就看到佐波男指著兩艘小船。只見船的陰影處，倒著一個人。

言耶急忙跳下小船查看。

「是篠懸小姐……她好像沒事。」

言耶大大鬆了一口氣，佐波男也放下心。

「妳怎麼了？還好嗎？」

篠懸全身虛軟，仔細觀察，也像是神智不清。

「妳有沒有受傷？有沒有哪裡會痛？」

言耶有些多餘地確認，但篠懸連搖頭都很勉強。

「請把篠懸小姐送到海邊，找醫生替她看看。」

言耶扶著篠懸，讓她乘上佐波男的小船。如此拜託佐波男後，他便一個人進入絕海洞深處。

「你要小心。」

佐波男低沉的聲音在洞內回響，言耶嚇得一顫。沉默寡言的佐波男居然會刻意叮囑，言耶感到格外詭異。

幸好，洞窟內和潛靈祭那時候一樣，所有火炬都點亮，要進入洞內並不難。岩地很快就消失，腳底剛踩到大小石礫，沒多久就變成無數的小石子。終於抵達賽河原。在火炬的照耀下，兩旁堆起的小石塔詭譎地浮現。

經過蜿蜒蛇行的賽河原，左右延伸如矮城牆般的堆石擋住去路。來到祭祀那座供養碑的沙地境內，言耶不禁停下腳步。

「……龜茲、將先生？」

言耶呼喚的對象，是一名倒地的男子。恰恰是在供養碑和三途河中間的位置。勉強藉著火炬照亮，那人似乎是龜茲將。他一動也不動，無力地癱倒。

仔細一看，他的頭和雙手沾滿鮮血，左腹插著一把折斷的魚叉。同時，他的肚子上孤零零地擱著一只染血的竹葉船。

「第三名被害者……」

繼及位廉也、籠室岩喜之後，這回是龜茲將身亡。與先前的兩人不同的地方在於，一眼就可看出是他殺。

「可是……」

言耶發出如此困惑的聲音，是有理由的。

從形同鳥居的兩根竹竿之間到供養碑的路線上，被害者踩出一道道腳印。從石碑前到三途河旁的岩地，則有疑似來回好幾趟的足跡。除此之外，沙地上只有漂亮的圖紋，再無任何痕跡。

凶手究竟是如何殺人，而不留下腳印？

出現在言耶面前的，又是一個開放的密室之謎。

# 第十六章　日誌與冥簿

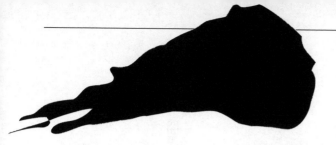

刀城言耶在賽河原與沙地境內交界處的堆石前來回踱步，一邊思索著。

這果然是連續殺人案件，竹葉船是犯罪聲明嗎？

凶手為何只有這次留下了他殺的痕跡？

然而，現場卻呈現密室狀態，這是為什麼？

各種疑問在腦中盤旋，卻怎樣都盼不到一絲光明。為了尋求抵抗洞內黑暗的火炬般、劈開黑暗謎團的睿智靈光，言耶不停走動。

嚓……

這時，洞內某處傳來細微的聲響。言耶一驚，立刻停下腳步，豎起耳朵。

嚓、嚓、嚓……

有人走過賽河原。詭異的聲響，就是那腳步聲。可是，到底是誰……？想到這裡，言耶差點發出驚叫。

……凶手？

凶手殺害龜茲將後，籠室篠懸來到洞裡。情急之下，凶手是不是在躲在暗處，窺伺著逃離的機會？

嚓、嚓……

言耶隨即發現這個推理不正確，因為腳步聲逐漸靠近。

難道是亡者……？

言耶急忙尋找可充當武器的東西，卻是徒勞。積石旁擺放著折斷的魚叉和釣竿，但這些東西真的管用嗎？

所以，凶手最後才會重毆頭部，給予被害者致命的一擊嗎？

就在言耶不自主地分析起案情的時候，洞內暗處冒出一條人影。

「……」

言耶萬分慶幸自己拚命忍住尖叫，只見佐波男站在那裡。

「您、您回來得眞快……」

與佐波男談過後，言耶發現其實耗費的時間比預想中久。

言耶詢問篠懸的狀況後，說出龜茲將疑似遭到殺害的事實。佐波男聞訊也沒有半點驚慌，於是言耶放心地請他去報警。

不過，在御堂島警部等人趕到以前，言耶都必須一個人留在洞內。坦白說，他覺得非常難熬。雖然早先也是相同的狀況，但當時他爲眼下的各種謎團興奮不已，在聽到佐波男的腳步聲前都不怎麼害怕。

此刻他冷靜了一些，狀況又不同了。他獨自待在祭祀船難死者的絕海洞深處。〈海中首級〉怪談裡，亡者遊蕩的洞窟中，只剩他孤單一人。儘管言耶早已習慣各種怪奇現象，這種狀況還是非常可怕。

不行，來思考案情吧……

想到這裡，言耶發現自己竟遺漏最重要的問題，不禁一陣錯愕。

龜茲將命案的頭號嫌犯，不就是篠懸小姐嗎？

被害者約她到絕海洞，言耶追過來，發現她倒在洞口附近，而龜茲將在沙地境內遭到殺害。除了兩人以外，洞內沒有其他人……

真的嗎？

這個疑問一浮現，言耶立刻從隨身攜帶的細長布包裡，取出鋼筆型手電筒點亮。這個布包，與他親近的編輯都稱爲「怪奇小說家的七大偵探法寶」，其他還收納了蠟燭、火柴、小刀、銼刀、鉗子、細繩、鐵絲和磁鐵等工具。

言耶拿著鋼筆型手電筒，照向火炬照不到的洞內暗處，從沙地境內旁邊，慢慢走回小船停泊的洞口。但深邃的黑暗中，沒有任何人潛伏其中的跡象。毫無疑問，絕海洞內只有言耶一個人。

即使如此，他還是再三來回，確定有無遺漏之處。不找點事做，他幾乎要陷入可怕的想像當中。

不久後，洞口吵鬧起來，御堂島警部率領著部下現身。言耶說明狀況，警方首先進行現場勘驗。鑑識人員需要一段時間才能趕到，警部的方針是能做的事都先處理。

「鬼無瀨說過……」

御堂島突然開口，言耶正在疑惑，他卻接著說：

「刀城言耶所到之處，必定會發生無法解釋的神祕案件。」

「這——」

「不可能有這麼荒唐的事嗎？不過，老師來到這個村子後，首先是及位廉也不知爲何，在明明能逃離的竹林宮活活餓死。然後是宮司不知爲何，從應該沒有別人的望樓墜落消失。接著是顯然爲他殺的絕海洞命案現場，不知爲何沒有凶犯的腳印。連續遇上如此詭異的案子，在我漫長的警界生涯當中，也是頭一遭。然而，老師已多次遇到這類奇案，不是嗎？」

「話、話是沒錯，可是……」

「而且，全都漂亮地破案。」

「呃，哪裡……」

「所以，我想請教老師，這個命案現場到底是怎麼回事？」

御堂島的表情無比嚴肅，但透過短短幾天打交道的經驗，言耶很清楚他的表情算不得準，於是不輕易開口。然而，對方默默注視著他。

「在那之前，我想請教一個問題。」

「什麼？」

「呃……篠懸小姐是不是有嫌疑？」

「當然。她在現場，懷疑她是理所當然的。不過——」

言耶正要抗議，御堂島搶先說：

「我們正在尋找目擊者，看看有沒有人在她被約出去的七點以前，到老師趕達絕海洞的八點多之間，看見牛頭浦到賽場一帶有小船。」

「不巧的是，從潛靈祭隔天起，休漁三天。要等到明天，才會有人一大早出海。」

「所以，被害者才會約她來這裡嗎？」

「應該是。」

言耶附和著，心中忽然浮現疑問。

爲什麼祭典結束後，要休漁三天？

或許是言耶的語氣引起御堂島的好奇，他露出質疑的表情。

「在這段期間，來到這裡不必擔心被任何人看見，而且只要進入洞內，就完全不必在乎別人的眼光。也就是說，沒有比這裡更適合密會的地點。不過，雖然是休漁——不，正因休漁三天，一旦有小船出現在牛頭浦，反倒格外引人注意，不是嗎？」

「是啊。即使休漁，也有像佐波男那樣，習慣一早觀看海況的村人。但假設有人看到被害者或篠懸，會特地乘小船去追人嗎？」

「如果知道前面的小船上是龜茲將先生，後面的小船上是篠懸小姐，兩人要去絕海洞，或許會有人擔心。」

「真的有人能看得這麼清楚嗎？那麼，應該早在老師趕到之前，就先過來查看情況了吧？」

「沒錯。只是，認爲被害者完全沒考慮到這種風險，不是有些不自然嗎？」

「意思是，龜茲將有非把籠室篠懸找來這裡不可的理由嗎？那麼，篠懸的嫌疑——」

「或許就更大。不過，但如果有人目擊到第三艘小船，而且小船也進出絕海洞，篠懸小姐的嫌疑就會一口氣減少。」

「要是目擊者只看到被害者和篠懸的兩艘小船，她的嫌疑就益發重大。」

「可是——」

「而且，現場的狀況，不正說明這是一起衝動殺人案件嗎？」

「因爲原本放在現場的折斷的魚叉，是凶器之一。」

「沒錯。也就是說，篠懸前來赴約，一時衝動下，殺害對方……這個推測，你應該不反對吧？」

「但她不可能下手。」

言耶立刻反駁，御堂島默默催促下文。

「從被害者倒臥的地點，到最近的積石之間，有將近三公尺的距離。其實，看到這個現場時，我忽然想到竹林宮及位先生右手中的那根竹竿，因爲這裡有一樣的竹竿鳥居。如果把竹竿拔起來，在前端的空洞插入供奉的折斷魚叉，當場就可完成一把長槍，刺殺被害者——我原本這麼想，但發現長度實在不夠。」

「或許她只是隨手撿起折斷的魚叉，刺向被害者。」

「那樣的話，腳印——」

「如果不是在沙地境內，而是在外面刺殺呢？」

這單純的觀點轉換，令言耶愣了一下。

「遇刺的被害者想逃離篠懸，情急之下跑進境內。因此，沙地上只留下被害者的腳印。」

「果眞如此，腳印應該會更凌亂。」

爲了確認，言耶望向沙地上的腳印，但怎麼看都是很正常地從竹竿鳥居之間，走到供養碑前。

「而且，從供養碑到三途河前，留下來回好幾次的腳印。從這個狀況可推估，是被害者一個人走進沙地境內，反覆踱步，等待著篠懸。」

「也對。」

御堂島乾脆地同意，言耶暫時放下心。

「石碑旁找到一根菸蒂，你這番推測應該是對的。」

御堂島雖然正與言耶交談，似乎也逐一掌握了部下的行動。

「菸蒂只有一根，表示被害者沒等太久，篠懸就來了，或是——」

「若是這種情況，在供養碑前來回走動的腳步，不會顯得太暴躁嗎？也可能是被害者抽了好幾根菸，但菸蒂全丟進三途河。最後一根會掉在石碑旁，或許是不巧遭到凶手攻擊。」

「原來如此。那麼，凶手是如何攻擊被害者的？」

「要是凶器只有折斷的魚叉，可能是徒手投擲，或利用某些道具射出去，但——」

這樣無法解釋頭部的撞擊傷。言耶正這麼想，御堂島說：

「說到剛才的竹槍，也沒必要用這裡的鳥居的竹竿吧？只要篠懸準備一根更長的竹竿帶過來就行。」

見御堂島似乎要更進一步闡述「篠懸凶手論」，言耶急忙反駁：

「篠懸小姐不可能知道被害者在沙地境內等她。」

「而且，帶一根那麼長的竹竿過來，只會引起對方的警戒。」

「這樣的話，就變成篠懸小姐從一開始便懷有殺意。」

「你是指，篠懸不知道被害者爲什麼約她出來嗎？」

「『竹屋』的竹利小朋友遞送的紙條，上面的文字並不多。」

「可能她心裡有數，爲了預防萬一，先做了準備。」

「但警部不也說過，現場看起來像是衝動殺人？」

「被你反將一軍。」

「假設這是預謀殺人，不會拿折斷的魚叉當凶器。」

「確實。」

回顧先前的對話，可看出御堂島是在測試刀城言耶的推理能力。言耶心知肚明，逐一回應。

「這樣一來，篠懸的處境豈不是更不利了嗎？」

「怎麼會？」

「她不知道爲什麼被找來，赴約後得知某些重大的事實，或是遭到求愛。總之，發生了令她對被害者萌生殺意或感到威脅的事。衝動之下，她抓起供品的魚叉，刺向被害者。見無法造成致命傷，她抓起一塊積石，毆打對方的頭部。從現場的狀況來看，這應該是最合理的推論。」

「可是，她並未靠近被害者。」

言耶應著，忽然想起潞靈祭使用的沙耙，差點發出驚呼。

「有一個方法能抹去腳印。」

言耶急忙告訴御堂島。警方人員馬上在附近搜索，卻沒發現沙耙的蹤跡。而且，還查出現場的沙地沒有事後重新耙過的痕跡。幾乎確定了在祭典時畫出漂亮圖紋的境內沙地，只有被害者一個人踩進去過。

「果然，她沒辦法靠近被害者。」

言耶說，御堂島回頭看他：

「在沙地上是沒有靠近。」

「什麼意思？」

御堂島看著三途河說：

「她假裝跌落這條河，漂到沙地境內左邊的岩地，再爬上岸。被害者驚訝地靠近，她便趁機拿折斷的魚叉刺向對方，再用一旁的大石頭重毆頭部，給予致命的一擊。由於受到重毆的物理慣性，加上想逃離加害者的心理因素，被害者後退倒地。這麼一來，不就剛好倒在他斃命的地點了嗎？」

「太精彩了……」

言耶坦率地稱讚，然後展開反擊：

「可是，她爲什麼不直接走進沙地境內，而要選擇如此古怪的行凶手法？」

「因爲她是神社巫女，認爲境內是神聖的地點……」

「但她都在那裡殺人行凶了。」

見御堂島苦笑，言耶更進一步說：

「而且，如果採取警部說的方法，衣服會完全濕透。至少下半身一定會浸濕，但篠懸小姐身上完全看不出這類異狀。難道您要說，她預先準備了更換的衣物和手巾嗎？」

「這樣又會變成她一開始就有殺意，推理回到原點。」

「倘若凶手是篠懸小姐以外的第三者，警部說的方法就行得通。那個人只要穿著濕衣服，迅速逃出洞口就行。」

說完，言耶又用力搖頭：

「我完全被警部牽著鼻子走了。如果這次的一連串事件是連續殺人案，篠懸小姐根本不可能是凶手。」

「因為第二名被害者是宮司嗎？」

「是的。篠懸小姐不可能殺害敬愛有加的祖父。或許您會說，要是有某些動機，另當別論，但還是不可能。」

「況且，她根本沒有最重要的動機，是嗎？之前我舉出的理由是為了男人，也被你否定了。」

「沒、沒錯。」

言耶受到鼓舞，繼續主張篠懸的清白：

「被害者的腹部放著一只染血的竹葉船，不也證明這是預謀犯案嗎？」

「若是如此，表示凶手知道兩人的密會。」

「可能凶手剛好目擊被害者乘小船前往絕海洞，認為是下手的絕佳時機，旋即跟進洞中。事成之後，篠懸小姐接著過來——」

「這樣的話，今早是否有人看到小船進出絕海洞，就變得益發關鍵。」

這時，森脇刑警來報告現場勘驗的結果，於是御堂島打住了與言耶的對話。

「好，先離開這裡吧。」

聽完部下的報告，警部催促著，與言耶一起折返，乘上佐波男的小船。

一離開絕海洞，言耶立刻看見角上岬擠滿了村人。每個人都以揉雜好奇與恐懼的眼神，注視著小船上的言耶與御堂島。

回到岸邊，前往聚會所，看見偲陪在篠懸身邊，言耶鬆了一口氣。但村田刑警埋怨女編輯不肯離開嫌犯，造成困擾。言耶急了起來，不知該如何說服，沒想到御堂島同意讓偲陪著篠懸，讓他很驚訝。

「重要的是，今早有人看到小船嗎？」

警部更關心這個問題。

「是，有是有，但……」

村田回答，卻不知爲何含糊其詞。

「什麼？說清楚。」

「是！看到小船的，是那個叫蓬萊的女人……」

村田說，蓬萊似乎忘不了目擊籠室岩喜宮司從望樓墜落的情景，今早也走到角上岬前端眺望賽場，恰巧看到龜茲將乘著小船進入絕海洞，但她不知道確切的時間。過了十幾分鐘——這部分也很模糊——她目擊到篠懸也乘著小船進入洞內，便不安起來。所以她沒有離開，一直盯著絕海洞。後來又過了許久，這回是佐波男的小船出現。坐在船上的當然是刀城言耶。對於昨天傍晚造訪小屋的言耶，她似乎印象深刻。附帶一提，將和篠懸都是獨自前來，船上沒有別人，也沒有其他物品。

「換句話說……進出絕海洞的只有那三艘船嗎？」

言耶興奮地問。村田困惑地望向御堂島，警部微微頷首，他便回答「是的」。

「看來，更加坐實了她的嫌疑。」

御堂島的視線前方，是怎麼看都是個病人的篠懸。

「但她不可能行凶。」

「關於這一點，問本人就清楚了。」

從一開始，警方就不打算研究犯案手法。既然有頭號嫌犯，只要嚴加訊問，問出行凶方法就行。約莫是這樣的方針。

「警、警部。」

言耶想說情，御堂島委婉地制止：

「我們是民主警察，不會搞逼供那一套，放心吧。」

對方都這麼說了，言耶也無計可施。而且，他和偲一起被請出聚會所。偲吵著說要陪在篠懸身邊，是言耶說服她，設法把她帶出來的。

「可是，大師，不能把篠懸小姐留在那裡——」

不出所料，一離開聚會所，偲立刻抗議。

「從現狀來看，她必須接受偵訊。」

言耶說明龜茲將命案的狀況，偲頓時沉默。

「接下來呢？」偲問。

「過中午了，先塡飽肚子吧。」

言耶前往的地點，是之前龜茲將與久留米三琅「密會」的磯屋。

「這裡的餐點好吃嗎？」

偲小聲問。正穿過門口短簾入內的言耶，爲時已晚地想到這個問題。不幸的是，偲的擔憂成眞了。很難吃。

而且，言耶原本想向老闆娘打聽村人對這一連串事件的反應，卻反過來遭到老闆娘連珠炮似的問題攻擊。約莫是「竹屋」的竹利，把刀城言耶說成「那位老師是了不起的名偵探」，老闆娘對他的態度一百八十度大轉變。最後，兩人一無所獲地離開了磯屋。

「要回去笹女神社嗎……？」

偲有些躊躇地問。籠室家那裡，宮司和篠懸都不在，偲似乎是顧慮到這一點。

「回神社等篠懸小姐比較好。」

言耶應道，正合偲的心意。

「就是說呢。如果她回來的時候，家裡空蕩蕩的，就太寂寞了。既然這麼決定——」

「在那之前，我要去一趟竺磐寺。」

「去做什麼？」

「雖然有點遲了，但我想知道及位廉也先生到底在調查什麼。所以，回笹女神社後，我打算暫時關在寶物庫裡。」

聞言，偲相當不滿：

「可是，大師，與其調查那種不確定是否存在的神社或村子的祕密，解開一連串命案之謎，不是更重要嗎？」

「我覺得個別的謎團正逐步解開……」

言耶若無其事的一句話，觸發了偲的反應：

「大師，眞、眞的嗎！」

「呃，只是一點一滴地……」

「既然如此，乾脆一口氣解到最後嘛！」

「別太強人所難。而且妳也清楚，必須不斷地摸索嘗試，才能推動我的推理。」

「咦！可是——」

「遲早還是要查明及位廉也先生在調查的內容。我認爲應該趁警方偵訊篠懸小姐的時候，去處理這件事。」

言耶好不容易說服了偲，一個人前往笠磐寺。

「您好，我是刀城言耶。」

言耶在寺院主屋的玄關報上名號，和上回不同，他被請到和室裡。

「哎，事情鬧得眞大。」

眞海住持隨即現身。他似乎已得知龜茲將命案，及篠懸成爲頭號嫌犯，遭到警方懷疑的事。很顯然地，他希望言耶能提供最新消息。

「日昇紡織的久留米先生呢？」

言耶不希望之後又要重新說明一遍，於是這麼問住持。

「喔，他突然感冒了。昨天還好端端的，人的運氣眞是說不準哪。」

住持回以誇張的宿命論。不過，久留米的症狀似乎不輕，無法同席，因此言耶在無傷大雅的範圍內，將案情告訴住持。

接著，言耶請求查閱寺院的冥簿，住持爽快地答應。

「你想帶出去讀也行。」

住持這難以置信的許可，令言耶驚訝不已。

「反正那個餓死的學者也擅自帶出去了。」

住持笑道。看來，他似乎完全不在意。言耶大大嘆氣，難道住持不明白冥簿寶貴的史料價值嗎？但他當然沒說出來。

住持帶言耶到寺院的寶物庫。言耶從江戶時代前期、中期、後期與末期各挑了幾本，向住持報備後，抱著這些簿子回到笹女神社，在神社的寶物庫裡閉關。他從代代宮司留下的古文書與線裝冊子日誌中，發現幾本疑似從笠磐寺的寶物庫拿來的冥簿，不禁目瞪口呆。這絕對是及位廉也幹的好事。

那個人真的很糟糕。

同樣身為研究者，言耶感到非常羞恥。他轉換心情，正襟危坐，首先只看日誌裡關於碆靈祭的部分。如同宮司所說，江戶時代的儀式內容十分繁複，進入明治時期以後，便逐漸簡化。不過，以前的儀式也絕非盛大豪華，只是程序相當複雜。

接著，言耶埋首於查證某件事。他先從冥簿裡找出來自外地的死者，確認死者姓名頁面上的舊曆年份與日期，再尋找同一舊曆年的日誌，打開同一日期的頁面。不出所料，看到「某藩之帆船遭難」等記述。冥簿上的死者出身地，也確實為該藩的領地。當然也有從未發生海難的年份，但有船隻沉沒的月份，幾乎都集中在新曆的八月下旬至九月下旬。船難的原因，多半是颱風。

調查過程中，言耶在日誌裡看到「唐食船」三個字，吃了一驚。他完全沒料到會在如此現實的記述中，看到這樣的文字。

這到底是……

言耶對唐食船的意義極為好奇，但除了這三個字以外，並無其他描述。言耶急忙查閱冥簿符合的舊曆日期頁面，卻沒有任何來自外地的死者。

換句話說，至少唐食船並非指失事船隻。

言耶轉念又想，或許是奇蹟似地沒出現死者，便尋找日誌有沒有其他地方提到唐食船，又發現了幾處。他依此查詢冥簿日期相符的頁面，但一樣沒有相關記述。

唐食船究竟是什麼？

言耶一手拿著冥簿，另一手拿著日誌，陷入沉思。他在陰暗的寶物庫裡，專心思考著。

當村子陷入饑荒，潛靈大人就會派來唐食船。

唐食船滿載食物，從大海的另一頭前來。

如果借用〈海中首級〉裡伍助的描述，唐食船是這樣的意思。然而，言耶實在不認爲，現實中眞有這種宛如寶船、及時雨般的救難船。

難道所謂的唐食船，並不是眞的船嗎？

明明不是船，爲什麼要叫唐食船？

如果不是船，那到底是什麼？

言耶繼續翻閱幾冊日誌，但唐食船每隔幾年只會出現一、兩次，依然不見任何相關記述。他也查閱相同日期的冥簿，一樣毫無記載。

線裝的日誌各處，只寫下「唐食船」三個字，其餘不明。

不是船的船……

竹葉船……

竹葉船會漂浮在水面，但當然不是船。言耶的腦中再次浮現，爲何竹葉船會供奉在路邊的祠堂與地藏像前的疑問。

是為了祭祀……

竹葉船是象徵遇難船隻嗎？海難事故是那麼久遠以前的往事，如今還須祭祀嗎？不，祭祀行為本身並不罕見，像御靈信仰，就是源自對數百年前的怨靈的恐懼。在人們眼中，作祟的災禍就是如此近在身邊，才會產生出這樣的信仰。對櫝幽村的人來說，潛靈大人確實十分貼近生活。但追本溯源，只不過是在江戶時代，每幾年可能會發生一次的船難事故。而且村人已祭祀死者，實在不像是得在日常生活中再以竹葉船祭祀的對象。儘管如此，潛靈大人的鎮魂儀式卻延續至今，甚至化成蠅玉這種新的怪物，威脅閖揚村，這到底是為什麼？

竹葉船是唐食船嗎？

唐食船到底是什麼？

注意到時，言耶已沉浸在一股無以名狀的恐懼當中。或許面對神祕不可知的事物時，人類會本能地萌生畏懼。他的腦中浮現濃霧籠罩的大海上，一艘廢船朦朧地出現形影。

幽靈船……

太荒唐了……

這種傳說，只適合出現在英國的康瓦爾地區。

「大師——」

這時，寶物庫外面傳來偲的呼喚聲。

「怎麼了？」

言耶以為篠懸出了什麼事，急忙衝出去。

「聽說閖揚村的孩子死掉了。剛剛幫傭的大嬸告訴我的。」

偲站在外面，表情摻雜著悲傷與害怕。

「妳說的孩子是……」

「喝了瘩靈祭上供應的茸菇湯，引發食物中毒，狀況特別嚴重的三個孩子之一，今天上午病情急轉直下……」偲的臉上流露出驚恐之色，「這個強羅地方到底是怎麼了？犢幽村的怪談殺人事件，和閖揚村的怪事也有什麼關聯嗎？大師，拜託告訴我吧！」

遺憾的是，言耶仍無法回答任何問題。

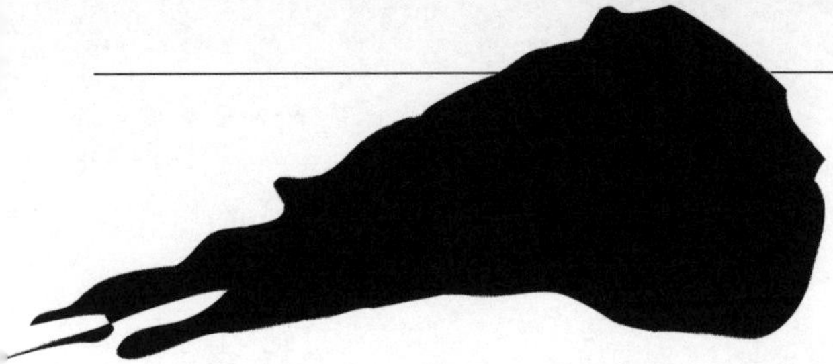

# 第十七章　搜查狀況

這天傍晚，籠室篠懸沒有被拘留，回到笹女神社。由於她憔悴萬分，祖父江偲立刻鋪被子讓她躺下。但她表示有話要告訴刀城言耶，於是言耶前往她的房間，坐在枕邊。沒想到，她說出相當奇妙的話：

「或許老師見到小竹的時候，命運就已決定。」

「什麼意思？」

言耶驚訝地問，但篠懸哭著睡著了。

「祖父江小姐，她——」

偲把食指抵在唇上，悄悄地把言耶帶出走廊，輕聲說：

「在我勸篠懸小姐躺下休息以前，她都非常焦慮不安。我甚至擔心她會崩潰。」

「這也難怪。宮司仍下落不明，她被龜茲將先生找出去，卻發現他的屍體。」

「好不容易哄她躺下，以爲她稍微平靜下來，她卻堅持要和大師說話……」

「她那句話是什麼意思？」

「我也不清楚。」

偲似乎一樣困惑。

「是指我問小竹，是不是當傳信鴿送信給她的事嗎？」

「還是第一次遇到小竹，他帶大師去磯屋的事？」

「不管是哪一件事，都沒發生過什麼足以決定命運的情況啊……」

「可是，篠懸小姐一定感受到什麼。」

「是什麼讓她有這種感覺？」

「不曉得……」

兩人都沉默不語，然後言耶打起精神說：

「我要去聚會所一趟。」

「去問那位警部，篠懸小姐到底有沒有嫌疑嗎？」

「既然會放她回來，篠懸小姐應該不是重要嫌犯。只是……」說到一半，言耶的表情突然變得十分嚴肅。「在我回來以前，請妳盯著篠懸小姐。」

「不勞大師吩咐，我也會好好照顧……」偲不滿地說到一半，驀然驚覺：「難道凶手的下一個目標是她……？」

「我還不確定。」

「但老師很擔心吧？」

言耶遲疑片刻，回答：

「及位廉也先生被發現餓死的時候，岩喜宮司遭到懷疑。接著宮司從望樓墜落，龜茲將先生成爲嫌犯。然後龜茲將先生遇害，篠懸小姐受到警方訊問。」

「凶手正一個個除掉各起案件的嫌犯……是嗎？彷彿主張那些人都不是嫌犯，眞凶是他……？」

「我認爲實在不可能有這麼荒唐的事……不，坦白說，我不清楚。但現在看起來就像是這樣，令我害怕極了。」

「留在現場的竹葉船，就是爲了主張身分嗎？」

「嗯……」

「這是一起『嫌犯連續殺人事件』呢。」

「果然不可能吧……」

言耶無力地垮下雙肩，偲反倒挺直背脊表示：

「大師，我明白了。我會負起責任，保護好篠懸小姐。」

「嗯，拜託妳了。我去聚會所打聽她是否仍有嫌疑，或有什麼新情報。」

「御堂島警部對大師友善嗎？」

聽到偲理所當然的語氣，言耶忍不住苦笑：

「表面上不是，但他還是會告訴我許多事。」

「爲了顧及警方的面子，表面上不要大師協助，背地裡卻希望大師伸出援手。這不是之前常見的情形嗎？」

「不，那位警部應該不是。其實他根本不打算理我，只是對我有點好奇，在試探我是不是眞的有點偵探才能吧。」

「眞沒禮貌！」

偲激動起來，言耶安撫她後，前往村子的聚會所。

「啊，你來了。」

御堂島似乎早料到言耶會來訪，一看到他便出聲招呼。兩人隨即走出聚會所，徑直走向海岸。

「篠懸小姐的嫌疑洗清了嗎？」

言耶立刻問，警部搖頭。

「但減輕了不少吧，所以警方才會放她回家不是嗎？」

言耶追問，御堂島這才不甚樂意地開口：

「她聲稱昨天傍晚從『竹屋』的小孩竹利那裡，收到龜茲將給她的字條。上頭寫著，有關於宮司的事要告訴她，希望她今早七點到絕海洞。老師已透過推理得知這些事了吧。」

「這也不算什麼。」

言耶否認，御堂島瞥了他一眼：

「於是，她幾乎是準時前往——」

「原來篠懸小姐會划小船。」

「嗯，也有神社專用的船。當然，船上有裝引擎，但她似乎覺得最好不要發出聲響。蓬萊也看到龜茲將和篠懸划船。」

「抱歉，打斷您的話。」

「篠懸在七點多抵達，卻在絕海洞深處的沙地境內，發現死掉的龜茲將。根據蓬萊指證，今早天亮到八點之間，除了龜茲將和篠懸的小船以外，只有佐波男和老師進入絕海洞。在這樣的狀況下，要說篠懸嫌疑不大，未免太強人所難。」

「另一方面，狀況證據又顯示她不可能犯案。」

不留腳印的殺人手法，警方根本不當回事。言耶提防著御堂島會如此反駁，沒想到御堂島低聲道：

「確實，就是這一點令人頭痛。」

警方想訊問篠懸，逼她從實招來，她卻無論如何不認罪。警方從行凶動機與機會兩方面進攻，她也沒有被攻陷。剩下的只有殺人手法了，但警方不清楚手法，無法再進一步偵訊。

言耶留心措詞，提出這樣的猜測，但御堂島沒有反應。

「關於及位廉也的知覺障礙——」

不過，御堂島突然提起別的話題，或許是被戳到痛處。

「警方查遍各處，卻完全查不到相關的事實。」

「……我猜錯了嗎？」

「至於凶手可能讓宮司服下的藥物，我們查到拿強羅地方採集的蛇顏草摻進其他植物，可製出安眠藥。根據配方，也可用來調整睡眠時間，因此相當受到重視。」

「每個村人都會調製嗎？」

「不，沒這麼容易。不過，據說許多老人家都知道製法。」

「龜茲將先生一度被視爲宮司命案的嫌犯——」

言耶想指出龜茲將太年輕，不會調製草藥，御堂島卻搶先開口：

「直接從老人家那裡偷現成的就行。我們也查到，他的父親持有那類安眠藥。」

「可是、將先生成了第三名被害者……」

對於言耶的質疑，御堂島沒有任何回應，逕自說下去：

「雖然次序反了，不過，宮司失蹤的前一晚舉行的慶功宴上，是否有人和宮司一樣不知去向，這一點查起來頗費工夫。」

「辛苦您了。」

「不，負責追查這件事的是森脇和村田，不是我。雖然並非完全確定，但得知龜茲將和久留米三琅兩人有些可疑。」

「原來久留米先生也參加了慶功宴？」

「似乎是。我們詢問本人，他說『我在各個會場跑來跑去，記不太清楚』。實際上，的確有幾個人是這樣，很難再更進一步確認。」

「即使是這樣混亂的狀況下，還是查出這兩人很可疑，這個事實或許相當重要。」

「不過，疑似宮司從望樓墜落的當天上午七點左右，龜茲將有不在場證明。」

「咦……？」

「我們查到當時他在『竹屋』。」

「證人是家人嗎？」

「一般親人的證詞都要打折扣，但龜茲將平常不怎麼幫忙做生意，在『竹屋』似乎受到排擠。然而，案發當天早上，他不僅打掃了店面，還幫忙工作。」

「實在啓人疑竇。」

「祭典慶功宴上，龜茲將被閑揚村的大垣秀壽訓了一頓，隔天早上，他便主動打掃『竹屋』的工作場，幫忙做生意。他的家人是最吃驚的，應該頗爲可信。」

「不過，這未免太假了吧？」

「確實。但在發現他遭人殺害以前，他都一直持續打掃和幫忙做生意，所以不清楚究竟是不是作戲。可以確定的是，疑似宮司從望樓墜落的當天上午七點，龜茲將從三十分鐘前就一直待在『竹屋』。」

接著，御堂島平淡地說：

「也查到了籠室篠懸的不在場證明。籠室家幫傭的婦人目擊到，當天至少早上六點半至七點之間，篠懸都在家中廚房。」

「這是當然的。」言耶當場應道，又急忙補充：「那個時間帶，大垣秀繼先生也還躺在我旁邊的被窩裡。」

「看來我的懷疑，瞞不過老師的法眼。五人幫的其餘四人也一樣，各自在村裡的家中。」

「連那些人都查過了嗎？」

言耶佩服地說，御堂島的理所當然地應道：

「因爲和宮司交往最久的就是他們。尤其是閖揚村的大垣秀壽，聽說兩家從以前就互相對立，警方不可能不調查。」

「那麼，相關人士裡，誰沒有不在場證明？」

「日昇紡織的久留米三琅，和笠磐寺的眞海住持。」

「住持也是嫌犯嗎？」

言耶驚訝地問，御堂島的表情絲毫未變：

「及位廉也在犢幽村，是寄宿在眞海擔任住持的笠磐寺。而及位廉也被人發現餓死以前，龜茲將和他急速親近起來。然後，笹女神社與笠磐寺同樣都是宗教施設，但在村中的勢力相差懸殊。用不著說，神社地位崇高，寺院地位低微。對於長年來的勢力落差，住持會作何感想？」

「第三個理由未免過於穿鑿附會。不管在任何地方，神社與寺院都是共存的。」

「你是說，在這裡也一樣？」

御堂島意味深長地問，又說：

「光是看之前的窖靈祭，你不認爲在村裡，神社的勢力也極爲龐大，連外人都看得一清二楚嗎？」

「但在這類地方，一般都是由神社主持祭典。」

言耶回以一般論，其實完全理解對方的言外之意。警部似乎也有所察覺，於是繼續談論這個話題。

「還有個問題，就是誰知道從蓬萊的小屋，看向角上岬及望樓是什麼景象——」

「查到了嗎？」

「只有一個人進去過那幢小屋。」

「是、是誰？」

「你。」

「咦？」

「除了你以外，沒有任何人進過蓬萊的小屋。蓬萊本人這麼斷定。」

「唔……」

言耶忍不住低吟，御堂島凝視著他片刻，接著說：

「後來，我又去了那幢小屋一趟。」

「咦？那——」

「不，我沒進去。只是站在小屋旁應該也可推估出，蓬萊從窗戶看向海角和望樓會是什麼景象。」

「可以看出蓬萊女士是從小窗望出去，實際的視野更狹窄是嗎？」

「兇手一定也這麼推估。」

換句話說，這無法成爲鎖定兇手的線索。

「對了，你聽說閑揚村有小孩死去的消息了嗎？」

「嗯，太令人難過了。」

「以前也發生過食物中毒事件，但這是第一次造成死亡。我們署裡派出另一組人馬前往調查，負責人問我是否與犢幽村的一連串命案有關，我實在窮於回答。」

御堂島眼神嚴肅，目不轉睛地注視著言耶問：

「老師，你的看法如何？」

「老實說，我不是很清楚……」

聽到言耶的回答，警部並未露出失望的神情，而是應道：

「我想也是。食物中毒、小火災，還有閑揚村到平皿町的山路上的怪事，全是些毫無條理的狀況。」

「而且，連是不是眞的發生過怪事也不清楚。」

「哦？」

御堂島頗感興趣，「我以爲老師會最先肯定有這類現象。」

「我不會劈頭否定，但也不會無條件全盤接受。我一向站在中間，非白亦非黑，總是灰色的。」

「很艱難的立場呢。」

接著，御堂島似乎想陳述某些意見，但言耶搶先開口：

「對了，警部知道閑揚村的垣沼亨嗎？」

「原本是大垣家的分家，但在他那一代家道中落，是吧？他去找過及位廉也，警方當然也調查了他。但查到他過著近乎離群索居的生活，就沒再深入調查。」

於是，言耶再次整理龜茲將和久留米三琅在磯屋的談話，幫助警部恢復記憶，然後說：

「久留米先生指出，即使及位先生拉攏垣沼先生，組織反對村子合併的勢力，效果也極爲有限，當時我同意了這個看法。但垣沼先生不一定也這麼想，反倒有可能煽動及位先生這麼做。調查第二起食物中毒事件的時候，爲了愼重起見，留意一下垣沼亨先生和強羅四人幫，應該不會是白費工夫——」

「這樣啊。我會確實轉達給那邊的負責人。」

兩人邊走邊聊，不知不覺間來到角下岬的前端。

「我第一次走到這邊的海角。」

「我也是。」

兩人半晌無語，看著眼下的大海。

「之前老師——」

對著大海，先是御堂島打破了沉默。

「將及位廉也命案取名爲『怪談殺人事件』。」

「是的。如果他的餓死有第三者涉入其中，我認爲如此稱呼恰如其分。對了，警方把那起案件歸爲他殺了嗎？」

「幾乎完全傾向他殺了。那麼，現在變成是『怪談連續殺人事件』了嗎？」

「或是另名『竹葉船連續殺人事件』？」

「這樣的話，第四則怪談會是什麼情況？」

御堂島指出，言耶答不出來。

「倘若眞的發生『怪談殺人事件』，及位廉也命案就是呼應〈竹林魔物〉、岩喜宮司命案呼應〈望樓幻影〉、龜茲將命案呼應〈海中首級〉，對吧？」

「是啊。」

言耶附和，御堂島提醒道：

「那麼，就只剩下〈蛇道怪物〉。」

「意思是，警部認爲會發生第四起命案……？」

「不，不是我。依據老師的看法，不就會是這樣嗎？」

「其實——」言耶一頓，「我擔心篠懸小姐是否成爲候補的第四名被害者。」

「什麼？」警部忍不住望向言耶，眼神相當銳利。「爲什麼認爲是她？」

言耶說出嫌犯接連遇害的推論。

「唔……這麼一說，看起來確實如此。可是……」

「實際上，還是不可能。」

御堂島遲疑了一下，用力點頭。言耶看著他，繼續說：

「比起這樣的妄想，凶手爲何執著於怪談殺人？這個謎團或許更重要。」

「之前老師說過，及位廉也和籠室岩喜兩人的案子，應該可視爲一種障眼法。因爲兩起案子都還有自殺或事故的可能性。」

「爲什麼凶手在殺害龜茲將先生的時候，拋棄了這種手法？」

「是逼不得已嗎？還是，連續殺人的計畫進入後半段？」

「但讓人不解的，是連續殺人的動機。個別的命案，可找到個別的理由，但殺害三名被害者的共同動機，會是什麼？」

「在個別命案中擁有殺人動機的嫌犯完全不同，實在沒辦法視爲同一名凶手犯下的連續殺人案。」

「但要視爲不連續殺人，又——」

「這一連串命案實在過於相似。首先，全發生在犢幽村，並且挑選了竹林宮、望樓、絕海洞這些特殊的地點。第一名被害者及位廉也是外地人，第二名被害者籠室岩喜和第三名被害者龜茲將，生前都與這名外地人有關。加上有竹葉船的犯罪聲明，還是應該將凶手視爲同一人吧。」

「這樣一來，就沒有半個嫌犯……」

「的確會變成這樣，眞的是原地兜圈子。」

這時，言耶突然一驚。

「怎麼了？」

「沒事……只是覺得在及位廉也先生和籠室岩喜先生的命案發生時，我也像這樣在自殺、事故說和他殺說之間兜圈子……」

「警方也一樣。」

接著，御堂島露出難以形容的表情問：

「難道你是要說……凶手布置成『怪談殺人事件』，是爲了讓警方在推斷眞相上，最終變成懸案？」

「這已是瘋子的理論。」

「假設這番解釋正確，是不是又回到『爲什麼凶手在龜茲將命案停止這種手法』的謎團？」

「一樣是在原地兜圈子。」

沉默再次籠罩兩人。

「警部！」

傳來呼叫聲，兩人回頭，看見村田刑警往這裡跑來。

「怎麼了？」

看到部下臉色大變，御堂島一邊大聲回應，一邊走下角下岬。村田一口氣跑來，停在兩人面前，氣喘如牛地說：

「我們剛才、收到消息，說閖、閖揚村那邊的大、大垣秀壽上、上、上吊身亡了！」

接著，還有更令人難以置信的下文：

「現場的倉庫、從內側上了門閂，沒、沒人能進去。然後，聽說屍體的正下方，掉著一、一只竹葉船！」

# 第十八章　農舍的自縊事件

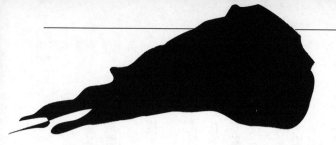

刀城言耶與御堂島警部先回到聚會所。御堂島聽取森脇刑警的報告，言耶就站在旁邊若無其事地偷聽。森脇顯然很介意這個外人，但御堂島沒說話，他只好繼續報告。他的報告經過整理之後，內容如下：

閖揚村造成兒童死亡的食物中毒一案，由縣警總部的見崎警部率領的小組負責。附帶一提，見崎的階級雖然是警部，但似乎是御堂島的學弟。

偵訊方面，以參加祭典的相關人員（但相較於犢幽村人數相當少），及負責煮茸菇湯的人為中心進行，只有大垣秀壽兩邊都參與。而且，他為上次的食物中毒事件深感自責，這次在準備茸菇湯時格外小心。茸菇的挑選全由他一個人包辦，卻再次發生食物中毒事件，甚至有孩童因此死亡。但他主張「我絕對沒有不小心弄錯，誤用幽鬼菇，全部都是岩鬼菇」，堅持「我對於分辨茸菇有絕對的自信」。

問完所有的關係人後，見崎的見解是：「確實，或許在烹飪階段並未摻入毒菇。但從當天廚房的狀況來看，煮好一鍋茸菇湯，到端出去招待村人前的期間，完全有可能悄悄把切碎的毒菇丟進去。」換句話說，即使上次的食物中毒是疏忽之下發生的意外，這次也非常有可能是人為。

不過，要找出凶手卻是困難重重。廚房任何人都能進出，嫌犯不光是祭典與煮茸菇湯的相關人員而已。就在這時，警方接到「平和莊」的住戶、日昇紡織的久保崎（他是〈蛇道怪物〉主角飯島勝利的朋友）捎來目擊情報，說看到「垣沼亨在偷看祭典」。警方依此線報進行問案，發現村人當中，也有人看到垣沼和反對合併的其他四人幫。不過，垣沼等人偷看的是海邊的祭典，沒人目睹他們進出廚房。但平常總是關在家裡的垣沼，竟特地跑出來看祭典，實在令人不解。警方詢問垣沼，他卻堅稱「我沒出門」，問不出個所以然。警方爲求慎重，也詢問除了他以外的四人幫，結果也是一樣。

此時已近傍晚，見崎等搜查班成員在村中聚會所討論接下來的行動，大垣家的人上門問：「秀壽還不能回家嗎？」警察表示人早就放回去了，家人卻說他沒有回家。大垣秀壽並非重要嫌犯，而是案件關係人，不能放任他隨意行動。於是，警方問家人：「知道他可能去哪裡嗎？」家人說：「或許是去久重山飛地的田地。」爲了慎重起見，見崎派部下澤田刑警與大垣家的人同去查看。

久重山的飛地有大小兩間農舍。他們先前往大農舍，但門似乎從裡面上了閂，打不開。他們在外面叫喚，卻沒有回應。由於大木板門之間有空隙，澤田便瞇著一隻眼睛窺望裡面，冷不防看見懸吊在農舍正中央的大垣秀壽。

澤田請大垣家的人從小農舍拿來鐵鍬和鋤頭，在木板門上打破一個洞，伸手取下內側的門閂，進入農舍救助大垣秀壽，遺憾的是，人已氣絕多時。因此，澤田封閉現場農舍的門，留在原地看守，並請大垣家的人火速趕回村子聚會所，通知見崎這件憾事。

見崎獲報，擔心這件事或許和犢幽村發生的神祕連續死亡案件有關，立刻聯絡御堂島的搜查小組，告知發生新的命案。

聽完森脇的報告，御堂島當場決定：「立刻前往閖揚村。」而且，他要求言耶一起去，言耶比任何人都驚訝。

對言耶來說，當然是求之不得的好機會。不過在出發前，他也沒忘了請人通知待在笹女神社的祖父江偲，以便在大垣秀繼從九難道回來時，告知他祖父逝世的噩耗。

留在犢幽村的搜查小組中，要前往閖揚村的只有御堂島一個人，而且是帶著外人的言耶一道去，在場的部下似乎都驚訝極了，但沒人提出異議。他們想必都理解，警部會隻身前往，是因爲這邊的案件偵辦沒有進展，無法撥出多餘的人力。至於帶刀城言耶同行的決定，有多少部下心悅誠服就難說了。言耶直到離開聚會所前都不敢相信，忍不住問：「我眞的可以一起去嗎？」

開車走山路太花時間，御堂島請村長派出漁船。不過，犢幽村的船每一艘都很小，馬力也很小。但隔壁的鹽飽村和再隔壁的石糊村也一樣。到了磯見村，有稍大一些的漁船，但旁邊就是閖揚村。考慮到換船的麻煩，原船過去比較快。

聽完說明，兩人乘船離開牛頭浦。潛靈祭時，言耶坐船離開角上岬，這次是前往角下岬的另一邊。與看得到絕海洞的賽場不同，等於是駛出波濤洶湧的外海。

實際上，當船駛出角下岬，轉往東邊前進時，船身便大大地顚簸起來。連原本還在交談的兩人都不禁閉上嘴。唯一值得慶幸的是，他們坐的不是佐波男的那種小船，而是稍大一些的漁船。

右斜前方出現小巧的島嶼。在幾乎全是礁岩地帶的強羅地方，只有那座島的地形顯得平坦，卻予人一種極爲不祥的感覺。是因爲近乎毒豔的朱紅夕陽遍照整座島嶼，還是因爲島上有無數的烏鴉在飛舞？

不，因爲那裡是奧埋島。

如同它的別名「墓場島」，那裡是墓地。並非島上設有墓地，整座島都是墓地。而且，不單是犢幽村，鹽飽村和石糊村的死者也都在這座島上永眠，墓碑數量肯定極爲驚人。

停留當地的期間，眞想過去看個一回。

言耶從劇烈搖晃的漁船上望著島嶼，強烈地如此希望。在民俗學當中，他對鄉村地方的送葬儀式特別感興趣。光是想到整座島嶼都是墓地，就湧出一股莫名的興奮。

如果參加龜茲將的葬禮，或許能前往那座島嶼。龜茲將的遺體送去平皿町的大學醫院，雖然司法解剖結束就會送回來，但起碼應該得花上兩、三天。

居然期待別人的葬禮……

言耶猛然回神，爲自身的膚淺感到可恥，忍不住望向另一邊的陸地，隨即被另一種不同的興奮席捲。

「好驚人的景色！」

經過角下岬後，眼前是一堵高聳的斷崖絕壁，一路延續到東方。在即將沉入水平線的太陽餘暉照耀下，岩壁呈現深沉的紅銅色，宛如巨大的野獸用來咬碎獵物的利牙，十分驚心動魄，言耶情不自禁地發出讚嘆。

沒想到與鄰村鹽飽村之間，聳立著如此驚人的高崖……

若要循陸路前往，必須在喰壞山九彎十八拐的羊腸山徑蜿蜒前行老半天。想想花費的時間，走海路絕對快多了。

言耶正對斷崖絕壁看得出神，自稱楢本的五十多歲漁夫，扯開壓過風聲與引擎聲的嗓門說：

「鹽飽村的人說，斷崖裡面會傳出低吼聲。」

「那是怎樣的聲音？」

言耶立刻追問，楢本露出有些困擾的表情：

「據傳，聽起來像巨人在吼叫。」

「什麼季節可以聽到？」

「聽說是秋天，但那也是古早以前的事了。」

「剛好是舉行潛靈祭的時期。」

聽到言耶的話，楢本似乎很開心：

「啊，眞的呢。之前聽宮司提過，祭典時的吆喝聲，就是在模仿那聲音。」

「就是那『兜～兜兜、兜～兜兜、兜～兜兜、咚咚……』的吆喝聲嗎？」

言耶正確地模仿那聲音，忽然想起〈蛇道怪物〉的主角飯島勝利也在大垣秀壽的農舍裡聽到相同的聲音，不禁一陣毛骨悚然。因爲秀壽自縊的屍體，就是在做爲怪談舞台的農舍被發現的。

言耶小心避開楢本，附耳將這件事告訴御堂島。不過，犢幽村的人或許早就注意到這個巧合。

「這下『怪談殺人事件』終於完結了嗎？」

御堂島應道，沒有提及飯島的遭遇。

「應該視爲犢幽村的案件，與閖揚村的怪奇現象，終於聯繫在一起了嗎？」

言耶反問，但兩人都無法回答對方的問題。

經過鹽飽村，進入石糊村的時候，碩果僅存的陽光倏地消失，好似被大海吞沒。前一刻仍朦朦朧朧地亮著，光芒卻瞬間消失殆盡，大海轉眼間便爲黑夜籠罩。

言耶不知爲何，忽然一陣哆嗦。漁船當然有燈光，卻只能照亮前進方向的一部分。船的四周是壓倒性的黑暗，伸手不見五指，即使有亡船追來，也不可能看到。天空不見半點星辰，唯一看得到的光，只有位於北側的石糊村民家的燈火。

一旦經過村子的海岸線，這些希望之光也將徹底消失。直到抵達磯見村之前，漁船周圍完全被黑暗支配。

大自然的恐怖……

偶爾在山中會接觸到的、忽然湧上心頭的畏懼之情，唐突地重擊言耶。這一刻，他深陷自古以來人類對山海懷抱的恐懼。直到左邊逐漸出現磯見村的民家燈火，恐懼才稍稍減輕。

只差一點了。

言耶安慰自己，沒想到漁船迅速通過磯見村。遲了好幾秒，言耶才想起剛剛的磯見村是五村裡戶數最少的村子。這時已看見閖揚村的燈火，漁船轉換方向，前往港口。

「有人在海邊揮舞手電筒。」

就像楢本指出的，前方的黑暗當中，有燈光在轉動著，似乎也有傳統的燈籠火光。

言耶見狀鬆了一口氣，心想這下就能平安抵達閖揚村。

不過，與此同時，在海邊轉動的燈光，不知爲何看起來就像將一連串案件導向破案的明燈。不，實際上，就在這一瞬間，言耶的腦中有某些靈光閃過，但……

……不行。

在確實掌握到前，眞相又倏地溜走。言耶懷著這樣的感覺踏上閖揚村。如果在這裡停留久一點，那道靈光或許會再次出現，但現在沒有這種閒工夫。在前來迎接的澤田刑警帶領下，言耶和御堂島乘上預備好的車子，一口氣穿過村子，進入聳立在村後的久重山那條蛇道，接下來便不斷在蜿蜒的山路中行進。

入夜以後的蛇道，看起來無比詭譎與危險。山路不寬，而且曲折，感覺白天開車也相當危險。山中又一片漆黑，如果沒有車頭燈，眞的什麼都看不見。

就在周圍的樹木變得更爲濃密時，言耶問：

「是不是快到黑暗嶺了？」

駕駛座的澤田搖頭說：

「我也不知道哪裡是黑暗嶺。來回大垣家的飛地，我都是認附近的路標，但哪裡叫什麼地名就……」

他還沒說完「不清楚了」，山路突然變成下坡，右下方出現燈火。

「那裡就是現場。」

那麼，剛才那裡果然就是黑暗嶺。

車子駛下坡道，稍微前進一段路，接著大幅右轉，幾乎快要掉頭，進入一條雜草叢生的岔路。在那條小路直行一會再左轉，草地前方出現大垣家的大農舍。農舍前停著縣警的巡邏車，屋內傳來嘈雜人聲。

大農舍約是一般雙層民宅大小，正門是對開的大木板門。現下門關著，但左邊的門板正中央開了個洞，可看見搜查小組在裡頭活動的情形。

「見崎警部，我帶御堂島警部過來了。」

澤田朝屋內叫喚，一名相貌溫和的男子立刻從農舍裡出來，笑容可掬地向御堂島敬禮。

「這就是那位大師嗎？」

接著，他與言耶寒暄，言耶連忙行禮。看來，見崎十分瞭解刀城言耶是什麼人，又爲何與御堂島同行。

「裡面是什麼情況？」

御堂島問，見崎收起了笑：

「極有可能是自殺。」

「怎麼發現的？」

「下午五點左右，大垣秀壽的偵訊結束。假設他先回家一趟，隨即開著小卡車到大農舍，抵達的時間應該是五點二十分左右。六點多，家人前來詢問警方。澤田在六點二十分左右發現遺體，我們在六點五十分左右抵達現場。大略的死亡推定時刻，是約一小時前，因此被害者幾乎是接受完偵訊後，就立刻過來。」

「上吊的狀況有什麼不自然的地方嗎？」

「這棟大農舍——」

見崎望向後方說：

「前半部挑高到天花板，後半部在相當於二樓的高度鋪有樓地板。農舍接近中央的地方，有一根通到屋頂的柱子，支撐著二樓的地板。大垣秀壽約莫是往柱子綁上繩子，從二樓垂下，在繩子前端打了繩結套上脖子，踢開做爲踏台的椅子，上吊自殺。」

「這一連串的上吊過程中，看不出任何僞裝的地方，是嗎？」

「是的，看起來非常自然。」

「請問……」

言耶客氣地舉起一手，見崎重拾笑容問：

「什麼事？」

「比方，讓大垣秀壽先生服下安眠藥，趁他意識矇矓，僞裝成上吊加以殺害——有沒有這樣的可能性？」

「當然有可能，但需要證據才能如此判斷，像是經過司法解剖，發現胃部有安眠藥殘留等等。況且——」

說到這裡，見崎突然露出意味深長的眼神。

「要進入大農舍，只能經過正面的對開門，但門從內側上了門閂。」

「門閂是一塊長板子嗎？」

「對。從這裡也可看到，對開門的表面各有兩個金屬承座，呈『L』字型。門的內側也有一樣的東西。關上門後，L字零件就會並排在一起，接著拿門閂卡進裡面。冬季在農舍裡工作時，會從內側上門閂。工作結束回家，則是從外面上門閂，是這樣的習慣。這與民宅廚房後門那種小卡榫的鎖不一樣，要把門閂卡進去，需要費一番力氣。」

「意思是，如果內側上了門閂，一定是從屋裡門上的，是嗎？」

御堂島問，見崎點點頭，於是他轉向言耶：

「換句話說，大農舍的現場又是個密室了。」

「那窗戶呢？」

言耶問，見崎搖頭說：

「相當於二樓的部分有採光窗。前半部如果沒有可爬上二樓的高梯子，根本無法靠近。後半部的話，爬上二樓可靠近窗戶，但每一扇窗都確實上了栓鎖。前半部的窗子也一樣上了鎖。」

就是〈蛇道怪物〉中的飯島勝利說的，有漆黑的臉窺看的採光窗。怪物或許搆得著，但人類應該沒辦法。

「在大農舍周圍，有沒有找到可爬上二樓的工作梯……？」

「沒有。」

即使發現梯子，還有窗栓的問題。

「自殺的動機，果然是爲了孩子的死而自責嗎？」

御堂島問，見崎的神色變得陰沉：

「在訊問食物中毒事件的時候，大垣秀壽憔悴無比。他眞的深深自責。想到這一點，我非常懊悔，不該輕率地讓他回家。」

御堂島沒說什麼，但似乎完全理解見崎艱難的立場。

「呃，不好意思。」

儘管氣氛如此沉重，言耶卻再次舉手。

「什麼事？」

見崎沒有動怒，臉上也沒有一絲厭煩。

「現場有沒有任何不對勁的地方？」

「關於這一點——」

見崎露出有些困擾的表情，交互看著御堂島和言耶。

「我在聯絡中提到，遺體正下方掉著一只竹葉船。我在署裡聽過犢幽村案子的詳情，擔心或許有關……」

「但──」御堂島立刻回應：「上吊並沒有僞裝的痕跡，現場從內側上鎖，又有明確的動機，當然應該視爲自殺吧。」

「除了這些以外，有沒有其他不對勁的地方？」

言耶再度插話，御堂島並未斥責，反而催促見崎。因此，見崎雖然有些猶豫，仍開口回答：

「還有另一件事。」

「是什麼？請告訴我。」

「門內掉落一根竹竿。」

言耶聞言，說明竹林宮祠堂與絕海洞沙地境內前方，豎立著宛如鳥居的兩根竹竿，接著問見崎：

「是這種感覺的竹竿嗎？」

「就像你形容的那樣。長度約兩公尺，這一點也吻合。不同的是，竹竿兩端都綁著繩子。」

「繩、繩子……」

言耶忍不住傾身向前，追問詳情。

「竹竿兩端綁著解開來約三十公分的繩子。繩子兩端都有用刀子割斷的痕跡。」

「那根綁著繩子的竹竿，是怎麼掉落在門的內側？」

「恰好與門閂平行，掉在距離門不到一公尺的地上。」

「門閂有多長？」

「大概兩公尺。」

「澤田刑警從門縫窺看屋內，所以發現了屍體，對吧？拉開門後，注意到門內掉落一根奇妙的帶繩竹竿……」

言耶沉默下來。御堂島和見崎靜靜等待了片刻。

「你想到了什麼嗎？」

最後，見崎等不及地問。

「沒有，很抱歉……」

言耶無力地搖搖頭。見崎有些過意不去，於是說：

「我得重申，要把門閂嵌進承座，需要相當大的力氣。」

他似乎是在暗示機關詭計是行不通的。

「我可以看看門和竹竿嗎？」御堂島要求。

「現場勘驗已結束，請。」

見崎應著，也請言耶一起前往大農舍。

言耶首先調查門的縫隙。縫隙眞的很窄，細線或許有可能，但粗繩穿不進去。他尋找有沒有其他縫隙，發現雖然有不少，卻都一樣狹窄，無法利用。

……不，釣魚線就可以嗎？

繩頭綁上釣魚線，從門縫裡穿出來。這樣的話，應該遊刃有餘。問題是，要如何運用門內的竹竿，將門閂嵌入？他想不透其中的機關。

不，更大的問題是，左右的門板沒有半個縫是在對稱的位置上。即使能將竹竿吊在門內，也會變得傾斜。那麼，不管是怎樣的機關，都沒辦法成功吧？

還是……

有什麼是傾斜的竹竿才能做到的方法嗎？

言耶檢查門板內外、門閂及竹竿後，也檢查了採光窗，卻沒發現任何疑點。不僅如此，還看出所有窗戶都長年未曾開啓。

「是完全的密室。」

三人一起走出農舍的時候，言耶低聲呢喃。

「老師還是認爲，大垣秀壽是第四名被害者嗎？」

見崎問，言耶露出困窘的表情回答：

「每一個現場都是密室，並且留下竹葉船。我認爲這個共通點不容忽視……」

「只憑這兩點，就認定是連續殺人事件，是否太牽強？」

御堂島立刻指出，言耶突然激動地說：

「對，問題是連續殺人。因爲大垣秀壽先生逝世後，四名被害者恰恰完美地分成兩組。」

「這到底是在說什麼？」

不光是御堂島，連見崎都一臉訝異。

「從四名被害者的屬性來看，可明確地分爲及位廉也先生與龜茲將先生，還有籠室岩喜先生與大垣秀壽先生兩組，不是嗎？」

「原來如此，是這個意思啊。」

御堂島表達同意，催促言耶：

「那麼，從這一點可推理出什麼？」

「這只是我現階段想到的解釋——」

言耶先如此聲明，接著說：

「先前有三名被害者，然而，沒有嫌犯同時擁有行凶動機與機會，在這樣的狀態下，不知爲何又出現第四名被害者。三名被害者已令人如墜五里霧，現在又加上第四人，使得狀況更爲混亂。這就是目前的狀態。其實，只要發現四名被害者可分成兩組，便能解釋爲各有不同的凶手——意即，這是兩名凶手犯下的不連續殺人事件。」

對於這個推論，兩名警部似乎都吃了一驚，默默看著言耶。

「在前一組的及位廉也與龜茲將的命案中，擁有動機與機會的凶手，在後一組的籠室岩喜及大垣秀壽的命案，沒有動機與機會。同樣的說法，在後一組的凶手身上當然也成立。」

「簡而言之，兩名凶手從一開始就串通好了，是嗎？」

見崎有些猶豫地問，言耶答道：

「從現場的竹葉船來看，恐怕是的。」

「具體來說，是什麼情形？」

御堂島直截了當地問，言耶詳盡地說明：

「殺害及位廉也和龜茲將的凶手，在籠室岩喜與大垣秀壽的命案中，沒有任何動機，而且擁有確實的不在場證明。因此，即使在及位命案和龜茲命案中受到懷疑，也可藉由籠室命案和大垣命案來洗清嫌疑。同樣的狀況也發生在另一名凶手身上。於是，兩名凶手犯下的不連續殺人事件成立。這會不會就是眞相？」

仔細聆聽的見崎似乎相當佩服：

「這個推理……確實解決了沒人擁有連續殺人的動機與機會的問題。」

但御堂島不同，提出質疑：

「這兩組眞的有個別的嫌犯嗎？除非查明這一點，否則有可能空歡喜一場。」

話雖嚴厲，但很顯然地，御堂島迅速動起腦筋。當然，言耶也一樣。

沉默片刻，御堂島先開口：

「在前一組當中，及位廉也命案裡有完美不在場證明的，只有大垣秀繼一個人。」

「是的。」言耶附和。

「假設大垣秀繼是後一組的凶手，姑且不論籠室岩喜命案，他眞的有動機殺害親祖父嗎？」

聽到御堂島的疑問，見崎客氣地提出看法：

「偵辦食物中毒事件時，我們也懷疑大垣家中是否有某些紛爭，於是進行過調查，但目前並未查到這樣的事實。」

「這是當然的。」言耶壓抑著怒氣，「大垣先生絕不可能殺害親祖父。」

「這是我們的職責，還請諒解。」

見崎一板一眼地回應，但御堂島不理會，徑自說下去：

「前一組的另一名死者龜茲將的案子，不在場證明仍在調查當中，所以暫且不提，但後一組的籠室岩喜命案，許多人有不在場證明。這些人在前一組的命案裡，不是都沒有不在場證明嗎？」

「除非查清楚這一點，否則沒辦法過濾出第一組的凶手。」

言耶原本期待能明確地浮現出一名凶手，頓時變得消沉沮喪。

「現階段沒辦法鎖定前一組的嫌犯，而後一組唯一的嫌犯大垣秀繼，不管怎麼想都不是凶手。既然如此，『怪談殺人事件』是由兩名凶手犯下的不連續殺人，這個解釋本身是否就不成立？」

「是的……」

「此外，這應該是預謀殺人。然而，龜茲將命案的現場看起來卻像衝動殺人，也與這番解釋互相矛盾。」

「說的也是……」

「那麼，就像我們先前討論過的，解釋爲凶手在犯下第三起命案時已失去餘裕，是不是比較自然？」

「至於大垣秀壽的情況——」見崎再次客氣地從旁插話。「偵訊結束後，他隨即前往農舍。如果是他殺，凶手怎能預知他的行動？會留下這個謎。」

「或許有人盯著，當場向凶手通風報信。」

「比方說誰？」

「垣沼亨先生，或是他以外的四人幫之一。」

「有可能，不過來得及嗎？」

「五點左右結束偵訊，大垣秀壽先生在五點五十分左右自縊，中間有五十分鐘的空檔。即使凶手在犢幽村，應該也有辦法趕來行凶。」

「可是——」

聆聽著兩人對話的御堂島開口：

「假設這眞的是連續殺人事件，唯一不變的是，依然想不到任何有全部的動機與機會的嫌犯。」

「警部說的沒錯……」

言耶垮下肩膀，御堂島和見崎走到稍遠處，似乎在討論接下來的行動。

向見崎道別後，言耶和御堂島先一步回到閖揚村。言耶去大垣家致哀，再與御堂島會合，一起搭楢本的漁船回到犢幽村。

在船上，言耶注視著漆黑的海面陷入沉思。

在竹林宮的開放空間莫名餓死。

在望樓由視線構成的密室神祕消失。

在絕海洞的沙地境內不留腳印行凶。

在大農舍像加工自殺的不自然自縊。

就這樣，「怪談殺人事件」，或「竹葉船殺人事件」，終於畫下句點。

# 第十九章　命案的重重謎團

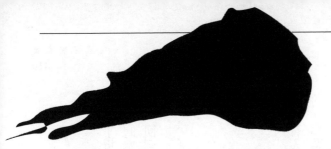

這天晚上，刀城言耶和御堂島警部分別回到笹女神社的籠室家，與縣警停留的聚會所。

附帶一提，大垣秀繼在傍晚六點多回到籠室家。他在以爲遺失的地點找不到記事本，似乎折回九難道頗遠的地方，因此累得一回來就躺下，一直休息到晚飯時間，卻接到祖父過世的噩耗，連忙跟在言耶和御堂島後頭，也乘坐漁船趕回閖揚村。但他並非前往現場。他只能回到老家，和父母一同爲祖父的驟逝哀悼。

言耶拜訪大垣家時，屋子裡的氣氛相當沉重。

「大垣先生，你要節哀順變。」

言耶向大垣家的人致哀後，與秀繼獨處時，如此安慰他。

「祖父是個責任心很重的人。」

秀繼與其說是難過，似乎更對警方認爲大垣秀壽是自殺而感到憤怒。

「所以，如果他認爲自己必須爲孩子的死負責，或許有可能選擇尋短。但現在無法排除有人在茸菇湯裡摻入毒菇的可能性，也不知道那個人到底是誰，祖父絕不可能在這種狀況下草草結束生命。」

「你覺得令祖父是遭人殺害嗎？」

「沒錯。老師，請您一定要破解『怪談殺人事件』！」

言耶辭別閖揚村的大垣家，再次上船，回到犢幽村的籠室家。這段期間，他的腦袋不停運作著。

貫穿四起連續殺人案的動機，究竟是什麼？

四個密室到底是如何形成的？

還有，這起事件的眞凶究竟是什麼人？

對於這些謎團，諸多解釋在他的腦中奔騰盤旋，卻遲遲看不到光明。

還是得先把謎團整理一下……

過去被捲入案件時，爲了解開種種謎團，言耶向來會都這麼做。因此，隔天一早，他便關進別院裡，重新閱讀寫在採訪筆記本中的四則怪談，回顧至今見聞的各種訊息與事實，將關於這起事件的種種謎團全部列出來。

最後，他將謎團分成了兩大類：「與濬靈大人有關的謎團」，及「與怪談殺人事件有關的謎團」。包括感覺已找出答案的謎團在內，如同下列，項目多達七十個。

**〈與濬靈大人有關的謎團〉**

一、濬靈大人究竟是什麼？牛頭浦的濬靈大人礁岩所祭祀的，眞的是江戶時代的船難死者嗎？

二、爲什麼犢幽村的祠堂和地藏像前會供奉竹葉船？竹葉船有何意義？

三、當時犢幽村的村人，爲何要那樣拚命防止帆船遇難，甚至搭建起狼煙場、遠見嶺和望樓？除了害怕海難事故的死者作祟以外，還有其他理由嗎？

四、爲什麼濬靈祭是不定期舉行？

五、在濬靈祭中，爲何在海邊煮用來供奉的鹽？又爲何角上岬的爐灶比較少，角下岬的比較多？

六、參加濬靈祭的只限男性，女性和兒童不得參加，是基於什麼理由？另外，爲何祭典期間男人全都默不作聲？

七、爲什麼碆靈祭的時候，狼煙場、遠見嶺和望樓都沒有準備狼煙或火炬？碆靈祭不是重現船難的祭典嗎？

八、爲何碆靈祭隔天開始，要休漁三天？

九、刀城言耶佇立在遠見嶺時，爲何會聯想到英國的康瓦爾地區？

十、及位廉也在記事本寫下的「原來完全相反」，是與碆靈祭有關的文字嗎？刀城言耶的解釋是正確的嗎？

十一、同樣地，及位廉也在記事本寫下的「碆靈大人其實是人魚」，有何意義？

十二、唐食船究竟是什麼？笹女神社的日誌提到的唐食船，到底意味著什麼？

十三、爲何傳說中招來唐食船的，竟也是笹女神社祭神的獲備數大人？

十四、〈海中首級〉裡，說唐食船會在夏末初秋之際，飢寒交迫的冬季之前到來，但同一時期，會有女孩消失不見，這是爲什麼？

十五、同樣是〈海中首級〉，伍助的祖父說「唐食船的周圍擠滿泅泳的亡者」，這是什麼意思？

十六、同樣是〈海中首級〉，祖父對伍助說「即使不願意，總有一天他也會明白碆靈大人眞正的可怕之處」，這是爲什麼？

十七、在〈海中首級〉中，伍助在初秋到初冬風大的日子裡，半夜會聽到碆靈大人那裡傳來駭人的咆哮聲，那到底是什麼？

十八、在〈望樓幻影〉中，竺磐寺的住持對淨念說「時候到了，即使不願意，或許他會明白，也或許不會明白」，理由與第十六項一樣嗎？

十九、同樣是〈望樓幻影〉，儘管當時神佛分離與廢佛毀釋的風潮如火如荼，淨念卻覺得犢幽村的笹女神社與竺磐寺之間的關係沒有任何問題，這是爲什麼？

二十、同樣是〈望樓幻影〉，淨念指出犢幽村有太多「魔所」，其中有什麼理由嗎？

二十一、笹女神社的祭神獲備數大人，其實也是碆靈大人。可能是漁夫將海中發現的浮屍稱爲獲備數，因此將其視爲與獲備數大人一樣的東西。如果獲備數未能被超度，就會變成在海中出沒的亡者。亡者爬上奧埋島，就成爲夜裡飛舞的鬼火。鬼火飛上陸地，進入竹林，就變成竹魔。竹魔爬上喰壞山，就化爲山鬼。換句話說，一切的妖魔鬼怪，都可視爲碆靈大人。這樣的關係究竟意味著什麼？

二十二、漁夫猶本提到，以前鹽飽村的村人每到秋季，就會聽到與犢幽村交界的斷崖傳來宛如怪物般的巨人吼叫聲，害怕不已。那是什麼？與項目十七是一樣的東西嗎？

二十三、〈蛇道怪物〉裡，飯島勝利在大垣家的農舍裡聽到的「兜～兜兜、兜～兜兜、兜～兜兜、咚咚……」聲，與項目十七和二十二是一樣的嗎？如果是，怎會在農舍聽見？

二十四、對於四則時代各異的怪談，有辦法做出合理的解釋嗎？

二十五、爲何只有〈蛇道怪物〉的風格與其他三則怪談迥異？爲何會是現在進行式？

二十六、〈蛇道怪物〉的蠅玉就是碆靈大人嗎？因爲異象隨著時代演進，舞台也從犢幽村變成閖揚村嗎？（正確地說，是連接閖揚村與平皿町的蛇道怪物。）

二十七、〈蛇道怪物〉的閖揚村發生的事（小火災與食物中毒等），也和蠅玉（碆靈大人）有關嗎？

二十八、及位廉也對「平和莊」的前川說「沒有蠅玉這種怪物，但它眞的很可怕」，這是什麼意思？

二十九、犢幽村的笹女神社與閖揚村的大垣家之間延續多代的嫌隙，起因是什麼？

## 〈與怪談殺人事件有關的謎團〉

### 及位廉也命案

一、及位廉也在調查什麼？是潛靈大人、笹女神社、竺磐寺、犢幽村，還是另有目標？

二、爲何他會穿著竺磐寺住持的法衣？

三、爲何他沒有離開竹林宮？還是他無法離開？是因著什麼理由餓死在那裡？凶手用了怎樣的機關？

四、他是因在追查的事物而遭到凶手殺害嗎？動機是什麼？

五、宛如祠堂鳥居的兩根竹竿裡，爲什麼他只拔起一根？

六、爲何他要用那根竹竿敲打祠堂？爲什麼敲打的痕跡顯得微弱無力？

七、從竹林宮的草地進入迷宮的入口附近的竹子，爲何留下摩擦般的痕跡？

八、同一塊草地的周圍，竹林有三處留下相同的摩擦痕跡，爲什麼？

### 籠室岩喜命案

一、潛靈祭當晚的慶功宴，籠室岩喜溜出宴會，究竟去了哪裡？

二、宮司似乎先回家睡過一覺，隔天清晨又出門，他眞的是去冥想嗎？

三、案發前天一整天，宮司究竟在哪裡做了什麼？一整天都在冥想嗎？

四、案發前天，蓬萊沒看到宮司前往望樓，大垣秀繼卻在望樓裡看到雨傘和雨衣，爲什麼？

五、案發前天，下雨前後，有宮司以外的人去望樓嗎？如果有，目的是什麼？

六、案發當天，宮司上到望樓後，爲何花了一點時間才出去瞭望板？

七、宮司在瞭望板上冥想的模樣有些不對勁，理由是什麼？

八、宮司是被凶手從瞭望板推下賽場嗎？如果是，凶手用了什麼方法，才沒遭到蓬萊目擊？

九、凶手的動機是什麼？

十、凶手行凶後，如何躲過蓬萊的視線逃走？

十一、宮司的遺體漂進絕海洞了嗎？沖到三途河裡去了嗎？

**龜茲將命案**

一、龜茲將爲何把籠室篠懸找去絕海洞？有什麼非得在那個洞窟見面不可的理由嗎？

二、龜茲將在絕海洞等篠懸的時候，爲何進入沙地境內？

三、凶手選擇供奉在那裡的損壞魚叉做爲第一個凶器，是出於什麼理由？

四、凶手如何不在沙地留下腳印，用折斷的魚叉刺傷龜茲將？

五、凶手選擇大石頭做爲第二個凶器，是出於什麼理由？

六、凶手如何不在沙地留下腳印，拿石頭毆打龜茲將的頭部？
七、爲何凶手使用兩種凶器？
八、凶手的動機是什麼？
九、凶手如何不被角上岬的蓬萊目擊，進入絕海洞，再離開絕海洞？
十、案發後，篠懸說當刀城言耶遇到龜茲竹利時，命運就已決定，這話是什麼意思？

**大垣秀壽命案**

一、爲何大垣秀壽接受警方的偵訊後，要前往農舍？
二、他的自縊是凶手布置僞裝的嗎？
三、凶手的動機是什麼？
四、凶手如何從上了門閂的農舍逃離？
五、掉落在門內、兩端繫有繩索的竹竿，究竟是用來做什麼？

**關於四起命案**

一、「怪談殺人事件」的凶手是誰？
二、爲何要刻意犯下宛如呼應四則怪談的命案？
三、四起命案有共通的動機嗎？如果有，是什麼？
四、凶手在四起命案中，都有不在場證明嗎？如果有，用的是什麼詭計？
五、凶手爲何在現場留下竹葉船？竹葉船代表什麼意義？

六、第一、二、四起命案感覺可僞裝成事故或自殺，爲何第三起命案選擇明顯就是他殺的方法？

七、「怪談殺人事件」與〈蛇道怪物〉的一連串異象有關嗎？

言耶花一整個上午整理出這些。接著他用了午飯，探望過籠室篠懸，把祖父江偲找到別院。

「我想拜託妳一件事。」

言耶正經八百的語氣，讓偲忍不住正襟危坐。

「我想請妳陪伴我。」

聽到這句話，偲頓時扭捏起來。看來，她把言耶說的「陪伴」誤會成另一種意思的「陪伴」。不過，言耶當然不可能知道。

「祖父江小姐，妳怎麼了？不要緊吧？」

「大、大師突然這樣說，人、人家也……」

「妳有別的事嗎？」

「不，沒有。」

「那麼，爲了破解懸案，請妳務必陪我一下。」

「……欸？」

偲一臉愕怔，言耶則是對她的反應感到不解：

「呃，什麼『欸』？祖父江小姐，妳振作一點好嗎？」

言耶翻開採訪筆記本列出事件之謎的頁面說明：

「我要參考這些，試著解釋案情，希望妳可以陪我。妳明白我的用意嗎？」

偲呆了半晌，接著突然喊道：

「當、當然明白！」

她不知爲何動了怒，鼓起腮幫子，令言耶納悶不已。

但聽到言耶說出至今見聞到的種種資訊與事實，並讀出筆記內容，偲隨即恢復平常的神態。她那嚴肅的眼神，或許就是編輯讀稿時的表情。

「我認爲整理得很好。」

偲默默地一口氣看完筆記，佩服地說道。

「我省去了敬稱，有沒有漏掉的項目？」

「唔……我沒注意到有什麼遺漏，倒是有些項目令人覺得這也算謎嗎？」

「因爲我把在意的地方全列出來。」

「可是，大師，您要解開全部的謎嗎？」

「不，不可能。」

言耶當下否定，偲不禁傻住：

「怎麼這樣……」

然後，她突然氣憤地說：

「怎能不戰而降？大師，您要振作一點啊！」

「雖然這麼說，但就算解開怪談之類的謎，也沒有意義吧？」

「如果與事件有關呢？」

「自然另當別論，而且如果裡面有什麼詭計，就有可能解開。簡而言之，從一開始便打定主意要解開全部的謎，實在太強人所難。」

「我知道了。」

偲似乎也同意，但旋即又萌生疑問：

「可是，爲什麼您不找御堂島警部？若是要研究案情，請警方人員在場見證，不是比較方便嗎？」

言耶深吸一口氣，然後吐氣：

「妳也知道，我的推理向來需要不斷嘗試和摸索，在連自己都不清楚會走向何處的狀態下進行。」

「是啊。」

「所以，我無法預測究竟會得到怎樣的答案。」

「好的……」

偲如此回應，表情仍極爲不安。

「換句話說，或許最後得到的答案，會揭開驚人的眞相，視情況可能會不想告訴警方——我必須先設下這樣的防線。」

# 第二十章　歸還

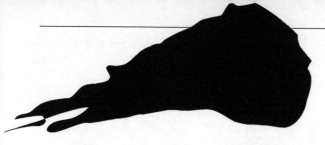

# 一

「話說回來，到底該從何處著手才好？」

祖父江偲一籌莫展地看著放在兩人之間的採訪筆記本。

「應該從一切的源頭——瀆靈大人開始分析吧。」

刀城言耶應道，偲充滿期待地說：

「及位廉也在調查的對象，果然還是瀆靈大人吧。大師終於查出其中的祕密了嗎？」

「更正確地說，是唐食船的祕密。不過，只要查出唐食船的底細，應該就可連帶解開與瀆靈大人相關的謎。」

「唐食船到底是什麼？」

「最終，在我的印象裡，唐食船是船，但又不是船。這完全只是印象，不能作準，不過就朝著這條線來思考吧。」

「好的。」

「在從前的犢幽村，說到船，現實的船是在磯漁中使用的小船，與經過海面的帆船。然後，非現實的船，是傳說中的唐食船。位於中間的，是瀆靈祭的唐食船與亡船，及供奉在村中祠堂和地藏像前的竹葉船。」

「您說『中間』，是『雖然真實存在，但並非真正的船』的意思嗎？」

言耶點點頭，但表情就像腦中正在思考完全不同的事。

「這樣列出來後，我想到還忘了一艘船。」

「咦，還有什麼？」

「與村子並無直接關係，或者說，並非實際出現過的船。」

「那是在哪裡出現？」

「淨念的故事裡。他在〈望樓幻影〉中，提到那艘船。」

「怎樣的船？」

「『補陀落渡海』的小木船……」

「啊，的確是。」

偲似乎想了起來，但言耶定定注視著她。

「怎、怎麼了？」

「妳記得進入犢幽村前的最後一道難關嗎？」

「什麼？」

偲露出不明所以的表情，但也只有一下子而已。

「喔，那座吊橋嗎？」

「嗯。我擔心吊橋無法承受我們三人同時過橋的重量，所以讓妳先過。」

「當時我以爲……」

「以爲什麼？」

「幹麼又重提這件事啊？」

偲受不了地說，言耶卻鍥而不捨地追問：

「妳以爲是什麼?」

「以爲大師想要先拿我試驗……」

「當時妳是怎麼控訴的?」

「呃,記得是……拿人家獻祭什麼的……」

「『補陀落渡海』被視爲修行者的捨身行,但據說其中有人並非出於自願,而是被強迫趕上木船,流放到大海的另一頭。」

「也就是一種獻祭嗎?」

「以前在潛靈祭舉行的時期,犢幽村常有女孩消失不見。」

「咦!難道……」

偲的反應像在說她不想再聽下去,但言耶淡淡地繼續道:

「唐食船就是載了獻祭女孩的『補陀落渡海』的木船嗎?假設犢幽村無法發展出像樣的漁業而陷入貧困,村人爲了祈禱豐收,而有過如此駭人的風俗……」

偲急忙望向記事本,回應:

「這樣的話,狼煙場、遠見嶺和望樓,到底是爲了什麼目的而設?」

「是爲了防止外人看見他們流放木船的現場吧。尤其經過海面的船隻若是藩的帆船,很可能有官員坐在上面。雖然是其他的藩,但官就是官,如果整座村子聯手進行這種獻祭行爲,一旦被發現,恐怕不會有好下場。」

「潛靈祭舉行的時間不固定,是因爲……?」

「也許是在等待颱風。如果颱風直撲而來就麻煩了,但海面風浪大一些,木船比較容易流放出去。」

「那爲什麼要在海邊煮鹽？」

「會不會是一種送火儀式？比起角上岬，角下岬的爐灶數量比較多，是因爲那裡有磯靈大人的礁岩。木船就是從海邊往那裡漂過去吧。」

「祭典中，宮司和老師的小船出發的地點，就是那個位置。」

「如果是這樣，參加磯靈祭的只有男丁也可理解。因爲這對做母親的來說，實在太難以承受。」

也許是同爲女性，感同身受，偲頓時沉默。

「伍助聽到的咆哮，鹽飽村的村民聽到的巨人叫聲，及祭典中發出的『兜～兜兜、兜～兜兜、兜～兜兜、咚咚……』大吼聲，都是流放木船時男丁的吆喝聲。」

「就算是這樣，聲音未免太大了吧？」

「如果那是爲了掩蓋硬是被趕上船、在木船裡哭喊的女孩的尖叫聲呢？」

「太殘忍了……」

偲的表情愈來愈陰沉，但仍提出疑問：

「隔壁的鹽飽村從來都沒發現嗎？」

「因爲阻隔兩座村子的，是極寬闊的斷崖，所以鹽飽村的人錯覺聲音是從斷崖裡傳來。當時，犢幽村完全是陸上孤島，才能暗中徹底執行不爲人知的活人獻祭儀式。」

「實際上那麼吵鬧，祭典中男人卻都不說話，這又是爲什麼？」

「關於及位廉也先生寫在記事本中的『原來完全相反』，我的解釋是對的。不過，這句話也是在說整個祭典。所以，男丁都沉默不語，狼煙場、遠見嶺和望樓沒有準備狼煙和火炬。等於是透過碆靈祭，實施與過去的『補陀落渡海儀式』完全相反的行爲，想要祓除一切的災禍。從祭典隔天開始休漁三天，約莫具有相同的意義。原本是期待大豐收，應該要立刻出海捕魚才對。畢竟活人獻祭就是爲了這個目的。」

「眞是太殘忍了……」

「伍助的祖父會說唐食船的四周圍繞著數不清的亡者，也是難怪。」

「即使不願意，總有一天也會瞭解到碆靈大人眞正的可怕……伍助的祖父會這麼說，是因爲……伍助長大後，便得成爲流放木船的一分子。」

「竺磐寺的住持對淨念說『時候到了，即使不願意，或許你也會明白』……這話也是在說，如果淨念融入村子，或許自然就會得知這個事實。」

「因爲那時候村人還會記得這個可怕的風俗？」

「是這樣啊。」

「或者意思是，只要待在竺磐寺，就會在與笹女神社打交道的過程中得知。」

「宮司說，自古以來，女人就不能參加祭典。像這樣一看，這番話頗堪玩味。因爲女人不是參與者，而是當事人……」

偲一陣哆嗦，「那碆靈大人……」

「表面上是祭祀船難死者，但眞正想要安撫的，是被送去獻祭的女孩們。說起來，一年一次或好幾年才有一次的船難死者，村人會如此鄭重其事地祭祀嗎？不，祭祀是很自然的，但應該不至於畏懼到這種地步。」

「他們還是會有罪惡感吧。」

「及位廉也先生會對『平和莊』的前川先生說『雖然沒有蠅玉這種怪物，但它眞的很可怕』，也是因爲他知道逽靈大人的眞面目。」

「如果知道，當然會這麼說。」

「神佛分離與廢佛毀釋的風潮，都無法撼動笹女神社與竺磐寺之間的關係，畢竟他們共同擁有重大的祕密。而犢幽村有太多魔所，所有妖魔鬼怪似乎都源自逽靈大人，也都是過去有如此可怕的風俗的緣故。」

「那麼，四則怪談裡，只有〈蛇道怪物〉調性不同，是由於地點位在閖揚村嗎？」

「不，只有那則怪談是人爲的。」

偲露出要求解釋的眼神。

「晚點再說。」

言耶如此表示，於是偲提出別的問題：

「爲什麼老師站在遠見嶺時，會聯想到英國的康瓦爾地區？」

「最主要的理由，應該是看到有許多高崖的地形。但或許我無意識中想起〈海中首級〉裡女孩不見的情節，聯想到把人抓進海裡的康瓦爾的人魚傳說。」

「難道及位廉也聯想到和老師一樣的事？」

偲的口氣就像在說，她絕不允許兩人居然那麼有默契，做出相同的發想。

「實際如何我不清楚，但及位廉也先生發現這一點的契機，或許是篠懸小姐。」

「咦，怎會是她？」

「聽說篠懸小姐非常擅長游泳，媲美河童。然後，她又是巫女。於是，及位先生從篠懸小姐聯想到人魚，再連結到唐食船，最後想到利用『補陀落渡海』的活人獻祭。」

「也就是說，竹葉船其實象徵著唐食船。」

「招來唐食船的，是笹女神社的祭神獲備數大人。考慮到獲備數大人也是海難事故的死者獲備數，這實在很諷刺。」

「傳說中載滿食物的唐食船，實際上除了獻祭的女孩以外，什麼都沒有，是可怕的『補陀落渡海』木船……」

「為了活下去，以活人獻祭。然而，從來沒有什麼唐食船來訪，他們只是拚命祈求豐收，仍舊在窮苦的生活中浮沉，實在太教人難過了。」

「犢幽村的人是什麼時候認清如此殘酷的現實？」

沉默籠罩兩人。偲低垂著頭半晌，突然起身說：

「我去泡茶。」

她隨即離開別院。

不久後，除了茶水以外，偲還拿回一托盤的茶點。到底是從哪裡弄來的？言耶刻意不問。兩人喝茶吃點心後，言耶緩緩開口：

「及位廉也先生八成查出了唐食船的祕密。」

「所以他才會遭到殺害……可是，大師，最有殺人動機的宮司，自己也成了第二個被害者。」

偲的語氣會如此不安，或許是預料到言耶會指出：

「那麼無可避免地，篠懸小姐會成爲第二個嫌犯。」

「可是，宮司是她的祖父……」

「她不可能殺害親祖父。」

「就是說嘛。」偲鬆了一口氣。

「剩下的嫌犯，只有竺磐寺的眞海住持。但他也沒有殺害宮司的動機。」

「畢竟要守住唐食船祕密的，是宮司那邊的人。」

「不，我懷疑住持並不瞭解唐食船眞正的意義……過去姑且不論，隨著時代進入明治、大正、昭和，知道這個祕密的人應該會愈來愈少，最後知情的只剩下笹女神社的人也說不定。」

「原來如此，這樣想比較自然。」

「不管怎樣，住持都會從嫌犯名單上被剔除。」

「這樣就沒有候補的嫌犯了……」

偲再次顯現出不安的神色。言耶提出之前告訴御堂島與見崎兩名警部的、由兩名凶手進行的「不連續殺人假說」。

「我那番解釋是錯的，但當時我把重點放在被害者身上，而不是尋找嫌犯，或許並非白費工夫。」

「什麼意思？」

「四名被害者裡，仔細想想，是不是只有一個人特別奇怪？」

「奇怪？」

「換個說法，就是和其他三人不一樣。」

「那就是及位廉也了啊。只有他是外地人。」

「那麼，如果從命案被害者的角度來看，唯一和其他三人不一樣的是誰？」

「及位廉也、宮司、龜茲將、大垣秀壽……」

偲在腦中逐一回想四名被害者後，回答：

「難道是宮司？」

「爲什麼？」

「他從望樓被推落賽場，沖進絕海洞深處。只有他的遺體沒找到……」

「也就是只有他的生死沒被證實。」

「……」

「假設宮司是眞凶，他完全有動機殺害其餘三人。」

「怎麼會……」

偲啞然失聲，言耶繼續說出自己的推理：

「及位廉也先生恐嚇宮司，說他知道潛靈大人的祕密。目的是不是爲了勒索金錢，如今已無從得知，總之不會是什麼像樣的要求。」

「眞差勁。」

「如果是口頭威脅，宮司裝傻，及位先生便拿他沒轍，畢竟沒有任何物理證據。因此，他爲了讓恐嚇更有效果，誘導閖揚村的垣沼亨先生等四人幫，引發〈蛇道怪物〉中的種種怪事。」

「爲什麼？」

「閖揚村是五村合併計畫的中心，要是蠅玉造成的騷動讓人聯想到潛靈大人，宮司便無法忽視及位先生的恐嚇。這就是及位先生的目的。」

「太奸詐了。」

「即使他一個人做不來，利用垣沼先生等四人幫，就能輕易引發所謂的不可思議的現象。」

「這麼說來，〈蛇道怪物〉裡，飯島勝利先生遇到的怪物出現了四次，原來是那四人幫扮演的。那麼，其他的怪物也都是四人幫假扮的嗎？」

「不，閖揚村發生的怪事，無法斷定全是四人幫所爲。當中一定也有眼花、看錯，或是捏造的部分。其他形形色色的怪物，約莫是怪談又被擴大渲染而出現。」

「原來是這麼回事。」

「倘若怪事繼續發生，會影響到村子的合併計畫。蠅玉就是潛靈大人，而潛靈大人的來歷其實是……眞的可以說出來嗎？及位先生像這樣逼迫宮司。」

「但日昇紡織的久留米先生不是說，即使村子發生過醜事，也不會影響合併嗎？」

「這部分無所謂。及位先生的目的是恐嚇宮司，而不是要阻止村子合併。」

「啊，原來是這樣。」

「宮司認爲，即使拿出錢來也無法打發及位廉也這種人，才決定斬草除根。」

「然後，宮司把及位廉也帶到竹林宮。」

「這時，被害者身穿竺磐寺住持的舊法衣，或者，是宮司從寺院偷來，預先準備的。」

「法衣很重要吧？」

「宮司把及位廉也先生誘進竹林宮的中心，同時告訴他碆靈大人與唐食船的事。卸下對方的心防後，讓他喝下預先下藥的酒。應該是以蛇顏草做成的具有睡眠效果的藥。及位廉也先生嗜酒如命，恐怕不假思索就喝下。」

「最後，宮司把睡著的及位丟在竹林宮裡……」

「如果只是把他留下，被害者醒來後就會自行走出竹林宮。因此，宮司剝奪了他的自由。」

「但及位並未被綁住。不僅如此，他還能在草地上自由行走。」

「他的雙腳確實是自由的，但他的雙手八成就像耶穌基督被綁在十字架上那樣。」

「怎麼說？」

「我們以爲被害者握在右手、原本插在祠堂前鳥居般的兩根竹竿之一，他被綁在上面。」

「拔出竹竿的……」

「不是被害者，而是宮司。他先將穿著法衣的被害者雙手左右張開，將竹竿穿過法衣的袖子之間。接著，將垂下的袖子部分捲在雙臂上，再用撕成條狀的手巾綁起來。只要綁住手腕、手肘和腋下這三個點，被害者就絕對無法自行解開。並且在法衣的保護下，雙手不會留下捆綁的痕跡。」

「是只有上半身的十字架。」

偲露出複雜的神色，也許是想像起那副模樣。

「被害者醒了，雙手卻被綁起來。但他雙腳自由，可以站起來。被害者想離開竹林宮，但參道迷宮太狹窄，從草地進入迷宮的通道又呈直角彎曲，被害者在雙手伸直的狀態下，無論如何都無法通過，即使將雙手放斜也沒辦法。被害者身材肥胖，更增加了難度吧。即使如此，他仍試著強硬通過，才會在那一帶的竹子上留下摩擦的痕跡。」

「咦，那種狀態……」

「跟妳家養的卡伊一樣。」

「啊，叼著樹枝，想要進入狗屋的——」

「妳那段小故事激發了我的靈感。」

平常的話，偲一定會自鳴得意，大肆吹噓一番，這時卻沒有反應。她似乎想快點知道接下來的發展。

「那草地周圍發現的三處痕跡……」

「被害者心想，如果迷宮進不去，就直接穿過竹林離開，但還是沒辦法。因此，氣憤之餘，他拿綁在一起的竹竿敲打祠堂洩忿。可惜他的姿勢十分拘束，無法使出太大的力道。我猜應該是這樣。」

「難道……」

偲的表情就像在說，她發現不得了的事實。

「宮司解開及位的束縛，是在……」

「應該是在他帶我們進去竹林宮那時候。宮司知道要餓死被害者，需要四、五天的工夫。因此，他盡量把人丟在那裡五天以上。我們等於是被利用了。」

「弄個不好，可能會被我們看到吧？」

「不，這一點不用操心。在竹林密度極高的竹林宮裡，從迷宮根本看不到草地。那個時候宮司走在最前面，他一定計算過，可趁著不熟悉迷宮的我們在參道裡亂鑽的期間，一個人搶先抵達草地，處理掉綁縛的痕跡。」

「聽您這麼一說……」

「而且，宮司非常大膽。」

「咦，還有什麼嗎？」

「他不是故意讓我們看了用來綁被害者的手巾嗎？」

「哪有……啊！我的手掌被竹葉割傷……」

「宮司看到妳流血，掏出又髒又破的手巾。不過，那是用來綁被害者的手巾之一。證據就是，他表示身上還有別條手巾。」

「可是，宮司爲什麼……」

「他純粹是想替妳止血吧。不過，要接觸傷口，那手巾實在太髒。不在乎這些細節，眞的很像宮司的爲人，不是嗎？」

「嗯，確實。只是，我現在覺得，宮司在那時候掏出手巾，會不會其實是想要給大師線索？」

言耶猶豫了一下，回答：

「有可能。會想出十字架的詭計，目的是爲了守住村子的祕密，並隱藏及位廉也先生的死亡眞相，讓命案變成懸案。對此他並不後悔，但畢竟殺了人是事實，不管怎樣都會有罪惡感。但如果他被警方抓走，會毀了篠懸小姐的前途。被夾在中間的痛苦，讓他忍不住向身爲外人的我提供了線索。」

「我好像可以理解……」

「他刻意在被害者的襯衫胸袋裡放入竹葉船，表達這是爲了保護村子與神社。」

「這些做法都很像宮司的爲人。」

偲百感交集地說，重新打起精神問：

「那麼，望樓的案件……」

「是自導自演。不過，宮司什麼也沒做，只是請蓬萊女士配合他撒謊而已。」

「能夠做到這一點的，也只有笹女神社的宮司。」

偲完全同意，又說：

「那麼，龜茲將命案是怎麼回事？」

「宮司會抹殺自己，是想要趁此機會，順便除掉龜茲將先生。宮司躲在笹女神社，但沒有告訴篠懸小姐。他當然擔心孫女，發現了小竹來送信，便早一步前往絕海洞。」

「明明看到宮司比龜茲將早進入絕海洞，蓬萊女士卻知情不報。」

「蓬萊女士再次撒謊，幫了宮司，可是——」

言耶說到這裡，語氣突然變得毫無把握。

「大師，您怎麼了？」

「到宮司進入絕海洞爲止，這樣推測確實沒錯。」

「是的。」

「我實在不認為，接下來宮司有辦法殺害龜茲將先生。」

「什麼？」

「只是……」

二

「怎、怎麼會？」偲驚訝地問。

「就像篠懸小姐無法犯下不留腳印的殺人命案，宮司也一樣辦不到……」

「等、等一下——」

「啊，這下傷腦筋了。」

偲似乎以為言耶在開玩笑，但他的表情十分嚴肅。

「可是，大師，竹林宮的解謎——」

「這個方法並非唯有宮司才辦得到。只要想得到這個詭計，任何人都有辦法下手。更重要的問題是，殺害及位廉也先生的動機。」

「如果不是宮司，當然也不會是篠懸小姐，那就沒有別人了。」

「對了，還有篠懸小姐……」

言耶喃喃低語，偲激動地反駁：

「不是她吧？」

「嗯，篠懸小姐不是凶手，但她可能是動機。」

「咦……」

「如果有人得知及位先生恐嚇宮司，不是爲了保護犢幽村和笹女神社，而是想要保護篠懸小姐——」

「誰？」

「大垣秀繼。」

「這、這……他怎麼可能是凶手……」

偲隔了一拍，微弱地搖頭，以堅決的口吻直接否定：

「還是不可能。在及位廉也的命案中，他是唯一有不在場證明的人。而且，他不可能殺害親祖父吧？」

「我們來逐一釐清。」

言耶包容了偲的全盤否定。偲接著說：

「及位廉也進入竹林宮的那天，大垣先生在野津野的鯛兩町等大師和我。」

「但他先上山勘查過九難道。」

「沒錯。不過，但即使是男人，也沒辦法不過夜，當天來回鯛兩町和犢幽村吧？」

「如果是專門運貨的搬運工，或許有可能，但大垣先生應該沒辦法。」

「可是他一個晚上沒回旅館，會引起懷疑。他每天晚上都向旅館老闆和老闆娘報告當天探索的經過，我們也聽老闆轉述過這些事。要是他有哪天晚上沒回來，老闆一定會提起。」

「那麼，大垣先生就是當天來回。」

「不可能的。」

「走九難道是不可能。」

「咦……」

「改走多喜行經的蟒蛇路，就有辦法。」

「啊！〈竹林魔物〉怪談裡，那個賣解毒丸的多喜是吧？」

「蟒蛇路太危險，早已禁止通行，但要走還是可以走吧。一個男人來回蟒蛇路，應該沒問題。」

「或許吧……」

「只是會非常累人。」

「當然。」

「所以，他在別院過夜的第一天早上，睡到很晚都起不來。我一直以爲，那是他預先去勘查九難道的關係。」

「可是，大垣先生應該不知道竹林宮……」

「宮司在竹林宮前說『秀繼長大以後就沒來過了吧』，表示他以前進去過。」

「就算是這樣，他怎麼可能想到十字架的計謀……」

偲說到這裡，臉色煞白。

「難道……怎麼會……」

「沒錯。來到這裡以前，妳對大垣先生提過家裡養的狗卡伊。他從中到靈感，想到竹製十字架的方法。」

「……」

偲陷入沮喪，言耶刻意淡淡地繼續說下去：

「被害者從竹竿被解下來，應該是當天黎明前的事。即使是我，也還沉睡不醒，完全沒發現。」

「這也難怪……」

「會在現場留下竹葉船，應該是出於和宮司相同的心情。不過，他只是想保護篠懸小姐而已。」

「可、可是……」偲拚命反駁：「如果他是爲了保護篠懸小姐而殺害及位廉也，爲什麼連宮司也一起殺了？依照常理，應該知道篠懸小姐絕對會傷心難過啊。」

「有句話說，殺人是會上癮的。」

言耶喃喃說著，偲不禁一陣毛骨悚然。

「考慮到他和篠懸小姐的感情發展，宮司會是個絆腳石。殺害及位先生後，大垣先生再也沒有顧忌，計畫繼續除掉籠室岩喜先生。」

「怎麼做？」

「瀦靈祭慶功宴那晚，大垣先生出門了吧？他說要去找強羅五人幫，先安排好我們在鹽飽村到閑揚村的住宿。」

「對。」

「那個時候，他把宮司約到望樓。宴會場上，人們來來去去，要附耳如此邀約，毫不費力。而蓬萊女士天黑後就入睡了，不必擔心會被她發現。」

「大垣先生到底把宮司找去望樓做什麼？」

「殺了他。」

「咦……可是，宮司先生不是第三天清晨才從瞭望板上被推落嗎？」

「不，宮司在祭典當晚就已遇害。」

「我不懂。」

偲陷入混亂，言耶耐心地解釋：

「老實說，我不知道殺人的手法。現場毫無血跡，或許是用裝滿海沙的襪子重毆頭部，奪去對方自由後，把人勒斃。」

「這麼一提，在海邊參觀祭典準備時，我和他都因爲沙子跑進鞋子裡，十分困擾……」

「如果他是從這樣的經驗想出行凶手法，眞的很厲害。」

「這可不是什麼値得欽佩的事。」

偲生氣地反駁。看到她的反應，言耶反倒稍稍鬆了一口氣：

「在望樓殺害宮司後，他將遺體放在櫃子與牆壁之間。放置的方法是讓宮司背貼地板，雙腳彎曲成跪坐的姿勢貼在牆上。」

「什麼意思？」

「櫃子原本放在望樓的東北角。所以，他把遺體擺成跪坐的姿勢，雙腳貼在北牆上，以東邊的牆壁和櫃子側邊夾住遺體固定好，雙手擺在腹部前方。如果躺在地上，隔著櫃子看遺體，就在北牆上跪坐一樣。」

「死後僵硬……」

「不愧是祖父江小姐。因此，有必要讓宮司消失整整一天以上。一般認爲，遺體死後全身僵硬，要到死後三十至四十個小時才會逐漸解除。大垣先生成為我的責編，也學到這些知識。」

「他很好學嘛。」

偲的神色十分複雜。

「追蹤大垣先生祭典當晚以後的行動，應該是這樣的：他先在望樓與宮司會合，殺害對方。接著對遺體動手腳，急忙趕回籠室家，向我報告他和五人幫談妥住宿的事。然後在就寢前，或是隔天天亮前，他潛入宮司的房間，鋪上被子偽裝，並偷走一套白色和服和水藍色和褲。」

「篠懸小姐看到宮司的房間，覺得不太對勁，是因為本人並沒有真的回來休息。」

「被子沒收起來，也引起了她的疑心吧。接下來直到案發當天的黎明，大垣先生什麼都沒做。不，他去望樓尋找下落不明的宮司。」

「那個時候，他說看到裡面晾著雨傘和雨衣，是……？」

「村裡沒人會上去望樓，為了預防萬一，他應該是用雨傘和雨衣遮住夾在櫃子與牆壁之間的遺體，以免被人看見。即使去望樓那天是我爬上梯子，從地板洞窺看望樓裡，如果沒看到人，肯定也會毫不起疑地折返。但為求慎重，他多設了一道保險。」

「一般情況下，根本想不到宮司早已遇害，畢竟遺體被櫃子和雨衣遮起來了。」

「對啊。」

「可是，為什麼大垣先生要刻意提起雨傘和雨衣的事？」

「是為了預防我上去望樓查看吧。他認為只要說有雨傘和雨衣晾在那裡，我就不會再去檢查。」

「他不只認眞，還很機靈。」

「回到正題。案發當天破曉前，大垣先生小心不吵醒我，溜出別院，前往望樓。他在登上角上岬前，換上白色和服和水藍色和褲，故意踩出腳步聲經過，讓蓬萊女士目擊到他。」

「她看到的只有一部分的和褲及和服。」

「爬上望樓的宮司遲遲沒走出瞭望板，當然是大垣先生正費力搬動死後僵硬的遺體的緣故。從蓬萊女士的小屋窗戶，只能看到瞭望板的前半部。所以大垣先生可趴在板子上，將遺體往前推。」

「那個時候，蓬萊女士沒看到宮司並未藉著雙手在板子上移動嗎？」

「仔細看或許會發現，但這樣要求她未免太苛刻。畢竟一般人根本無法想像，眼前正在上演一宗毀屍滅跡案。」

「也是。」

「將遺體推出瞭望板後，大垣先生爬過角上岬，回到岸邊，以免被蓬萊女士看到。然後，他趕在我醒來之前，回到籠室家的別院。」

「可是，這樣一來，就不知道宮司的遺體何時會掉下來。」

偲納悶地說，但言耶似乎完全不當成問題：

「只要有蓬萊女士這個目擊者，不管遺體何時從瞭望板掉下來都無所謂。因爲冥想的時間有時候很短，有時候會花上一整天。而且，如果遺體過了很久才掉落，或許還會有蓬萊女士以外的目擊證人。這樣一來，被視爲意外死亡的機率就更高。大垣先生必須注意的是，在遺體掉落之前，他一定要和別人在一起，或至少讓人認為他沒去過望樓。」

「真是完美的不在場證明。」

從偲的語氣可聽出，她雖然極不願意，卻不得不佩服大垣秀繼的計畫。

「蓬萊女士覺得宮司冥想中的姿勢有些歪斜，是死後僵硬逐漸解除了嗎？」

「嗯。倘若她目擊到遺體落下的瞬間，一定會作證宮司是自己摔下來的。」

「這種情況，絕對會被視為意外事故，而不會有人當成是繼及位廉也之後，再度發生的連續殺人案。」

「這個機關實在太巧妙。說到巧妙，為死後僵硬的遺體披上宮司的白色和服，如此一來，掉落賽場時，衣物便會脫落，漂浮在海面，這樣的做法也令人驚嘆。披上和服，讓蓬萊女士誤以為那是活著的宮司，而和服漂浮在海面，更補強了他墜落的事實。」

「可是，大師，絕海洞裡的龜茲將命案，大垣先生應該也辦不到吧？」

偲半是期待、半是不安地問，但言耶靜靜搖頭：

「不，那起命案，唯獨大垣先生有辦法動手。」

「手法到底是什麼？」

「從九難道的『極樂水地獄水』洞穴，進入絕海洞。」

「……」

偲瞪圓雙眼，嘴巴一張一合，完全說不出話來。

「抵達那裡之前，大垣先生提過，隔著一座山，『極樂水地獄水』的對面剛好是絕海洞。那裡的水，不是淡水的極樂水，而是海水的地獄水，不就證明了那裡的洞穴與絕海洞相連嗎？」

「他以回頭尋找記事本爲藉口，折回『極樂水地獄水』嗎？」

「他說記事本搞丟了，應該是事實。我猜他因爲時時關心篠懸小姐，注意到小竹來送信。因此，他藉口要找記事本，折回九難道，搶先一步殺害龜茲將先生。手法應該與御堂島警部當時提出篠懸小姐是凶手的方法一模一樣，不同的地方只在於，眞凶是來自絕海洞的內部。」

「從三途河刺傷龜茲將，然後重擊他的腦袋……」

「他應該是在被害者沒發現的情況下，先拿到折斷的魚叉，刺殺被害者，不料竟無法造成致命傷，又急忙抓起附近的岩石毆打。」

「他沒進入沙地境內，是擔心濕漉漉的身體會沾滿沙子嗎？」

「這是原因之一，但最大的理由應該是篠懸小姐。」

「怎麼說？」

「大垣先生殺死被害者之後，篠懸小姐來了。不管怎麼想，她都會受到懷疑。因此大垣先生把現場布置成沒留下腳印的殺人案，避免篠懸小姐蒙上嫌疑。」

「雖然很扭曲，但這也是愛的力量。」

偲重重吐出一口氣，又說：「那天傍晚他回來的時候，身上是乾的。他是預先帶了更換的衣物和手巾嗎？」

「嗯，只要準備好這些，回來的路上要怎麼僞裝都行。」

聽到這裡，偲突然虛脫似地，帶著難以置信的表情低語：

「也就是說……每一起命案，大垣先生都有辦法下手。」

「只是……」

言耶又這麼說，偲頓時緊張起來。

「什麼？大師？」

「大垣先生沒辦法在被害者的腹部放上竹葉船。如果這麼做，沙地境內會留下他的腳印。」

「咦……」

「還有，宮司墜落的那一天，大垣先生要趁黎明前溜出去，將遺體移動到瞭望板，仔細想想也是不可能的。因爲大垣先生說要去找記事本那天，也是天還沒亮就起來。可是，那時候我被吵醒了。」

「呃……」

「而且，我還是不認爲，大垣先生有殺害祖父大垣秀壽的動機。」

「什……」

「如果他眞的利用『極樂水地獄水』犯下絕海洞的命案，就絕對不可能接著移動到久重山，殺害大垣秀壽先生。」

「大、大師，您在說什麼……」

「換句話說，他沒有殺害大垣秀壽先生的動機與機會。」

# 三

「您到底在說什麼啊？」

偲一副目瞪口呆的神情。

「大垣先生小時候曾在海裡溺水，是篠懸小姐救了他。雖然後來可能變得很會游泳，但曾溺水的他，眞的有辦法往返於『極樂水地獄水』與絕海洞之間嗎？」

言耶不以爲意，繼續說下去。

「此外，如果是大垣先生，竹林宮姑且不論，他沒理由在望樓的現場放竹葉船。」

「確實……」

「而且發現竹林宮命案的那天早上，進入迷宮時，他和妳都在參道被蜘蛛網黏到了臉。」

「是的……」

「這不正好證明了起碼在蜘蛛結成網的期間，迷宮參道都沒人進去過嗎？」

「這麼一來，眞凶不就又變成宮司了嗎？」

偲的雙眼突然亮了起來。

「利用『極樂水地獄水』進出絕海洞的方法，宮司也能做到。」

「兩個洞穴相通的祕密，比起大垣先生，身爲宮司更有可能得知。」

「竹林宮、望樓和絕海洞也是，如果是宮司，就有辦法執行。何況，對於大垣秀壽先生，兩家長年來的不和也是動機。」

「而且宮司被認爲已經身亡，不需要殺害大垣秀壽先生時的不在場證明。」

「所有的命案，他都有動機與機會。」

「沒錯。」

「也就是說，眞凶果然……」

「不是宮司。」

聽到言耶的否定，偲不禁發出尖叫：

「怎、怎麼不是？」

「篠懸小姐曾告訴蓬萊女士，其實宮司不太會游泳。這樣的人，首先就不可能經水道往返於『極樂水地獄水』與絕海洞之間。」

「……」

偲陷入沉默。言耶也閉口不語，只有時間不斷流逝。

「可是，大師……」一段時間後，偲苦惱地開口：「眞的沒有半個嫌犯了。」

「和我在神戶地方的奧戶被捲入的、模仿六地藏菩薩童謠的連續殺人案一樣，沒有半個嫌犯了……」

「但大師最後還是破案了吧？」

偲鼓勵地說，但言耶根本沒聽進去。

「難道……」

「什麼？」

「難道是對我們來說，完全是盲點的人……」

「怎麼可能？」

偲似乎無法接受這種推測。

「哪有這種人？」

「……」

「大師？」

言耶靈光一閃，突然抬起頭：

「蓬萊女士。」

「咦？」

一時之間，偲不明白言耶在說什麼，但她立刻想到是指誰，不禁脫口：

「這、這太離譜了……」

「篠懸小姐比任何人都照顧蓬萊女士。所以，得知及位廉也先生的恐嚇行動時，蓬萊女士覺得必須保護篠懸小姐，就和大垣先生的動機一樣。」

「但她離群索居，有可能知道及位的行動嗎？」

「宮司說過，蓬萊女士對村裡的大小事瞭若指掌，十分神祕。」

「宮司的確說過……」

偲似乎也想起來了。

「可是蓬萊女士眞的想得出那個竹竿的詭計嗎？」

「她讓我進去小屋時，側拉的門上靠著一根竹竿，用來擋門。」

「是從內側卡在門上，讓門從外面打不開，對吧？」

「沒錯，或許是來自這樣的靈感。」

「如果蓬萊女士是出於相同的動機殺害龜茲將，倒是不難理解，可是——」偲歪起頭，「宮司呢？她根本沒有殺害宮司的動機，而且這樣做只會讓篠懸小姐傷心，不是嗎？」

「我認爲，這與蓬萊女士的身分有著密切的關係。」

「咦……不是沒人知道她的眞實身分嗎？」

「嗯，但推測得出來。」

「她到底是誰？」

「多喜。」

「什麼？」偲反問，隨即恍然大悟。「難、難道是……〈竹林魔物〉的多喜……」

「如果初代蓬萊是〈海中首級〉的伍助，那麼，現在的蓬萊是〈竹林魔物〉的多喜，也沒什麼好奇怪的。」

「對，可、可是……」

「倘若蓬萊女士其實就是多喜，是不是可以推測，她對竹林宮與笹女神社懷有莫大的恨意？所以，她才會選擇竹林宮做爲殺害及位廉也先生的地點。」

「很合理呢。」

偲表示同意，又問：

「那蜘蛛網要怎麼解釋？」

「多喜能輕易避開吧。她應該也可在我們前往竹林宮那天，一大清早悄悄潛入。」

這時，言耶加重語氣強調：

「如果蓬萊女士是眞凶，要解釋第二起和第三起命案就非常輕鬆了。這一點很重要。」

「呃……」

「因爲兩邊都能解釋爲她在撒謊，輕鬆破解。」

「這麼說來，確實如此。」

「篠懸小姐那意味深長的發言，是不是在暗指我遇到『竹屋』的小竹時，他戴著烏鴉天狗的面具？」

「篠懸小姐從面具聯想到蓬萊女士蒙頭的布袋，想委婉地暗示大師。」

「篠懸小姐平時就很照顧蓬萊女士，即使她在不知不覺間得知蓬萊女士就是命案的眞凶，也是理所當然。」

「的確沒錯。」

偲反射性地點頭，接著神情突然變得不安。她已料到言耶下一句話。

「只是……」

「果然又是『只是』。」

那表情彷彿在說再也不相信言耶的話了。

「祖父江小姐，如果蓬萊女士是眞凶，便無法解釋大垣秀壽先生的命案。」

「大師，您跟人家辯解有什麼用？剛才提出蓬萊女士是眞凶的，是大師您自己啊。」

「嗯，可是她不是凶手。」

「這樣一來，眞的沒有半個嫌犯了。」

「……」

「也沒有半個候補的嫌犯。」

「……」

「大師，『怪談殺人事件』眞的有辦法做出合理的解釋嗎？」

## 四

言耶陷入沉思，偲靜靜看著他。剛才那副「我才不信你的話」的表情早已消失無蹤，現在她的臉上，可明確看到「大師絕對能解開謎團」的堅定信心。

但言耶本人始終沉默不語，埋首苦思。即使只有片刻，搞不好他已忘了還有偲在旁邊。

一段時間後——

言耶嘀嘀咕咕起來。

「大師，您在說什麼？」

偲柔聲問，小心翼翼地觀察他的狀況。

「發生竹林宮餓死命案時，我命名爲『怪談殺人事件』。」

「是的。」

「接著發生望樓墜落命案時，看到現場留有竹葉船，我當下取了新的名字『竹葉船殺人事件』。」

「等於是改名了。」

「然後發生了絕海洞的命案，我認爲可能是『嫌犯殺人事件』。」
「可是，第四名被害者不是篠懸小姐，而是大垣秀壽先生……」
「因此，我認爲這可能是由兩名凶手犯下的『不連續殺人事件』。」
「但這個解釋不對……」
言耶目不轉睛地注視著偲，她不禁害臊起來。
「接下來，我逐一指出眞凶，但每一個都不對。回神一看，竟已沒有半個嫌犯。」
「……」
對於言耶這番話，偲完全無法回應。
「或許我應該像之前那樣，思考這起事件眞正的名稱。」
「呃、這……」
「如果篠懸小姐那句神祕的話裡，隱藏著線索——」
「什麼意思？」
偲半是不安，半是期待。言耶對她說：
「我第一次遇到『竹屋』的小竹時，他的確戴著烏鴉天狗的面具，但同時也在玩竹桶子。」
「老師接住了滾下坡道的桶子。」
「嗯。篠懸小姐眞正想要說的，是不是這個桶子？」
「我還是不懂。」
「換句話說，這次一連串命案眞正的名稱，是不是應該叫『颳大風桶子行就大發利市殺人事件』？」

「什麼？」

「妳也知道『颳大風桶子行就大發利市』這句俗諺的意思吧？」

「呃，我是知道……」

「颳大風→沙塵飛揚→許多人眼睛痛→許多工匠師傅無法做細活→爲了生計，他們只好放棄原本的營生，改彈三味線賣藝→三味線用貓皮製作，許多貓因此被捕殺→老鼠少了天敵，大量繁殖→老鼠任意啃咬桶子→桶子行大發利市，是這樣的因果關係。」

「呃，我不知道這麼詳細的……」

「這次的一連串命案，如果想成是籠室岩喜先生讓及位廉也先生在竹林宮餓死，接著龜茲將先生在望樓殺害竹林宮命案的凶手籠室岩喜先生，然後籠室岩喜小姐在絕海洞殺死望樓命案的凶手龜茲將先生——像這樣連鎖去思考，一切便都說得通。」

「這、這太……」

偲只說了這幾個字，就完全說不出話。

「這次整個事件眞正的名稱，是『連鎖殺人事件』。」

「比起『颳大風桶子行就大發利市殺人事件』，這名稱像樣許多……」

偲很快振作起來，言耶也放心地繼續說下去：

「竹林宮的餓死命案，就如同籠室岩喜是凶手的推論那樣進行，所以參道上才會布滿蜘蛛網。因爲凶手將被害者誘進那裡，綁上竹竿後，直到凶手再次前往現場之前，都沒人進入竹林宮。」

「而我和大垣先生黏到了那些蜘蛛網……」

「及位廉也先生的襯衫胸袋裡的竹葉船，想必是被害者自行放進去的。」

「龜茲將利用了這一點？」

言耶點點頭，接著說：

「得知竹林宮發生餓死命案後，龜茲將先生立刻想到凶手是誰。因此，他計畫殺害宮司。這麼一來，不僅可爲認識不久、但氣味相投的及位廉也先生報仇，還可除掉得到篠懸小姐的障礙，一劍雙鵰。」

「這個人眞的很過分又很噁心。」

「宮司留在望樓的草履上，他別有深意地放上一只竹葉船，成功地將『不連續殺人事件』布置成『連續殺人事件』。他精心計算過，由於他沒有殺害及位廉也先生的動機，即使被懷疑殺害籠室岩喜先生，遲早也會從嫌犯名單上被剔除。」

「這樣的話，想出死後僵硬的計畫的，也是龜茲將嘍？」

「他熱愛偵探小說，還讀過濱尾四郎的《博士邸的怪奇事件》。那部作品中提到死後僵硬的事，或許他心生興趣，又進一步調查。」

「龜茲將是什麼時候、又是如何把宮司找去望樓的？」

「或許不是參加村子慶功宴的時候，而是趁五人幫在籠室家的時候，就聯絡了宮司。因爲宮司在神社自家的時候有喝酒，一下去村子就完全不喝了。」

「難道是小竹……」

「嗯，我認爲可能性很高。小竹的話，即使頻繁進出籠室家，也不會引起懷疑。」

「龜茲將突然開始打掃『竹屋』工作場和幫忙做生意，也是爲了製造不在場證明。」
「這樣的行動從命案前一直持續到命案後，是考慮到只做一天實在太不自然吧。」
「眞是個工於心計的傢伙。」
偲不屑地說，接著露出心痛的表情：
「宮司的遺體……」
「流入絕海洞後，被沖進三途河了吧。」
只見偲露出更爲悲壯的表情，接過話：
「然後，這次是篠懸小姐在絕海洞把龜茲將……」
「龜茲將先生約篠懸小姐出去，應該是想告訴她，宮司就是殺害及位廉也先生的凶手，如果希望他保密，就獻身給他。」
「簡直太卑鄙下流了！」
「會選擇絕海洞，除了那裡不會受到打擾以外，還考慮到有供養碑。及位先生是因爲挖出犢幽村與笹女神社的祕密，才會遭到宮司殺害——要向篠懸小姐說明這一點，沒有比那裡更合適的地點。」
「所以，龜茲將才會在供養碑前等篠懸小姐嗎？」
偲恍然大悟，但表情又轉爲狐疑：
「可是，篠懸小姐不是不可能犯案嗎？老師該不會又要來個大翻轉，說其實也不是『連鎖殺人事件』——」
「我不會再推翻自己的話。先前我毫不懷疑篠懸小姐，所以連想都沒想過，一旦知道她是凶手，就可輕鬆看出手法。」

「是怎麼做的？」

「這是我的想像，篠懸小姐應該是在和龜茲將先生談話的過程中，猜到他就是殺害祖父的凶手……」

「很有可能。望樓命案發生後，村田刑警到籠室家來打聽祭典那天夜裡，宮司是不是和什麼人見過面，當時篠懸小姐提到『龜茲將』這個名字。」

「這或許可證明，篠懸小姐從那時候就在懷疑他。」

「像龜茲將這般工於心計的人，也有很強的自我顯示欲。他應該不至於當著篠懸小姐的面招認是自己殺害宮司，但很可能會暗示一下。」

「由於篠懸小姐早有疑心，當場察覺命案的眞相。衝動之下，她想殺害眼前的龜茲將先生。」

「眞是太悲慘了……」

「行凶完全是一時衝動，但她還是在轉瞬之間想到許多事。」

「想到什麼？」

「竹林宮和望樓的命案之所以無法破案，是因爲被害者的死亡狀況令人費解。所以，如果她能不走進沙地境內殺害對方，或許也能將現場布置成類似的情況。」

「她很聰明。」

對於龜茲將，偲形容爲想出可怕計畫、工於心計的殘酷男子，然而換成篠懸，形容詞立刻變得正面，偲卻渾然無覺。

不過，言耶沒刻意去提，繼續道：

「但當下可以取到的凶器，只有折斷的魚叉。因此，她用鳥居的竹竿製作臨時的竹槍。」

「可是，大師，這樣刺不到被害者。」

「一根是沒辦法，但那裡有兩根竹竿，還有連接兩根竹竿的注連繩。」

「這樣啊。」

「但竹竿太長，不夠牢固，無法對被害者造成致命傷害。而且，一刺到被害者的側腹，折斷的魚叉就從竹竿頭脫落。」

「所以，她用了石頭。要怎麼做？」

「她在竹竿前端綁上一樣是供品的破網，放進大小合適的石頭。然後舉起竹竿，朝被害者的頭部狠狠揮過去。即使無法一擊斃命，用這個方法也可連續重擊好幾下。」

「龜茲將肚子被刺傷，行動應該會變得遲緩，要朝他的頭部甩石頭，或許意外容易。」

偲原本快被說服了，卻突然想起一件事：

「可是，大師，如果殺害龜茲將是一時衝動，那竹葉船要怎麼解釋？篠懸小姐不可能事先準備竹葉船吧？」

「篠懸小姐認爲，如同現場奇妙的狀況，在現場找到的竹葉船，也會成爲一個迷障，所以她當場摺了一艘。」

「怎麼可能？哪裡有竹葉能讓她摺？」

「和竹林宮的祠堂前方一樣，絕海洞的鳥居竹竿根部，也插著附有葉片的竹枝。她當場用那些竹葉摺出小船。接著，利用拿來當凶器的長竹竿前端，將竹葉船放到被害者的肚子上。原本綁上魚叉的竹竿前端沾有血跡，於是竹葉船也染上鮮血。接著解開注連繩，將竹竿分開爲原本的兩根，再次插回原地，恢復成鳥居。這時，她把沾血的竹竿前端朝下，直接插進沙地。她約莫是料到，即便是警察，也不會特地將綁了注連繩、看起來像鳥居的竹竿拔起來檢查。」

「天哪，太厲害了。」

「對篠懸小姐來說，這一連串行動實在太折騰。雖然她返回洞口，卻不支倒地。」

「接受警方偵訊，回到籠室家以後，她也一直沒辦法起身。儘管是爲了替祖父報仇，畢竟是殺人……」

「眞是太可憐了……」

偲忍不住低下頭，小聲說：

然而，她很快又疑惑地抬起頭：

「可是，大師，如果眞相是連鎖殺人案，大垣秀壽先生的死到底該如何解釋？」

偲說著，臉上再次浮現懷疑的神色。

「大師該不會又要再來個大翻轉，說先前的推理都不算數吧？」

「不不不，沒有、沒有。『怪談殺人事件』的眞實面貌，就是連鎖殺人案。這一點無庸置疑。不過，大垣秀壽先生的死不包括在內。」

「爲什麼？」

「因爲他是自殺。」

「咦！可是，大垣先生不是斬釘截鐵地說不可能嗎？」

「只是……」

偲想反駁，一聽到言耶的喃喃自語，立刻緊咬上去：

「請等一下，果然又是『只是』？」

「嗯，不是警方判定的那種自殺。」

「咦？」

「從這個意義來說，大垣秀壽先生的死，也是『怪談殺人事件』的一部分。」

## 五

「什麼意思？」

偲問道，言耶回答：

「大垣先生說，他的祖父責任感很強，明明茸菇湯可能是遭人摻入毒菇，然而下毒的歹徒還沒揪出來，他卻選擇尋短，這絕對不可能。」

「那他果然是遭人殺害……」

「這樣一想，『連鎖殺人事件』的解釋又會被推翻。我先前說四名被害者裡，只有一個與眾不同，這話並沒有錯。不過，那並不是指籠室岩喜宮司，而是大垣秀壽先生。」

「而且，不是眞凶下的手，只有他一個人是自殺……」

「不，兩邊都是。」

「什麼？」

「在茸菇湯裡摻入毒菇的，是大垣秀壽先生。不過他的目的並非殺人，只是想引發集體食物中毒。然而，這卻害死了一個孩子，他深爲自責，於是上吊自殺。」

「爲、爲什麼……」

「爲什麼他要這麼做？包括小火災等一連串怪事在內，五人幫有什麼動機？」

「不、不是四人幫幹的嗎？」

偲錯愕地問，但言耶聲色不動：

「𣎴靈祭當天，垣沼亨先生等四人幫只是稍微露個臉，『平和莊』住戶的日昇紡織的久保崎先生，及村人就都注意到他們了。在這種狀況下，他們能幹出什麼壞事？由於平常深居簡出，稍有一點可疑的行動，就會引來莫大的關注，馬上就會被逮到。」

「說的也是……」

「而且，飯島勝利先生雖然確實遇到四次怪物，但四人幫絕對無法設下這樣的機關。」

「咦……啊，需要有人開車。」

「及位廉也先生死去以後，怪事仍持續發生，豈不奇怪？」

「確實……」

「我認爲實際上是這樣的：大垣秀壽先生駕駛小卡車，貨台上載著扮成怪物的笹女神社的籠室岩喜宮司、鹽飽村的米谷醫師、石糊村的井之上村長、磯見村的鹿杖寺善堂住持這四個人，從閑揚村經蛇道前往平皿町。即使遇到對向來車，披上草蓆之類的東西就能掩飾過去。然後在避車彎把人一個個放下，大垣先生坐在車上，躲在平皿町附近的山路某處。」

「他按兵不動，等待日昇紡織的員工下班回家，對吧？」

「這些員工下班回家的時間都很固定，因此有可能挑選了特定的人物。這天被選上的是飯島先生。在避車彎等待的人嚇唬他以後，坐上大垣先生跟來的小卡車，回到大農舍，是這樣的步驟。農舍的門沒上閂，燈也沒關，想必是他們預備在回去村子以前，先去農舍一趟，換下怪物的裝扮。」

「不料，飯島先生跑去農舍求救。」

「跟在飯島先生車子後面的大垣先生當然發現了他的打算。所以，他們進一步嚇唬闖進農舍的飯島先生，把他嚇得屁滾尿流。」

「就是從採光窗偷窺的那張黑臉。」

「約莫是三個人騎在肩上吧。」

「他們都那麼老了耶？」

偲十分驚訝，但言耶不當一回事地說：

「祭典的時候，妳也看到這五人幫了。他們雖然年紀很大，卻都十分健朗，騎上彼此的肩膀應該難不倒他們。」

「那可怕的聲音是……」

「在最底下扛著兩個人的人，爲了營造氣氛，臨時想到這個點子，發出吆喝聲。所以，呈現出臉從窗外窺看，聲音卻是從底下傳來的效果。發生這件事以後，『平和莊』的房東造訪飯島先生的住處，讓他看以前的祭典照片，還特地讓他聽從大垣家借來的祭典錄音帶，這恐怕是大垣先生唆使的。」

「為了讓飯島先生聽到和先前詭異的吆喝聲一樣的聲音……」

「這是為了更進一步嚇唬他。不過，他們小心地避免讓房東得知他們五人幫真正的目的。」

「怎麼說，實在是太勞師動眾了……」

「我應該早點注意到強羅五人幫。」

「太困難了。」

「不，至少他們五人當中，有一個人顯然在挑釁我。」

「什麼時候？誰？」

「潛靈祭當天，在臨時帳篷裡見到五人幫時，鹽飽村的米谷醫師和磯見村鹿杖寺的善堂住持喝醉，向我找碴。那時候，宮司對他們說『你們有什麼不方便被偵探追查的事嗎？』於是，善堂住持意有所指地豎起右手小指。當下，我以為住持是在揶揄米谷醫師的男女關係。」

「我也這麼以為，原來不是嗎？」

「在那之前，宮司對我說過，竺磐寺的眞海住持喜歡玩女人，還說五人幫的花和尚也一樣。」

「善堂住持對吧？那時候他也調戲我……」

「嗯，宮司說的是善堂住持，而不是米谷醫師。那麼，善堂住持先豎起小指，接著將剩下的四指全豎起的動作，到底意味著什麼？」

「難道是在指他們五人幫……？」

「所以，其餘的四人才會臉色大變。由於宮司和大垣秀壽先生打圓場，事情就這樣不了了之，但弄個不好，可能引起我不必要的懷疑。現在我們已知道五人幫在幹些什麼勾當，那麼，當時大垣秀壽先生的那句『說那種話，當心引火上身』，不也顯得別有深意了嗎？」

「五人幫到底爲什麼要一直引發怪事？」偲似乎感到一頭霧水。

「當然是爲了阻止村子的合併計畫。」

「因爲想保住村子和神社的祕密？」

言耶點頭，但偲仍無法信服：

「可是，大師，日昇紡織的久留米先生不是斷定，即使村子和神社的祕密公諸於世，也不用擔心合併計畫告吹？」

「嗯，我也這麼認爲。」

「既然如此——」

「只是……」

「又來了？」

言耶喃喃說著，偲仰頭望天：

「奇怪的是，眞的值得費這麼大的工夫去守住祕密嗎？」

「這……往昔村子有拿活人獻祭的風俗，傳出去確實不好聽……」

「確實是有損形象，但日本各地都有相同的習俗，根本不清楚是不是確有其事。甚至，許多民俗學家認爲那只不過是一種傳說，我實在不認爲及位廉也先生會不知道這一點。」

「也就是說……？」

「及位先生寫在記事本上的『原來完全相反？』，仔細想想，我對這句話的解釋是不是不太對？」

「怎麼說？」

「就是最關鍵的部分。起初我解釋為，藉由將遇難船隻的唐食船流放回海上，來祓除死於海難的亡者作祟。意即，做出與現實發生的事完全相反的行為，讓死者回歸大海。」

「是的。」

「但如果唐食船並非遇難船隻，其實是『補陀落渡海』的木船，要怎樣才能讓這一切相反？」

「木船是從村子海邊出發，如果要反過來，唐食船必須從海上前來……呃，咦？也沒有相反……」

「若這是祭典最關鍵的部分，就說不過去了。」

「那麼，究竟是怎樣？」

「唐食船的真實來歷，其實還是遇難船隻。」

「可、可是，這樣的話，人魚呢？及位先生在記事本中寫著『潛靈大人其實是人魚』，該怎麼解釋？」

言耶沒有回答，專注於闡述推論：

「唐食船果然是遇難船隻。重新確認以後，總算發現我一直漏掉非常重要的事。」

「什、什麼事？」

「笠磐寺的冥簿裡，記錄著來自外地的死者的死亡日期，比對同一日期的笹女神社日誌，可發現上面記載著某藩的帆船遇難的事實。」

「這很合理吧？」

「嗯，沒有任何疑點。但會遇難的，只有藩的帆船而已嗎？」

「不，一般商船當然也……」

說到這裡，偲倒抽一口氣。

「沒錯。冥簿裡完全沒有一般商船的死者，日誌裡也沒提到商船遇難的事實。」

「……」

「遇難的只有藩的帆船，一般商船皆能倖免於難，怎麼想都不可能。」

「……」

「那麼，爲何完全沒有一般商船的紀錄？」

「……」

「因爲唐食船指的是，利用牛頭浦的礁岩地帶和季節性暴風雨，引誘經過犢幽村海面的商船擱淺，屠殺全部船員，侵占船上滿滿的高價財貨，做爲窮苦的村人糧食的船。」

「……」

偲聽得啞口無言。

「狼煙場、遠見嶺和望樓，眞正的功用是尋找獵物，同時也是用來預防誤對藩的帆船下手。在海邊燒煮供品的鹽，當然是爲了利用爐灶的火引誘商船。楢本先生用漁船載我們到閖揚村的時候，看到在海邊揮舞的手電筒和燈籠的燈光，我覺得那就宛如指引破案的曙光，事實也眞是如此。不過，對於上當的商船船員來說，那完全就是惡魔的鬼火。不是用火炬，而是煮鹽，應該是考慮到萬一不小心害藩的帆船擱淺，可當成藉口。爐灶的數目，角下岬比角上岬更多，是為了將船隻引誘到碆靈大人的礁岩。牛頭浦的碆靈大人的礁岩，可說是貧窮的犢幽村對外的唯一武器。」

言耶不理會偲的反應，逕自說下去：

「襲擊船隻的行動，當然是在夜裡進行，所以碆靈祭才會『反過來』在白天舉行。祭典參加者只有男性，是因為實際的殺人與掠奪，只有成年男子才可參加，〈海中首級〉的伍助完全不知情，是因為他年紀還小吧。伍助和鹽飽村的村民，在秋季至初冬聽見的怪物叫聲，是攻擊商船時犢幽村男丁的吶喊聲。怪聲多半出現在風強的夜晚，當然是如果沒有暴風雨就無法襲擊船隻的緣故，所以碆靈祭才會不定期舉行。畢竟沒人能預測成為唐食船的商船何時會出現。伍助的祖父說的，唐食船的周圍擠滿泅泳的亡者，意義應該不用再解釋。說招來唐食船的是獲備數大人，意義也是一樣。等於是死者們在召喚下一個犧牲者。祭典隔天開始要休漁三天，畢竟搶劫船隻以後必須休息，也需要時間來公平分配戰利品。」

「那人、人魚呢？」

偲總算開口，但只問了這麼一句。

「這大概是指，船隻聽到人魚的歌聲就會遇難的傳說。站在遠見嶺上，我會聯想到英國的康瓦爾地區，或許是在無意識中悟出了犢幽村的祕密……不不不，再怎麼說，這實在不可能。」

「不過，若是大師——」

「剛才想到，求學期間我讀過一部以康瓦爾為舞台的歐美兒童文學作品。故事中描述村人的犯罪行爲，同樣是在崖上甩動提燈，引誘經過海面的船隻，使其擱淺。或許是這本書的內容一直留在腦中一隅，看到此處的地形時，便倏地浮上心頭。」

「如果那個時候想起來，就能更早解開唐食船之謎嗎？」

「很難說……因爲我現在才又想起另一段歷史。文藝復興時期的丹麥，政府爲了維護與漢薩同盟各都市之間的交易安全，在各個要地設置了燒煤的燈塔。不料，原本故意在危險的地點燃起燈火，引誘經過的船隻遇難，趁機打劫貨物的海賊群起抗議：『燈塔會威脅我們的生計！』」

言耶沒什麼自信地回應稍稍恢復臉色的偲。

「如果這是唐食船和人魚背後的意義，女孩從村裡消失又是爲什麼？」

「從村子極爲窮困的事實來看，恐怕是去外地賣身了吧。但伍助年紀太小，還無法理解這種事。」

「是這樣啊……」

「繼犢幽村之後，接著開拓的是閖揚村，應該是遭到打劫的商船流出去的貨物，多次漂到現在的閖揚村岸邊。因此，現今的大垣家祖先從犢幽村搬到閖揚村。後來兩座村子中間，開拓出鹽飽村、石糊村、磯見村等新的村子，但閖揚村會比其他村子發展得更好，大垣家也更爲興盛，雖然是占了地利，主要還是靠這些可說是漁翁之利的收益。」

「這成爲大垣家與笹女神社的籠室家之間爭執的火種……」

「或許一直拖到今天都沒解決。」

「果眞如此，就太教人難過了。」

「這個村子的祕密，只流傳在五人幫的家族之間。因爲他們追本溯源，都是來自櫝幽村。這些家族裡，只有繼承人被告知這個全村聯手犯下的可怕犯罪，並且被教導無論如何都必須守住祕密。」

「這個祕密實在是……」

「御堂島警部提過小偷村的事，但說到故意引誘商船擱淺、殺人打劫的村子，凶殘度只能說是天差地別。」

「如此駭人聽聞的醜事，實在不能讓外人知道。」

偲重重嘆一口氣，又納悶地問：

「不過，五人幫到底想做什麼？」

「他們都贊成村子的合併計畫，這一點不會錯。考慮到強羅地方的發展，每個人都贊成。而且，如果開發出比現在更方便的五村連結道路，村子背後的山林被國家收購，對他們這些家族來說，是一筆莫大的收入。」

「啊，我懂了！」偲拍了一下手。「可是，不只是開路而已。日昇紡織的久留米先生甚至考慮起觀光計畫，還提出遊覽船往來於牛頭浦到絕海洞之間的方案。如此一來，唐食船的祕密有可能洩漏出去。即使不是馬上，但如果出現第二個、第三個及位廉也，實在教人夜難安枕。因此……」

偲說到這裡打住，言耶立刻接下去：

「解讀爲五人幫是要阻止合併計畫而引發一連串怪事，如同先前再三討論的，實在不太可能。反倒是歸因於垣沼亨等四人幫，爲了宣洩平日的積怨而這麼做，或許還比較合理。」

「日昇紡織的久留米先生說，合併計畫不可能受到閑揚村發生的那些事影響。宮司也說過，合併是國家政策，不管他們再怎麼反抗，也無力回天。」

「所以，五人幫引發了蛇道上的異象。他們知道光是這樣效果不夠，接下來也在閑揚村製造怪事。當然，他們沒有半點傷人的意圖。但食物中毒事件實在是做得太過火，我也很憤慨，或許那是一種失控吧。為了做出更有效果的恫嚇，他們選擇了這個方式，可惜第二次居然不小心搞錯茸菇湯的配方，害死一個小孩。大垣秀壽先生會引咎自殺，也是可以理解的。」

「我不懂大師的意思……」偲十分困惑。

「就像宮司說的，村子合併是國家政策。因此，不管理由是什麼，只要五座村子的人口不滿八千人，合併計畫就會告吹。」

「咦……」

「五人幫的目的只有一個，就是**阻止**閑揚村的**人口繼續增加**。他們嚇唬日昇紡織的員工，在村中引發小火災和食物中毒等風波，也是為了讓考慮遷入的人對村子留下不好的印象。尤其是要讓有家室的人或考慮成家的人，認為這裡的環境無法安心生活。」

「只要閑揚村人口不再增加……」

「即使五村的人口全部加起來，也絕對達不到八千人。」

「那麼，合併計畫就會自動告吹。」

「也不必擔心犢幽村駭人聽聞的祕密洩漏出去。」

「大垣秀壽先生想讓自己的死看起來像他殺，對吧？」

「如果被發現是自殺，人們就會揣測動機。雖然有食物中毒造成孩童死亡的事——雖然這就是眞正的動機——一旦受到更進一步的追查，難保不會查出五人幫的計畫。」

「所以，他刻意在農舍留下似有玄機的竹竿和竹葉船……」

「以便把自己塑造成『怪談殺人事件』的第四名被害者。」

「這樣一想，總覺得太悲壯了……」

偲消沉不已，相反地，言耶神色複雜地說：

「換句話說，從一開始就沒有什麼『怪談殺人事件』。」

「可是，大師，以結果來看，完全就是『怪談殺人事件』啊。」

「這一點反而讓我覺得可怕極了。」

言耶說著，神情仍有些古怪。

「大師，怎麼了？您還有什麼在意的地方嗎？」

偲發現言耶的異狀，於是問道。言耶遲疑著，最後說：

「大垣秀壽先生確實沒有殺意，但以結果來說，他眞的害死了一個孩子。」

「是的，我認爲他的罪責不會因此消失。」

「這麼一想，食物中毒事件不就等於，**為了減少村子人口而犯下的殺人案**嗎？」

「……」

「在犯罪史上，這只能說是難得一見的瘋狂動機。」

兩人陷入沉默，久久不語。

「大師，您打算怎麼向警方說明這些推理？」

偲憂心忡忡地問，言耶只回一句：

「祖父江小姐，我們回去吧。」

# 終章

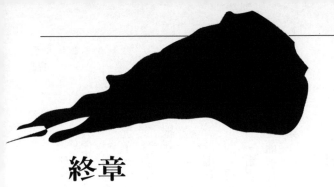

刀城言耶在籠室家的別院，與祖父江偲進行「怪談殺人事件」的推理之後，隔天早上兩人便告別犢幽村。

離開之前，言耶探望了篠懸，去村子聚會所向御堂島警部道別，陪「竹屋」的龜茲竹利玩了一下，向漁夫佐波男感謝他的關照，還去了蓬萊的小屋。

御堂島的小組在上午和閖揚村的見崎警部的小組會合後，似乎有一半人手要先返回縣警總部。

「即使是老師，對這次的事件，也只能舉手投降嗎？」

御堂島問，言耶坦然地點點頭。偲見狀想開口，但言耶制止道：

「或許……警方一開始的推論才是正確的。」

事實上，竹林宮命案的凶手是籠室岩喜、望樓命案的凶手是龜茲將、絕海洞命案的凶手是籠室篠懸、農舍命案其實是大垣秀壽自殺，一切都如同警方的推論，言耶這番話絕不算錯。

「這樣啊。」

御堂島簡短地應一聲，眼神卻如利箭般注視著言耶，彷彿在說：你以爲瞞得了我嗎？

言耶和偲僱了楢本的漁船，前往牛頭浦。偲一下就暈船，難過地縮成一團。言耶一心一意注視著逐漸遠離的犢幽村，並深深行禮。

他自己也不清楚這個舉動是否出於慰靈的心意……

抵達閖揚村後，兩人前往大垣家，再次向大垣秀繼一家致哀。然後，言耶只告訴秀繼一個人他對「怪談殺人事件」的分析和解釋。

「這……怎麼會……」

秀繼似乎受到相當大的衝擊，頓時面無血色。

「請你務必幫助篠懸小姐。」

言耶這番請託，讓他打起了精神。

「你可以先去找五人幫之一的石糊村村長井之上談談。」

言耶如此建議，秀繼順從地接受了。

大垣家勸他們留下來過夜，但兩人恭敬地婉拒，乘坐大垣家準備的車子前往平皿町的鬼柳亭。

誰知抵達旅館後，一進到客房，阿武隈川烏便用大嗓門迎接他們：

「你居然送那麼難吃的章魚過來！」

言耶立刻感到後悔，還是應該留宿大垣家。

「那麼，事件的來龍去脈到底是怎樣？」

在阿武隈川的要求下，言耶仍無奈地進行說明，果然還是因爲兩人的孽緣實在太深吧。

「所以你沒辦法破案嗎？」

「是的，我能力不足。」

不用說，聽到言耶的敗北宣言，阿武隈川開心得像個孩子，完全沒發現偲一臉不滿。

「看來，還是需要名偵探阿武隈川烏御駕親征才行。」

阿武隈川意氣風發，接著提出各種誇張可笑的推理，全都遭到言耶有條有理地反駁，最後他忍不住發起脾氣：

「你那麼行，怎麼不快點破案！」

不過，洗完澡，用完晚飯，聽阿武隈川烏講述某地方流傳的怪奇女子「裂女」的怪談故事，差不多該就寢的時候，偲先離開言耶的房間，阿武隈川似乎正等這一刻，低聲問：

「其實你根本解開謎團了吧？」

言耶心頭一驚，但沒答腔。阿武隈川想必也不期待他回答。

隔天早上，阿武隈川死纏爛打地叫言耶再多住幾天，但言耶堅持要走。由於這番拉扯，拖到快中午都還沒出發。於是，阿武隈川要求言耶吃過午飯再走，又在拉拉扯扯之際，接到了大垣秀繼的來電。

「喂，我是刀城。」

言耶接起電話，另一頭秀繼的聲音卻充滿驚惶。言耶好不容易安撫住他，詢問情況，他才說出難以置信的遭遇。

今天早上，秀繼在閖揚村僱了漁船前往犢幽村。他祖父的遺體移交大學醫院進行解剖，還沒送回來。等到守靈和葬禮開始後就有得忙了，他想先去探望一下篠懸。

然而，漁船進入牛頭浦，靠近村子岸邊的時候，漁夫竟堅持不願靠岸。秀繼好說歹說，才一個人下了船，一路跑向笹女神社的籠室家。

不料，別說篠懸，連幫傭的婦人都不見了，家中沒有半個人。屋裡清掃得很整潔，沒有任何凌亂的地方，彷彿主人兩手空空出遠門去了，予人極矛盾的印象。

秀繼回到村子，拜訪幾戶認識的人家，可是每一戶都和籠室家一樣，屋內收拾得整整齊齊，卻不見半個人影。

整座犢幽村一片死寂。沒有一戶住家有人，卻都收拾得乾乾淨淨，宛若一座死城。回到岸邊，漁船已不見，似乎是拋下秀繼逃走了。這也難怪，秀繼環顧周圍，又是一陣哆嗦。

應該在潛靈祭流放出去的竹製唐食船被沖上岸，變得殘破不堪。不只是今年的而已，好幾艘——不，好幾十艘約莫是過去流放的唐食船，面目全非地擠在岸邊。

相反地，村子的船全都不見了。從有引擎的漁船，到划槳的小船，全數消失殆盡。是村人全都乘船出海了嗎？

可是什麼也沒帶，到底是去了哪裡……？

而且，有什麼理由……

秀繼感到陣陣寒意竄上背脊，再也待不下去。他匆匆找到能開的車子，火速開往五人幫之一的鹽飽村米谷醫師的醫院，通報犢幽村的異狀，並打電話給言耶。

「我想現在四村的有力人士，及留在閖揚村的縣警人員，正在趕往犢幽村。」

言耶聽著電話，腦中完全被先前與岩喜宮司的對話占滿：

「如果應該送回去的船又回來，會怎麼樣？」

「到時候，村子一定會毀滅吧。」

即便是刀城言耶，也料想不到犢幽村的神祕集體失蹤事件，與該地發生的怪談殺人事件，會就此成爲懸案。

沒有任何人預想得到，後來這成爲戰後頭號神祕疑案，只留下詭異的謎團供後世揣測。

# 主要參考文獻

橫井雄一、杉岡碩夫、內田星美《紡織　日本的棉業》（紡績　日本の綿業）岩波新書／一九五六

拉夫卡迪奧・赫恩（Patrick Lafcadio Hearn，日本名字：小泉八雲）《不爲人知的日本面容》（日本の面影／*Glimpses of Unfamiliar Japan*）角川文庫／一九五八

柳田國男《日本民間故事》（日本の昔話）角川文庫／一九六〇

宮本常一《靠海而生的人》（海に生きる人びと）未來社／一九六四

牧田茂《民俗民藝叢書11　海的民俗學》（民俗民芸叢書11　海の民俗学）岩崎美術社／一九六六

室井綽《竹　物與人的文化史10》（竹　ものと人間の文化史10）法政大學出版局／一九七三

松谷みよ子《民間故事的世界》（民話の世界）講談社／一九七四

西岡一雄《聆聽泉水》（泉を聴く）中公文庫／一九七九

宮本常一《被遺忘的日本人》（忘れられた日本人）岩波文庫／一九八四

長岡日出雄《日本的燈塔》（日本の灯台）交通研究協会／一九九三

井村君江《康瓦爾　妖精與亞瑟王傳說的國度》（コーンウォール　妖精とアーサー王伝説の国）東京書籍／一九九七

佐藤康行《解毒丸販子的社會史　女性・家・村落》（毒消し売りの社会史　女性・家・村）日本經濟評論社／二〇〇二

池田哲夫《近代漁撈技術與民俗》（近代の漁撈技術と民俗）吉川弘文館／二〇〇四

藤井滿《消失的村落與倖存的村落　在市町村合併中激盪的山村》（消える村生き残るムラ　市町村合併にゆれる山村）＠WORKS／二〇〇六

安室知、野地恒有、小島孝夫《日本的民俗1　大海與村落》（日本の民俗1　海と里）吉川弘文館／二〇〇八

田中昭三 監修《世界遺產　漫遊熊野古道　紀伊山地的靈場與參道》（世界遺産　熊野古道を歩く　紀伊山地の霊場と表詣道）ＪＴＢ出版／二〇〇八

甲斐崎生《另一條熊野古道「伊勢路」的故事》（もうひとつの熊野古道「伊勢路」物語）創元社／二〇〇九

筒井功《日本的地名　六十個神祕地名大追蹤》（日本の地名　60の謎の地名を追って）河出書房新社／二〇一一

筒井功《新・被遺忘的日本人　邊界的人與土地》（新・忘れられた日本人　辺界の人と土地）河出書房新社／二〇一一

田中宣一《命名的民俗學　地名與人名是如何命名的？》（名づけの民俗学　地名・人名はどう命名されてきたか）吉川弘文館／二〇一四

白日社編輯部＝編　鬼窪善一郎＝口述《新編　黑部的山人　山賊鬼與怪物》（新編　黒部の山人　山賊鬼サとケモノたち）山與溪谷社／二〇一六

筒井功《被遺忘的日本村落》（忘れられた日本の村）河出書房新社／二〇一六

平井憲太郎、本多正一、落合教幸《怪人　江戶川亂步的收藏》（怪人　江戸川乱歩のコレクション）新潮社／二〇一八

解說

# 一驚，二驚，三津田呦

文／陳栢青

※本文涉及故事情節，未讀正文者請慎入

不，怪談不再讓你感到害怕了，鬼故事不再輕易傷害你。是從什麼時候開始的呢？發現這件事的當下，與其說釋然，不如說夾雜那麼一點感傷——從此，我們失去了它。

那時候，「恐怖」才眞的成爲一種追求。聆聽怪談、聽鬼故事成了一種「非必要但想嘗試的選擇」。因爲你想要再次感受。你依然懷念某一刻脖頸發涼，曾打從尾椎骨起顫慄。冷涼卡好。

該如何重新由怪談中獲得「恐怖」？讓我們看看三津田信三是怎麼說的？他在《窺伺之眼》藉角色之口談到兩本書，一本是蒲松齡的《聊齋誌異》，一本是根岸鎭衛的《耳囊》：「蒲松齡是收集民間流傳的傳說及故事，而根岸則是記述同僚、朋友親身體驗或聽聞的奇妙故事。閱讀兩書，往往覺得後者給人的恐怖感比前者更貼近生活……這不是國度、時代或文化上的差異，而是所收錄之故事在貼近日常上的差異。」

三津田信三藉書中角色點出「恐怖」重新降臨的關鍵。離異常最接近的東西是什麼？

其實是「日常」。只要稍稍顛覆你以爲無波瀾再沒有起伏的日常，一瞬間，心裡冒出無數汽水泡泡，原來我是活在這樣不安定的世界裡。那時，「異常」誕生了。

這樣說來，三津田信三小說裡的主人公——無論作家、編輯、偵探——往往是採集怪談的高手，但說到三津田信三自己，卻是講怪談的能手，如果推理做爲一種眞相的釐清，在一切顚倒亂迷之後規整其秩序，讀者如我閱讀三津田信三的推理小說時所感受到的卻是，明明事件都解決了，卻喚起某種深藏意識對於禁忌的驚怕，你會對某些未可知和古老之物感到畏懼。

把怪談運用在小說裡，三津田信三不是惟一。但能把恐怖小說結合推理小說，甚至，把推理小說寫得像是怪談一樣，三津田信三是怎麼做到的？我以爲，三津田信三強大的破壞力與建構在於，他是擅長破壞距離感的人。

從《忌館》開始，無論出版後到底被歸類爲恐怖小說還是推理小說，三津田信三筆下書寫的未必是「怪談」，但他使用的技術卻的確是「說怪談」的技術。你瞧，三津田信三喜歡使用「書中書」、「以下是某某的手記」、「這是誰誰告訴我的」，或者如本作「本紀錄整理流傳於強羅地方犢幽村的三則怪談」，透過紀錄、訪談、手記……小說家頻繁切換文本，變換敘述者或當事人，穿插不同體例，在空間和時間上時而拉近，時而扯遠，有時暴露，哪時知道該藏，閱讀時產生的距離感因此被改變了。你不停被刺激，情緒被懸盪，被那遠遠近近的距離弄得不知所措，有種搔，好想知道後來發生什麼了，有種癢，但總是未能被滿足，有種種料想不到和變生突然，忽然之間，有什麼就冒出來了。以爲沒事了，後來想一想，忽然明白他們的連結。冷汗在這時滴下。

不只在體例上，三津田信三在小說敘述時也是如此，最好是使用第一人稱（用「我」再好不過。三津田信三細膩的文筆和敏銳的體感總能附體一樣讓讀者感受到背後那陣陰風，一種「日常的違和感」），但第三人稱（縱然是「他」、「某某」）也沒關係——《如碆靈祭祀之物》開篇的四個怪談一定能讓你感受到，第三人稱也能有效達到「我」的效果，決定性殺招在於「層層逼近」，尤其是本書裡〈望樓幻影〉和〈竹林魔物〉兩篇可做爲代表，在擬聲的狀聲詞之間，「他過來了嗎？」、「沙沙、沙沙」、「他慢慢貼近了吧」、「沙沙、沙沙」、「他追在我後面嗎？」、「他在我旁邊了嗎？」、「不，他就在我面前」——一層又一層，一點一點點，就訊息的傳達而言，這些短句和揣測其實是贅筆，太占小說容積，又僅僅只傳達同一件事，作文老師恐怕會要你一句「有東西逐漸靠近」便交代過去了，但在講鬼故事，「說怪談」時，這樣的「空」、「充滿間隙」的方式是必要的，甚至，這其實就是「講怪談」時放的大絕啊。那造成一種空間和時間的縮減，你明確感受到有什麼在迫近，「那個」靠過來嘍，怪談在靠近嘍，那是一種距離感的破壞，而事實上，不是眞的「有東西」靠近你，而是你被文本拉進去了——這是三津田信三書寫的小說神技。距離感透過敘述調控，讀者和推理小說的安全距離也被重整了，全新的體驗由此發生，恐怖因此而來。

如果不信，請你重新回頭看看「刀城言耶系列」，例如《如厭魅附身之物》和《如無頭作祟之物》，我在這裡不能詳述他的關鍵技術，不然就破壞閱讀那些傑作的樂趣了。但請你看看小說如何透過敘述去破壞文本與讀者之間的距離感。眞相隨同情節迫近，而恐怖是可以透過敘述降臨的。回頭審視最初的「刀城言耶系列」，我們可以看出，三津田信三其實是有意識結合「說怪談」的技術放入推理小說中，在那個與恐怖零距的閱讀中，推理小說的新世界之門被打開了。

如今，我們再次迎來了「刀城言耶系列」的新作《如碆靈祭祀之物》。

## 為了遺忘的記憶，與為了記憶的遺忘

就出版年份而言，《如碆靈祭祀之物》在日本於二〇一八年出版，與前一本掛上刀城言耶的系列作《如幽女怨懟之物》間隔有六年之久。是書推出後便橫掃二〇一九年各大推理排行榜。榮登「二〇一九年本格推理小說BEST10」第二位。

刀城言耶是誰？台灣讀者不會太陌生，他行走於戰後日本，以「東城雅哉」爲筆名寫怪奇小說和變格推理，熱愛「各地流傳的怪談和奇談」、「孜孜不倦進行民俗採訪」。三津田信三對刀城言耶的背景設定提供恐怖小說和推理小說的複合空間，那也構成我們對刀城言耶系列的最初印象——封閉地方、大家族、豪門恩怨、古老傳說、怪談、附會殺人……

當然，其他推理小說中也存在附會殺人——無論是古老傳說、童謠……，但就本質而言，童謠和傳說只是童謠和傳說，如果他們是容器，爲了裝載殺人手法和讓凶手搭便車使用，那也是一次性的拋棄性容器，還很不環保，不可回收，用完就丟了。

但就「刀城言耶系列」而言，怪談、傳說、歌謠卻不只是裝載殺人理由和詭計的容器。他們有自己的產地和身世，有另一個可供探究的天地。那就是「民俗學」的介入，三津田信三安排刀城言耶做為民俗學熱愛者的本身，拓寬了小說的容積量，那使得小說一方面安排偵探在現世解謎，一方面透過小說虛構出的傳說、歌謠體系，去對他背後依附或是對話的文化進行對話或延伸。

我想講述一個無關本書的例子，如果說起泰國，你腦海中最先浮起的會是什麼？想必包含他的問候語「Sawasdii」。有人用台語擬音為「三碗豬腳」。發音的同時，還要搭配雙手合十躬身前傾。多傳統，一個道地的泰式問候就完成了。但所謂的「傳統」，到底可以追溯到多古老呢？根據學者艾力克斯・柯爾考據，他發現「Sawasdii」所響起的第一個問候聲其實離我們很近，是四〇年代晚期，由當時軍事強人鑾披汶・頌堪所制定。當時的頌堪政府認為泰國沒有類似西方「Hello」的問候語，於是便打算發明一個。柯爾考據出，相關人士結合梵文savasti（意思是：一切井然有序），「將字尾的ti改為di或dii，意指為『美好』，便創造出了現今人們以為具有神聖傳統的問候語」。

這樣說來，很多傳統其實是一種現代的發明。

知道這件事情的當下，是否有一種衝擊，近乎推理小說揭曉眞相？你以為很遙遠的，其實離你很近。你以為不可撼動的，才剛剛發生。

《如碆靈祭祀之物》有一個橋段揭示這一切。三津田信三安排「冥簿」做為小說重要道具。「冥簿」能追溯村莊起源（「宮司指出，天正十九年，一九五一年有『犢幽村的太郎左衛門』這樣的記述，由此可知犢幽村從安土桃山時代就已存在」），也體現了各時代村莊中的人口流動和發展情況，不但是村莊的生死簿，恐怕也是日記本了。這對民俗學學者而言，可說是至寶。

但「冥簿」卻是本作中啓動詭計的關鍵道具之一。在解謎相關篇章裡，刀城言耶指出，「冥簿記錄了來自外地的人死亡的日期，比對同一日期神社的日誌，可以發現上面記錄某藩的帆船遇難的事實。」

冥簿多忠實地記錄現實，做爲一種記憶的工具存在。但偵探之眼也銳利點出另一件事，「冥簿裡完全沒提到一般商船的死者，日誌也沒提到商船遇難的事實。」

於是，冥簿起到另一層作用。既然冥簿可以幫人記憶，做爲一種歷史的存在，那就表示，歷史沒有記載的，等於不存在。冥簿是記憶裝置，但其實也是一種遺忘裝置。它也協助小說裡的犢幽村進行遺忘。

遺忘犢幽村如何集體殺人好在亂世裡存活下來。

遺忘最初的魔物是如何誕生的。

冥簿同時負擔了做爲遺忘的記憶，與做爲記憶的遺忘。

傳統可能是一種現代的發明。而這個發明，是爲了什麼呢？請再跟我念一次savasti和Sawasdii。那多像一則隱喻，savasti的梵文原意是，讓一切井然有序。語彙的創造者正是爲了追求有序，而改造這詞彙使其成爲傳統。當目的達到了，最好的方式，就是讓你遺忘過程。讓其看起來「從來就是這樣」。

這也是「刀城言耶系列」之所以好看的地方。人在現代死去，怪談和傳說被用來殺人。但偵探不只是告訴你，怪談和傳說被當成殺人的容器，刀城言耶還要揭露，怪談和傳說本身也是殺人後的產物——文化和民俗本身是這樣被製造出來的，而那個被隱藏的過程，中間到底發生了什麼？由「從來就是這樣」到「原本不是這樣」。「刀城言耶系列」

當然還是在推理，還是解謎，但解的不只是物理或心理的謎團，他要推理的，是一個大寫的「人」——藉由小說進入文化中，生活在此處的人是如何變成這樣的？這個「人」，可能是日本人（民俗學之根本，表現一國一地之人所體現共同的習俗。），但如果刀城言耶能從英國康瓦爾地區「無意識悟出犢幽村的祕密」，那麼，這個大寫的人，可能是更共通的，是潛藏在集體意識背後的「人為了生存，可以做到什麼」？

《如碆靈祭祀之物》最能引起恐怖的回馬槍，就是發現人們為了進入現代、在漫長的時間裡想藉由遺忘進而否定的，最初的「我們」。

## 恐怖與推理小說的最大弔詭，與其疊合

恐怖小說和推理小說各有他們的迷人之處，如果把他們結合起來，是否能達到1+1=2的加成效果呢？

但文學畢竟不是數學。說到底，恐怖小說和推理小說之間，還是有難以解決的鴻溝存在。細思之，推理做為眞相的釐清，偵探總在逼問一個答案。推理小說是「霧漸漸散去」的小說。而關於「恐怖」，三津田信三在《窺伺之眼》裡說得很清楚，「啊，眞恐怖……只要能有這種感想，我就滿足了。我對於故事不要求任何解釋，『其實冥冥之中存在著這樣的因果關係』之類的說明更是多餘。對我而言，靈異現象最好自始至終都是莫名其妙。」

於是，問題來了，想要結合恐怖小說和推理小說，但在同一本小說裡，要如何一方面

既驅動推理看清楚事務的輪廓，刨根究柢，一方面卻又希望恐怖的不要不要，「不要求任何解釋」、「自始至終都是莫名其妙」？

這本該是小說家三津田信三的難題。但熱衷民俗學的偵探刀城言耶卻提供一個可能的答案。

推理小說都要一個解答。於是，你要，三津田信三就給你，不但給，還給你超過所能接受的。《如碆靈祭祀之物》到了尾聲，便累積了七十個謎團需要解答。數量驚人，根本超級大放送。但當你以爲會看到一個豪華流暢不斷電的華麗演出，刀城言耶卻並非沿用福爾摩斯屢次對華生所說「當你把絕不可能的原素都除去以後，不管剩下的是什麼——不管多麼難以相信的事——那就是實情」，那不是「非A……即B……」的排除法和邏輯驗證，刀城言耶做了點修改，他吞吞吐吐，他似是而非，他提出另一套思索句式是「只是……」

強羅地方就要併村了，「現代」就要進來了，但刀城言耶帶來的推理卻不是「一道理性之光照進歷史和人性迷霧之中」，反而與日式建築一樣，很迂迴，有點暗。他用「只是」去勾連，處處反證，舉目都是理由伯，這也不對那也不行，到底讓人看不清。

但這個看不清，很重要。

推理得以讓人釐清事物的距離。他能看見眞相。但是，那又如何呢？

當面對一個「很久以前便如此」、「關係如此盤根錯節」的龐然之物，像是一個村，像歷史，像是「人們就是這樣活下來的」，你只能去知道。或以爲知道。但知道了，看透了，也只能「只是」。

但在那個「只是」的嘆息裡，多的是洶湧的情緒。是矛盾，是故事，是理由，是不得不爲的理念或僅僅是慾望。

在「只是」裡，擁有全部的人心。

推理可以是簡潔的陳述句。但「人心」終究是轉折詞。所以，「只是」也許更重要，推理小說和恐怖小說不能完美融合，但完美融合又如何？還不如善用那個交界時的突兀與歧異，因爲，在那個曖昧裡，在心之迴廊三曲九繞的結構中，自然會浮現某種「陰翳」之物，這是很三津田式的，或者你可以說，很日本的存在。

該拿這「陰翳」，這份曖昧怎麼辦呢？三津田信三在小說尾聲露了一手，推理小說的盡處，窮盡理性並死了那麼多人，也僅僅是讓偵探看穿了「爲什麼要送走船？」，「但如果船又被送回來了，怎麼辦？」，那時，便是怪，或新怪談誕生的時刻。

**本文作者介紹**

陳栢青，台灣大學台灣文學研究所畢業。曾獲全球華文青年文學獎、時報文學獎、台灣文學獎等。以閱讀爲終生職，期待台灣推理的黃金世代降臨。

國家圖書館出版品預行編目資料

如碆靈祭祀之物／三津田信三著；王華懋譯. --初版.--.臺北市：獨步文化, 城邦文化出版：家庭傳媒城邦分公司發行，2020.5
面；公分. --（日本推理名家傑作選：58）

譯自：碆霊の如き祀るもの

ISBN 978-957-9447-71-3（平裝）

861.57　　109004761


ISBN 978-957-9447-71-3
Printed in Taiwan



日本推理名家傑作選 58

# 如碆靈祭祀之物

原著書名／碆霊の如き祀るもの
作者／三津田信三
原出版社／原書房
翻譯／王華懋
責任編輯／陳盈竹
行銷業務部／徐慧芬、陳紫晴
編輯總監／劉麗真
總經理／陳逸瑛
榮譽社長／詹宏志
發行人／涂玉雲
出版／獨步文化
城邦文化事業股份有限公司
台北市中山區 104 民生東路二段 141 號 5 樓
電話：(02) 2500-7696
傳真：(02) 2500-1967
發行／英屬蓋曼群島商家庭傳媒股份有限公司
城邦分公司
台北市中山區 104 民生東路二段 141 號 2 樓
讀者服務專線／(02)2500-7718; 2500-7719
24 小時傳真服務／(02)2500-1990; 2500-1991
服務時間／週一至週五：09:30～12:00
13:30～17:00
讀者服務信箱／service@readingclub.com.tw
劃撥帳號／19863813　戶名／書虫股份有限公司
香港發行所／城邦（香港）出版集團有限公司
香港灣仔駱克道 193 號東超商業中心 1 樓
電話／(852) 2508-6231　傳真／(852) 2578-9337
E-mail／hkcite@biznetvigator.com
馬新發行所／城邦（馬新）出版集團
Cite (M) Sdn Bhd
41, Jalan Radin Anum, Bandar Baru Sri Petaling,
57000 Kuala Lumpur, Malaysia
電話：(603) 90578822　傳真：(603) 90576622

封面插畫／安品 anpin
封面設計／高偉哲
排版／游淑萍
印刷／中原造像股份有限公司
□2020 年5 月初版
□2020 年6 月18日初版三刷
定價／499 元